mtb

Der Preis dieses Bandes versteht sich einschließlich der gesetzlichen Mehrwertsteuer.

Umwelthinweis:
Dieses Buch wurde auf chlor- und säurefreiem Papier gedruckt.

Cordula Hamann

Spurlos im Schnee

Thriller

mtb

MIRA® TASCHENBUCH
Band 25820
1. Auflage: April 2015

MIRA® TASCHENBÜCHER
erscheinen in der Harlequin Enterprises GmbH,
Valentinskamp 24, 20354 Hamburg
Geschäftsführer: Thomas Beckmann

Originalausgabe

Konzeption / Reihengestaltung: fredebold&partner GmbH, Köln
Umschlaggestaltung: pecher und soiron, Köln
Redaktion: Thorben Buttke
Titelabbildung: Thinkstock / Getty Images, München
Autorenfoto: © Britta Hentschel
Satz: GGP Media GmbH, Pößneck
Druck und Bindearbeiten: CPI books GmbH, Leck – Germany
Printed in Germany
Dieses Buch wurde auf FSC®-zertifiziertem Papier gedruckt.
ISBN 978-3-95649-117-7

www.mira-taschenbuch.de

Mein besonderer Dank gilt Herrn Gernot Walther von der Lawinenkommission und Bergwacht Kochel am See, der mich so freundlich mit Details von Lawinenabgängen und Rettung der Verschütteten versorgt hat. Der engagierten Arbeit der vorwiegend ehrenamtlichen bayerischen Bergwachtfrauen und -männer ist es zu verdanken, dass eine Geschichte wie die nachfolgende heutzutage kaum mehr passieren wird. Doch für alles gibt es bekanntlich ein erstes Mal …

TAG 1

+++ *10:55 UHR, FLUGHAFEN MÜNCHEN* +++

Ann Thompson trat durch die Tür des Flughafengebäudes ins Freie. Sie zog ihr Halstuch enger und schlug den Kragen ihres Mantels hoch. Lächelnd sah sie nach oben und betrachtete den Schneehimmel, streckte ihre Hand aus und beobachtete, wie die Flocken schmolzen, kaum hatten sie ihre Haut berührt. „Ihr seid wirklich das Einzige, das ich manchmal vermisst habe", flüsterte sie. Ann griff ihren Trolley und ging zum Taxistand.

„Nach Grahmried bitte, und bevor Sie fragen: Es liegt zwischen Kochel und Wallgau."

„Kochel? Am Kochelsee?"

„Kennen Sie noch ein weiteres Kochel in Bayern?"

„Bittschön, gnädige Frau. Das sind über hundert Kilometer!" Der Taxifahrer stand an die Beifahrertür gelehnt und musterte sie von Kopf bis Fuß.

Sie nickte. „Ich weiß."

„Sie sehen aus, als könnten Sie auf den normalen Fahrpreis noch was draufpacken." Er lächelte sie an und nahm ihr das Gepäck ab, um es im Kofferraum zu verstauen.

„Warum sollte ich?", fragte sie und stieg in den Fond des Wagens.

„Weil ich die Nacht im eigenen Bett schlafen mag. Von Grahmried, da krieg ich bei dem Wetter keine Tour mehr zurück." Auch er stieg ein und drehte sich erwartungsvoll zu ihr um. „Also, Gnädigste, was machen wir nun?" Er rieb Daumen und Finger seiner erhobenen Hand aneinander.

„Die Hälfte vom Fahrpreis zahle ich extra. Das dürfte für das Benzin der Rückfahrt reichen."

Er nickte und ließ den Motor an.

„Könnten Sie bitte die Heizung höherdrehen? Es ist kalt in Deutschland."

„Freilich, der Schnee ist heut schon arg. Sie kommen nicht von hier, gell? Hätt' eher gedacht, ich soll Sie am Bayerischen Hof absetzen, aber ins Dorf …"

Ann Thompson antwortete nicht, ihr war nicht nach Reden zumute, und endlich schwieg auch der Fahrer. Der Blick aus dem Fenster verursachte in ihrem Bauch ein warmes Gefühl, obwohl Bayern vom Schnee wie zugedeckt wirkte. Sie ärgerte sich, denn sie beabsichtigte nicht, sich hier wieder heimisch zu fühlen. Doch selbst die lange Flugzeit hatte nicht ausgereicht, sich auf diesen Moment ihres Wiedersehens mit Deutschland vorzubereiten. Wie würde es erst in Grahmried werden? Sie war nur gekommen, um etwas zu erledigen. Mehr nicht. Schon in wenigen Tagen würde sie wieder im Flieger sitzen und als reiche Frau nach Australien zurückkehren.

+++ *12:11 UHR,* +++
+++ *JUSTIZVOLLZUGSANSTALT STRAUBING* +++

Claudia Jensen starrte auf den Namen in den Überführungspapieren, die ihr der Beamte der Vollzugsanstalt Straubing gerade überreicht hatte: Thomas Bach.

„Einzeltransport mit niedrigster Sicherheitsstufe – bei dieser Vorgeschichte?", fragte sie entsetzt.

„Warum habt ihr nicht ein anderes Fahrzeug angefordert?", wollte auch ihr Kollege Marco Stadler wissen.

„Bach hat gesundheitliche Probleme", erklärte ihnen der Beamte der Vollzugsanstalt. „Eine Fahrt im Sammeltransport scheidet deshalb aus. Außerdem ist er völlig harmlos. Alle Gutachten der letzten Jahre fielen positiv aus. Er hat seine Strafe abgesessen. War hier bei uns in der sozialtherapeutischen Anstalt. Sicherungsverwahrung. Eigentlich sollte er in den offenen Vollzug. Aber er will nicht."

„Er will nicht?", fragten Jensen und Stadler wie aus einem Munde.

Der Beamte zuckte die Achseln. „Keine Ahnung. Fühlt sich noch nicht so weit. War ja auch eine verdammt lange Zeit."

„Und was soll er dann in Konstanz?", fragte Jensen. Es war ein merkwürdiges Gefühl zu hören, dass der Gefangene jetzt harmlos sein sollte. Dabei war er dafür verantwortlich, dass sie monatelang an ihrer Berufswahl gezweifelt und nächtelang die toten Frauen in ihren Träumen gesehen hatte. Alle vier im Alter von 15 bis 35 Jahren, vergewaltigt, ihre Köpfe kahl geschoren und von der Brust bis zum Schambein und am Hinterkopf durch Messerschnitte in Form eines großen Kreuzes als seine Werke gebrandmarkt. Gott habe ihn beauftragt, sie für ihre Unzucht zu strafen. Gejagt von einer Sonderkommission aus 76 Kriminalbeamten, hatte er die Bevölkerung ihrer Heimatstadt Hamburg über ein Jahr lang geängstigt. Dieser Mann sollte jetzt die Freiheit scheuen und seinen Aufenthalt in einer Haftanstalt quasi freiwillig verlängern wollen?

„Die haben dort eine gesonderte Abteilung für Männer über 62 Jahre. Ich denk, das soll so eine Art Übergang werden, bis er ganz …"

Der Beamte verstummte, denn in diesem Moment betrat ein weiterer Vollzugsbeamter den Raum, in seiner Begleitung Thomas Bach. Trotz der Jahre erkannte ihn Jensen sofort. Der 65-jährige Häftling wirkte blass, aber er hielt seinen Körper straff aufrecht, und seine dunkelbraunen Augen sahen ihr klar ins Gesicht. Seine Statur hatte sich in den Jahren nicht wesentlich verändert. Nur die Fülle seiner damals schwarzen Haare hatte deutlich nachgelassen, und etliche graue Strähnen durchzogen die ordentlich geschnittene Frisur. Er trug Zivilkleidung.

Ein weinroter Wollschal war um seinen Hals gewickelt, eine schwarze Daunenjacke hing über dem Arm. Er trug bereits Hand- und Fußschellen. Mit keiner Regung verriet er, ob er sie wiedererkannt hatte.

Ja, der Mann sah harmlos aus. Aber das war auch die Aussage aller Befragten gewesen – der Arbeitskollegen, der Nachbarn, der Angehörigen und seines fünften Opfers, das als einziges überlebt hatte.

Der Vollzugsbeamte war Jensens Blicken zu den Fußfesseln gefolgt. „Könnt ihr im Bus ja dann selbst entscheiden."

„Wir sollten aufbrechen. Kommen Sie", forderte Jensen mit einer Handbewegung Bach und die Beamten auf, sich in Richtung Ausgang zu bewegen. Normalerweise störten sie die lautstarken Schließprozeduren innerhalb des Gebäudes nicht, aber heute war sie froh, als sie endlich wieder im Freien standen. Sie blickte an dem schönen, alten Gebäude hoch. Der seit Tagen anhaltende Schneefall hatte sich zentimeterdick auf die sonst leuchtend roten Dachziegel gelegt. Und noch immer schien der Niederschlag kein Ende zu nehmen. Es war deutlich wärmer geworden. Bald würde der Schnee in Schneeregen übergehen.

Stadler öffnete die hintere Tür des Mercedes Sprinters und trat zur Seite. Die beiden Vollzugsbeamten führten Bach, der bisher kein Wort gesprochen hatte, in ihrer Mitte zum Einstieg. „Darf ich am Fenster sitzen?", fragte er jetzt. Seine Stimme klang überraschend warm. Die Fensterausschnitte waren im hinteren Teil des Busses verschlossen, die vorderen Scheiben dagegen verglast und von innen mit Gittern versehen. So wie auch Gitter und Sicherheitsglas die Fahrerkabine vom Rest des Fahrzeuginnenraumes abtrennten. Stadler sah Jensen fragend an. Ab dem Moment der Zuführung des Gefangenen in das Transportfahrzeug lag die Verantwortung allein bei ihnen. Die absendende JVA gab nur das erforderliche Mindestmaß an Besicherung des Gefangenen und die Wahl des Transportfahrzeuges vor. Zusätzliche Sicherungsmaßnahmen konnten jederzeit von den begleitenden Beamten durchgeführt werden. Oder aber sie konnten darauf verzichten. Jensen nickte. „Er darf rausgucken. Im Bericht steht, er hat Ödeme am linken Bein. Verzichten wir also auf die Fußfesseln."

Stadler nahm sie ihm ab und verstaute sie zusammen mit dem kleinen Pappkarton, in dem sich die persönliche Habe des Gefangenen befand, in der Fahrerkabine. Danach schloss er die Hecktür, die man nur von außen öffnen konnte, und verabschiedete sich von den Kollegen der JVA.

„Können solche Typen überhaupt jemals harmlos werden?", flüsterte Stadler im Vorbeigehen Jensen zu.

Sie zuckte die Schultern. „Das Wetter soll miserabel werden. Fährst du die erste Strecke oder ich?", fragte sie.

Er schwenkte lächelnd die Schlüssel vor ihrem Gesicht. „Ich will zuerst."

Claudia grinste ihn an. „Weil du es bist."

Stadler war zehn Jahre jünger als sie und wurde nur ab und zu für Gefangenentransporte eingesetzt. Er tat Claudia leid. Durch den ewigen Personalmangel hatten sie in letzter Zeit derart viele Amtshilfeersuchen der JVAs, dass er sich vorkommen musste, als wäre er nicht für den Polizeidienst, sondern für eine Transportfirma ausgebildet worden. Mit Bach sollten sie nicht direkt nach Koblenz fahren, sondern zuerst nach Garmisch-Partenkirchen, um dort einen weiteren Gefangenen einzuladen, der als Zeuge zu einem Gerichtstermin – ebenfalls in Konstanz – geladen war.

Bevor sie losfuhren, drehte sie sich um und sah durch das Gitter zu Bach. Er hatte sich den Schal abgenommen und neben sich gelegt. Es mochte albern sein, aber das große Kreuz, das um den Hals dieses sonst so schmucklosen Mannes hing, machte ihr plötzlich Angst.

+++ *14:32 UHR, A95 FAHRTRICHTUNG SÜD* +++

Katja war müde. Schon halb drei, und sie war gerade einmal hinter München. Aber egal, wie spät es war, an der nächsten Raststätte würde sie halten. Sie brauchte unbedingt einen starken Kaffee. Ihre Freundin Miriam war ganz bequem mit dem Flugzeug nach Innsbruck geflogen und von dort mit einem Hotel-Shuttle abgeholt worden. Sie saß bestimmt bereits im gemütlichen Foyer, während Katja sich im vollgepackten Auto durch dieses Irrsinnswetter quälen musste.

Schon seit vierzehn Tagen hatten Miriam und sie regelmäßig die Berichte über die Schneeverhältnisse in Seefeld verfolgt und sich über die guten Aussichten gefreut. Aber mussten die weißen Flocken schon hier in Bayern in Massen vom Himmel fallen? Irgendwie beruhigend, dass ihr Jeep Vierradantrieb besaß, denn in spätestens zwei Stunden würde es stockdunkel und die Sicht noch schlechter sein.

Das Handy klingelte. Miriam, wer sonst? Markus, der mit dem gleichen Klingelton wie ihre beste Freundin eingespeichert war, rief ja leider nicht mehr an. Nie mehr. Allein der Gedanke an ihn reichte, dass sich ihre Wut einen Weg suchte und wieder einmal bei Miriam landete.

„Hätte ich mir denken können. Du bist natürlich schon da. Die Besserverdiener können sich ja einen Flug leisten, während sich das Fußvolk mit dem Gepäck – übrigens auch deinen Taschen und Skiern – abquälen muss. Mich kotzt das gerade ziemlich an."

„Ja, und es ist traumhaft hier, sage ich dir. Für das Geld! Riesengroßes Zimmer. Ach, ich freu mich so auf unseren Urlaub. Weißt du, wie irre der Schnee aussieht? Und wir morgen früh mittendrin, auf der Piste. Weißt du schon, wann du ankommen wirst?"

Wie immer traf sie Miriams uneingeschränkte Geduld und gute Laune wie ein Bumerang, der im Flug seine Farbe gewechselt hatte. „Ich komm hier irgendwie gar nicht voran. Es schneit wie verrückt", sagte sie in sanfterem Ton.

„Wo bist du jetzt?"

„Keine Ahnung. Irgendwo auf der Höhe vom Starnberger See."

„Dann hast du ja nur noch hundert Kilometer."

„Juchhu. Ein Katzensprung."

Aus dem Radio tönte das Signal für die Verkehrsnachrichten.

„Warte. Ich will mal hören."

„LKW-Unfall auf der A95, zwischen Sindelsdorf und Murnau/Kochel. Acht Kilometer Stau in beiden Richtungen. Und das scheint wohl erst der Anfang zu sein", verkündete der Sprecher, als hätte er gerade über die Stimmung zu Beginn des Oktoberfestes gesprochen.

„Na super. Hast du mitgehört?", fragte Katja und dachte an die beiden liegen gebliebenen Fahrzeuge auf dem Standstreifen, die sie im Laufe der letzten halben Stunde passiert hatte. „Wenn der blöde Streudienst mal etwas schneller wäre, müsste so ein Unfall gar nicht erst passieren. Ich komm mir vor, als wäre ich mit einem Schlitten unterwegs. Richtige Schneeverwehungen sind das hier."

Sie sah vor sich das Hinweisschild für die Raststätte Höhenrain West.

„Du Ärmste. Aber vielleicht hat sich der Stau schon aufgelöst, bevor du da bist."

„Möglich, ich fahre nämlich jetzt erst mal von der Autobahn runter. Ich melde mich dann nachher wieder. Wärm meinen Sitzplatz an der Bar schon mal an."

Vorsichtig lenkte Katja den Jeep über die Ausfahrt auf das Raststättengelände.

Der Kaffee hatte gutgetan, das Wetter tat es weniger. Der Himmel schien immer weiter herunterzukommen. Der Schnee war in Schneeregen übergegangen, und der Sturm peitschte ihn in ihr Gesicht. Bereits nach wenigen Metern hätte sie ihre Mütze auswringen können. Wie die übrigen Reisenden auf dem großen Parkplatz lief Katja mit dem Oberkörper leicht nach vorn gebeugt. Zwei Mädchen verließen vor ihr das Restaurant. Sie drehten sich um und liefen rückwärts gegen den Sturm. Katja sah ihre lachenden Gesichter und musste ebenfalls lächeln. Ein Mädchen schien das Duplikat des jeweils anderen. Mit ihren geschätzten 15 bis 16 Jahren waren sie längst dem Alter gleicher Kleidung entwachsen, alles andere aber war identisch: braune Haare, die unter Wollmützen und mehrfach um den Hals gewickelten Schals bis über die Schultern reichten. Die Mädchen waren etwa so groß wie sie selbst und wirkten trotz dicker Jacken schlank und sportlich.

„Habt ihr den Schlüssel?“, fragte ein Mann, der in diesem Moment neben Katja auftauchte und während des Laufens alle Taschen seiner modischen Skijacke durchsuchte.

„In deiner Ärmeltasche, wie immer, Papa“, rief eines der Mädchen zurück.

Der Mann und seine Töchter waren an einem Range Rover angelangt, der direkt neben ihrem Jeep parkte. Katja stieg ein und warf einen letzten Blick auf den Zwillingsvater. Auf ihn wartete zu Hause sicher eine ebenso gut aussehende Traumfrau. Solche Typen konnten einfach keine Singles sein. Außerdem wirkte er mit seinen Töchtern für eine Jedes-zweite-Wochenende-und-ab-und-zu-mal-Ferien-Beziehung viel zu vertraut. Nein, der Mittvierziger sah aus wie einer, den ihre Großmutter eine „gute Partie“ nannte. Egal wie oft Katja ihr klarzumachen versuchte, dass heutzutage eine Frau selbst ihren Lebensunterhalt verdiente und sich deshalb die Auswahlkriterien für einen

Partner entscheidend geändert hatten. „Und was, wenn du mal Kinder bekommst? Dann ist es schon besser, er kann für Frau und Kind sorgen." Über diesen Punkt kam die Diskussion regelmäßig nicht hinaus. Erst recht nicht, nachdem sich Katjas Gedanken an möglichen Nachwuchs in Luft aufgelöst hatten, als sie Markus in den Armen der blöden Tusse Christin überrascht und er sich nicht einmal sonderlich betroffen gezeigt hatte.

Kaum fuhr sie wieder auf der Autobahn, steckte sie die Kopfhörer ihres Handys in die Ohren und rief Miriam an. „Vielleicht hattest du recht. Es scheint doch auch nette Typen zu geben. Eben hatte ich das Vergnügen, einen von Weitem zu sehen, der – Überraschung – natürlich vergeben ist."

„Sag ich doch. Unser Urlaub wird dich von Markus kurieren. Und das wirkt schon, obwohl du noch nicht einmal angekommen bist. Ich verspreche dir: Hier sind noch viel mehr nette Typen."

Miriam lebte im Gegensatz zu ihr schon seit geraumer Zeit solo. Und sie bestand darauf, dass ein Urlaubsflirt durchaus auch der Start eines Weges zur goldenen Hochzeit sein könnte. Was natürlich Quatsch war. Urlaubsflirts gehörten in die Kategorie fünfte Jahreszeit. Nach der Erfahrung mit Markus sollte Katja ein solches Erlebnis allerdings nur recht sein.

„Was ist denn nun mit dem Stau?", fragte Miriam.

„Wollen wir mal hoffen." Katja warf einen Blick auf ihr Navi. Nur noch rund 15 Kilometer bis zur angekündigten Unfallstelle. Vorhin hatte der Stau bereits acht Kilometer betragen. Sie sah wieder nach vorn. In die dicken Schneeflocken, die unaufhaltsam ihre Windschutzscheibe trafen, mischten sich flackernde blaue Lichter aus der Ferne. „Zu früh gefreut. Mann, mir ist jetzt schon kalt. Jetzt muss ich auch noch stundenlang im eisigen Auto warten. Wie war das gerade mit dem guten Beginn der Ferien?“

„Nicht ärgern. Mach dir warme Gedanken. Lass dich bloß nicht von so einem Stau unterkriegen. Was ist das denn für ein Sympathieträger, den du entdeckt hast? Habt ihr miteinander gesprochen?“, wollte Miriam wissen.

Miriam, die Trösterin in der Not. So war sie schon immer. „Ich schau erst mal, was hier los ist, und ruf dich wieder an, okay?“

„Bald sitzt du hier neben mir am Kamin.“

Ein loderndes Kaminfeuer, das wär’s jetzt. Doch vor ihr funkelten lediglich die Rücklichter diverser Fahrzeuge und die blauen Signale der zwei Polizeifahrzeuge, die querstehend die linke und mittlere Spur blockierten. Im Schritttempo fädelten sich die Fahrzeuge in die rechte Spur ein, bis auch diese durch einen Polizeibus gesperrt war. Ein Beamter winkte heftig Richtung Ausfahrt. Die Autos vor ihr kamen zum Stehen. Katja nutzte den Stillstand, um auf dem Navigationsgerät zu prüfen, wo sie sich befand. Ausfahrt Sindelsdorf. Hier kreuzte die Bundesstraße 472, entweder in Richtung Bichl/ Bad Tölz oder in Richtung Peißenberg. Na, das war Glück im Unglück. Sie würde bis kurz vor Bichl fahren und dann auf die B11 abbiegen, die wunderbarerweise auf die B2 und dann direkt nach Mittenwald führte. Genau dorthin wollte sie, und die Strecke schien nicht einmal länger zu sein als die parallel verlaufende Route über Garmisch-Partenkirchen. Vor ihr setzten sich die Fahrzeuge wieder in Bewegung, die meisten bogen nach Peißenberg ab, einige wenige in Richtung Bad Tölz. Katja erkannte vor sich den britischen Geländewagen ihres Parkplatznachbarn. Wohin die drei wohl unterwegs waren? Könnte ja sein, dass sie ebenfalls nach Seefeld zum Wintersport wollten.

Langsam zog sich die Reihe der hintereinanderfahrenden Autos wieder auseinander. Der Range Rover bog ebenfalls rechts in die B11 ab. So weit, so gut. Wenn es endlich aufhören würde zu schneien oder zu regnen – was immer das war, das da vom Himmel fiel –, ließe es sich gar nicht schlecht auf dieser Strecke fahren. Noch bildete der alte Schnee einen festen Untergrund auf der Straße. Zufrieden nahm sie einen erneuten Anruf Miriams entgegen und berichtete ihr von der neuen Fahrtroute.

„Ist das nicht schon ziemlich in den Bergen?"

„Glaub ich nicht. Die Strecke führt an zwei großen Seen vorbei und sieht ziemlich eben aus."

Katja versprach, sich zu melden, sobald sie abschätzen konnte, wann sie in Seefeld eintreffen würde.

Zwei Minuten später klingelte wieder ihr Handy. „Was denn noch?", fragte sie Miriam, deren Stimme aufgeregt klang.

„Von wegen flach. Ich habe gerade im Internet geschaut. Zwischen dem Kochelsee und dem Walchensee liegt eine verdammt steile und kurvenreiche Strecke. Wie soll das denn gehen bei dem Wetter? Willst du nicht lieber irgendwo am Kochelsee übernachten und warten, bis das Wetter besser ist? Ich habe mal gegoogelt. Es gibt wirklich viele Hotels und …"

„Hast du sie noch alle?", unterbrach Katja sie. „Es ist erst halb vier am Nachmittag." Sie sah in den Rückspiegel. „Außerdem bin ich bestens bewacht."

„Wie?"

„Hinter mir fährt schon die ganze Zeit ein Polizeiauto. Also ganz ruhig, Miri."

„Aber diese Kesselbergstraße. Versprich mir …"

„Ich verspreche es hoch und heilig, und jetzt gib Ruhe."

Katja beendete kurzerhand das Gespräch und konzentrierte sich auf die Fahrbahn und die Rücklichter ihres Vordermannes.

+++ *15:04 UHR,* +++
+++ *BÜRO DER LAWINENKOMMISSION* +++

Xaver zog sich die Jacke aus und hängte sie auf die Stuhllehne. Er schüttelte sich die letzten noch nicht getauten Schneeflocken aus dem Haar und trat neugierig hinter seinen Kollegen Ferdinand. Der richtete seine Blicke konzentriert auf den Monitor vor sich.

„Wie schaut's aus?“, fragte Xaver.

„Hab ein ungutes Gefühl. So eine Konstellation gab's noch nie, seit ich bei der Kommission bin.“

„Was schon ein paar Jährchen sind.“ Xaver lachte und schlug seinem Kollegen freundschaftlich auf die Schulter. „Der Sturm macht mir auch Sorgen“, fügte er wieder ernst hinzu. „Mit dem plötzlichen Temperaturanstieg eine gefährliche Kombination. Übrigens haben grad die Kollegen der Verkehrspolizei durchgegeben: Auf der A95 ist ein LKW durch die Mittelplanke gedonnert und umgekippt. Vollsperrung.“

„Wo?“, fragte Ferdinand, ohne vom Monitor aufzublicken.

„Bei Kilometer 54.“

„Leiten sie ab?“

„In Richtung Nord steht's im Moment. Richtung Süd leiten sie über die B472, Sindelsdorf.“

„Auch das noch. Die sollten die Leut lieber auf der Autobahn lassen, anstatt sie über die Landstraßen zu zwingen. Lang sollten wir nimmer warten, das Landratsamt zu informieren. Mindestens den Bereich Urfeld/Walchensee sollten die dichtmachen.“

„Wennst meinst. Aber die Kollegen aus Mittenwald haben noch nicht einmal Scharnitz zugemacht. Nur Leutasch – da ist dicht. Aber das ist nix Besonderes. Also müssen wir uns hier nicht gleich ins Hemd machen.“ Xaver wandte sich ab und steuerte seinen eigenen Schreibtisch an.

„Freilich sollten wir das tun“, antwortete Ferdinand in einem ungewohnten Ton, der Xaver in seinen Bewegungen stoppen ließ. „Der Sturm dreht sich.“

Xaver trat wieder hinter ihn und sah auf den Monitor, wo Ferdinand mit dem Finger einen Bereich des Satellitenbildes umkreiste.

„Da schau: Das kommt genau auf uns zu. Und so nass, wie der Schnee heut geworden ist ... ich darf's mir gar nicht vorstellen, was da runterkommen könnt'.“

+++ *15:06 UHR, BUNDESSTRASSE 11* +++

Es ging langsam aufwärts und Kurven und Kehren nahmen zu. Katja hatte Schneeketten dabei. Für alle Fälle, so hatte Miriam geraten. Sollte sie diese besser jetzt anlegen? Noch griffen die Reifen ihres Jeeps gut auf dem Schneebelag der immer steiler werdenden Straße. Und weder der Geländewagen vor ihr noch der Polizeibus hinter ihr benutzten Schneeketten. Der Zwillingsvater von der Raststätte führte die Kolonne an. Er bestimmte das Tempo, und sie würde sehen, falls er ins Schlingern geriet. Nur wenige Fahrzeuge kamen ihnen entgegen. Fast hinter jeder Kurve blies der Wind so viel Schnee von den steilen Felswänden auf die Windschutzscheibe, dass Katja mehrmals die höchste Stufe der Scheibenwischer anschalten musste, um überhaupt etwas sehen zu können. Sie spürte, wie der Sturm versuchte, ihr Auto in seine Richtung zu schieben, so wie ein Fußballer einen Ball vor sich hertrieb. Gleichzeitig hörte sie sein Pfeifen und Zischen. Ihre Finger verkrampften sich um das Lenkrad, um ja rechtzeitig gegenzulenken, falls wieder eine Böe das Auto traf. Sie sah kurz auf ihr Navigationsgerät. Bald war diese kurvenreiche Kesselbergstraße geschafft, vor der Miriam so eine Panik gemacht hatte. Dann würde es wieder ebener werden.

Sie hörte ein Grollen und stellte das Radio aus. Jetzt auch noch ein Gewitter? Das Wetter spielte total verrückt. Das Grollen schwoll zu einem Dröhnen an. Sie beugte sich vor, um durch die Windschutzscheibe einen Blick zum Himmel werfen zu können. Doch im gleichen Moment traf ein heftiger Schlag das Heck ihres Jeeps und drohte, ihn von der Straße zu drängen. Katja trat instinktiv auf die Bremse. Gleichzeitig knallte es laut, Glas klirrte und Schnee wirbelte vor ihrem Auto in einem rasenden Tempo durch die Luft. Wie eine Wolke umhüllte er Windschutzscheibe und Schnauze des Jeeps, wurde immer dichter, und dann war es Nacht um sie herum. Nur das Armaturenbrett mit seinen Anzeigen gab ein schwaches grünes Licht ab. Die Scheibenwischer bewegten sich ohne Erfolg in hektischer Geschwindigkeit. Sie gab wieder Gas, um dieser Kraft zu entkommen, die sie immer noch den Abhang hinunterdrängen wollte. Doch das Auto schien kaum mehr vorwärtszukommen, bis es vollständig auf der Stelle fuhr und die Reifen durchdrehen ließ. Katja presste ihren Fuß auf die Bremse und zog gleichzeitig die Handbremse an. Endlich ließ der Druck auf das hintere Fahrzeugteil nach. Die Scheibenwischer schafften es, ein kleines Loch in den Schnee auf der Windschutzscheibe zu schieben. Katja konnte die Fahrbahn sehen und erkannte in einiger Entfernung den Fahrer des Range Rovers und seine Töchter. Sie standen mitten auf der Straße und starrten mit angstverzerrten Gesichtern abwechselnd zu ihr und an einen Punkt irgendwo oberhalb ihres Autos. Nur das monotone Geräusch der Wischerblätter auf der Scheibe unterbrach die vollkommene Stille. Ruckartig lief eines der Mädchen los. Der Vater und die Schwester folgten. Alle drei rannten auf sie zu, immer wieder blickten sie ängstlich nach oben. Erst jetzt spürte Katja die Kälte im

Wagen. Sie drehte sich zur Rückbank um. Ihr Gepäck, das sie dort deponiert hatte, war mit Schnee und kleinen Felsbrocken übersät. Katja drehte sich wieder nach vorn, löste die Handbremse und gab vorsichtig Gas. Doch die Räder drehten erneut auf der Stelle und das Fahrzeug bewegte sich keinen Zentimeter. Inzwischen waren Vater und Töchter an der Motorhaube des Jeeps angekommen und gestikulierten wie wild, bewegten ihre Lippen und zeigten in ihre Richtung und immer wieder nach oben. Katja hörte ihre Stimmen nicht. Der Schnee um ihr Auto herum schluckte alle Geräusche. Auf der Beifahrerseite kam Bewegung in die weiße Wand. Sie sah rote Handschuhe, die sich mit hektischen Wischbewegungen zur Scheibe durchkämpften. Den Handschuhen folgten Arme und Oberkörper. Jetzt wurden die Gesichter des Vaters und eines der Mädchen sichtbar. Sie befreiten die Beifahrertür von den Schneemassen. Plötzlich maßloses Erschrecken auf den Gesichtern ihrer Helfer. Ihre Bewegungen erstarrten, dann rannten Vater und Tochter zurück auf die Straße. Wie durch Watte vernahm Katja ein erneutes Grollen. Dann spürte sie das Vibrieren des Jeeps und mit ihm die Gefahr. Sie schaltete den Motor aus, löste den Sicherheitsgurt und griff zum Türhebel, um die Fahrertür zu öffnen. Doch die bewegte sich nicht. Sie stemmte sich mit der Schulter wie wild dagegen, hämmerte mit den Fäusten gegen die Fahrertür. Tränen rannen ihr die Wangen herunter. Sie nahm sich nicht die Zeit, sie abzuwischen, sondern schlug abwechselnd auf die Hupe und gegen die Tür. Endlich herrschte wieder absolute Stille. Katja atmete tief ein und aus. Mit einem Mal konnte sie wieder klar denken. Sie rutschte auf die Beifahrerseite und rüttelte dort an der Tür, die etwas nachgab. Schon war der Vater mit den Töchtern wieder zur Stelle. Es dauerte nur Sekunden, dann war die Tür so weit geöffnet, dass sich Katja hinauszwängen konnte.

„Nehmen Sie nur Ihre wichtigsten Sachen mit", forderte der Mann sie auf. Katja reagierte nicht. Sie blickte staunend auf den mindestens zwei Meter hohen Schneeberg, der sich hinter ihrem Jeep über der Straße aufgetürmt hatte. Es war, als hätte die Lawine versucht, den Einschnitt der Straße zu schließen, damit der Berg seine ursprüngliche Form wiedererlangen konnte. Wenn sie nur einen Meter weiter hinten auf der Straße gewesen wäre … ach was, ein halber Meter weniger, und die Lawine hätte sie vollständig unter sich begraben.

„Schnell! Wer weiß, ob nicht noch eine Lawine runterkommt." Mit dieser Äußerung riss der Mann Katja endgültig aus ihrem Schockzustand. Hastig kletterte sie wieder ins Fahrzeuginnere, wollte ihren Mantel und das Gepäck vom Rücksitz greifen und schrie auf. Ihr linkes Handgelenk schmerzte. Sie konnte mit dieser Hand nichts greifen. Sie nutzte ihre unversehrte rechte Hand und streckte einem der Mädchen durch die halb geöffnete Tür ihre Tasche entgegen. Sie sah sich suchend um und entschied: Alles andere konnte im Auto bleiben. Nur ihr Navi zog sie vom Ladegerät und griff das Handy aus der Mittelablage. Beides warf sie in ihre Handtasche und stieg mit ihr rückwärts aus dem Jeep. Sie drückte die Beifahrertür zu und folgte ihren Rettern zu deren Auto.

„Hannah, ruf die 112 an", rief der Mann noch im Laufen einem der Mädchen zu. Er öffnete die Heckklappe und verstaute Katjas Tasche. Katja versuchte, ihren Mantel anzuziehen, aber hatte Mühe, das Zittern zu kontrollieren und die Ärmellöcher zu finden. Er half ihr. Währenddessen unterrichtete Hannah die Notrufzentrale.

„Papa, wo sind wir hier? Welche Straße?"

„Auf der B11 kurz vorm Walchensee", antwortete er und das Mädchen wiederholte diese Angabe. In diesem Moment traf Katja die Erinnerung an ihre Fahrt vor dem Unfall wie ein

Schlag. Sie starrte zurück zu dem riesigen Schneeberg und riss dem erschrockenen Mädchen das Telefon aus der Hand. „Beeilen Sie sich. Hinter mir war noch ein Fahrzeug. Es ist mit Sicherheit verschüttet worden. Es fuhr dicht hinter mir, als die Lawine runterkam. Ein Polizeifahrzeug. Machen Sie schnell." Die Angst, die sie im Auto erlebt hatte, als die Lawine unmittelbar hinter ihr auf die Straße gedonnert war, hatte es sie für den Moment vergessen lassen. Sie gab dem verdutzten Mädchen das Handy zurück. „Müssen wir nicht hin und versuchen zu helfen?" Sie wollte loslaufen, doch der Mann hielt sie am Arm fest. „Aber wir müssen sie ausgraben", schrie sie ihn an.

Er schüttelte weiterhin den Kopf. „Wo denn? Sehen Sie sich Ihr Auto an. Es hat nur am Heck etwas abgekommen, und wir mussten trotzdem richtig buddeln. Bleiben Sie. Wir haben weder Schaufeln noch sonst irgendein Gerät. Es wird gleich Hilfe kommen. Professionelle Hilfe."

Katja nickte. Ihr Retter hatte recht. Selbst zu viert hätten sie keine Chance. Wo sollten sie anfangen zu graben? Der Polizeibus war mit normalem Sicherheitsabstand hinter ihr gefahren, also mindestens zwanzig, dreißig Meter. Die Lawine musste ihn voll getroffen haben. Katja drehte sich wieder zu ihren Rettern um. „Entschuldigung. Wie unmöglich von mir. Ich hab mich überhaupt noch nicht bedankt, dass ihr mich da rausgeholt habt. Ich hatte wirklich Panik. Ich bin Katja. Katja Reichenberger. Ich wollte nach Seefeld. Also eigentlich … aber …"

Das erste Mal lächelte auch er. „Holger Koch. Und das sind meine Töchter Hannah und Leah. Wir wollen auch nach Seefeld."

„Das war wirklich krass. Wir haben uns zuerst gar nicht getraut, wieder zurückzulaufen. Haben Sie nicht die zweite Lawine gehört?", fragte das Mädchen, dem Katja einfach das Handy aus der Hand gerissen hatte.

„Du bist Hannah?“, fragte Katja. Das Mädchen nickte. „Entschuldige. Ich klaue üblicherweise keine Handys.“

Sie schlang ihren Mantel eng um sich und starrte zum Lawinenfeld. Wie auch die Mädchen und ihr Vater. Alle schwiegen. Sollten sie nicht doch versuchen, zu den Verschütteten vorzudringen? Sie war mit dem Leben davongekommen. Hoffentlich würden das auch die Insassen der übrigen Fahrzeuge.

+++ *15:19 UHR, GRAHMRIED* +++

Das Handy gab summend das Signal für eine eingegangene SMS von sich. Die Bergwacht Kochel schlug Alarm. Es wunderte Jens Geissler nicht, denn seit Tagen waren er und die Bergwachten Bayerns in Habachtstellung. Ständig hatten sie die Gegend rund um das Eschenleinetal, die Walchseeberge, den Jochberg und den Herzogstein kontrolliert, aber bislang waren alle Stellen als unbedenklich einzustufen.

Er rief die Zentrale an und erhielt die Informationen, die über den Notruf eines Autofahrers hereingekommen waren. Nun war also doch eine Lawine abgegangen, quasi direkt vor seiner Haustür, auf der B11, und hatte offenbar Fahrzeuge unter sich begraben. Da wurden nicht nur alle verfügbaren Bereitschaften mobilisiert, sondern es mussten alle Männer ran, die irgendwie greifbar waren. Jens zog sich an, griff seine Ausrüstung und binnen Minuten war er mit seinem Dienstfahrzeug, einem Geländewagen der Bergwacht, die Straße von Grahmried hoch zur B11 gefahren. Kaum war er in die Bundesstraße eingebogen, traf er auf einen am Straßenrand haltenden Range Rover. Er stoppte. Ein Mann und drei Frauen standen am Fahrzeug. Sie blickten ihm mit tiefernsten Gesichtern entgegen und froren offensichtlich.

Jens hielt an und stieg aus. „Haben Sie den Notruf abgesetzt?"

Eine der Frauen nickte und hielt sich das linke Handgelenk. Sie war zwar deutlich älter als die Zwillingsschwestern, aber deren Mutter konnte sie nicht sein. Ihr hübsches Gesicht unter einer stahlblauen Wollmütze wirkte blass und er meinte, Spuren von Tränen in ihrem schmalen Gesicht zu sehen.

„Sind Sie verletzt?"

„Ich weiß nicht. Meine Hand. Aber ist nicht schlimm. Nur hinter uns ..." Sie zeigte in die Richtung, aus der sie gekommen waren.

Jens war ihren Blicken gefolgt und erschrak. Jetzt war ihm klar, warum die junge Frau so mitgenommen wirkte. Sie war die Fahrerin des Jeeps, der da im Schneeberg auf der Fahrbahn steckte, als habe ihn jemand als Mund oder Nase eines Schneemannes hineingesteckt. „Das ist Ihr Fahrzeug?"

Sie nickte. „Ich habe den Schlüssel stecken gelassen."

„Wir kümmern uns drum." Jens sah prüfend die Felswand empor. Hier, wo der Range Rover stand, waren sie erst einmal sicher. „Bitte bleiben Sie noch beim Fahrzeug. Ich muss zunächst die Lage mit den Kollegen besprechen."

„Welche Kollegen? Unser Notruf ist mindestens schon zehn Minuten her und bisher sind Sie der Einzige. Die Menschen, die da drunter stecken ... Da zählt doch jede Minute", sagte der Mann, offenbar der Vater der Mädchen, mit einer Stimme, die erkennen ließ, dass er gewohnt zu sein schien, Anweisungen zu geben oder Rechenschaft zu verlangen. Auch sonst wirkte der Mann selbstbewusst, fast arrogant. Jens schrieb es der Aufregung zu und lächelte ihn an.

„Solange wir nicht wissen, ob weitere Lawinen abgehen könnten, dürfen die Rettungsfahrzeuge die Sperre nicht passieren. Niemandem ist damit gedient, hier bald noch mehr Verschüttete zu haben. Ich bin nur schon hier, weil ich aus dem

Dorf dort unten komme." Er wies in Richtung der Straßeneinmündung. „Bitte erinnern Sie sich genau. Es ist sehr wichtig. Haben Sie noch weitere Fahrzeuge hinter sich bemerkt? Sie haben von zwei Lawinen gesprochen? Sind beide an der gleichen Stelle niedergegangen?"

Der Mann nickte. „Ganz sicher. Meine Töchter und ich haben die zweite gesehen, als wir zu Frau Reichenberger zurückgerannt sind. Aber es war sehr viel weniger Schnee als bei der ersten", gab er Auskunft, nun viel freundlicher.

„Ich habe nichts mitbekommen. Ich war in ziemlicher Panik, weil ich nicht aussteigen konnte. Und hinter mir habe ich nur den Polizeiwagen gesehen. Aber bei den vielen Kurven ...", erklärte die Fahrerin des verunglückten Jeeps.

„Vielen Dank. Brauchen Sie ärztliche Hilfe? Decken? Was ist mit euch?" Jens zeigte auf die Mädchen.

Sie schüttelten den Kopf. „Gibt es in Ihrem Dorf einen Gasthof, wo wir uns von dem Schrecken erholen können?", fragte der Mann.

„Wir haben sogar zwei Gasthöfe in Grahmried. Aber ich möchte Sie bitten, noch zu warten, bis wir gewährleisten können, dass Sie sicher dort runterfahren können. Ein Kollege der Polizei wird Sie dann begleiten. Ich muss jetzt zur Einsatzleitung." Ohne eine Antwort abzuwarten, stieg Jens in sein Auto, wendete und fuhr in Richtung Walchensee. Hinter der Kurve, kaum einen Kilometer von der Unglücksstelle entfernt, sah er bereits zwei Polizeifahrzeuge und eines vom Straßenbauamt stehen. Ein Rettungswagen des Deutschen Roten Kreuzes näherte sich in diesem Moment und fuhr bis dicht an die Absperrung heran. Hinter ihm trafen mehrere zivile Fahrzeuge und zwei von der Bergwacht ein.

Jens erkannte Peter und Xaver. Beide waren Mitglieder der Lawinenkommission. Peter zudem Bergführer bei der Polizei.

„So ein Mist verdammter. Die Sperrung ist grad vor einer halben Stund beschlossen worden." Mit diesen Worten begrüßte ihn Xaver.

„Bist von Grahmried hochgekommen. Und?", fragte Peter. Jens berichtete, was er bisher gesehen und erfahren hatte. „Was sagt die ILS?", fragte er. „Können wir bis ran ans Lawinenfeld?" Die integrierte Leitstelle Oberland war das oberste Entscheidungsgremium. Aber letztlich musste doch hier vor Ort von der Einsatzleitung entschieden werden. Die Sicherheit der Rettungskräfte war schließlich oberstes Gebot.

„Die Hubschrauber können wegen dem Sturm nicht fliegen. Wir wissen nicht, wie's da oben ausschaut. Für den Verkehr bleibt die Sperrung auf jeden Fall. Wir haben auch schon Urfeld/Walchensee zugemacht, falls der Sturm sich noch mal dreht. Der Ferdinand und ich gehen gleich mal los und gucken uns die Wände an", antwortete Xaver.

„Ich denke, es ist schon alles runtergekommen", vermutete Jens.

Xaver nickte und sah erneut nach oben. „Lang dauert's nicht mehr, dann wird's Nacht. Fordert's schon mal die Feuerwehr an. Könnt ja was von einer Ölspur erzählen", rief er zurück zu einem der Polizisten. Die Feuerwehr war für einen Lawinenabgang nicht zuständig, aber sie hatten auf ihren Fahrzeugen wesentlich stärkere Suchscheinwerfer als sie auf ihren Autos der Bergwacht. Es konnte nichts schaden, nachher ein wenig Licht zu haben. Und für die Beseitigung einer Ölspur, da mussten sie kommen.

Jens grinste Xaver an und trat zu den Kollegen von der Polizei. Einer von ihnen war Heinrich. Er wohnte ebenfalls in Grahmried, dem Dorf, das nun im Bereich der Sperrung lag. „Kannst gleich mal die vier Leute von der Straße mit ins Dorf nehmen? Ich glaub, die frieren sich langsam den Arsch ab, und ich glaub nicht, dass die heut noch weiterfahren wollen. Die Frau hat sich auch die Hand verletzt. Kannst sie beim Doktor vorbeischicken."

„Klar, mach ich. Für uns ist hier nicht mehr viel zu tun", antwortete Heinrich, den die Hoffnung, heute überraschend schnell wieder daheim sein zu können, über das ganze Gesicht lachen ließ. Verständlich, denn während Jens und seine Kollegen auf dem Berg schufteten und ihnen mit dem Schuhwerk und ihrer Kleidung selten dabei kalt wurde, mussten die armen Kollegen von der Polizei, die nicht zur Bergtruppe gehörten, meist stundenlang irgendwo in der Kälte stehen, genervte Autofahrer umleiten, Sanitäts- und Bergungsfahrzeuge dirigieren und ansonsten warten, bis die jeweiligen Retter ihre Arbeit getan hatten. Das war bei den Unfällen auf den Autobahnen oder auf breiten Straßen so und hier in den Bergen erst recht.

Xaver und Ferdinand kehrten zurück und besprachen sich mit den Kollegen von der Polizei. Gemeinsam entschieden sie, dass die Bergretter bis zur Lawine vorfahren und mit ihrer Arbeit beginnen durften. Sanitäter und die Polizeikräfte sollten zunächst hier an der Absperrung warten. „Dass die Nassschneelawine überhaupt einer überlebt hat, glaub ich kaum. Beginnt mit einer Grobsondierung im Bereich der Straße. Vielleicht sein's an der Leitplanke festgehalten worden", wies Xaver seine Kollegen an.

Die Einsatzkräfte der Bergwacht passierten die beiseitegeschaffte Absperrung und auch Jens machte sich auf den Rückweg zur Unglücksstelle. Binnen weniger Momente herrschte betriebsame Hektik. Sondierungsstäbe, Rucksäcke und Schaufeln wurden herausgeholt und Männer und Frauen bestiegen den Lawinenhügel. Weitere Fahrzeuge waren angekommen und kurze Zeit später schritten mindestens 20 Frauen und Männer in geordneten Reihen über den Schnee und steckten in kurzen Abständen lange dünne Stäbe vor sich in den Schnee.

„Habt ihr schon was?“, fragte Jens, als er seine Kollegen erreichte. Obwohl die Ortungsstangen zwei Meter fünfzig maßen, reichten sie nicht bis auf die Fahrbahn, so hoch lag der Lawinenschnee. Aber sie müssten mit den Stangen doch mindestens die Karosserie eines Fahrzeuges treffen.

„Bisher nicht. Offenbar hat's sie über die Leitplanke mitgerissen“, antwortete einer von ihnen.

Kein Wunder, dachte Jens, als er oben auf dem Lawinenhügel ankommend das Ausmaß der Lawine abschätzen konnte. Auf einer Breite von mindestens 200 Metern war die Bundesstraße verschüttet worden. Die Lawine hatte auch Geröll mit heruntergerissen, was Jens an den frischen Abbruchspuren der Felswände feststellen konnte. Keine guten Aussichten für die Fahrzeuge, die vielleicht von ihnen getroffen worden waren. Die Lawine hatte auf der Talseite der Straße eine breite Schneise in den Wald geschlagen. Jens bezweifelte, dass unter ihr noch ein einziger Baum stehen geblieben war. An den Randbereichen links und rechts lagen abgebrochene Tannen quer zwischen den Baumnachbarn, die verschont geblieben waren. Eine Nassschneelawine zerstörte alles, was sich ihr in den Weg stellte. Man könnte auch einen Fluss aus Betonquadern den Berg herunterschicken. Er würde nicht mehr Schäden anrichten. Jens hatte Zweifel, dass ein Fahrzeug diese Krafteinwirkungen überstehen konnte. Und selbst wenn, und vorausgesetzt, die Insassen hätten überlebt: Es blieb Atemluft für nicht viel mehr als eine Stunde. Eine unmögliche Aufgabe für die Bergwacht, sie innerhalb dieser Zeit ohne weitere Hinweise zu finden. Die ersten der Kollegen waren bereits auf dem Lawinenkegel in Richtung Tal vorgegangen, um nach optischen Hinweisen zu suchen: herausragende oder abgerissene Autoteile. Wenn sie die nicht fanden, müsste die Suche abgebrochen werden.

„Jens, kommst' mal bitte", rief Peter. „Kannst mal rüber auf die andere Seite gehen und den Polizeikollegen Dampf machen? Es scheint immer noch nicht klar zu sein, wie viele Fahrzeuge es getroffen hat", forderte Peter ihn auf. Auf seinen Schneeschuhen überquerte Jens rasch die Lawinenzone und traf auf der anderen Seite der verschütteten Straße auf zwei uniformierte Polizisten, die gemeinsam mit den Sanitätern am Notarztwagen standen und sich unterhielten. Alle Autofahrer auf dieser Seite hatten also noch rechtzeitig anhalten können. So hoffte Jens wenigstens.

„Die einen schwören, der Letzte, der schon drinnen war, sei der Polizeibus gewesen. Aber die da", der Polizist zeigte auf eine Familie in einem roten Opel, „behaupten, dass sie die ganze Zeit hinter dem Polizeiauto hergefahren seien, bis ein anderer Bus, grau oder schwarz, irgendein japanisches Fabrikat, sie vor ein paar Kilometern angeblich überholt hätte. Und der sei nun nirgends mehr zu sehen. Also müsste auch der verschüttet sein", klärte einer der Beamten Jens auf.

„Aber weitere Fahrzeuge sind ausgeschlossen?"

Die Polizisten nickten.

„Gibt es noch mehr Zeugen des Abgangs?"

„Gab's. Aber die sind schon umgekehrt und nach Kochel zurück."

„Und ihr habt sie gehen lassen?"

„Ja mei, sollten wir sie festbinden, oder was? Die haben nix gesehen. Kamen um die Kurve und da standen die anderen schon."

Jens war wütend. Wenn auch nur der leiseste Verdacht bestand, dass es weitere Verschüttete gab, mussten sie weitersuchen. Notfalls bis zum Morgengrauen. Er kannte die Kollegen.

Selbst wenn sie abbrechen durften oder sollten, wollte das keiner von ihnen, bis wirklich alle Chancen verstrichen waren, die Verschütteten lebend zu finden. Grad deshalb machten sie schließlich diesen ehrenamtlichen Job und übten Jahr für Jahr den Notfall. Zugegeben, einen Lawinenabgang auf Fahrzeuge hatte es seit ewigen Zeiten nicht mehr gegeben, jedenfalls nicht, seit er bei der Bergwacht war. Die bayerischen Lawinenkommissionen machten gute Arbeit und beim leisesten Verdacht wurden alle betroffenen Straßen schon im Vorfeld gesperrt. Doch für den Moment nutzten diese Überlegungen überhaupt nichts. Denn nun war er da, der Ernstfall wider alle Erwartung, und statt für Klarheit zu sorgen, hatten die Polizisten nichts Besseres zu tun, als zu quatschen. Vielleicht waren auch andere Zeugen von dem unbekannten dritten Fahrzeug überholt worden. Er wandte sich um, um selbst noch einmal die Insassen der beiden Fahrzeuge, die noch am Unfallort geblieben waren, zu befragen. Er wollte ihnen gerade erklären, welche Wichtigkeit auch der kleinsten ihrer Beobachtungen zukam, als er ein Signal und das Rufen der Kollegen auf dem Lawinenfeld nur wenige Meter von ihm entfernt hörte. Sie hatten etwas gefunden.

Schon im Laufen rief er den Polizisten zu: „Befragt die Leute noch mal. Wir müssen wissen, wie viele wir suchen. Strengt euch mal ein bisschen an."

Wenigstens die Sanitäter zeigten jetzt Engagement und griffen nach ihren Unfallkoffern und traten dichter an das Schneefeld heran. Jens stürmte zu den Kollegen. Die waren bereits kräftig beim Graben. Auf jeder Seite des Fahrzeuges, dessen Dachfläche bereits zu sehen war, bildeten sie je eine Sechserlinie und jeder schippte den Schnee seines Vordermannes weiter zum nächsten Helfer. So dauerte es nur Minuten, bis sie die Seitenscheiben des Fahrzeuges freigelegt hatten.

„Wir brauchen Licht“, schrie einer der Helfer von der Fahrerseite des Fahrzeuges.

„Die Beifahrerseite ist blockiert. Es hat sie an die Randsteine gedrückt“, meldete ein Helfer von der anderen Seite.

Binnen kurzer Zeit waren die Kollegen zur Stelle und leuchteten mit großen Handlampen in das Innere des Fahrzeuges. Verängstigte Gesichter eines jungen Paares sahen den Rettern entgegen. Mit Fingerzeichen deuteten die Helfer dem jungen Fahrer an, die Scheibe zu öffnen, sofern die Zündung des Autos noch funktionierte. Er drehte den Zündschlüssel und deutliches Erleichtern war in den Gesichtern auf beiden Seiten zu sehen, als sich das Fenster nach unten bewegte. Glücklich ließen sich der junge Mann und seine Partnerin von den Helfern durch das Fenster herausziehen. Sie standen unter Schock, waren aber unverletzt geblieben und wurden über den Schnee zu den Sanitätern geführt.

Die können heut noch einmal Geburtstag feiern, dachte Jens. „Weiter geht's. Los marsch! Es fehlt noch das Fahrzeug der Polizeikollegen.“

Inzwischen hatten viele Helfer Lampen in ihren Händen, denn es war beinahe dunkel geworden. Obwohl der Schnee viel Helligkeit abgab, suchten sie mit den Taschenlampen nach Hinweisen auf der Oberfläche der Lawine außerhalb des Straßenverlaufs, Autoteile, die vielleicht das Licht reflektierten.

„Sie sind weiter unten“, mutmaßte Peter. „Es muss sie genau die Hauptlast der Lawine getroffen haben. Die Feuerwehr soll so weit ausleuchten, wie es geht! Wenn wir nicht bald etwas finden, können wir einpacken.“

Jens sah zum Himmel. Es hatte aufgehört zu schneien. Das erste Mal am heutigen Tag. Doch der Sturm hielt unverändert an. Auf Unterstützung aus der Luft durften sie also nach wie vor nicht hoffen. Er nickte. „Sieht verdammt schlecht aus, wenn wir sie nicht bald finden."

Er hatte den Satz kaum ausgesprochen, als er Xaver von weit unten rufen hörte. Alle Retter bewegten sich in die Richtung, aus der die Stimme kam, an den rechten Rand des Lawinenkegels. Jens sah nichts. Erst, als er näher kam, entdeckte er, was seine Kollegen gefunden hatten. Die Schnauze eines Fahrzeuges ragte zwischen den Bäumen gen Himmel wie ein senkrecht in den Schnee gestecktes Spielzeugauto. Ein Spielzeugauto, das schon viele Kinderhände durchlaufen hatte. Denn es war zerbeult und zerschrammt. Wie ein halb geöffneter Mund gab die zerdrückte Motorhaube ihren schwarzen Inhalt preis. Durch das Fenster der Fahrerseite stak, mit der Spitze voran, eine Tanne. Die helle Bruchstelle ihres Baumstammes zeichnete sich deutlich ab. Die meisten Äste hatte sie verloren und wirkte wie das Gerippe eines ausgedienten Weihnachtsbaumes.

Jens hatte in diesem Moment nicht die geringste Ahnung, wie sie an die Insassen des Fahrzeuges gelangen sollten, denn hier am Rand der Lawine mussten die Retter besonders vorsichtig sein. Unter Bäumen, ihren Ästen und unter Felsen konnten sich Hohlräume gebildet haben, die man von oben nicht sah. Peter, der neben ihm heruntergelaufen war, schien das Gleiche zu denken. So schnell er konnte, lief Jens zu den anderen. Aus dem Inneren des Fahrzeuges hörte er eine Frauenstimme um Hilfe schreien. Erst sah er nur Hände. Blutverschmiert hinterließen sie rote Spuren auf der Scheibe der Beifahrertür. Dann beugte sich ihr Kopf vor. Auch die Stirn der jungen Frau war blutverschmiert. Aber immerhin schien die Insassin so weit bei Bewusstsein zu sein, dass sie beobachtete, was um sie herum geschah. „Bleiben Sie ganz ruhig. Wir helfen Ihnen. Wir holen Sie da raus", rief Jens zu ihr hoch. Auch Peter zeigte den Daumen nach oben und winkte ihr aufmunternd zu. Er winkte einige der Bergwachtmänner zu sich und stieg mit ihnen vom Lawinenfeld zur Seite hinunter. Der Motor des verunglückten Fahrzeuges war aus, deshalb konnte die Frau die Scheibe nicht öffnen. Außerdem schien die Tür stark demoliert, soweit man es nach dem aus den Schneemassen herausragenden Teil beurteilen konnte. Vielleicht ganz gut, dass die verletzte Frau die Tür nicht öffnen konnte. Die Lawine hatte den Wagen, wahrscheinlich gemeinsam mit den Bäumen, die das Fahrzeug zunächst im Sturz aufgehalten hatten, zum Rand ihres Kegels geschoben. Das Gewicht des nassen Schnees vom Lawinenkegel drückte wesentlich stärker auf die Fahrerseite als der eher spärliche Rest des Schnees, der das Auto von der Beifahrerseite her bedeckte. Sie könnten ihn wegschaufeln, aber jede Verstärkung des Ungleichgewichtes würde das Fahrzeug womöglich zum Absturz aus seinen lichten Höhen bringen. Und das bedeutete für das Vorderteil des Wagens immerhin mindestens zwei Meter. „Und wenn einer von uns ein Seil am Abschlepphaken befestigt und wir das Auto mit einer Winde nach oben sichern?", fragte eine Kollegin.

„Und den Kollegen oder die Kollegin, die das Seil anbringen sollen, einstürzen lassen?", fragte ein anderer Bergwachtmann zurück, doch die Frau wollte ihre Idee nicht aufgeben. „Dann sichern wir ihn ebenfalls und beim kleinsten Nachgeben ziehen wir ihn oder sie zurück." Einige der Helfer nickten. Xaver, der die Gruppe inzwischen ebenfalls erreicht hatte, widersprach. „Wie soll das Fahrzeug der Feuerwehr so dicht rankommen, dass das Seil der Winde reicht? Die Bulldozer, die die Straße freiräumen, werden frühestens morgen eingesetzt und nicht jetzt über Nacht."

Jens sah zur Straße hoch. „Die Straße macht eine Kurve zur Talseite. Wenn wir das Seil hier quer durchkriegen, könnt's reichen. Außerdem könnten die Radlader und Bulldozer schon angefordert werden. Wir wissen ja jetzt, dass im Bereich der Straße keiner mehr liegt." Er zeigte schräg durch die Baumreihen zur Straße hoch. Xaver und Peter überlegten. „Einen Versuch wär's wert", antwortete Xaver.

„Nein!", widersprach Peter energisch. „Die Fallrichtung wäre trotz Seilsicherung genau auf die Kollegen, die bergauf vor dem Fahrzeug graben. So schnell können die oben gar nicht die Winde anschmeißen."

„Und wenn wir es erst so weit rausziehen, bis der Wagen festen Untergrund hat?", schlug ein anderer Kollege vor.

„Nein. Wir fangen's talwärts hinter dem Bus an und sichern die Kollegen jeweils mit Seilen. So weit vorn wie der Schwerpunkt des Fahrzeuges liegen tut, kann's zumindest nicht auf unsere Leute fallen. Selbst, wenn's einbricht, rückwärts fällt's nimmer."

Helfer folgten Xavers gestikulierenden Händen. Einige nickten zustimmend, andere begannen bereits mit dem Aufstieg zurück auf das Lawinenfeld. Peter klopfte Xaver anerkennend auf die Schulter.

Jens folgte den beiden, und als er mit Seilen gesichert hinter dem Polizeibus angelangt war, setzte er seinen Spaten zusammen und reihte sich in die übrigen schaufelnden Kollegen ein. Jens war sich sicher, dass sie mit Xavers Vorschlag Erfolg haben würden. Nur, dass sie den Fahrer lebend bergen würden, das glaubte er nicht. Man musste sich nur ansehen, wie weit das Baumgerippe durch die Scheibe geschoben worden war, um die Wucht dahinter zu ahnen. Jens mochte sich nicht vorstellen, wie der Fahrer jetzt wohl aussah.

+++ *15:29 UHR, GASTHOF HUBER* +++

Die Wartezeit am Auto wurde quälend lang. In Katjas Kopf geisterten Bilder von Verschütteten umher, deren Luft knapp wurde oder die von Teilen ihres eigenen Autos zermalmt worden waren, das jetzt ihren Sarg bildete. Ein Sarg, statt in Erde im Schnee begraben. Sie war froh, dass die Retter endlich mit ihrer Arbeit begonnen hatten. Handeln, und war es noch so aussichtslos, ließ einen die Ohnmacht des Wartens nicht mehr so stark fühlen. Ihr Handgelenk schmerzte immer stärker und ihre Hosenbeine, die Schuhe und selbst die Haare unter der Mütze waren vom anhaltenden Schneeregen völlig durchnässt. Auch Holger stand mit vor dem Oberkörper gekreuzten Armen da und rieb mit den Händen seine Oberarme. Die Zwillinge hatten sich in das wärmere Fahrzeuginnere zurückgezogen und sahen durchs Fenster neugierig den Aktivitäten zu.

Ein Polizeifahrzeug näherte sich, hielt und sein Insasse stieg aus und kam auf sie zu. „Ich bin Heinrich. Ich fahre vor Ihnen her nach Grahmried. Am besten wir bringen Sie erst einmal zum Gasthof Huber und Sie“, er wies auf Katja, „schicke ich zu unserem Doktor. Er soll sich mal Ihr Handgelenk ansehen.“

Der Polizist stieg in sein Fahrzeug und sie folgten ihm widerspruchslos in Holger Kochs Range Rover. Eins der wenigen guten Dinge an Uniformen war das Gefühl der Sicherheit und dass alles wieder gut wird, das man in ihrer Nähe verspürte. Etwa einen Kilometer weiter bog das Polizeifahrzeug vor ihnen ab. Links und rechts der Straße lag der Schnee nun noch höher als entlang der Bundesstraße. Die Markierungsstäbe waren kaum mehr zu sehen. Die Straße führte kurvenreich und steil hinab, dann öffnete sich vor ihnen ein kleines Tal mit einer Ortschaft. Links und rechts des Dorfes lagen wie eingestreut in die Schneelandschaft ein paar entferntere Gehöfte. An einem anderen Tag hätte Katja den Anblick genossen. Doch jetzt sprach Leah aus, was sie gerade dachte. „Der Ort ist ja winzig! Na hoffentlich kommen wir hier bald wieder weg."

Sie passierten ein Ortsschild mit der Aufschrift *Grahmried*. Es gab offensichtlich nur die eine Hauptstraße, auf der sie fuhren, mit nur wenigen Nebenstraßen. An einigen Hauseingängen hingen Hinweisschilder auf freie Pensionszimmer. Ein Tante-Emma-Laden, ein Frisör und eine kleine Kirche. Nein, Grahmried hatte keines der Hauptlose in der Tourismuslotterie gezogen.

Sie hatten den kleinen Ort mindestens schon zur Hälfte durchfahren, als das Polizeiauto vor dem besagten Gasthof Huber hielt.

„Hier tobt das Leben", kommentierte Hannah, als sie ausstiegen.

„Sei froh, dass es überhaupt noch tobt", antwortete Holger. Im Schein der Lampen in der kleinen Empfangshalle wirkte er ebenso erschöpft wie sie. Katja stellte mit Befriedigung fest, dass auch an ihm die Schrecken dieses Nachmittags nicht abgeprallt waren, denn sie selbst fühlte sich so müde und kraftlos, als wäre es mitten in der Nacht. Dabei gingen in diesem malerisch im Bergkessel gelegenen Dorf gerade erst die Lampen an. Doch sie sehnte sich nach einem heißen Tee und einem Holzbett mit Federbetten, in das man tief einsank und von der Welt um sich herum nur noch die Zimmerdecke betrachten konnte.

Katja lehnte freundlich, aber bestimmt ab, als der Polizist Heinrich sie sofort nach der Anmeldung an der Rezeption zum Dorfdoktor bringen wollte. Stattdessen bezog sie das Zimmer, duschte heiß und ausgiebig und freute sich, dass ihre Tasche mit trockener Kleidung nicht im Kofferraum ihres Jeeps, sondern hier bei ihr im Zimmer lag. Anschließend rief sie Miriam an, die darauf bestand, jede Einzelheit der Geschehnisse der letzten Stunden zu erfahren. Schließlich überzeugte Katja ihre

Freundin, dass sie nun endlich Ruhe bräuchte, woraufhin sich Miriam mit Entschuldigungen förmlich überschlug und über ihre eigene Rücksichtslosigkeit beinahe weinte – sonst wäre sie auch nicht Miriam gewesen.

Katja verließ das einfach eingerichtete Zimmer mit dem Doppelbett, in dem zu ihrer großen Freude tatsächlich Federbetten lagen, und ging zur Rezeption im Erdgeschoss. Die Wirtin beschrieb ihr den Weg zur Arztpraxis. Wege in diesem Dorf konnten einfach nicht lang sein. Deshalb stand Katja auch bereits zehn Minuten später vor dem beschriebenen kleinen Einfamilienhaus am Ende einer Seitenstraße. *Dr. Franz Brunner, Arzt für Allgemeinmedizin* stand auf dem Schild. Sie öffnete das Gartentor, das gegen die hohen Schneewände links und rechts lächerlich niedrig wirkte, und drückte den Knopf inmitten des blau-weiß karierten Klingelbords im Eingangsbereich. Es dauerte eine Weile, bis eine ältere Frau öffnete. „Wir haben keine Sprechstunde mehr“, sagte sie und musterte Katja neugierig.

„Ich weiß. Entschuldigen Sie bitte, aber die Polizei meinte, ich solle unbedingt zu Ihnen kommen. Ich war unterwegs nach Seefeld und bin gerade noch so der Lawine entkommen.“

„Lawine? Also stimmt's wirklich? Ich hab schon so was gehört. Grad eben, als ich im Laden war. Klar, kommen Sie rein. Mein Mann ist da. Haben Sie denn was abbekommen?“

Freundlich machte Frau Brunner die Tür weit auf und bedeutete Katja mit einer einladenden Armbewegung, dass sie eintreten sollte. „Aber schlimm ist es nicht, oder? Ja mei, da haben's aber Glück gehabt.“

Sie schätzte die Arztfrau auf Mitte fünfzig, und ihrem Plüschjogginganzug nach zu urteilen, hatte Katja sie in ihrem Feierabend gestört.

„Glück habe ich heute so viel gehabt. Ich glaube, das reicht fürs gesamte nächste Jahr.“

„Ich sag schnell meinem Mann Bescheid. Gehen Sie ruhig schon mal rein."

Sie stieß die Tür zu einem Raum auf, der mit dem kleinen Schreibtisch an der Seite und der schmalen Behandlungsliege vor dem Fenster bereits überfüllt wirkte. Aber bei einem Ort wie Grahmried reichte ein solches Behandlungszimmer wahrscheinlich auch. Die freundliche Arztfrau verschwand und kurze Zeit später trat Dr. Brunner ein. Er war ein Landarzt und er sah auch aus wie ein Landarzt. Füllig, ein Haarkranz aus leicht ergrauten Haaren rund um einen spiegelglatten Oberkopf, sein Gesicht sympathisch und vertrauenerweckend. Seine Bewegungen gemütlich rund. Als er ihre Hand zum Gruß drückte, wusste Katja endgültig, dass er als Dorfarzt sicher seine Berufung gefunden hatte. Hoffentlich nahm er sich nicht ihrer schmerzenden linken Hand mit gleicher Intensität an, mit der er wahrscheinlich ansonsten so manchem Kalb auf die Welt half, wenn gerade mal kein Tierarzt in der Nähe war.

Aber Dr. Brunner überraschte sie. Mit vorsichtigen und sanften Bewegungen drehte er das Gelenk, betastete die Hand- und Fingerknochen und stellte dann fest: „Da haben Sie sich ein schönes Hämatom geholt, spätestens morgen früh werden Sie's sehen. Aber gebrochen ist da nix. Nur ordentlich verstaucht."

„Und wegen eines blauen Flecks tut das so weh?", fragte Katja erstaunt. Beinahe schämte sie sich, so wehleidig zu wirken.

„Wenn er so tief sitzt und so groß ist, dann schon. Da ist ein Blutgefäß geplatzt. Was haben Sie denn um Himmels willen mit der Hand gemacht?"

„In Panik an die Tür geschlagen, weil ich nicht aus dem Auto kam."

„Armes Hascherl. Da können Sie aber dem lieben Gott danken, dass Ihnen nur das Handgelenk wehtut."

Katja suchte vergeblich die Ironie in seinem Gesichtsausdruck. Er meinte das „arme Hascherl“ wirklich ernst und irgendwie tat so eine Fürsorge auch gut. Besonders, wenn die Eltern gerade so weit entfernt waren und nicht die geringste Ahnung hatten, dass ihre Tochter beinahe einen Abgang gemacht hätte. Himmel! Ihre Eltern saßen jetzt wahrscheinlich in ihrem gemütlichen Wohnzimmer, die Berliner Straßen waren schneefrei und vom bayerischen Sturm hatten sie noch gar nichts mitbekommen. Und sie selbst sollte längst in Seefeld angekommen sein und ihren Pflichtanruf erledigt haben. *Mama, bin gut angekommen. Grüß Papa ganz lieb. Ja, klar ich melde mich die Tage. Tschüss.* Katja griff zum Handy, um genau das so schnell wie möglich loszuwerden, bevor ihre überbesorgte Mutter womöglich die Nachrichten im Fernsehen verfolgte. Sie drückte auf den elterlichen Kontakt, aber die Leitung blieb stumm.

„Da werden's kein Glück haben. Seit der Lawine gibt's keinen Handyempfang mehr. Muss wohl irgendwo einen Mast umgelegt haben.“

„Und Skype?“, fragte Katja und steckte ihr Telefon frustriert wieder ein.

„Was ist das denn?“

„Das Internet?“

Dr. Brunner nickte. „Mein Telefon geht und dann funktioniert auch das Internet. Aber ich wusste gar nicht, dass man das Internet jetzt Skype nennt.“

Katja musste lächeln.

„Ich geb Ihnen jetzt eine gute Creme. Die schmieren Sie drei bis fünf Mal am Tag auf die Hand. Und hiervon“, er hielt ihr eine Packung Tabletten hin, „nehmen Sie höchstens vier am Tag. Sonst kriegen Sie's mit dem Magen. Die Hand schön ruhig halten. Am besten packen Sie sie in einen Schal um den Hals. Sonst gebe ich Ihnen noch eine Schlinge mit.“

Katja nickte. „Ich nehme mein Tuch. Danke. Was bin ich Ihnen schuldig?"

„Nichts. Das zahlt Ihre Krankenkasse." Er machte sich gerade an einer Karteikarte zu schaffen, als sie beide zusammenzuckten. Jemand klingelte an der Haustür. Und dieser jemand war sehr ungeduldig. Das Stakkato von Summtönen hörte erst auf, als Frau Brunner offenbar die Tür erreichte.

„Entschuldigen Sie mich." Mit überraschender Wendigkeit war Dr. Brunner vom Schreibtisch aufgestanden und durch die Tür verschwunden. Katja hörte aufgeregte Stimmen durcheinandersprechen. Den Touristen gegenüber hatten sich die Bewohner, die Katja bisher getroffen hatte, Mühe gegeben. Jetzt untereinander sprachen sie derart ausgeprägten bayerischen Dialekt, dass Katja so gut wie nichts verstand. Bis sie eine laute weibliche Stimme vernahm. Diese Stimme war klar und klang nach Nordseeurlaub. Katja horchte auf. War das eine Beamtin aus dem Polizeiwagen hinter ihr? Das war wunderbar. Sie konnten also gerettet werden.

„Sie können sich auf den Kopf stellen. Ich lasse mich von Ihrem Doktor untersuchen. Aber ins Krankenhaus gehe ich nicht. Ich glaube, Sie wissen gar nicht, was es bedeutet, dass der Gefangene geflohen ist."

„Gnädigste. Er wird kaum geflohen sein. Wir vermuten, er ist herausgeschleudert worden und längst tot."

„Dann finden Sie ihn! Danach folge ich Ihnen gerne nach Bad Tölz ins Krankenhaus. Aber mit mir ist alles in Ordnung."

„Aber bittschön sagen Sie uns nicht, wie wir unsere Arbeit zu tun haben. Sonst stünden Sie jetzt nämlich nicht hier, sondern hingen noch da droben. Wer noch da drunten liegt, der ist schon längst nicht mehr. Wenn Sie Ihren Gefangenen sehen wollen, dann müssen Sie schon bis zur Schneeschmelze warten."

Katja hörte Stiefelschritte und hektische Geräusche. Sie war bereits an der Tür, die Dr. Brunner nur angelehnt hatte. Ihre Neugier siegte. Wenn sie jetzt da rausginge, würde man sie wegschicken und sie wollte zu gern wissen, über welchen Gefangenen diese Frau gesprochen hatte.

„Meine Gute, Sie stehen unter Schock. Zuerst einmal legen wir Sie jetzt hin und stabilisieren Ihren Kreislauf. Keine Widerrede“, hörte Katja die väterliche Stimme Dr. Brunners. Sie sah vorsichtig durch den Türspalt. Der Arzt ging voraus, und eine Frau, auf jeder Seite gestützt von einem Sanitäter, der sie unter ihren Achseln hielt, folgte. Sie trug Uniform und schien Mitte vierzig zu sein, aber ihr fahles Gesicht glich im Moment eher der grau melierten Wandtapete, an der sie vorbeilief. Ihr Gang war trotz der stützenden Hände unsicher, und eben noch energisch und laut sprechend, schwieg sie jetzt. Dr. Brunner öffnete die Tür zum Nachbarraum und führte mithilfe seiner Frau die Polizistin hinein. Die Sanitäter blieben im Flur zurück und schnell verzog sich Katja vom Türspalt.

„I kann sie verstehen, wenn der Kollege da tot neben einem … war kein schöner Anblick nicht“, sagte einer der Helfer leise.

„Deshalb muss sie sich hier nicht so aufspielen. Ist auch nur eine Polizistin wie der Heinrich oder der Sepp. Apropos Sepp. Habt's ihn schon informiert?“, antwortete der zweite.

„Klar, und die Kripo in Garmisch auch gleich. Und die wollten wohl auch gleich in München Bescheid geben.“

„Und? Schicken's wen?“

„Bei dem Wetter? Und außerdem: Glaubst, dass der noch hat fliehen können?“

„Möglich wär's. Unterm Auto war nix von Lawine oder so. Da hätt er gut wegkommen können. Hast gehört? Ein Frauenmörder soll er sein.“

„So ein Schmarrn. Woher willsten des wissen?“

„Vom Sepp."

„Na, dann haben wir noch mal saugutes Glück gehabt, wenn der tot ist."

Eine Tür klappte. „Ihr könnt's jetzt gehen", hörte Katja Dr. Brunners Stimme. „Alles wieder gut. Sie muss sich nur ausruhen."

„Recht ist's."

„Hat's denn noch mehr Verletzte oder Tote gegeben?"

„Nur ein junges Pärchen. Aber die san mit einem Schrecken und ein paar blauen Flecken davongekommen. Sie sind nach Bad Tölz. Da, wo die Frau auch hinsollte, wenn sie sich nicht so gewehrt hätte. In Richtung Garmisch und Mittenwald, da geht gar nichts mehr. Da haben sie alles zugemacht. Sind noch mehr Lawinen runtergekommen. Gott sei Dank aber alle nach der Sperrung."

„Und die ganzen Einsatzkräfte auf der Seite?"

„Warten gerade, bis die Bulldozer eine Spur freigemacht haben, dann müssen alle zur andern Seite raus. Ihr hier in Grahmried seid's erst mal auf euch gestellt."

„Na dann, pfürt's euch, Jungs, und passt auf, dass ihr heil heimkommt."

„Dankschön Doktor. Sagen Sie, ist die Frau stabil?"

„Freilich. Ich habe ihr eine Spritze gegeben und die Wunde am Kopf versorgt. Ich werde sie hier zur Beobachtung behalten, falls sie eine Gehirnerschütterung hat."

„Könnt' das auch Ihre Frau?", fragte einer der Sanitäter, jetzt in deutlich geminderter Lautstärke.

„Was wollt's denn von mir?"

„Der Tote da oben. Die Kollegen mit dem Leichenwagen warten schon geraume Zeit. Dabei stehen sie nur im Weg rum, wegen der Bulldozer und der Radlader. Ist ganz schön eng dort oben geworden. Und von der Kripo aus Tölz konnten sie noch keinen schicken. Also darf die Leiche nicht weggeschafft werden."

„Geht's also nur um die Bestätigung, dass er tot ist? Gut. Wartet."

Katja stand regungslos und atmete flach. Gleich würde Dr. Brunner seinen Arztkoffer holen und sich wundern, weshalb sie sich hinter der Tür versteckte. Aber nach einigem Türenklappen und Geräuschen aus dem Flur, die vermuten ließen, dass sich der Doktor gerade Schuh und Mantel anzog, bewegte sich nichts in ihre Richtung. Als sie die Tür ins Schloss fallen hörte, atmete sie erleichtert aus. Warum hatte sie eigentlich den richtigen Moment verpasst, um sich in Erinnerung zu rufen? Sie war ungewollt Ohrenzeugin einer äußerst spannenden Geschichte geworden. Ein entflohener Mörder in natura statt in einem Buch oder Spielfilm – das war schon etwas. Für den Moment hatte sie allerdings nicht die geringste Ahnung, ob sie sich freuen oder Angst haben sollte, jetzt im Dunklen allein zum Gasthof zurückzulaufen.

+++ *16:51 UHR, GEISSLERHOF* +++

„Ein Sauwetter is des!" Rupert Geissler zog die niedrige Tür des Wohngebäudes hinter sich ins Schloss. Mannshohe Kanäle zogen sich über seinen Hof und nun hatte er Muskelkater vom Schneeschippen. Er sollte lieber zu Hause bleiben. Den kurzen Weg über die Weide ins Dorf, das konnte er heute vergessen. Aber er würde jetzt gerne zum Seidl, ein paar Bierchen trinken und hören, wie es gewesen ist, heute auf der Straße droben. Er könnte die Hälfte über die Weide gehen. Bis zur Scheune. Bis dahin hatte er freigeschippt, weil er das Heu von da drinnen brauchte. Dann ein kleines Stück durch den Schnee gekämpft zur nahe verlaufenden Hauptstraße, und schon könnte er bequem den Rest ins Dorf laufen. Aufgeregt war der Jens vorhin am Telefon gewesen. Er käme nicht zum Essen heim. Eine Lawine sei niedergegangen, hier direkt bei ihnen. Oben auf der Straße, und ein paar Autos hätt' sie unter sich begraben. Rupert blickte die Bergkette entlang und hielt Ausschau nach Lichtern, die durch den Wald von der Straße vielleicht bis hier herunter blitzten. Er lauschte nach ungewohnten Geräuschen. Aber der Sturm verschluckte alles. Außerdem kamen Lawinen leise. Wenn man sie hörte, waren sie bereits da. Beim Skifahren hatte er das selbst schon erlebt.

Rupert machte sich auf den Weg. Zwischen dem Geisslerhof und dem Dorf gab es nur flaches Land. Und die Lichter des Dorfes gaben die Richtung vor. Allerdings wirkte der Ort heute kleiner als sonst. Die Häuser am Ende zum Seidl-Wirt hin lagen im Dunklen. Auch die Straßenlampen brannten dort nicht. Er lief trotzdem weiter auf die Scheune zu. Dahinter lag der Wald, der die steilen Berge bekleidete wie ein dicker Mantel. Trotz der weißen Mützen auf den Tannen ragte die Bergkette tiefdunkel gen Himmel und bildete gegen den helleren Hintergrund des Himmels ein Zickzackmuster. Doch hier unten gab der Schnee genug Licht. Außerdem konnte er die Wege auch im Schlaf gehen. Am Waldrand bewegte sich etwas. Seine Augen waren besser als bei allen anderen in der Familie. Stolz war er darauf. Der Jens, sein jüngerer Bruder, der müsste längst eine Brille tragen, aber damit tat er sich schwer, wegen seiner Spezln von der Bergwacht. Und an Mutter ohne Brille konnte sich Rupert überhaupt nicht erinnern. Er sah genauer hin, aber außer der brausenden Luft und den schwingenden Baumkronen schien jetzt alles wieder stillzustehen. Es hatte aufgehört zu schneien, aber der Sturm wirbelte den Schnee von den nahen Bäumen und Feldern, dass es kaum einen Unterschied machte. Inzwischen war er dem Waldrand näher gekommen und konnte einen dunklen Punkt im Tiefschnee ausmachen, der sich bewegte. Langsam und schwerfällig. Es schien weder ein Reh noch ein Wildschwein zu sein und für einen Hasen war es viel zu groß.

Er hatte die Scheune erreicht. Einen Moment lang zögerte er. Um sie herum lag der Schnee gut einen Meter hoch. Seine Neugier siegte und er stampfte los. Und plötzlich wusste er, an was ihn die schwerfälligen Bewegungen erinnert hatten: Jemand kämpfte sich Schritt für Schritt über die Weide. Wie er jetzt gerade. Rupert hielt inne und strengte seine Augen an. Ja mei, es war tatsächlich ein Mensch.

„Hallo, Sie da", rief er. Und tatsächlich richtete sich der Oberkörper eines Menschen auf und beide Arme streckten sich in die Höhe. „Da legst dich nieder", entfuhr es Rupert. Die B11 verlief nicht weit von hier, nur mehrere Hundert Meter höher. Sollte das einer aus den verschütteten Autos sein? Rupert versuchte, schneller vorwärtszukommen. Aber jeder Schritt musste erkämpft werden. Der Fremde stand still. Warum kam er ihm nicht wenigstens entgegen?

Als Rupert endlich vor ihm stand, wusste er warum. Die Lippen des Mannes waren nur noch dünne Striche. Er trug keine Jacke, keine Kopfbedeckung. An seinem nackten Hals hing eine Kette mit einem großen silbernen Kreuz. Seine Gesichtshaut leuchtete beinahe so hell wie der Schnee, in dem sie sich beide gegenüberstanden. Rupert zog sich seine Jacke aus und legte sie dem Fremden um, dessen Lippen sich bewegten, aber kein Wort herausbrachten. Die Handgelenke des Fremden waren durch Handschellen verbunden. Das konnte doch nur bedeuten … Rupert kramte in seinem Gedächtnis, was Jens vorhin hastig am Telefon preisgegeben hatte. Eine Polizeibeamtin sei gerettet worden, leicht verletzt, aber ihr Kollege, der sei tot. Jesses, das hier musste ein Gefangener aus deren Auto sein. Anders ließen sich die Handschellen kaum erklären. Rupert sah an dem Fremden vorbei in Richtung Wald. Hoffentlich gab es hier nicht noch mehr von diesen Typen, die freigekommen waren. Nun, erst einmal musste er sich um dieses Exemplar kümmern. Er nahm seinen Schal ab und wickelte ihn dem Mann um den Kopf. Bestimmt waren Teile der Ohren schon erfroren. So etwas ging schnell. Dann trat er hinter den kraftlosen Mann, packte ihn mit beiden Armen unter die Achseln und half ihm, Fuß um Fuß vorwärts zu setzen. Er schob ihn in der Spur, die sein eigener Körper auf dem Hinweg in die Schneemassen gefräst hatte, zurück zur Scheune. Endlich waren sie am Tor. Rupert öffnete. Der Mann konnte sich nicht mehr aufrecht halten und vorsichtig ließ Rupert ihn auf den Scheunenboden gleiten. Rasch griff er die Petroleumlampe vom Haken, zündete sie an und betrachtete seinen Schützling genauer. Er trug nur noch einen Schuh. Der zweite Fuß steckte in einem zerrissenen Strumpf, der beim Hereinkommen in die Scheune eine rote Spur hinterlassen hatte. Vorsichtig schob Rupert ein wenig das nasse Hosenbein hoch. Der Unterschenkel zeigte mehrere Risse und kleine blutende Fleischwunden. Der Mann lag auf dem Boden zusammengekrümmt und schien wehrlos dem Zittern seines Körpers ausgeliefert zu sein. Rupert zog sein Handy aus der Hosentasche, um Jens und die Rettung zu informieren. Kein Empfang. Der Mann stöhnte und Rupert beugte sich zu ihm hinunter. „Keine Sorge. Ich hol Hilfe."

Beinahe wären ihm die Worte im Hals stecken geblieben. Sein Pulsschlag erhöhte sich und er vergaß, dass er selbst fror, seitdem er dem Mann Jacke und Schal überlassen hatte. Dieses Gesicht. Er hatte es Hunderte Male angesehen. Er konnte sich nicht irren. Sollte das Schicksal ihm so ein Geschenk machen? Freilich, das war er: Thomas Bach. Sogar den langen Weg zu den Verhandlungen nach Hamburg war Rupert gefahren. Über

Bach hatte er die meisten Unterlagen in seinem Archiv; drüben auf dem Hof, in dem kleinen Raum neben dem ehemaligen Schweinestall, von dem niemand wissen durfte, bis sein Buch fertig geschrieben war. Er, Rupert Geissler, würde das umfassendste Buch herausbringen, das es jemals über deutsche Serienmörder gegeben hatte. So genau wie er kannte sich niemand mit ihnen aus. Er wusste, wie sie dachten und fühlten, wie sie planten und nach welchen Kriterien sie ihre Opfer aussuchten. Und nun hatte das Glück ihm einen von ihnen leibhaftig in die Hände gespielt. Rupert konnte es kaum fassen. Allerdings hatte der Mann, der vor ihm am Boden lag, zurzeit wenig Ähnlichkeit mit dem damals auf der Anklagebank sitzenden Mörder. Der hatte vor 16 Jahren scheinbar in sich geruht und alle Fragen von Richtern und Staatsanwalt beantwortet. Und seine warme, sympathische Stimme hatte dabei im krassen Gegensatz zum Inhalt seiner Aussagen gestanden. Einen Verteidiger wolle er nicht, hatte er gesagt, und der Pflichtverteidiger hatte kaum etwas zu tun gehabt, da Bach alle Geständnisse vor Gericht umfassend wiederholt hatte.

„Ich geh jetzt trockene Sachen und Verbandszeug zusammensuchen. Und Werkzeug“, sagte er mit Blick auf die Handschellen. Thomas Bach reagierte nicht.

Rupert war erleichtert, dass seine Mutter nicht zu Hause war und Jens sicherlich noch irgendwo da oben im Einsatz. Er suchte Kleidung, Decken und den Verbandskasten zusammen. Er hatte vergessen, nach Bachs Schuhgröße zu sehen, aber die alten Stiefel aus dem Stall würden schon passen, jedenfalls waren sie besser als nichts. Während das Teewasser auf dem Herd heiß wurde, schmierte er ein paar Brote und holte aus dem Speicher den kleinen Gasofen, prüfte den Füllstand der Flasche und griff von den Haken an der Wand eine Metallsäge. Als er in die

Küche zurückkehrte, war der Tee fertig und er füllte ihn in eine Thermoskanne. Dann verstaute er alles in einem Rucksack und packte diesen und den Ofen nebst Gasflasche auf einen Schlitten. Der Schneeregen von heute Nachmittag hatte eine glatte Oberfläche auf dem festgetretenen Schnee gebildet und er war mit seinem Hilfspaket schnell wieder bei der Scheune.

Bach lag unverändert auf dem Boden. Das Zittern hatte aufgehört. War er tot? Erschrocken schlug Rupert ihm kräftig auf die Wangen. Bach stöhnte, öffnete aber nicht die Augen. Dem Himmel sei Dank, dachte Rupert. Mit der Heugabel griff er sich einen der gestapelten Ballen und verteilte das Heu in einer Ecke der Scheune zu einem Lager, auf dem er die mitgebrachten Wolldecken ausbreitete. In gebührendem Abstand stellte er den kleinen Gasofen auf und entzündete ihn. Er musste es hier wärmer kriegen, sonst hatte Bach keine Chance.

„Los! Helfen Sie mit", forderte er Bach auf. Doch er musste ihn auf das Strohlager ziehen. Dort befreite er ihn von der nassen Hose, Unterhose, dem verbliebenen Schuh und den Strümpfen. Er breitete die Aludecke aus dem Verbandskasten über den Entblößten. Kurz zögerte er und besah sich die Geschlechtsteile Bachs. Wie konnte jemand von so einem kleinen Würstchen getrieben vier Frauen umbringen? Für einen kurzen Moment überwog der Ekel das brennende Interesse, diesen Mörder für sein Buch zu interviewen. Rupert schüttelte sich und verscheuchte damit die Vorstellungen an die Einzelheiten der Taten Bachs. Sorgsam wickelte er den Körper mit der Aludecke ein und ließ nur Kopf und Arme draußen. Mit der Eisensäge machte er sich daran, die Verbindungskette der beiden Schellen zu durchtrennen. Während er angestrengt sägte, öffnete Bach die Augen. Rupert unterbrach und holte die Thermoskanne.

„Sie müssen was Warmes in den Bauch kriegen." Er hob Bachs Kopf an und führte den Teebecher an seine Lippen. Seine

Blicke trafen die seines Patienten und Rupert erkannte das Erstaunen in ihnen.

Endlich waren die Handschellen durchtrennt, und Rupert konnte Bach von seinem nassen Pullover und dem T-Shirt darunter befreien. Er zog die Aludecke weiter bis zum Hals hoch. Bach sah jetzt aus wie eine Mumie. Eine Mumie, die zu zittern begann.

„Das ist ein gutes Zeichen. Eben dacht ich schon, Sie seien tot." Wieder flößte er ihm Tee ein. Sein Schützling konnte jetzt wenigstens die Augen offen halten. „Ich kümmere mich um die Wunden und zieh Ihnen was Warmes an. Dann sind Sie schon fast wieder wie neu."

Immer wieder unterbrach Rupert das Desinfizieren und Verbinden des verletzten Beins, um Bach Tee zu verabreichen. Der Fuß, der seinen Schuh verloren hatte, sah nicht gut aus. Hoffentlich war der noch zu retten. Aber ansonsten zeigte seine Hilfe jetzt Erfolg. Bach konnte mit seinem Körper schon ein wenig mithelfen, als Rupert ihm die mitgebrachte Kleidung anzog. Auch wenn er dabei immer wieder durch heftigen Schüttelfrost unterbrochen wurde. Schließlich war es geschafft. Rupert legte die Aludecke wieder um Bachs Körper und ließ nur die Arme und Schultern des Verunglückten frei, der mit zitternden Händen jetzt schon selbst den Teebecher halten konnte.

Zum Sprechen hatte seine Kraft bisher wohl noch nicht gereicht. Deshalb erschrak Rupert, als Bach das erste Mal etwas sagte. „Warum machen Sie das? Die Polizei ..."

„Machen Sie sich keine Sorgen. Die sind tot und im Moment kann niemand hierher. Lawinen. Überall sind Lawinen runtergekommen."

„Ich will aber nicht ..."

„Sie sind hier sicher. Ich helfe Ihnen, und wenn's Ihnen wieder gut geht, dann helfen Sie mir. So einfach ist das. Glauben

Sie mir: Sie bleiben mir nichts schuldig. Bin froh, Sie getroffen zu haben. Jetzt müssen Sie erst mal was in den Bauch kriegen und wieder warm werden."

„Ich soll bald freikommen."

„Ja freilich", antwortete Rupert und gab Bach eines der Brote. Ja, freikommen würde Bach nun. Durch ihn. Aber erst noch musste er alles von ihm wissen. Die Nachwelt würde es ihm danken. Besonders die Polizei. Da machte sich doch niemand die Mühe herauszufinden, warum Menschen so etwas taten. Was da oben im Hinterstübchen schieflief, dass sie Frauen und Mädchen abmurksten. Seine Arbeit würde ein Meilenstein für die Polizei bedeuten. Also sollten die mal brav warten, bis sie Bach wieder in die Hände bekamen.

„Ich muss jetzt noch mal weg. Nachher bringe ich Ihnen Tabletten gegen die Schmerzen. Die muss ich erst suchen. Geht's so lang?"

Bach sah ihn nachdenklich und lange an. Dann nickte er.

Rupert schloss das Tor und legte den Riegel vor. Einen Moment zögerte er. Sollte er die Scheune offen lassen? Und wenn jemand gegen die Dunkelheit durch die Ritzen den schwachen Lichtschein des Gasofens sah? Sicher war sicher. Rupert ließ das Vorhängeschloss zuschnappen.

+++ *16:47 UHR, ARZTPRAXIS DR. BRUNNER* +++

Katja hatte die Hand bereits an der Türklinke, als erneut die Tür des Nachbarraumes geöffnet wurde. Sie spähte durch den Türspalt in den Flur. Frau Brunner ging in die gegenüberliegende Küche, schloss die Tür hinter sich und Katja hörte sie hantieren. Leise verließ sie das Zimmer, um sich auf den Heimweg zu machen. Doch zuvor musste sie noch einen Blick in den Nebenraum werfen. Es war ein weiterer Behandlungsraum, und von einer Liege aus starrte sie die Polizistin an, die sich einen Moment später zur Wand drehte und ihr Gesicht hinter beiden Händen verbarg. Katja sah das Zucken ihres Rückens. Sie konnte nicht anders. Statt das Haus zu verlassen, ging sie zur Liege, setzte sich auf die Kante und legte ihre Hand auf den Rücken der lautlos weinenden Frau. Polizisten waren eben auch nur Menschen. Im Kriminalroman und im echten Leben erst recht.

„Kann ich Ihnen helfen?" Nach einer Weile ließ das Zucken unter Katjas Hand nach. „Ich kann Ihren Schrecken verstehen. Ich wurde auch beinahe verschüttet. Waren Sie und Ihr Kollege befreundet?"

Die Polizistin drehte sich um. Sie versuchte, ihr verweintes Gesicht sauber zu wischen, erreichte aber das Gegenteil. Reste ihres eigenen Blutes, das ihr offenbar zuvor von der jetzt verbundenen Stirn gelaufen war, Wimperntusche und der Schmutz ihrer Hände zeichneten wirre Muster in ein ansonsten hübsches Gesicht. Die langen braunen Haare schienen noch immer feucht und waren oberhalb der Stirn blutverklebt.

„Entschuldigung. Mein Kollege. Nein, wir kannten uns noch nicht lange. Aber er war ein netter Kerl." Bei den letzten Worten traten ihr wieder Tränen in die Augen. Katja sah sich um. An der Wand gegenüber war ein Waschbecken und sie entdeckte daneben auf dem Sideboard Verbandsmull. Sie benässte mehrere Lagen, trat an die Liege zurück und war gerade im Begriff, das Gesicht der Polizistin zu säubern, als Frau Brunner den Raum betrat und vor Schreck beinahe ein Tablett mit Tee und Kuchen fallen ließ. „Ach, Sie sind auch noch hier?"

Katja stand auf. „Ihr Mann hat mich drüben wohl vor lauter Aufregung vergessen. Und ich wollte nicht stören. Sie hier war wichtiger." Sie zeigte auf die Polizistin.

„Ach herrje. Na, mein Mann wird bald wieder heimkommen. Brauchen Sie denn noch was?“

Katja hatte nicht vor, zu gehen, bevor sie mehr von der Polizistin erfahren hatte. Sie lächelte Frau Brunner an und schielte auf das Tablett. „So einen warmen Tee. Das wäre schon etwas nach all dem Schrecken.“

„Da hol ich doch gleich noch eine Tasse. Und einen frischen Hefezopf gibt’s dazu. Selbst gebacken. Der stärkt Körper und Geist.“ Frau Brunner stellte das Tablett auf dem großen Schreibtisch ab. Die Polizistin wollte sich aufrichten.

„Nichts da! Sie bleiben schön liegen. Hören Sie? Bei dem Schlag wär’s kein Wunder, wenn Sie eine Gehirnerschütterung haben. Damit ist nicht zu spaßen.“

Kaum war Frau Brunner aus dem Zimmer, richtete sich die Polizistin vollständig auf.

„Vielleicht sollten Sie wirklich besser …“, gab Katja zu bedenken.

„Mir geht es gut. Tun Sie mir einen Gefallen? In meiner Jacke müsste mein Handy stecken. Ich muss unbedingt telefonieren.“ Sie zeigte auf die Uniformjacke auf dem Stuhl am Fuß der Liege.

„Kein Empfang. Ich hab es schon versucht.“ In diesem Moment fiel Katja ein, dass sie unbedingt mit ihren Eltern sprechen wollte. „Ich wohne im Gasthof Huber. Dort hatte ich vorhin guten Empfang. Soll ich jemanden für Sie anrufen? Außerdem geht das Festnetz hier auch, sagt der Doc.“

„Ich habe nicht vor, hier heimisch zu werden. Sind in diesem Gasthof noch mehr Zimmer frei? Wie groß ist das Dorf eigentlich? Ich habe vorhin auf dem Weg hierher nicht viel mitbekommen.“

„Es ist winzig“, antwortete Katja. „Woher kommen Sie? Ich bin übrigens Katja Reichenberger.“ Sie streckte der Polizistin die Hand entgegen. Diese sah sie verdutzt an und reichte dann ebenfalls die Hand. „Polizeiobermeisterin Jensen, Claudia Jensen. Ich komme eigentlich aus Hamburg, bin aber seit ein paar Monaten hier in Bayern tätig. Sind Sie die Fahrerin des Jeeps vor uns?"

Katja nickte. „Mich hat die Lawine gar nicht richtig erwischt. Aber es hat mir trotzdem gereicht. Wie muss es erst Ihnen ergangen sein."

„Wie im Schleudergang meiner Waschmaschine", antwortete Claudia, und ihr Versuch zu lächeln misslang kläglich.

„Sie sollen sich doch nicht bewegen", schimpfte Frau Brunner, die mit einem weiteren Gedeck zurückkehrte.

„Ich muss unbedingt meine Dienststelle anrufen und eine Großfahndung veranlassen. Kann ich Ihr Telefon benutzen?"

Frau Brunner goss schweigend Tee ein.

„Bitte", fügte Claudia mehr widerwillig als freundlich hinzu.

„Großfahndung nach einem Lawinentoten? Das macht keiner. Bleiben Sie liegen! Ich bring Ihnen das Telefon." Wieder verließ die Arztfrau den Raum. Claudia sah Katja unschlüssig an. „Sie werden jetzt sicherlich gehen wollen? Wir sehen uns dann im Hotel. Es wäre nett, wenn Sie mir schon ein Zimmer reservieren könnten. Obwohl, in diesem Kaff ..."

„In unserem Kaff, wie Sie es ausdrücken, gibt's augenblicklich überhaupt kein Zimmer mehr." Frau Brunner war bereits zurückgekehrt und so langsam verlor sie ihre Freundlichkeit.

„Vorhin im Gasthof hatte ich noch jede Menge Auswahl bei den Zimmern. Sitzen noch weitere Autofahrer hier fest?", fragte Katja, bemühte sich um einen besonders höflichen Tonfall und lächelte die Arztfrau an. „Ihr Tee schmeckt wirklich gut. Genau das, was ich nach dem Schrecken gebraucht habe."

„Da muss ich zustimmen. Vielen Dank für Ihre Fürsorge. Bitte verstehen Sie. Ich habe meine Gründe, weshalb ich so ungeduldig bin", gab auch die Polizistin klein bei.

„Mich hat gerade die Huber-Maria angerufen, die Wirtin vom Gasthof Huber. Das halbe Dorf ist ohne Strom. Die Gäste vom Gasthof zur Sonne mussten alle umziehen und ein paar Leute aus dem Dorf wollten wohl auch nicht im Dunkeln bleiben. Und die Hubers haben nur zehn Zimmer. Raus aus dem Ort kommt niemand mehr.“ Während sie sprach, hatte Frau Brunner den Kuchen aufgeschnitten und auf Teller verteilt, von denen sie jetzt Katja und Claudia je einen reichte.

„Und was mache ich jetzt?“ Mit ratlosem Gesicht nahm Claudia den Kuchenteller entgegen.

„Sie bleiben hier. Mein Mann lässt Sie sowieso nicht gehen. Ich bring Ihnen nachher Bettzeug. Und den Jens, der ist bei der Bergwacht, den ruf ich später mal an, ob seine Spezln in Ihrem Auto noch was von Ihrem Gepäck gefunden haben.“

„Gepäck?“ Claudia stellte den Kuchenteller neben sich auf die Liege. Mit beiden Händen tastete sie ihren eigenen Körper ab. Ihr Gesicht zeigte blankes Entsetzen.

„Ist Ihnen schwindlig? Ich sag doch: Bleiben Sie lieber liegen.“ Erschrocken hastete Frau Brunner zur Liege. Katja stand auf und machte ihr Platz. Die Arztfrau versuchte, Claudia wieder in die liegende Position zu drücken. Die aber wehrte die Hände der alten Dame ab. „Nein. Lassen Sie. Ist gut. Mir ist nur gerade etwas eingefallen.“

Katja überlegte und plötzlich wusste sie, wonach die Beamtin gerade getastet hatte und warum sie so erschrocken war. Sie sah sich im Zimmer um und griff Uniform- und Winterjacke der Polizistin vom Stuhl neben der Liege. Sie reichte ihr beides. „Vielleicht steckt sie da drin?“, sagte sie verschwörerisch leise.

Erstaunt nahm Claudia die Jacken und tastete deren Taschen ab, ohne Katja aus den Augen zu lassen. Dann schüttelte sie den Kopf.

„Ich weiß nicht, was Sie suchen. Aber so wichtig wird's schon nicht sein. Seien Sie froh, dass Sie das Leben haben", kommentierte Frau Brunner ärgerlich.

„Doch, es ist sehr wichtig. Meine Waffe fehlt."

Jetzt erschrak sogar Frau Brunner.

„Gibt es hier im Dorf eigentlich eine Polizeidienststelle?", fragte Claudia.

„Eine kleine Wache hat's dort, wo der Strom weg ist. Aber der Heinrich, der Polizist, der die junge Dame hier hergebracht hat, der wohnt hier ganz in der Nähe."

„Kann ich mit ihm sprechen?"

„Ich kann's versuchen." Frau Brunner nahm das Telefon und wählte. „Ach, der Heinrich schläft. Ist ihm nicht zu verdenken, nach dem Einsatz heute."

Claudia winkte heftig mit beiden Händen. „Ich muss ihn aber sprechen. Es ist dienstlich", sagte sie leise, aber in sehr dringlichem Tonfall. Während Frau Brunner die Mutter des Polizisten Heinrich davon zu überzeugen versuchte, den armen Heinrich wohl oder übel zu wecken, sagte Claudia mehr zu sich selbst als zu Katja: „Wie kann der jetzt schlafen, anstatt eine Wache zu organisieren." Sie schüttelte den Kopf über so viel dörflichen Leichtsinn.

„Wir könnten doch mit den Einwohnern eine Nachtwache organisieren. Die sind bestimmt einverstanden, wenn sie hören, wer sich hier vielleicht herumtreibt."

Claudia, die gerade einen Schluck Tee trank, verschluckte sich prompt. Mit aufgerissenen Augen sah sie Katja an. „Woher … was wissen Sie denn?"

„Wer treibt sich hier rum?", fragte Frau Brunner, und Katja flüsterte leise: „Ich weiß über den Gefangenen Bescheid. Sagen Sie mir, was ich machen soll, solange Sie hier liegen müssen. Ich habe ja sonst nichts zu tun."

Statt zu antworten, stöhnte Claudia vernehmlich auf. „Und? Kommt der Mann?"

Frau Brunner nickte.

„Kann ich bitte das Telefon haben? Und lassen Sie mich beide jetzt alleine. Es ist dienstlich und wirklich wichtig."

„Ich weiß doch schon Bescheid", widersprach Katja und wusste nicht, ob in ihr der Ärger über den Tonfall dieser Claudia oder der Wunsch überwog, noch ein wenig länger Komparse in dieser Realityshow zu bleiben.

„Nichts wissen Sie. Ich bin Ihnen wirklich sehr dankbar, aber lassen Sie mich jetzt meine Arbeit tun, okay?"

Frau Brunner zuckte mit den Achseln, drehte sich um und verließ den Raum. Katja folgte ihr, zog die Tür hinter sich zu und blieb unmittelbar dahinter stehen. Noch gab sie sich nicht geschlagen. Leider konnte sie nur wenige Worte der Polizistin aufschnappen. Offenbar informierte sie ihren Gesprächspartner über ihre Situation und den Tod ihres Kollegen. Nach Nennung dessen Namens meinte Katja ein Schluchzen wahrzunehmen, aber schon einen Moment später sprach Claudia wieder mit der gleichen forschen Stimme, mit der sie Frau Brunner und sie aus dem Zimmer geschickt hatte. Katja zog ihren Taschenkalender aus der Handtasche, riss einen leeren Zettel heraus und notierte ihre Handynummer und eine kurze Nachricht.

Ich weiß, dass der Mörder eventuell überlebt hat und entkommen konnte. Ich finde, man muss die Dorfbevölkerung warnen. Wenn Sie Hilfe brauchen, rufen Sie mich an. Ich habe ein Doppelzimmer. Sie können bei mir schlafen.

Katja

Sie faltete den Zettel zusammen und kehrte zurück zu der noch immer telefonierenden Claudia. Sie drückte der erstaunten Polizistin den Zettel in die Hand, drehte sich um und verließ den Raum.

„Ganz herzlichen Dank für Ihre Hilfe, liebe Frau Brunner. Die Creme und die Schmerztabletten habe ich eingesteckt. Grüßen Sie den Doktor von mir."

Katja verließ kurzerhand die Praxis und machte sich auf den Rückweg zum Gasthof Huber.

Oh Mann. Was für ein Tag. Einerseits konnte sie es kaum erwarten, Miriam zu berichten – aber erst nach dem längst fälligen Anruf bei ihren Eltern –, andererseits sah sie sich beim Gehen dauernd um. Die Schneewände, die links und rechts die kleine Straße säumten, waren höher als sie selbst und nahmen ihr jede Möglichkeit, das Gelände zu überblicken. Auch in Berlin lief sie manchmal in der Dunkelheit durch die Straßen. Aber in diesen Momenten kontrollierte sie eher, ob ihr Handy fest in der Hosentasche steckte, und presste ihre Handtasche vor den Bauch oder steckte sie unter die Jacke. Ein Frauenmörder – gab es eigentlich Frauenmörder, die keine Sexualmörder waren? – hatte es aber weder auf ein Mobiltelefon noch auf irgendwelche sonstigen Wertsachen abgesehen. Die Dunkelheit um sie herum schien trotz des Schnees dichter zu werden, das Licht der Straßenlaternen dagegen schwächer. Sie lief schneller. Atemlos erreichte sie den Gasthof und wäre beinahe über Holger Koch gestolpert, der in diesem Moment die Treppe herunterkam.

„Das hat aber lange beim Arzt gedauert", staunte er. „Alles gut mit Ihrem Handgelenk? Haben Sie mitbekommen? Im halben Dorf gibt es keinen Strom. Ich muss jetzt mit meinen Töchtern in einem Raum schlafen, damit sie alle unterkriegen, die nicht in ihren Häusern bleiben können. Ich wollte mir gerade wenigstens noch einen freien Tisch zum Abendessen sichern. Das Restaurant wird bestimmt voll werden. Haben Sie Lust, mit uns zu essen?"

Sie nickte. „Gerne. Wo sind denn Ihre Töchter?“

„Leah und Hannah sind draußen. Sie wollten sich noch ein bisschen bewegen. Ich befürchte, dass sie irgendeinen der mühsam beiseitegeschaufelten Schneehaufen für ihre Snowboard-Übungen missbrauchen.“ Er lachte und schien sich die letzte Stunde auf dem Zimmer bestens erholt zu haben. Er hörte auf zu lachen, als er wahrnahm, wie ernst sie ihn ansah. „Haben sie die anderen gefunden? Sind sie …“

„Ein Mann ist tot. Eine Frau liegt beim Doktor, sie ist nur leicht verletzt. Aber darum geht es nicht. Kommen Sie. Wir müssen Ihre Zwillinge sofort zurückholen.“ Sie zog den verständnislosen Holger am Arm hinter sich her zum Ausgang.

+++ *17:02 UHR, RIEDELHOF* +++

Franz wollte ins Dorf. Er hatte einen Anruf eines Polizisten erhalten, dass eine Lawine auf der Straße abgegangen und für die Bevölkerung eine Informationsveranstaltung im Gasthof einberufen worden sei. Als die Tür hinter Franz ins Schloss fiel, machte sich in Ann Thompsons Herzen Erleichterung breit. Ihrem bösen Streit war erst einmal eine Ruhephase gegönnt. Wie hatte sie auch glauben können, hierher zurückzukehren und ihr Bruder würde ihr vor Freude um den Hals fallen? Hass verschwand auch nach fünfzehn Jahren nicht und sein Vorwurf, sie sei schuld am Tod der geliebten Mutter, hatte sich im Strom des Lebens nicht aufgelöst. Im Gegenteil, mit jedem Jahr schien er sich tiefer in Franz’ Seele eingegraben zu haben. Und ihre Gefühle? Jede Holzfuge und jedes Türknarren war ihr immer noch so vertraut. Selbst die Vorhänge vor den kleinen Fenstern waren noch die gleichen. Sie stieg die steile Holztreppe ins Obergeschoss. Hinter der ersten Tür des engen Flurs hatte sie ihr weniges Gepäck abgestellt. Der Raum war früher ihr Zimmer gewesen, doch nichts erinnerte mehr daran. Die Tür daneben führte in Franz' Raum. Sie ging vorbei, denn das Ende des Flurs zog sie wie magisch an. Diese Tür war es, die sie am meisten gefürchtet hatte. Damals und auch heute. Ihre Hand verharrte einen Moment auf der Klinke, dann drückte sie sie hinunter und Ann starrte auf das große Doppelbett aus Eichenholz. In ihm war geboren und gestorben, gezeugt und geliebt worden. Und sie hätte es am liebsten auf der Stelle verbrannt. Ann musste tief ein- und ausatmen, um der Beklemmung in ihrem Brustkorb Herr zu werden. Es gelang ihr nicht. Ein letzter Blick aus dem Fenster hinunter auf den Hof. Wie oft hatte sie als junges Mädchen in diesem Bett gelegen und sich vorgenommen, wenn er endlich von ihr abließe, würde sie dort auf den Fenstersims klettern und sich auf den kahlen Betonboden hinunterstürzen. Bis sie eines Tages Franz in der Tür stehen sah. Und noch viele Male danach. Von da an wollte sie nicht mehr aus dem Fenster springen, sondern ihren großen zuschauenden Bruder vernichten. Es wäre ihr gelungen, wenn ihr nicht die Mutter mit Krankheit und Tod einen Strich durch die Rechnung gemacht hätte.

Ann wandte sich um und verließ den Raum. Jetzt wusste sie: Wenn sie ihren Hass zuließe, wäre er noch ebenso da wie beim Franz. Die Erinnerungen in diesem Haus kamen ihr zu nah. Sie richtete ihre Gedanken nach Australien, zu ihrem Mann und ihren Kindern. Nach den ersten schweren Jahren allein auf dem fremden Kontinent waren sie das Glück gewesen, das den Hass bedeckt hatte, und alles in allem war Ann dankbar für ihr Leben, jedenfalls für das Leben nach Grahmried. Als sie durch ihre Heirat die australische Staatsbürgerschaft beantragen konnte, hatte sie ihren Vornamen Anne in Ann geändert. Das „e" wurde im Englischen sowieso nicht ausgesprochen und es erschien ihr passend, alles Vergangene gemeinsam mit diesem Buchstaben zu begraben.

Ann ging in die Küche und setzte Teewasser auf. Sie sah in die Speisekammer und den Kühlschrank. Außer Konserven und Würsten, die von der Decke hingen, hatte Franz kaum etwas Essbares im Haus. Sie hätte auch nichts heruntergebracht. Zu tief saß die Traurigkeit, wie heftig Franz sie vorhin angegangen war. Was sie sich einbildete, nach so langer Zeit das Geld des Vaters zu wollen, wo er sich die ganzen Jahre hatte alleine abgerackert, um zuletzt den Vater pflegen zu müssen. Recht hatte der Franz. Und wenn er nicht ihrer Qual im elterlichen Schlafzimmer nur zugesehen, sondern einmal den Mund aufgemacht hätte und bei der Mutter für sie eingestanden wäre, dann ließe sie ihm jetzt alles: den Hof, das Aktienpaket, von dem niemand etwas gewusst hatte. *Lügnerin* und *frühreifes Früchtchen* hatte die Mutter sie geschimpft, sie an den Haaren in die Kirche zur Beichte gezogen. Wie könne man sich so versündigen, hatte sie immer und immer wieder gefragt, statt der Tochter in die Augen zu sehen und die Wahrheit darin zu lesen. Und der Pfarrer Kern hatte ihre Beichte angehört. Ann hatte seine Wut hinter der Gitterwand gespürt, das Zittern in seiner Stimme vernommen und jedes Mal gehofft, er würde den Mut haben, mehr zu tun, als ihr Ratschläge zu geben. Die Haare solle sie sich abschneiden und Hosen anziehen. Dafür sorgen, niemals allein auf dem Hof zu bleiben oder gar in die Nähe ihres Peinigers zu kommen.

Jetzt, nach all den Jahren hatte ihr Bruder wenigstens ein Einsehen gezeigt und zugesagt, sie morgen zur Polizei zu begleiten und ihre Angaben zu bestätigen. Dafür würde sie ihm Mutters Schmuck lassen und noch ein paar Wertpapiere. Beides konnte er zu Geld machen.

Ann hörte ein Geräusch von draußen. War Franz bereits zurück? Sie nahm ihre Teetasse und wollte nach oben, um ihm aus dem Weg zu gehen. Doch es blieb still. Wahrscheinlich nur eine Katze vor der Tür, die ein warmes Plätzchen auf der Bank suchte. Ann kehrte der Treppe den Rücken und betrat das Wohnzimmer. Wenigstens hier war die Zeit nicht stehen geblieben. Moderne Möbel, ein neuer Fußboden, wie in der Küche auch, und ein breiter Flachbildschirm an der Wand, an der früher eines der Lieblingsbilder ihrer Mutter gehangen hatte. Der Esstisch war viel kleiner als der ihrer Kindheit und ließ Platz für einen kleinen Schreibtisch in der Ecke. Hatte ihr Vater an ihm gesessen? Vorsichtig öffnete sie nacheinander die Schubladen und fand nichts außer den üblichen Papieren und Unterlagen des täglichen Lebens. Hinter einer Tür der Schrankwand entdeckte sie die Spuren ihrer Mutter und ihrer eigenen Vergangenheit. Fotoalben und Pappschachteln. Daneben Häkeldeckchen, die in der langen Krankheit ihrer Mutter entstanden waren, schon leicht vergilbt. Ein Teddybär saß an die Schrankrückwand gelehnt. Der Vater hatte ihn ihr geschenkt, als sie zehn Jahre alt gewesen war, und sie hatte ihm dafür den Tod gewünscht. Jetzt war ihr Vater gestorben und gegen ihren Willen berührte sie sein Tod. Das Klingeln an der Haustür erschreckte sie. Sie setzte den Teddy zurück in seinen dunklen Kerker der Erinnerungen und überlegte, ob sie still warten sollte, bis der Besucher wieder gehen würde. Franz' Auto war fort. Der Besucher musste davon ausgehen, dass niemand zu Hause war. Doch wieder und wieder ertönte die Türglocke. Schließlich zog sie ihre Schuhe aus und schlich vorsichtig in den Flur, drückte ihren Kopf mit dem Ohr an die Tür, hielt den Atem an und horchte. Durch den Türspion zu sehen, wagte sie nicht. Endlich hörte sie Schritte, die sich entfernten. Ein Motor wurde angelassen, und ein Auto fuhr davon. Sie entspannte sich wieder. Als sie heute Mittag mit dem Taxi in Grahmried angekommen war, hatte sie den Taxifahrer gebeten, vor dem kleinen Laden an der Kirche kurz anzuhalten. Sie wollte sich eine Ausgabe der Regionalzeitung kaufen. Lange Jahre waren vergangen, in dem Laden hatte sich kaum etwas verändert. Sie selbst trug inzwischen die Haare wieder lang, und ihr Kleidungsstil hatte sich nicht nur aufgrund der wandelnden Mode stark verändert. Obwohl sich mehrere Personen im Geschäft aufhielten, hatte sie niemand erkannt. Sie war froh darüber gewesen. Die Menschen in diesem Dorf waren ihr gleichgültig geworden.

Sie löste sich von der Tür, ging zurück und trank von dem wohltuend warmen Tee. Es dauerte nicht lange, bis sie wieder Geräusche hörte. Dieses Mal klang es nach dem Klappen von Scheunen- oder Stalltoren. Hatte der Sturm sie aufgerissen? Sollte sie nach einer Taschenlampe suchen? Vorsichtig öffnete sie die Haustür und sah sich um. Der Schnee gab genug Licht. Der Sturm wirbelte ihn durch die Luft und bog die Äste der umliegenden Bäume und Büsche hin und her. Als Ann um die Hausecke in Richtung der Ställe bog, musste sie sich nach vorn beugen, um gegen die Naturkräfte anzukämpfen. Alle Tore waren geschlossen, auch die Stalltüren. Sie konnte nicht widerstehen und öffnete sie. Auch in Australien hatten sie Rinder und Stallgerüche ähnelten sich beinahe überall auf der Welt. Sie genoss den warmen, schweren Dunst, der ihr entgegenströmte, und ließ ihre Blicke über die ruhenden rotbraunen Leiber gleiten. Alles schien friedlich und gesund und ihre Seele atmete zuversichtlich auf. Bald war sie wieder daheim bei ihren Lieben. Nur noch der Termin beim Notar und bei der Polizei und das Kapitel Grahmried würde ein zweites Mal, dieses Mal endgültig, geschlossen sein. Sie wollte sich gerade wieder umdrehen, um ins Haus zurückzukehren, als ihr etwas blitzschnell über den Kopf und den Oberkörper gezogen wurde. Sie spürte den kratzigen Stoff eines Jutesackes, wollte ihn sich vom Kopf reißen, doch der Sack behinderte ihre Arme und jemand, den sie jetzt deutlich atmen hörte, zog kräftig am offenen Ende des Sacks. Ihre Arme steckten fest. Sie spürte den kräftigen Stoß einer Hand und verlor das Gleichgewicht. Als ihr Kopf auf dem Boden aufschlug, durchdrang der Schmerz ihren gesamten Körper und nahm ihr die Luft. Als sie endlich wieder genug Atem holen konnte, wollte sie schreien, doch etwas wand sich ihr um den Hals. Hart und dünn. Wieder versuchte sie, instinktiv danach zu greifen. Sie presste ihre Arme mit aller Kraft gegen den Jutesack. Schon spürte sie, wie sich sein Zugband lockerte. Ihre Hände versuchten, den Rand zu fassen, um den Sack höherzuschieben. So hoch, dass wenigstens ihre Ellenbogen frei wurden. Aber er war zu eng, als dass sie auch nur einen Zentimeter Erfolg haben konnte. Dabei wollte sie doch nichts anderes, als mit den Händen an ihren Hals zu greifen, um das herunterzureißen, was ihr den Atem nahm. Unzusammenhängende Bilder rasten durch ihren Kopf: ihre Kinder, die Wiese vor dem Haus, ihr Mann am Schreibtisch … Der Wunsch nach Atemluft verdrängte alle diese Bilder wieder. Ihre Lungen brannten, und ihre in den Stoff des Sackes gekrallten Finger lösten sich. Sie würde sterben, und Franz, ihr eigener Bruder, würde ihr Mörder sein. Ungläubiges Staunen über die Einfachheit solch elementarer Erkenntnisse war das Letzte, das sie wahrnahm, bevor sie das Bewusstsein verlor.

+++ 17:32 UHR, GASTHOF HUBER +++

„Was machst du denn hier?“, fragte Hannah ihren Vater. „Du wolltest doch noch ein bisschen schlafen.“

Wie von Holger vermutet, nutzten die beiden mit ihren Snowboards mehrere Hügel im Gelände hinter dem Gasthof als eine Minibuckelpiste und Leah stand gerade auf dem höchsten Punkt.

„Ich möchte, dass ihr zurück ins Hotel kommt", sagte Holger.

„Hotel?" Hannah kicherte. „Du nennst dieses Dorfhaus ‚Hotel'?", fragte sie und schüttelte den Kopf. „Ich habe keinen Hunger. Es ist gerade einmal halb sechs. Und jetzt schon in irgendeinem stickigen Raum zu hocken, darauf habe ich überhaupt keinen Bock. Wir bleiben lieber hier draußen."

Ihre Schwester nickte zustimmend. „Du kannst zusehen und noch etwas lernen", neckte sie ihren Vater.

„Es war ein anstrengender Tag, und wer weiß, wie lange die Küche hier aufhat. Und außerdem …"

„… ist es zu gefährlich", mischte sich Katja jetzt ein. Die Mädchen sahen sie an, als wäre sie verrückt geworden, und Holger warf Katja unsichere Blicke zu.

Leah ging in die Knie und ließ sich nach unten gleiten. Sie nahm den Buckel vor sich, wobei sich das Bord kurz vom Boden löste. Elegant beendete sie den kleinen Sprung und glitt durch den Schnee bis dicht vor Katja und Holger.

„Gefährlich? Hier?" Sie lachte.

„Wie ihr sicher gemerkt habt, gibt es hier weder McDonald's noch Subway, wenn ihr es euch später anders überlegt", sagte Holger.

Du meine Güte. Das sind doch keine Kinder mehr, dachte Katja und sagte: „Bei dem Lawinenunglück ist ein Mann verschwunden. Ein Gefangener, der in dem Polizeiauto hinter mir gesessen hatte. Ein entflohener Frauenmörder. Ist das Grund genug, dass ihr jetzt mitkommt?"

Die Mädchen starrten sie an. Hannah hatte den Mund offen stehen.

„Ein Frauenmörder", setzte Katja noch nach und bedachte den übersensiblen Vater mit einem herausfordernden Blick.

Die Mädchen sahen erst sich und dann abwechselnd Katja und ihren Vater an.

„Stimmt das?“, fragte Leah.

„Ich hätte es euch im Hotel erzählt.“

„Das ist heftig.“ Hannah löste die Bindung ihres Snowboards. Leah tat es ihr nach.

Während des kurzen Rückweges zum Gasthofeingang bestürmten die Mädchen Katja mit Fragen nach Einzelheiten. Vielmehr als von ihrem Besuch bei Dr. Brunner konnte sie ihnen nicht erzählen. Leah und Hannah wurden immer schweigsamer, besonders, als sie vom Tod des Polizisten hörten.

„Und jetzt willst du diese Claudia wirklich in dein Zimmer holen? Das ist echt nett von dir.“ Ohne es zu merken, waren sie zum „Du“ übergegangen, und Katja nutzte die Gelegenheit, ihren Vater gleich in dieses „Du“ einzubeziehen. „Könnte ich dein Auto dafür haben? Es ist zwar nicht weit, aber ich glaube, die Frau sollte die Strecke besser nicht laufen. Sie hat auch noch keine Klamotten.“

Er sah sie versöhnlich an und nickte.

„Wir kommen mit“, verkündete Hannah sofort.

„Nein. Ich fahre allein.“ Amüsiert stellte Katja fest, wie erleichtert Holger über ihre rasche Antwort schien. „Diese Claudia ist ganz schön zickig. Außerdem hat sie sich noch gar nicht gemeldet. Vielleicht will sie auch gar nicht.“ Katja zog ihr Handy aus der Jackentasche. Es zeigte Empfang, wenn auch schwachen, aber keinen Anruf in Abwesenheit.

Leah und Hannah klopften den Schnee von ihren Snowboards. Holger wartete hinter ihnen. Gemeinsam betraten sie den kleinen Empfangsraum. Während die Mädchen die Boards in einem Nebenraum mit der Aufschrift „Skiraum“ abstellten, kam die Wirtin hinter dem Empfangstresen hervor. Ihr mit blauen Blumen bestickter Rock wippte um die Knie. Doch der Rock war das Einzige, das das Klischee einer bayerischen Gasthofwirtin erfüllte. Ansonsten trug Frau

Huber ein dunkelblaues Longshirt über einer flachen Brust und ihre Beine steckten in durchsichtigen Strumpfhosen und modernen Pumps.

„Frau Reichenberger, Herr Koch. Sie sollten sich beeilen. Im Restaurant wird es um 18 Uhr eine kleine Information der Polizei und der Bergwacht geben; wie's ausschaut mit der Sperrung und so. Ich habe Ihnen einen Tisch reserviert. Denn es sind fast alle aus dem Dorf schon da."

Sie drehte sich um und eilte in Richtung des Speiseraumes. Zweifellos erwartete sie, dass ihr alle vier folgten.

Der Raum war Speisesaal und Hotelbar in einem. Holzgetäfelte Wände und Decken und jede Menge karierter Stoff, wohin Katja auch sah. Die Tische standen in mehreren Gruppen, denen halbhohe und mit Plastikpflanzen dekorierte Raumteiler – natürlich ebenfalls mit Holz verkleidet – etwas Privatsphäre geben sollten. Am Ende des großen Raumes erstreckte sich als Halbrund eine Theke über die gesamte Breite. Vermutlich sonst am frühen Abend eher spärlich besetzt, war heute kein Stuhl mehr frei. Der Raum erschlug einen beinahe, fand Katja, und der dunkelrote Teppichbelag mit goldfarbigem Rankenmuster schluckte jeden Schritt. Das überbordende Holz- und Stoffangebot und die Seidenblumengestecke auf jedem Fensterbrett strahlten aber auch süddeutsche Gemütlichkeit und Wärme aus. Katja seufzte und dachte an Miriam. Wenn draußen meterhoher Schnee lag, war das hier nach einem Tag auf der Piste genau das Ambiente, das guttat. Miriam und sie würden das Abendessen genießen und für den anschließenden Bar- oder Clubbesuch in Seefeld Kraft tanken. Stattdessen lag eine zur Umgebung völlig unpassende Hektik und Aufregung in der Luft. Mehrere Dutzend Augenpaare sahen ihnen erwartungsvoll entgegen, wandten sich aber gleich wieder enttäuscht ab. Frau Huber lotste sie durch die voll besetzten Tischreihen, wies ihnen mit ausladender Geste die Plätze an und setzte sich zu ihnen.

„Wenn's recht ist? Es ist kein Platz mehr frei und mich interessiert natürlich ebenfalls brennend, wie's weitergeht."

„Selbstverständlich", sagten Holger und Katja wie aus einem Munde und mussten lachen. Katja mochte Frau Huber, die deutlich jünger als ihre Mutter war und wirkte, als hätte sie in ihrem Leben bereits weit mehr gesehen als Bayern und seine Dörfer. Ihre Wangen waren etwas gerötet, und ihre Stimme klang aufgeregt. Kein Wunder angesichts der Ereignisse. Katjas Telefon klingelte. Wieder starrten alle Augenpaare in ihre Richtung. Rasch stellte sie das Handy lautlos und drückte das Gespräch weg. Eine ihr unbekannte Nummer stand auf dem Display. Der Vorwahl nach zu urteilen, hier aus der Gegend.

„Entschuldigen Sie mich einen Moment", sagte sie und verließ hastig das Restaurant. Sie stellte sich vor die unbesetzte Rezeption und wählte die Nummer.

„Jensen", vernahm Katja erfreut die Stimme der Polizistin.

„Sorry. Ich musste Sie eben wegdrücken. Hier ist so etwas wie eine Dorfversammlung. Haben Sie es sich überlegt?"

„Alles ist besser, als hier unter der Obhut der Übermutter Brunner zu bleiben. Gilt Ihr Angebot noch? Ich habe schon in beiden Gasthöfen angerufen. Bei dem einen ist die Leitung tot und in Ihrem Hotel ist wirklich kein Zimmer mehr frei. Funktioniert das Internet? Haben Sie einen Laptop?"

„Klar. Ich hole Sie mit dem Auto ab. Haben Sie schon Ihr Gepäck?"

„Ich habe gar nichts mehr."

„Kein Problem. Wir dürften in etwa die gleiche Größe tragen. Ich höre mir hier nur kurz an, was die zu sagen haben, und komme dann zu Ihnen. Was ist mit Dr. Brunner? Lässt der Sie überhaupt gehen?"

„Muss er wohl, wenn ich ihn nicht wegen Freiheitsberaubung anzeigen soll“, erwiderte die Polizistin und Katja hörte, wie sie leise lachte.

Der Polizist, der Katja, Holger und die Zwillinge von der Unglücksstelle hierher ins Dorf gelotst hatte, betrat den Gasthof. Der sympathische Mann von der Bergwacht, der als Erster nach dem Unglück eingetroffen war, begleitete ihn. Beide nickten ihr nur kurz zu und marschierten in Richtung Speisesaal.

„Wann kommen Sie?“, fragte die Polizistin am Telefon.

„Ich muss jetzt Schluss machen. Ich melde mich wieder.“ Katja beendete das Gespräch und folgte den Männern.

„War das die Polizistin aus der Praxis?“, flüsterte ihr Hannah zu, als sie wieder am Tisch saß. Katja nickte.

„Warum können wir denn nicht mitkommen, wenn du sie holst? Wir könnten dir helfen.“

„Weil …“

Ärgerliche Blicke vom Nachbartisch trafen Hannah und Katja und sie schwiegen.

Katja sah sich neugierig um. Bis auf zwei Tische, an denen augenscheinlich Urlauber saßen, schienen die übrigen Gäste Dorfbewohner zu sein. Alle hingen an den Lippen des Polizisten Heinrich, der über die Geschehnisse des Tages berichtete und darüber, was die Nachfragen bei den Stromversorgern und den Mobilnetzbetreibern ergeben hatten. „Es ist zu Schäden an den Leitungen gekommen, die den unteren Teil unseres Dorfes versorgen. Außerdem ist ein Mast unter dem Gewicht einer kleineren Lawine umgeknickt, sodass dort der sowieso schon schlechte Handyempfang jetzt an einigen Stellen unseres Ortes ganz weg ist. Erst wenn die Straßen wieder offen sind, kann jemand kommen, um das alles zu reparieren. Wir müssen uns also irgendwie selbst behelfen. Die Feuerwehr hat uns noch einige Generatoren dagelassen. Also meldet's euch, wer dringend einen braucht. Aber die meisten von uns haben ja selbst welche."

Fast alle im Raum nickten. Drei Männer und eine Frau meldeten sich. Nun übernahm der Mann von der Bergrettung: „Aufgehört zu schneien hat's nach den Voraussagen des Wetteramtes nur vorübergehend. Und der Sturm ist unverändert arg", begann er mit den Erklärungen. Noch niemals habe es im Vorfeld des Unglücks so eine Wetterkonstellation gegeben. Normalerweise seien es nur die Nordhänge, von denen Lawinen abgingen. Die Kommission kenne alle gefährlichen Stellen. Aber dieses Jahr ... so etwas ... Deshalb müsse die weiträumige Sperrung der Straßen erst einmal bleiben. Dann senkte Jens etwas die Stimme und berichtete von dem toten Fahrer des mitgerissenen Autos. Bei der Erwähnung, dass es sich hierbei und auch bei der überlebenden Beifahrerin um Polizisten handelte, zog Heinrich seine Mütze vom Kopf und sah zu Boden. Dann erzählte Jens von der geglückten Rettung des jungen Paares und von Katjas Glück, gerade noch einmal davongekommen zu sein. Er zeigte auf sie und lächelte ihr freundlich zu und wieder lagen alle Augen im Raum auf ihr.

Heinrich räusperte sich. „Wir schätzen, dass morgen, spätestens übermorgen die Sperrung wieder aufgehoben und mit den Räumungsarbeiten auf der Bundesstraße begonnen werden kann, sodass der ganze Spuk hier bald vorbei ist. Das war's. Wer noch Fragen hat, kann sich ..."

„Spuk ist ein gutes Stichwort", unterbrach Katja. „Warum teilen Sie uns eigentlich nicht mit, dass ein mehrfacher Frauenmörder bei diesem Lawinenunglück entkommen ist und sich möglicherweise hier irgendwo unter uns aufhält?"

Innerhalb einer Sekunde herrschte absolute Ruhe im Raum. Selbst der Atem der Anwesenden schien stillzustehen. Heinrich starrte sie an, ebenso wie alle Übrigen im Raum. Wie in Zeitlupe lösten sich die Blicke wieder und kehrten zu Heinrich zurück, der die Last der Aufmerksamkeit kaum mehr ertragen konnte und seine Blicke auf den Fußboden richtete.

„Heinrich? Was sagt's das Madl da?“

„Ja Herrschaftszeiten, ist das wahr? Ist da einer ausgebrochen?“

Plötzlich sprachen alle im Raum durcheinander. Gegeneinander und besonders gegen Heinrich. Bis sich einer der Männer zu Katja umsah: „Und woher wissen's das, Fräulein?“ Wieder Stille im Raum.

„Das ist Rupert Geissler, der Bruder vom Jens von der Bergwacht“, wisperte Frau Huber Katja zu.

Katja nickte und sah dem Fragesteller offen ins Gesicht. „Ich bin gerade noch so der Lawine entkommen, wie Sie gerade von Ihrem Bruder gehört haben, und ich habe die Gespräche der Sanitäter mitgehört, die die verschüttete Polizistin zum Doktor gebracht haben. Außerdem wohnt die Beamtin jetzt bei mir im Zimmer. Ich weiß also, was ich behaupte. Und wenn niemand hier Sie aufklären will, dann muss ich das eben tun. Sie sollten alle sehr aufmerksam sein und besonders auf Ihre Frauen und Töchter achtgeben.“

„Woher sollen wir wissen, dass Sie sich nicht nur wichtigmachen wollen? Der Heinrich, der hätt's uns doch erzählt, wenn hier so ein Irrer rumläuft, gell Heinrich? Und der Jens, der müsst's doch auch wissen“, sagte ein großer dicker Mann, der zuvor am Nachbartisch gesessen hatte und jetzt aufgestanden war und sich dicht neben Katja aufbaute.

Sie schwieg und hielt seinem Blick stand. Je länger Heinrich, der in seinem Rücken stand, schwieg, umso mehr flackerte der Blick des Dicken. Schließlich konnte er nicht mehr anders, als sich umzudrehen und den Polizisten so fordernd anzusehen wie zuvor Katja.

Endlich machte Heinrich den Mund auf. „Es stimmt. Bei dem Gefangenen handelt es sich um Thomas Bach. Er hat seine Strafe schon fast abgesessen. Außerdem ist der Mann ganz sicher tot. Er wurde nur nicht gefunden. Liegt irgendwo unter der Lawine begraben. Warum sollten wir also was sagen? Ihr wärt alle in Panik geraten."

Katja stoppte das kollektive Aufatmen, das sich nach seinen Worten gerade auf den Weg machen wollte, indem sie aufstand. Sie verschränkte die Arme vor der Brust und sah in die Runde. „Wir müssen nicht in Panik verfallen, aber wir müssen vorsichtig sein. Was Ihr lieber Dorfpolizist Ihnen nämlich verschweigt: Es ist keineswegs sicher, dass der Gefangene schon vorher aus dem Wagen geschleudert wurde. Er könnte das Fahrzeug auch erst verlassen haben, als es nach dem Sturz zum Stillstand kam. Zu diesem Zeitpunkt lag das Auto am Rand des Lawinenfeldes. Die Polizistin Jensen hat schließlich das Unglück im gleichen Auto ebenfalls fast unverletzt überlebt."

„Und wo ist sie dann jetzt?"

„Sie wollte kommen. Aber sie kotzt sich gerade die Seele aus dem Leib. Wahrscheinlich hat sie eine Gehirnerschütterung", fantasierte Katja.

Holger erhob sich nun ebenfalls. „Ich bin dieser jungen Frau dankbar, dass sie uns die Wahrheit erzählt, was die Vertreter des Gesetzes wohl nicht für nötig halten." Er warf Heinrich einen bösen Blick zu. „Ich möchte nämlich nicht, dass meine Töchter auf diesen Mörder treffen." Dabei zeigte er mit einer ausladenden Armbewegung auf Leah und Hannah.

„Papa!", zischte ihm Hannah zu und lächelte dann unsicher in die Runde.

„Und Sie alle sicherlich auch nicht." Er setzte sich wieder. Katja stellte erfreut fest, dass um sie herum jetzt vorwiegend zustimmende Mienen zu sehen waren. Während einige Dorfbewohner sich um Heinrich und Jens scharten und mit ihnen sprachen und auch an den Tischen rege miteinander diskutiert wurde, beobachtete Katja, wie ein Mann den Speisesaal betrat. Sie berührte den Arm der Wirtin, die sich gerade von Hannah und Leah weitere Einzelheiten erzählen ließ. „Wer ist das?" Sie wies unauffällig auf den Spätankömmling.

„Das ist der Riedel-Franz."

„Er sieht ziemlich fertig aus." Dem Mann, den Katja auf Ende dreißig, Anfang vierzig schätzte, hingen die wenigen Haare strähnig vom Kopf. Er trug eine abgewetzte Lederjacke und ebensolche Stiefel. Im ersten Moment dachte Katja, dass seine Haare nass seien, dann erkannte sie, dass sie fettig waren. Er ging zielgerichtet zu einem Tisch, an dem ein Pfarrer saß, beugte sich zu ihm hinunter und teilte ihm etwas mit. Die Gesichtszüge des Pfarrers, die eben noch nachdenklich, aber entspannt gewirkt hatten, änderten sich schlagartig. Es war nicht zu übersehen, dass er von dem entsetzt war, was er soeben erfahren hatte. Der Pfarrer stand auf und beide stellten sich etwas abseits von den anderen an die Theke und steckten die Köpfe dicht zusammen. Katja hätte zu gerne gewusst, über was die beiden redeten. Aber der Mann, von dem Frau Huber vorhin als Rupert Geissler gesprochen hatte, redete immer lauter und fesselte damit nicht nur ihr Interesse. Die Gespräche an den Nachbartischen wurden leiser oder verstummten. Rupert Geissler schien die Aufmerksamkeit zu genießen. Er erzählte von der Karriere des Thomas Bach zum Serienmörder, von seinem Prozess in Hamburg, von seinen Opfern, so ausführlich, dass sich Katja nur wundern konnte.

„Woher weiß der das denn alles?", fragte sie flüsternd Frau Huber, die nicht gleich antwortete. Wie auch Hannah und Leah konzentrierte sie sich auf Ruperts Erzählungen, um ja nichts zu verpassen. Als der eine kleine Verschnaufpause machte, antwortete sie: „Der Rupert, das ist ein komischer Typ. Man munkelt, er wolle ein Buch schreiben."

„Sie meinen, er erfindet das alles gerade?" Katja fand die Vorstellung lustig, dass dieser Rupert es schaffte, das gesamte Dorf in seinen Bann zu ziehen. Auf jeden Fall konnte er Geschichten erzählen, warum also nicht einen Krimi schreiben? Inzwischen war der Geschichtenerzähler deutlich leiser geworden und das Stimmengewirr im Raum schwoll wieder an.

Doch Frau Huber schüttelte den Kopf. „Nein, kein Roman. Er hat wohl über Jahre alles Mögliche an Material über zig Serienmörder in Deutschland gesammelt. Er weiß über alle diese Mörder genauestens Bescheid, sagt man. Aber ich muss gestehen, bis heute hielt ich das für Gerüchte und Prahlerei. Aber er scheint wirklich gut informiert zu sein." Sie schüttelte leicht ihren Kopf und Oberkörper. „Wie kann man sich denn bloß mit solchen Themen beschäftigen?"

„Jedem sein Hobby", sagte Holger und grinste.

„Da versteckt sich ein Serienmörder in einem Dorf. Und dann dieser Wahnsinnszufall, dass dort jemand alles über ihn gesammelt hat", sagte Leah und ihre Augen leuchteten.

„Nein, der Zufall ist eher umgekehrt. Da beschäftigt sich einer von uns schon seit Jahren mit Serienmördern und dann strandet wirklich einer in unserem Dorf. Da kann man glatt an die Macht des Bösen glauben", antwortete Frau Huber.

„Freilich! Und sein ehemaliger Schweinestall ist voll von dem Zeugs", sagte jemand neben ihnen. Alle bis auf Frau Huber sahen erschrocken auf. Ein ungefähr 14-Jähriger stand direkt an ihrem Tisch. Er hatte die Hände in den Hosentaschen seiner Jeans vergraben, die von einem breiten Gürtel am Rutschen gehindert wurde. Die Ärmel seines dünnen Pullovers waren hochgekrempelt und gaben den Blick auf kräftige Unterarme frei.

„Das ist Stefan, mein Sohn“, stellte Frau Huber ihn lächelnd vor. „Willst du dich zu uns setzen?“

Halb schüchtern, halb interessiert lagen Stefans Blicke auf Hannah und Leah. Diese musterten ihn verstohlen und Hannah kicherte und stupste Leah an, die daraufhin ihren Blick demonstrativ auf die Tischdecke richtete. Mit dem Finger fuhr sie die roten Muster nach.

„Leah hat vor Kurzem mit ihrem Freund Schluss gemacht und Hannah ist gerade frisch verliebt. Sie wollte erst gar nicht mitkommen in den Skiurlaub“, flüsterte Holger Katja zu und lächelte verschwörerisch, worauf ihn ein böser Blick Hannahs traf.

„Klar. Rutsch mal“, forderte er seine Mutter auf und quetschte sich neben sie auf die Sitzbank. „Der Rupert kann heute endlich mal richtig glänzen, oder?“, fragte er und grinste über das ganze Gesicht.

„Hast du seine Sammlung im Schweinestall denn echt schon mal gesehen?“, fragte Hannah und sah Stefan gespannt an.

„Nö, aber das könnt' man ändern. Jetzt, wo der Mörder praktisch vor unserer Haustür steht.“

Stefan lachte, und seine Mutter schlug ihm erschrocken auf die Schulter. „Untersteh dich! Das hier ist echt und nicht eines deiner Spiele auf der Playstation.“

Katja stand auf. „Entschuldigt mich. Ich muss los.“ Fragend sah sie Holger an. „Den Autoschlüssel“, bat sie leise.

„Ich begleite Sie … ähm … dich“, antwortete er und stand auf. „Und ihr bleibt im Hotel. Habe ich mich deutlich ausgedrückt?“, wandte er sich an Hannah und Leah. Katja sah ihn erstaunt an. Aber nicht wegen seines Angebotes, mit ihr zu fahren, sondern weil er mit einem Mal mit einer ungewohnt selbstbewussten und festen Stimme gesprochen hatte. Holger warf Frau Huber einen fragenden Blick zu.

Die nickte und betrachtete lächelnd erst die Schwestern auf der einen Seite und dann ihren Sohn auf ihrer anderen Seite. „Ich werde ein Auge auf unseren lieben Nachwuchs haben. Außerdem gibt es jetzt erst einmal Abendessen. Meine Leute in der Küche werden bestimmt schon ungeduldig auf der Stelle trampeln."

Im Hinausgehen warf Katja einen Blick auf den Pfarrer und den Riedel-Franz, die noch immer an der Theke standen. Sie schwiegen jetzt, jeder von ihnen schien seinen Gedanken nachzuhängen. Glücklich sah keiner von beiden aus. Rupert Geissler redete noch immer, nun aber mit leiser Stimme und nur noch mit seinen Tischgenossen. Hoffentlich würde er nachher noch da sein. Sie wollte sich gerne mit diesem komischen Kauz unterhalten, auch wenn er ihr jetzt wieder feindselige Blicke zuwarf. Er sollte doch froh sein, dass ich ihm mit meiner Enthüllung einen solch glänzenden Auftritt ermöglicht habe, dachte sie und lächelte ihn provozierend freundlich an.

„Es ist nett, dass du mitkommst", sagte sie zu Holger, als sie auf der Straße standen. Ihr erster Eindruck von ihm am Unfallort hatte durch seine merkwürdig zurückgenommene Art gegenüber seinen Töchtern deutlich gelitten. Jetzt war er wieder der nette Typ, der ihr auf dem Parkplatz der Autobahnraststätte aufgefallen war.

„Nach dem, was dieser Rupert da drinnen erzählt hat, hast du die Altersgrenze für die Opfer von Bach noch lange nicht überschritten. Deshalb ist es sozusagen meine Pflicht, dich zu begleiten." Er lachte, und seine Augenpartie verwandelte sich in eine sympathische Faltenlandschaft. Sie würde ihn bei Gelegenheit fragen, woher seine etwas verkrampfte Haltung gegenüber seinen Töchtern stammte. Jetzt mussten sie sich erst einmal um den Umzug der Polizistin Claudia kümmern, die sicher nicht begeistert sein würde, dass Katja in Begleitung kam.

+++ *18:45 UHR,* +++
+++ *DORFSTRASSE ZUM GEISSLERHOF* +++

„Kommst du, Mutter?“, fragte Rupert.

Elfriede Geissler sah ihn böse an.

„Was ist?“, fuhr er sie an.

Sie stand auf, nickte den vier übrigen Frauen, die am Tisch saßen, zu und folgte ihrem Sohn. Inzwischen hatte sich das Restaurant bis auf wenige Personen geleert und diese aßen zu Abend.

„Kannst dir ja denken. Ich mag das nicht, wenn du dich um solche Sachen kümmerst.“ Sie schüttelte missbilligend den Kopf. „Und dann noch allen davon erzählen …“

„Siehst ja, dass so was eben passiert.“

„Hab nie was anderes behauptet. Aber es wird nicht besser dadurch, dass du so ein Zeug sammelst und deine Gedanken …“

„Was hast du schon wieder mit meinen Gedanken?“ Rupert hatte keine Lust, sich mit seiner Mutter zu streiten. Zu groß war die Ungeduld zu erfahren, wie es seinem Patienten ging. Er lief etwas schneller, doch seine Mutter behielt unbeeindruckt ihr Tempo bei.

„Wer sich mit so was in Gedanken beschäftigt, der kann nur schlechter dadurch werden. Das sagt auch Pfarrer Kern. Es färbt auf die eigene Seele ab.“

Rupert wartete, bis seine Mutter aufgeholt hatte, und lachte sie an. „So muss der grad reden, unser Pfarrer.“

Sie blickte ihn erstaunt an. „Wieso, was hast du mit Dominic?“

„Lass uns lieber zuschauen, dass wir nach Hause kommen“, antwortete er und starrte auf das ihnen entgegenkommende Fahrzeug. Seine Mutter und er mussten sich dicht an die Schneewände pressen, um das Auto vorbeizulassen, denn die Straße war kaum mehr als eine Spur breit von den Schneemassen frei.

gehalten worden. Deutlich erkannte er die fremde junge Frau, die vorhin beim Huber so groß ihren Mund aufgerissen hatte, und den Mann, der am Tisch neben ihr gesessen hatte und der seine Augen konzentriert nach vorn richtete, um sie vorsichtig passieren zu können. Doch auf der Rückbank saß noch eine Frau, und die blickte ihm im Vorbeifahren direkt in die Augen. Das musste die Polizistin sein, von der das unverschämte Weibsbild gesprochen hatte. Wär besser gewesen, sie wär wie ihr Kollege in der Lawine geblieben. Vor dem Heinrich würde er nicht aufpassen müssen. Der kannte sich mit solchen Sachen wie Mord und Totschlag nicht aus. Aber die Frau hatte immerhin einen Gefangenen vom Kaliber des Thomas Bach transportieren sollen. Die war sicherlich nicht auf den Kopf gefallen. Plötzlich tat es ihm leid, dass er vorhin im Gasthof so freigiebig sein Wissen herausposaunt hatte. Aber es war ein gutes Gefühl gewesen. Beinahe so, als hätte er neben sich gestanden und sich selbst zugehört, wie einem Professor im Hörsaal. Und der Professor hatte wirklich gut gesprochen. Alle hatten aufmerksam gelauscht. Genauso würde es auch kommen, wenn erst einmal das Buch fertig war und er zu Interviews und zu Vorträgen geladen würde. 650 Seiten hatte er schon, davon an die hundert, die sich mit Thomas Bach beschäftigten. Er würde die Kapitel umstellen. Bach nach hinten. Sozusagen als krönenden Abschluss seiner jahrelangen Recherchearbeit. Und nun untermauert mit Interviews aus erster Hand. Hoffentlich hatte Bach das Lawinenunglück und die Kälte gut überstanden. Rupert freute sich auf morgen. Gleich zum Frühstück würde er sein Diktiergerät mitnehmen. Die junge Frau und die Polizistin im Auto schoben sich wieder in seine Gedanken. Hatte die Frau nicht davon gesprochen, dass der Polizistin schlecht sei, sie sogar eine Gehirnerschütterung hätte? Dafür sah sie eben aber recht munter aus. Es war zu gefährlich, Bach weiterhin auf dem eigenen Hof zu verstecken. Gleich morgen musste er ein geeignetes neues Versteck suchen.

„Hat der Jens schon gesagt, wann er nach Hause kommt?", fragte er seine Mutter.

„Der ist doch schon vorgefahren. Saumüde ist der arme Bub nach der ganzen Plackerei dort oben."

„Hätt' uns ruhig mit dem Auto mitnehmen können."

„Du warst ja am Ratschen mit dem gesamten Dorf."

Rupert schwieg. Er war froh, dass Jens schon längst im Bett lag, und wie er seine Mutter kannte, würde die sich jetzt auf die Couch vor den Fernseher legen und irgendwann dabei einschlafen. Er könnte ungestört zur Scheune.

„Ich muss endlich mit Jens sprechen", riss ihn Elfriede aus seinen Plänen.

Er nickte. „Hättest es längst tun müssen. Ist nicht gut, den Vater nicht zu kennen."

„Unsinn. Er denkt ja, er kennt ihn."

„Ein Trunkenbold, der dich hat sitzen lassen und mich auch. Ein arbeitsscheuer Lump, der dich hat rackern lassen."

„Sprich nicht so von deinem Vater", widersprach Elfriede, aber das tat sie immer. Aus Pflichtgefühl oder weil man es halt so sagte. Und er mochte jetzt auch nicht über seinen verkommenen Vater nachdenken, der schon so lange fort war, dass er fast nicht mehr existierte. Aber bei seiner Mutter war jetzt alles wieder hochgekommen, weil der Riedel-Joseph gestorben war und immer mehr Leute ratschten, dass er angeblich Geld gehabt hätte, von dem niemand etwas gewusst hatte, auch der Franz nicht. Und weil sie wollte, dass der Jens auch ein Stück vom Kuchen abbekam. Ihn sollt's freuen für den Bruder. Jens war ein anständiger Kerl und sie verstanden sich gut.

„Sprich doch mit dem Pfarrer. Der muss dir beistehen. Der macht ja sonst nichts Gescheites."

„Wieso? Meinst, dass der Jens mir alleine nicht glauben wird?“ Elfriede war stehen geblieben und sah ihn erschrocken an. Rupert nahm sie in den Arm und drückte sie an sich.

„Doch, Mama, er wird dir glauben, auch allein. Aber trotzdem ist es die Pflicht vom Pfarrer, dir beizustehen. Schließlich wolltest du damals schon reinen Tisch machen. Komm, lass uns weitergehen.“ Er zog sie sanft am Arm mit sich.

„Magst schnell noch die Suppn?“, fragte Elfriede, als sie auf dem Hof ankamen. „War heut wegen der Versammlung nicht so viel Zeit, was Gescheites zu kochen. Aber Erbsensuppe mit Würstchen hätt ich noch.“

Rupert wollte gerade ablehnen. Er hatte beim Huber eine Kleinigkeit gegessen und wollte so schnell wie möglich zu Bach. Dann besann er sich und nickte. „Hunger hätt ich schon.“ Ein Teller von Mutters Erbsensuppe würde Bach endgültig wieder auf die Beine bringen.

Er aß betont langsam. Elfriede hatte längst ihren Teller geleert und saß ihm still gegenüber. Jens hatten sie beide nicht gesehen. Er schlief mit Sicherheit tief und fest in seinem Bett.

„Geh du nur schon. Ich weiß doch, dass gleich deine Sendung kommt“, schlug Rupert vor und lächelte seine Mutter an. „Ich nehme mir noch einen Teller und les ein bisschen dabei.“

„Bub, schmeckt’s dir nicht?“

„Doch. Hab mir nur heut Morgen auf die Lippe gebissen und muss ein bisschen warten, bis die Suppe nicht mehr so heiß ist.“

„Ach so.“ Elfriede wirkte erleichtert, stand auf und verließ die Küche.

Kaum hörte Rupert die Geräusche des Fernsehers aus der Wohnstube, stand er ebenfalls auf und nahm aus dem Küchenschrank eine Tupperdose. Seine Mutter hatte die Tupperdosenpartys der Vergangenheit geliebt, und die Küchenschränke waren voll von den Plastikgefäßen. Er füllte die noch heiße Suppe in eines von ihnen, schnitt den Rest des Würstchens von seinem Teller hinein und verstaute die Dose in seinem Rucksack. Eine große Wasserflasche aus der Kiste hinter der Tür packte er ebenfalls ein. Im Spiegelschränkchen über dem Waschbecken im Bad fand er eine Schachtel Schmerztabletten. Vorsichtig sah er durch den Spalt der angelehnten Wohnstubentür. Seine Mutter saß mit dem Rücken zu ihm im Sessel. Aber ihre Brille lag bereits auf dem Tischchen daneben. Leise griff er nach Rucksack und Jacke und zog langsam die Tür hinter sich ins Schloss. Seine Mutter würde denken, dass er sich bereits in sein Zimmer zurückgezogen hatte. Er machte sich auf den Weg zur Scheune und freute sich auf Bachs Gesicht, wenn er ihm die heiße Suppe anbieten würde.

Schon aus einiger Entfernung sah Rupert, dass etwas nicht stimmte. Wenn man genau hinsah, konnte man das Licht zwischen den Ritzen der Holzwände sehen. Aber die Ritze neben der Tür bewegte sich, wurde breit und wieder ganz schmal. Er beschleunigte seine Schritte und konnte jetzt hören, wie der Sturm an der Scheunentür rüttelte. Die Tür war nicht mehr verschlossen. Die Schrauben des Metallriegels waren aus dem Holz herausgebrochen und der Riegel baumelte mitsamt dem Vorhängeschloss am Türblatt. Rupert stürzte ins Innere. Der Gasofen brannte und gab ein spärliches Licht. Aber es reichte aus, um zu erkennen, was in diesem Moment allein zählte: Thomas Bach war nicht mehr da.

+++ *19:13 UHR, GASTHOF HUBER* +++

Holger streckte Claudia die Hand zur Hilfe entgegen. Aber die Polizistin ignorierte sie und stieg aus, ohne ihn anzusehen.

„Haben Sie an der Rezeption Bescheid gesagt, dass ich ab jetzt in Ihrem Zimmer erreichbar bin?", fragte sie Katja. „Ach was, ich werde selber ..." Ohne eine Antwort abzuwarten, betrat sie den Gasthof und ging schnurstracks an die unbesetzte Rezeption. Sie schlug mehrmals auf die Glocke, die auf dem Tresen befestigt war, und nach dem dritten Mal eilte Frau Huber aus dem Restaurant zum Empfang.

„Wir sind voll belegt", rief sie als Erstes. Dann sah sie die Halskrause, ohne die Dr. Brunner Claudia nicht hatte gehen lassen. „Oh, Sie sind verletzt. Ist das ebenfalls bei der Lawine passiert?", fragte sie mitfühlend.

„Ich werde zusammen mit Frau ..." Claudia drehte sich fragend zu Katja um.

„Sie schläft in meinem Zimmer, Frau Huber", erklärte Katja.

Frau Huber war sichtlich erstaunt, schob Claudia aber wortlos einen Anmeldezettel entgegen.

„Geben Sie mir die Telefonnummer der für diesen Ort zuständigen Polizeidienststelle. Außerdem hätte ich gerne gewusst, wer an der Lawinenunglücksstelle die verantwortlichen Personen von der Bergwacht und der Polizei waren", sprach Claudia, während sie die gewünschten Angaben in das Formular eintrug.

Frau Huber suchte Katjas und Holgers Blick, die beide grinsen mussten.

„Vielen Dank", antwortete sie und nahm das Anmeldeformular wieder an sich. „Auf dem Zimmer haben Sie Telefon. Ihre Kollegen unter 110 werden Ihnen sicherlich alle Fragen beantworten können. Ich als Wirtin weiß nämlich nicht, wer dort für was verantwortlich ist. Und die Nummer der Bergwacht werde ich gleich heraussuchen und Ihnen durchgeben. Ich wünsche Ihnen einen schönen Aufenthalt in unserem Haus. Etwa eine Stunde ist unsere Küche noch geöffnet. Wenn Sie etwas essen möchten?“ Sie lächelte Claudia an, und als diese nicht sofort antwortete, ging sie zurück ins Restaurant.

„Ich schau mal, was meine Töchter so treiben“, verabschiedete sich auch Holger und folgte Frau Huber, nicht ohne Katja einen halb amüsierten, halb mitleidsvollen Blick zuzuwerfen.

Katja führte ihre mürrische Zimmergenossin in den ersten Stock und öffnete die Tür.

„Wenn wir schon in einem Doppelbett schlafen, sollten wir uns vielleicht duzen. Ich bin Katja“, sagte sie, als sie im Raum stand, und hielt Claudia die Hand entgegen.

„Facebook & Co lässt grüßen“, murmelte Claudia.

„Wie?“

„Man muss sich ja nicht immer gleich duzen. Aber meinetwegen. Claudia.“

„Kann ich dich mal was fragen, Claudia?“

Die Polizistin trat an die Balkontür und sah in das Schneetreiben hinaus. Wie von Jens vorausgesagt, hatte es längst wieder angefangen zu schneien. Dann drehte sie sich um und grinste Katja an. „Wie ich dich einschätze, machst du das auch ohne Genehmigung.“

„Gibt’s einen besonderen Grund für deine ständige Unfreundlichkeit? Die nervt nämlich. Oder sollte ich mich dafür entschuldigen, dass ich bei der Lawine noch mit einem Schrecken davongekommen bin?“ Katja ließ sich auf ihre Betthälfte nieder und sah Claudia herausfordernd an. Die hörte auf zu grinsen. Nach einigen Momenten des Schweigens setzte sie sich auf die andere Bettseite.

„Ich habe wahnsinnige Kopfschmerzen, krieg die Bilder nicht aus dem Kopf von meinem Kollegen, wie er tot neben mir in seinem Gurt hängt. Und außerdem mache ich mir Sorgen wegen Bach. Ich glaube, diese Gefahr nimmt hier niemand wirklich ernst."

„Ich dachte, er sollte Freigänger werden?"

„Was weißt du denn noch alles?" Claudia musste wegen der Halskrause den gesamten Oberkörper drehen, um Katja anzusehen.

„Hier im Dorf gibt es einen Typen, der auffällig gut informiert ist", antwortete Katja und berichtete alle Geschehnisse im Restaurant. Als sie von ihrer eigenen Warnung an die Dorfbewohner erzählte, nickte Claudia zustimmend. „Alle Gutachten sagen, dass Bach inzwischen harmlos sein soll, aber hier haben wir eine absolute Extremsituation. Wer weiß, wie er den Unfall und seine bisherige Flucht überstanden hat."

„Vielleicht ist er aber einfach nur tot", wandte Katja ein, aber sie glaubte selbst nicht daran.

„Ausgerechnet hier gibt es so einen Freak." Claudia schüttelte den Kopf und schmunzelte. „Wie wirkte dieser Rupert auf dich?", fragte sie.

„Schon ein komischer Kauz, aber auch nicht so, dass er mir aufgefallen wäre, wenn er nicht den Mund aufgemacht hätte. Was natürlich nichts heißt. Solche Täter sind oft der normale nette Typ von nebenan."

„Wolltest du zur Kripo und sie haben dich nicht genommen?" Claudia lachte kurz auf.

Es reichte langsam. „Ich stehe kurz vor meinem Abschluss in Medienkommunikation. Außerdem bin ich ausgebildete Verwaltungskauffrau. Aber ich könnte mal über einen Wechsel zur Kripo nachdenken. Die würden mich bestimmt mit Kusshand nehmen. Die brauchen immer fähige Leute." Katja stand auf und ignorierte das etwas verunglückte Lächeln auf Claudias Gesicht. Sie trat an den kleinen Tisch am Fenster. Dort stand ihr Laptop. Sie öffnete ihn.

„Ich bin einfach schlecht drauf", tönte hinter ihr eine um Versöhnung bemühte Stimme. „Ich möchte Marcos Familie anrufen. Sie haben bestimmt noch tausend Fragen. Aber ich trau mich nicht. Er hat erst vor zwei Jahren geheiratet und das Baby ..." Claudia brach ab.

„Was ist mit deiner Familie?", fragte Katja leise.

„Meine Mutter habe ich schon vorhin vom Doktor aus angerufen. Sie und meine Tochter haben Gott sei Dank noch gar nichts von der Lawine mitbekommen. Meine Tochter ist acht. Ich bin alleinerziehend. Wenn ich über Nacht unterwegs bin, ist Lena bei meiner Mutter. Es geht ihr gut dort", antwortete Claudia mehr sich selbst als Katja.

Das Telefon klingelte. Frau Huber gab die Nummer von der Bergwacht Kochel am See durch und fragte noch einmal, ob sie etwas essen wollten.

„Wir kommen sofort", antwortete Katja.

„Ich habe keinen Hunger. Ich leg mich gleich hin. Hättest du irgendein altes T-Shirt, das ich zum Schlafen anziehen könnte?", fragte Claudia.

„Klar." Katja öffnete ihre Reisetasche und gab ihr ein Shirt und einen Slip. „Ich habe leider nur einen Schlafanzug mit. Aber wenn du willst, kannst du eine Skiunterhose haben."

Mit Blick auf die Federbetten schüttelte Claudia den Kopf. „Danke. Geh du ruhig essen. Ich werde mal sehen, ob ich noch irgendeinen kompetenten Polizisten an die Strippe kriege."

Es war Katja nicht entgangen, wie interessiert Claudia an ihrem Wissensvorsprung gewesen war. Sie sah auf die Uhr. Es war kurz vor halb acht Uhr. Polizeitechnisch würde heute nicht mehr viel passieren. Also sagte sie: „Ich geh dann mal essen", und deutete auf den Minischreibtisch vor dem Fenster. „Da steht mein Laptop. Die WLAN-Daten vom Gasthof liegen auf dem Zettel daneben. Wäre nett, wenn dein polizeilicher Spürsinn vor meinen persönlichen Dateien haltmacht."

Claudia nickte kurz, hatte aber bereits den Hörer in der Hand.

Der Rehbraten schwamm in dunkelbrauner Soße, aus der die weißen Kartoffelklöße herausragten, und der Rotkohl färbte alles, was in seiner Umgebung lag, lilablau. Katja, das Besteck bereits in den Händen, überlegte, ob sie sich das wirklich antun wollte. Eine Pizza oder ein leckeres leichtes Pastagericht ... Aber sie befand sich hier in einem winzig kleinen Dorf, und im Prinzip konnte sie froh sein, dass sie momentan nicht auf Krankenhauskost angewiesen war oder gar keine Nahrung mehr benötigte. Außerdem hatte sie Hunger.

„Schmeckt besser, als es aussieht." Holger lächelte sie an, und auch Hannah und Leah grinsten. Ihren geleerten Tellern nach zu urteilen, stimmte das.

Hannah wollte wissen, was die Polizistin erzählt hatte. „Der musst du jedes Wort aus den Rippen leiern, und wenn was rauskommt, dann ist es unfreundlich."

„Vielleicht wird man so bei der Polizei."

„Du meinst, diese Klischees vom einsamen Wolf, harte Schale, weicher Kern? Du hast zu viel ferngesehen." Katja lachte.

„Ach ja, Fernsehen. Papa, können wir schon mal hochgehen? Vielleicht gibt es wenigstens einen coolen Film", fragte Leah.

„Einen Krimi oder Thriller", sagte Hannah und kicherte. Die Mädchen griffen nach ihren Skijacken, die neben ihnen auf der Bank lagen.

„Lasst sie ruhig liegen. Ich bring sie nachher mit", schlug Holger vor und stand auf, um Leah den Weg von der gemeinsamen Sitzbank freizumachen.

„Papa! Keine Sorge, wir gehen auf direktem Wege nach oben. Du brauchst unsere Jacken nicht als Pfand."

Holger wirkte tatsächlich ertappt, obwohl er sich alle Mühe gab, einen ahnungslosen Eindruck zu vermitteln. Katja musste schmunzeln. Da war er wieder, der Papa, der sich nicht traute.

„Wird wohl an der Scheidungssituation liegen", sagte er, als die Mädchen außer Hörweite waren.

Also doch, dachte Katja. „Hätte ich jetzt so nicht gemerkt. Ihr versteht euch sehr gut, finde ich", antwortete sie.

„Schon. Aber wenn ich die Mädchen nur alle zwei Wochenenden und im Urlaub habe, möchte ich ungern den Erziehungsberechtigten raushängen lassen."

Der Klassiker. Und genau den hatte sie bei ihrem ersten Treffen auf dem Autobahnrastplatz ausgeschlossen. Sie musste dringend an ihrer Menschenkenntnis arbeiten.

„Mag sein. Aber wie hättest du vorhin zum Beispiel deiner Partnerin erklärt, dass es besser sei, ins Hotel zu kommen?"

„Das ist doch etwas ganz anderes."

„Ist es das?"

„Ich sollte also mit ihnen genauso reden wie mit Erwachsenen, meinst du?"

„Was nicht bedeutet, dass du ihnen nicht auch eine klare Ansage machen kannst, wenn es nötig ist. Bist du selbstständig? Hast du Angestellte?"

Holger nickte. „Aber Hannah und Leah sind nicht meine Mitarbeiter."

Katja hatte aufgegessen und schob ihren Teller zur Seite. „Nein, das sind sie nicht." Der Mann brauchte dringend Nachhilfe in Sachen Kommunikation, aber im Moment stand ihr der Sinn eher nach den Geschehnissen hier im Dorf als nach der Aufarbeitung von Scheidungsfolgen. „Gab es noch etwas Interessantes, während ich oben war?", fragte sie und sah sich im Restaurant um. Einige Tische waren noch besetzt, aber nur einer von ihnen interessierte sie. Vier Frauen, die augenscheinlich ins Dorf gehörten, sprachen angeregt miteinander. Drei von ihnen schätzte Katja auf sechzig bis siebzig Jahre, die vierte schien bereits die 80 erreicht zu haben. Frau Huber machte sich gerade mit einem Tablett mit vier gefüllten Schnapsgläsern auf den Weg zu ihnen.

„Entschuldige mich für einen Moment. Ich muss kurz was erledigen", sagte Katja und ging rasch hinüber zu dem Frauentisch. Wenn sie schon nicht mehr mit Rupert sprechen konnte, vielleicht konnte sie etwas über ihn erfahren.

„Ich wollte mich entschuldigen", säuselte sie und setzte ihr liebenswertestes Lächeln auf.

„Wofür?", fragte eine der Frauen, und ihr Tonfall drückte Desinteresse aus. Auch die alte Frau musterte Katja von Kopf bis Fuß, aber keineswegs unfreundlich. Also richtete Katja den Blick fest auf sie, während sie erklärte: „Ich bin hier eine Fremde und mische mich dann gleich so vorlaut in die Versammlung ein. Aber glauben Sie mir, ich habe mir nur Sorgen gemacht. Stellen Sie sich einmal vor, es passiert etwas mit Ihren Töchtern oder Enkelinnen, und dann erfahren Sie, dass ich wusste, was möglicherweise geschehen ist."

„Passt schon. Die Mannsbilder sind halt immer ein bisschen feig. Das kennen wir schon, nicht wahr?" Nickend bat die Sprechende bei ihren Freundinnen um Zustimmung. Sie hob ihr Glas. Die anderen taten es ihr nach. Sie prosteten sich zu und tranken.

„Das war gut. Pfürt's euch. Mein Bettzipfel ruft", sagte sie und stand auf. Alle bis auf die alte Frau schoben sich zwischen Tisch und Bänken heraus. Sie griffen nach ihren Mänteln und Jacken, und die Frau, die eben Katja angesprochen hatte, wandte sich noch einmal zu ihr um. „War richtig, dass Sie den Mund aufgemacht haben. So wissen's wenigstens alle Bescheid. Wir können jetzt ruhig nach Hause gehen, denn nach dem, was der Geissler-Rupert erzählt hat, sind wir alle nicht mehr nach dem Geschmack des Mörders. Nicht mehr saftig genug." Alle Frauen lachten, auch Frau Huber.

„Maria, machst mir noch einen Kamillentee? Hab's heute mit dem Magen. Deine Soße war zu fett", sagte die alte Frau und rieb sich den Bauch.

„Klar, mache ich dir, Elli", antwortete die Wirtin und ging. Katja blieb unschlüssig am Tisch stehen.

„Magst di niederhocken?" Die mit Elli Angeredete schob Katja ihr noch fast vollständig gefülltes Schnapsglas entgegen. „Hier. Ist ein edler Tropfen, den die Maria uns da spendiert hat. Wär schad, ihn umkommen zu lassen."

Katja lächelte und setzte sich.

„Woher kommst'?", fragte Elli.

Katja erzählte von Berlin und ihrer geplanten Reise nach Seefeld und Elli fragte nach den Einzelheiten ihrer Rettung durch Holger und seine Zwillinge. Dann brachte Katja das Gespräch noch einmal auf Rupert.

„Ach, der Rupert. Ja mei. Früher war er Tischler oben in Kochel. Aber jetzt ist er schon eine Weile arbeitslos. Und wer keine Arbeit hat, der kommt auf dumme Gedanken. Das ist halt so und das war schon immer so. Elfriede – was seine Mutter ist –, die hat hier vorhin auch bei uns gehockt, die hat vielleicht eine Wut gehabt!"

„Warum? Es mag etwas merkwürdig sein, so ein Hobby. Aber er schien auch wirklich gut informiert."

„Schmarrn ist's, da geb ich der Elfriede recht."

„Und sein Bruder, der Jens?"

Die alte Frau lachte. „Ist ein fescher Bub, nicht wahr? Der ist ein Fleißiger. Arbeitet im Kraftwerk Walchensee, drüben in

Altjoch. Und ist ehrenamtlich bei der Bergwacht und in den Winterferien, da gibt er noch Skikurse. Immerzu am Arbeiten."

Sie schien hellauf begeistert von Jens Geissler, doch Katja fiel der abgehetzt wirkende Mann wieder ein, der vorhin ziemlich spät zur Versammlung gekommen war. „An der Theke stand ein Pfarrer. Ist er hier aus dem Dorf?"

„Der Dominic? Gewiss, das ist unser Pfarrer, Dominic Kern."

„Und wer ist das, der die ganze Zeit neben ihm stand?"

Die alte Frau sah sie prüfend an und lächelte dann. „Hätt' nicht gedacht, dass ein Stadtmädel wie du genauso neugierig ist wie ein Dorfweib."

„Mir ist nur aufgefallen, dass der Mann so aufgeregt aussah, als er ankam. Richtig fertig schien er, als wäre er selbst beinahe von der Lawine begraben worden. Und ziemlich viel getrunken hat er. Aber auch der Pfarrer war so ernst. Als würden die beiden ein großes gemeinsames Problem wälzen, so hat es ausgesehen."

„Muss das ein Pfarrer nicht immer? Die Probleme von seinen Schäfchen wälzen? Freilich, getrunken hat er, der Riedel-Franzl. Ist mir auch aufgefallen. Ist sonst nicht seine Art. Aber sein Vater, der Joseph, der ist grad gestorben. Da ändert sich manches. Grad vorgestern war seine Beerdigung. Aber sonst ist er auch ein ganz Fleißiger. Hat sich die ganzen Jahre zusammen mit dem Joseph um Haus und Hof gekümmert und die letzten Monate den kranken Vater ganz allein gepflegt. Und trotzdem war's immer sauber und ordentlich. Das kann nicht jedes Mannsbild. Ich versteh nicht, warum der Franz keine Frau nicht gefunden hat. Ist ein bisschen still, aber ein anständiger Kerl. Das ganze Dorf war zur Beerdigung von seinem Vater." Plötzlich schien die alte Frau mit ihren Gedanken weit weg zu sein. Sie starrte vor sich auf den Tisch und schob den Stapel Bierdeckel hin und her. „Alle sind gekommen, nur die Tochter nicht. Ich glaub, das hat den Franzl doch sehr getroffen. Hatte ja nur die eine Schwester."

Katja überlegte, dass es Zeit war, zu Holger zurückzukehren, der irgendwie verloren wirkte, wie er auf der anderen Seite des Restaurants alleine am Tisch saß. Sein Gesicht war durch die Plastikblumen der Raumteiler verdeckt. Aber dann konnte sie seine Hände erkennen, die emsig auf dem Smartphone schrieben. Er war also beschäftigt, und warum sollte sie nicht noch der alten Frau Gesellschaft leisten? Maria brachte gerade den Tee. Katja nippte an dem Klaren und erwartungsgemäß brannte er in der Kehle. Sie trank sonst niemals harte Sachen, aber im Skiurlaub gehörte das für Katja dazu. In Gedanken prostete sie Miriam zu, die jetzt solo – oder vielleicht mittlerweile nicht mehr – an irgendeiner Bar saß. Manchmal funktionierte es gar nicht so gut, wenn sie gemeinsam irgendwo herumhingen. Es brauchte bei der Männerwelt quasi doppelten Mut, ein Duo anzusprechen.

„Ist jetzt schon über fünfzehn Jahre her", riss Elli sie aus ihren Gedanken. „Joseph und Martha Riedel hatten zwei Kinder, den Franz und die Anne. Die war zwei Jahre jünger. Die Kinder haben sich immer gut verstanden. Aber dann starb die Mutter an Krebs und Anne hat das Dorf verlassen, mit nur 18 Jahren. Im Streit mit dem Bruder, wie alle im Dorf sagen. Und niemals ist sie wiedergekommen, nicht einmal zu Beerdigung des Vaters."

Katjas Neugier war geweckt. „Weiß man, warum sie damals Grahmried verlassen hatte? Worum ging es in dem Geschwisterstreit?"

„Man munkelte so einiges. Angeblich hat der Franzl mal gesagt, dass das Annerl schuld sei am frühen Tod der Mutter."

„Und? Stimmt das?"

Elli zuckte mit den Schultern. „Nix Gewisses weiß man nicht. Aber eines weiß ich", sagte sie lächelnd und winkte zur Theke hinüber. „Genug geratscht ist jetzt. Eine alte Frau muss ins Bett. Ist wahrscheinlich auch ziemlich langweilig für euereins auf der Durchreise. Und du geh mal wieder zu deinem Retter. Ich glaub, der wartet auf dich.“ Sie zeigte schmunzelnd auf Holger.

„Soll ich Sie begleiten? Draußen stürmt es noch immer, und es schneit auch wieder“, bot Katja an.

Doch Elli winkte ab. „Dank dir für deine Gesellschaft. Wir sehen uns bestimmt noch mal.“

„Denken Sie denn, die Sperrung dauert noch lange? Ich hatte gehofft, dass wir morgen …“

„Wir waren schon viele Winter ein paar Tag’ für uns allein. Das ist nix Besonderes. Sind darauf vorbereitet. Nur das mit den Lawinen, das hatten wir schon lang nicht mehr. Auf der Straße ist auch noch nie einer gestorben. Schad um den jungen Mann.“ Katja half ihr, den Mantel anzuziehen. Elli sah abwartend in Richtung Maria und nestelte ihre Geldbörse aus der Manteltasche.

„Ihren Tee übernehme ich. Denn in meiner Freizeit schreibe ich ab und zu kleine Geschichten. Da bin ich dankbar für neue Anregungen“, erklärte Katja und reichte Elli zum Abschied die Hand.

Elli lachte kurz auf. „Das Leben schreibt die besten Geschichten. Da kommt kein Schriftsteller dran.“ Sie winkte noch einmal Maria Huber zu, deutete auf Katja und rieb die erhobenen Daumen und Zeigefinger aneinander. Mit steifen Schritten verließ sie das Restaurant.

Katja kehrte zu Holger zurück, der gerade herzhaft gähnte. Sie zahlten und verließen ebenfalls das Restaurant, in dem inzwischen nur noch ein Tisch besetzt war. Ein Pärchen, dem Maria Huber gerade zwei Espressi brachte. Neidisch beobachtete Katja, wie verliebt sich die beiden in die Augen sahen, die Hände auf dem Tisch ineinander verschlungen.

„Entschuldige, dass ich einfach an den anderen Tisch gegangen bin, aber Claudia hatte mich gebeten, noch ein wenig über den Rupert zu erfahren“, fabulierte sie, um Holger über ihre Unhöflichkeit hinwegzutrösten.

Der aber schien nicht im Geringsten beleidigt. „So konnte ich noch ein paar wichtige SMS schreiben.“

Katja sah ihn verstohlen von der Seite an. Angesichts seiner guten Laune verkniff sie sich die Frage, wer wohl der Empfänger seiner Nachrichten sein mochte. Wahrscheinlich hatte er sie absichtlich geschrieben, bevor er zu seinen Töchtern ins Zimmer ging. War ihr ja schon auf der Autobahnraststätte klar gewesen, dass ein Typ wie er nicht solo sein konnte.

Seine Tür hatten sie zuerst erreicht. Er umarmte sie und deutete einen Kuss auf die Wange an. „Gute Nacht.“

Sie erwiderte die Umarmung nicht. „Ebenso. Schlaft gut, ihr drei“, antwortete sie und hoffte, es klang beiläufig genug. Ein paar Türen weiter hatte sie ihr eigenes Zimmer erreicht. Sie bewegte sich leise, denn im Zimmer war es bis auf eine kleine Nachttischlampe dunkel. Claudia würde sicherlich schlafen. Da hörte sie aus dem Bad würgende Geräusche. Sie klopfte an die Badtür, rief: „Kann ich helfen?“, und hörte, wie Claudia erbrach.

„Geht schon wieder“, kam es gequält aus dem Bad.

Katja hatte Dr. Brunner vorhin versprechen müssen, ihn sofort anzurufen, sollte Claudia Anzeichen einer Gehirnerschütterung zeigen. Erbrechen gehörte zu diesen typischen Anzeichen. Sie wollte gerade den Hörer aufnehmen, als Claudia kreidebleich aus dem Bad kam und zum Bett wankte. „Wehe, du rufst den Doktor. Den überleb ich jetzt nicht. Er hat mir Tabletten mitgegeben, falls ich kotzen muss.“ Sie drückte eine Pille aus der Verpackung und nahm das gefüllte Wasserglas.

„Und er hat ausdrücklich gesagt, dass du das hier tragen sollst.“ Katja nahm die Halskrause, die Claudia auf dem Nachttisch abgelegt hatte. „Leg das Ding jetzt um und dann bleib liegen. Morgen früh fahre ich dich auf jeden Fall zum Doktor. Und wenn du nachts noch mal rausmusst, dann weck mich. Ich habe weder Bock noch die Kraft dazu, dich bewusstlos vom Fußboden aufzuklauben." Claudia war zwar schlank, aber mindestens fünf Zentimeter größer als sie, und ihr Körper schien kraftvoll und muskulös, auch wenn man das im Moment kaum glauben mochte.

„Ja, Mama", knurrte Claudia nur vor sich hin und ließ sich widerstandslos beim Anlegen der Halskrause helfen. „Wie ich mit dem starren Ding schlafen soll ..."

„Mach einfach die Augen zu und basta", antwortete Katja, bevor sie sich selbst umzog und ins Bett legte. Als sie im blassen Schein der Leselampe noch eine SMS an Miriam schrieb, hörte sie bereits Claudias regelmäßige und tiefe Atemzüge.

+++ *19:49 UHR, GEISSLERHOF* +++

Wie konnte ein Mann, der beinahe am Sterben gewesen war, so eine Kraft entwickeln, sich von innen gegen die Tür zu werfen und dabei den Riegel aus dem Holz zu brechen? Und wie konnte Bach so undankbar sein? Schließlich hatte er ihm das Leben gerettet und ihn vor dem erneuten Gefängnis bewahrt. Rupert ärgerte sich. Nein, er war verzweifelt. Wie sehr hatte er sich darauf gefreut, Bachs Gedanken und Gefühle zu erfahren. Wie war es, wenn man das Leben einer jungen Frau auslöschte? Bekam er einen Orgasmus durch die Vergewaltigung oder erst durch das Töten? Oder brauchte es beides? Sah man dabei noch den Menschen in der Frau oder war sie so etwas wie die aufblasbare Gummipuppe, die Rupert im Schrank hinter seinen dicken Winterpullovern versteckt hielt, weil seine Mutter noch immer die frisch gewaschene Wäsche selbst in den Schrank tat? Schon hundert Mal hatte er es ihr verboten. Aber sie dachte wohl, sein Einwand sei die Rücksichtnahme eines Sohnes gegenüber der fleißigen Mutter. Rupert schaltete den Gasofen ab und machte sich mit langsamen Schritten auf den Heimweg.

Es war nicht Bachs Schuld. Es war seine Natur, gegen die er nicht ankam. Er selbst hätte ihn besser einschließen müssen. Hoffentlich machte Bach keine Dummheiten. Sollte Rupert ihn suchen? Ohne vernünftige Kleidung und mit dem verletzten Fuß würde Bach Grahmried nicht verlassen können. Ein Auto zu stehlen, hatte auch keinen Sinn. Die Aufräumarbeiten auf der Bundesstraße hatten noch nicht einmal begonnen. Er hatte den halben Weg zum Haus zurückgelegt und blieb stehen. Wenn er Bach wäre, wohin würde er gehen? Wo sich verstecken? Rupert wusste nach den vielen Jahren, wie diese Typen dachten und handelten. Ständig waren sie in der misslichen Lage, bei den Mitmenschen nicht auffallen zu dürfen und gleichzeitig der Opfer habhaft zu werden. Das ging nur mit Planung oder der Zufall half ihnen. Doch wo sollte auf Bach in diesem kleinen Dorf noch so ein großer Zufall warten wie der, Rupert als Retter getroffen zu haben? Und unauffällig sah Bach ganz sicher im Moment auch nicht aus. Allein die durchtrennten Handschellen an seinen Armen … Also blieb ihm nur ein Versteck. Was bot sich da besser an als der Teil Grahmrieds, der derzeit ohne Strom war?

Wieder begann es zu schneien. „Auch das noch“, seufzte Rupert. Damit dürften bis zum Morgen Bachs Spuren von der Scheune aus zugedeckt sein. Er sah auf die Uhr. Es machte keinen Sinn, Bach jetzt noch zu suchen. Die meisten Dorfbewohner waren inzwischen zu Hause oder noch im Gasthof. Der Seidl-Wirt, bei dem man immer irgendjemand treffen konnte, lag im stromlosen Ortsteil. Also würde sich Rupert morgen im Hellen aufmachen, um Bach hoffentlich wieder einzufangen.

Er schloss leise die Haustür auf. Ein Blick in die Stube verriet, dass seine Mutter bereits eingeschlafen war. Doch aus der Küche hörte er Geräusche. Jens machte sich im Schlafanzug am Kühlschrank zu schaffen.

„Warst wieder in deinem Archiv? Manchmal denke ich wirklich, ich bin der große Bruder und nicht du", frotzelte Jens, eine Bierflasche in der Hand, und fügte hinzu: „Mann, war ich kaputt. Ich musste mich erst mal eine Stunde niederlegen. Habt ihr mir noch etwas Essen übriggelassen?"

Rupert nutzte den Moment, in dem sein Bruder ihm den Rücken zukehrte, um einen Flaschenöffner aus der Schublade zu nehmen, und nahm rasch die Tupperdose aus dem Rucksack. Er öffnete die Kühlschranktür. „Hast du die nicht gesehen? Ist sogar noch warm." Er hielt Jens die Dose entgegen, der sich umdrehte und freudig überrascht das Gefäß entgegennahm. „Muss wohl noch nicht ganz wach sein. Wunderbar. Ich hab seit heute Morgen noch nichts in den Bauch gekriegt."

Er nahm aus der noch geöffneten Schublade einen Löffel, setzte sich an den Küchentisch und begann zu essen. „Mama noch wach?", fragte er zwischen dem Kauen der Wursteinlage.

„Ich glaub, sie ist eingeschlafen. Aber sie wollte noch mit dir sprechen, hat sie vorhin gesagt."

„Worüber denn?"

„Weiß nicht."

„Ich guck gleich mal nach ihr."

„Tu das. Ich hau mich hin."

Rupert verließ die Küche und stieg die Treppe hoch. Im Moment hatte er nicht einmal Lust, in den ehemaligen Schweinestall zu gehen. Thomas Bach hatte sie ihm mit seiner Flucht gründlich verdorben. Vielleicht würde er nachher noch einmal aufstehen, um in der Scheune nachzusehen oder noch etwas am Buch zu arbeiten. Doch jetzt musste er erst einmal in Ruhe nachdenken.

Jens fühlte sich ausgeruht und durch den Eintopf gestärkt. Gut gelaunt betrat er die Wohnstube, gerade rechtzeitig zur Tagesschau.

„Grüß dich, Mama." Er musste lachen, so verschlafen, wie seine Mutter ihm aus ihrem Sessel entgegensah.

„Ich muss eingenickt sein. Weißt du, was es heute gibt?", sagte sie und setzte ihre Brille auf.

„Nichts Gescheites fürchte ich. Wenn die Tagesschau vorbei ist, können wir mal durchschalten. Wir sind ja jetzt beide ausgeschlafen." Wieder lachte er.

„Oder wir unterhalten uns", antwortete Elfriede und richtete sich gerade im Sessel auf.

„Rupert meinte schon, dass du mit mir sprechen willst."

„Ja."

Sie sahen schweigend die Nachrichten. Als Jens danach zur Programmzeitschrift greifen wollte, reduzierte Elfriede mit der Fernbedienung die Lautstärke des Fernsehers.

„Ich wollte mit dir über deinen Vater sprechen."

Jens ließ die Zeitschrift in seinen Händen sinken und sah seine Mutter erstaunt an. „Über Vater? Ich habe nicht die geringste Lust, über ihn zu sprechen. Ich weiß, was ich wissen muss, und das reicht mir."

„Nichts weißt du. Nichts. Dein Vater war ein guter Mann."

„Mein Vater? Du meinst diesen Trunkenbold, Schläger und Taugenichts, der uns im Stich gelassen hat, als ich zwölf Jahre alt war?"

Sie schwieg.

Jedes Mal, wenn das Gespräch auf Ludwig Geissler kam, geriet er mit seiner Mutter aneinander. Aber dieses Mal war etwas anders. So still und unsicher hatte er seine Mutter selten erlebt. So war sie schon seit Tagen. Wenn er sich recht besann, eigentlich schon seit ein paar Wochen. Früher hatte sie gekeift, was das Zeug hielt. Gerade mit ihren Jungen. Wahrscheinlich war ihr bei zwei halbwüchsigen Söhnen allein auf dem Hof nichts anderes übrig geblieben, als sich ihre typische herrische Art anzugewöhnen. Sie war keine hässliche Frau und hatte sich ab und zu einen Ausflug ins Liebesleben gegönnt. Doch nur, wenn sie meinte, ihre Jungen würden es nicht mitbekommen. Und bis zum gemeinsamen Frühstückstisch hatte es keiner der Kerle gebracht. Jetzt war sie 63 Jahre alt. Ihre früher so prallen Arme und Beine, ihr Gesicht, das alles schien langsam auszutrocknen. Sie würde doch nicht ernsthaft krank sein?

„Nein, den nicht", sagte Elfriede leise und stand auf. Sie lief zum Fenster und wieder zurück.

Jens sah seine Mutter fassungslos an. „Wie meinst du das? Jeder Mensch hat nur einen Vater."

Elfriede schwieg und Jens spürte, dass er kurz davor war, etwas Ungeheuerliches zu erfahren, und fragte sich, ob es nicht besser wäre, auf der Stelle wieder ins Bett zu gehen.

Elfriede setzte sich wieder in den Sessel und sah ihn nachdenklich an. „Der Ludwig ist nicht dein Vater. Nur der vom Rupert."

Jens brauchte einen Moment, um zu erfassen, was diese Aussage alles bedeutete. Das Erste, das ihm durch den Kopf schoss, war, dass der Mann, für den er sich beinahe sein ganzes Leben geschämt hatte, nicht mit ihm verwandt war. Alle Befürchtungen, er könne einmal ähnliche Charakterzüge annehmen, waren von einer Sekunde zur anderen verflogen und machten Platz für viele andere Fragen. Als er den Mund öffnete, kam keine einzige heraus.

Die Blicke seiner Mutter wanderten im Raum umher, als könnten die Antworten hinter der längst vergilbten Tapete verborgen sein. Tatsächlich hatte der Mann, den er bis eben für seinen Vater gehalten hatte, diese Tapete vor über 21 Jahren an die Wände geklebt. Rupert hatte vor ein paar Jahren die großen Blumen weiß übergestrichen und sie inzwischen mit seinen Zigaretten wieder gelb gefärbt.

„Wer?", fragte Jens.

„Der Riedel-Joseph."

Mehr als ein leises „Jesses" brachte Jens nicht hervor.

„Weißt. Damals lief es schon nicht mehr gut mit deinem Vater, also dem Ludwig. Und ich war jung." Elfriedes Blick hatte jetzt Halt auf seinem Gesicht gefunden. „So jung", fügte sie hinzu. „Es tut mir leid. Es war nur ein paar Mal, aber dann warst du unterwegs."

„Und der Ludwig. Hat er es gewusst?"

Sie schüttelte den Kopf. „Ich habe mich auf dich gefreut. Und der Pfarrer meinte, ich durfte mich nicht noch mehr versündigen. Der Joseph hatte ja die Martha und die Kinder."

„Und wusste der es?"

Elfriede nickte und Jens konnte vor Schreck kaum schlucken. In seinem Kopf zogen Bilder seiner Kindheit vorbei. Bilder mit ihm und dem Riedel-Joseph. Momente des Lachens und Herumalberns auf dem Hof. Und vom Familientisch der Riedels, an dem er so oft gesessen hatte, wenn er beim Franz zum Spielen gewesen war. Da saß ein Vater, der freundlich Frau und Kinder anlächelte und Späße machte. Was hatte er den Franz und die Anne um ihren Vater beneidet. Es war eine Fröhlichkeit gewesen, die es zu Hause nicht gegeben hatte. Sie war erst verflogen, als er und Franz und Anne älter geworden waren. Er hatte gedacht, das sei überall in den Familien so, und der Franz und er hatten sich nicht mehr so oft getroffen. In die Anne war er als kleiner Bub ein bisschen verliebt gewesen. Aber anders als bei den anderen Mädchen im Dorf, die immer alberner und überheblicher geworden waren, je mehr Rundungen ihnen gewachsen waren, war Anne stiller und schmaler geworden. Sogar die schönen langen Haare hatte sie eines Tages selbst abgeschnitten. Mit einer stumpfen Schere und völlig schief.

„Du sagst nichts. Glaubst du mir?“, riss ihn seine Mutter aus seinen Erinnerungen.

„Was soll ich dir glauben?“ Jens’ Gedanken waren noch immer mit einer Neuorientierung der eigenen Vergangenheit beschäftigt, die man normalerweise mit 36 Jahren nicht mehr anstellen musste.

„Der Rupert meinte, ich solle den Pfarrer herholen, damit er dir das bestätigen kann.“

„Der Rupert wusste Bescheid? Seit wann?“, fragte Jens, in dem nun endgültig das Entsetzen über diese Enthüllungen die Oberhand gewann.

„Ich hab’s ihm erzählt, als der Riedel-Joseph so krank wurde. Aber er meinte auch, dass es nach all der Zeit doch nichts mehr bringen würde.“

„Ach ja? Und was bringt es deiner Meinung nach jetzt? Sag schon: Warum beichtest du mir das ausgerechnet heute? Wär’s nicht besser gewesen, du hättest mich weiter als Idiot durchs Dorf gehen lassen, in dem offenbar jeder Bescheid wusste, nur ich nicht?“ Jens stand auf.

„Bitte bleib noch“, bat sie mit dünner Stimme.

„Noch mehr Neuigkeiten?“, fragte er bissig.

„Niemand weiß es. Der Joseph, der ist tot, und der Pfarrer darf nicht reden. Und nun weiß es noch dein Bruder. Es ist wegen des Geldes, das der Joseph angeblich gehabt haben soll.“

„Du informierst mich darüber, wer mein wirklicher Vater ist, nur wegen Geld? Ich brauch keines von einem, der sein eigen Fleisch und Blut verleugnet hat.“ Jens stürmte aus der Stube.

„Aber es ist viel und dein Bruder und ich …“ Mehr hörte er nicht, als er die Haustür öffnete und ohne Jacke nach draußen in das Schneegestöber rannte. Tränen liefen ihm die Wangen herunter, als er völlig außer Atem auf halbem Weg zur Scheune auf der Weide anhielt. Er beugte seinen Oberkörper vor und stützte sich mit den Händen auf den Oberschenkeln ab. Als sein Weinen aufhörte, richtete er sich auf. Er hatte die Augen geöffnet, aber nahm nichts um sich herum wahr. „Franz und Anne sind meine Geschwister“, fiel ihm plötzlich ein, und das erste Mal spürte er ein warmes Gefühl bei dem Gedanken an das, was er soeben erfahren hatte. Am liebsten würde er auf der Stelle zum Riedelhof fahren, um Franz mit der Neuigkeit zu konfrontieren. Hatte sein Sandkastenfreund wirklich keine Ahnung gehabt? Es musste so sein. Auch, wenn ihre Freundschaft mit den Jahren immer mehr Risse bekommen hatte, so wie die Mutter hätte der Franz ihn niemals verraten. Der Sturm riss an seinem Schlafanzug, als wolle er seinen Körper ebenso entkleiden, wie seine Mutter es gerade mit seiner Seele getan hatte. Der Schneefall hatte ihn durchnässt, und seine Zähne klapperten vor Kälte. Plötzlich meinte er, an der Scheune eine Bewegung zu sehen. Etwas großes Dunkles huschte um die Ecke. Doch er musste schnellstens ins Haus und sich umziehen, wenn er sich nicht auch noch eine saftige Erkältung einfangen wollte. Das Reh oder was immer dort in der Nacht umherirrte, würde schon seinen Weg finden.

TAG 2

+++ *8:30 UHR, SEIDL-WIRT* +++

Obwohl sie sich an keinen ihrer Träume erinnern konnte, hatte die letzte Nacht Emotionen in Katja zurückgelassen, die sie selten spürte. Das Gefühl, etwas Bedrohliches spiele sich gerade um sie herum ab und sie war womöglich nicht wachsam genug, um es zu entdecken.

Katjas erster Blick galt den Wettervorhersagen im Internet. Dabei beobachtete sie, wie Claudia versuchte aufzustehen, und rief Dr. Brunner an. „Bleiben's da. Ich komme", schlug er netterweise vor. Als er eintraf, untersuchte er Claudia nochmals eingehend.

„Dass es eine schwere Gehirnerschütterung ist, hab ich gestern schon ausschließen können. Aber auch bei einer leichten gibt's Übelkeit und Erbrechen, Benommenheit und Schwindelgefühle, Sehstörungen und Kopfschmerzen. Das kann auch verzögert auftreten. Liegen bleiben und tragen's die Halskrause wegen dem Schleudertrauma. Glauben's mir, ist besser so. Können's sowieso noch nicht weg. Nutzen's also die Zeit, um sich auszuruhen."

Claudia bat Katja, ihr etwas vom Frühstück mitzubringen. „Ein gutes Zeichen", interpretierte der Doktor lächelnd. Katja nickte.

Holger saß bereits im Restaurant.

„Guten Morgen. Hannah und Leah schlafen noch?" Sie setzte sich ihm gegenüber und goss sich aus der Thermoskanne eine Tasse Kaffee ein und aus einem weiteren Kännchen warme Milch hinzu. Sie trank einen großen Schluck und genoss die Wärme und den Geschmack der frischen Vollmilch. Eine Schlemmerei gegenüber der haltbaren 1,5-Prozentigen, die sie in Berlin im Supermarkt kaufte.

Er schüttelte den Kopf. „Sehen sich irgendwelche Videos auf dem Laptop an und konnten sich nicht losreißen."

Außer ihnen saßen nur fünf andere Gäste im Restaurant, das sich zum Frühstücksraum mit einem ansehnlichen Buffet gewandelt hatte: das Pärchen von gestern Abend und ein Ehepaar mit einem etwa fünfjährigen Jungen. Sie unterhielten sich lautstark über den noch immer herrschenden Sturm.

„Sieht nicht so aus, als kämen wir heute hier weg. Inzwischen sind wir sogar Nachrichtenthema", sagte Holger und biss herzhaft von einer krossen Semmel ab.

„Habe ich auch gesehen. Wenigstens gibt es hier im Dorf einen Bäcker", antwortete Katja und stand auf.

„Maria sagt, sie backen selbst."

„Maria?"

„Frau Huber."

Katja schlug sich mit der flachen Hand vor die Stirn. „Es ist noch früh am Morgen. Ich kann noch nicht denken", sagte sie und lachte. Sie ging in Richtung Theke, vor der auf einem langen Tisch herzhafte und süße Frühstücksleckereien angerichtet worden waren. Claudia wollte keine süßen Sachen, und Katja hatte unwillkürlich lachen müssen. Marmeladenbrötchen oder Müsli hätten zu der Polizistin gepasst wie ein rosa T-Shirt zu einem Boxer. Sie machte sich gerade mit ihrem gefüllten Teller auf den Rückweg, als sie beinahe mit Maria Huber zusammenstieß. Hinter dem sorgfältig geschminkten Gesicht der Wirtin verbarg sich blanke Aufregung. Sie atmete hastig, als hätte sie einen Dauerlauf hinter sich, und ihre Lippen waren etwas geöffnet. Sie griff Katja hart am Arm und winkte mit der anderen Hand die übrigen Gäste zu sich.

„Er ist wirklich nicht tot", brachte sie gepresst heraus. Alle bis auf den kleinen Jungen waren aufgestanden und gruppierten sich um Maria herum. Mit ernsten Gesichtern erwarteten sie die

Neuigkeiten der Wirtin. Stumm, so als wüssten alle im Raum, dass es keine guten Nachrichten sein würden. „Leni, Karin", rief Maria hinter sich in Richtung Küche und wartete, bis auch die Servicekraft und die Köchin bei ihr waren. „Ihr müsst wirklich vorsichtig sein. Bleibt's am besten im Haus. Die Polizei kann keine Leute schicken. Der Sturm …"

„Was um Himmels willen ist passiert?", unterbrach Katja. Ihr Gefühl beim Aufwachen vorhin hatte also nicht getäuscht. Und ihr Herz quittierte die Erkenntnis mit einem so lauten Klopfen, dass sie instinktiv lauter sprach, um das vermeintliche Geräusch zu übertönen.

„Eine Leiche haben sie gefunden. Eine Frau, schrecklich zugerichtet." Marias Stimme zitterte vor Entsetzen. „Oben im Dorf, da wo der Strom weg ist."

Katja musste den vollen Teller abstellen. Nun war also noch jemand gestorben und nicht durch einen Unfall, sondern durch einen Mord. Katja fühlte das erste Mal nach dem Lawinenunglück wieder Angst und war unfähig, nach weiteren Einzelheiten zu fragen. Die anderen offenbar auch, bis Leni, die Servicekraft, „Wer?" flüsterte und ihre Finger sich um Marias Arm krampften.

„Ich weiß es nicht. Der Martin hat's meinem Mann, dem Bernd, erzählt. Einer der Buben vom Seidl-Wirt soll sie gefunden haben, in einer Scheune in der Nähe des Gasthauses, dort, wo sie Getränke und so etwas aufbewahren. Er sollte nur eine Kiste Apfelsaft holen und dann das. Wie schrecklich." Maria hielt sich beide Hände vor das Gesicht.

„Scheiße. So eine verdammte Scheiße. Ich wusste es. Ich habe es geahnt. Und das, weil nur Vollidioten um mich herum sind." Claudia versuchte aufzustehen und fiel wieder zurück in die Kissen.

„Bleib lieber liegen.“ Das angenehme Kribbeln, das das Wissen um ein Geheimnis auslösen konnte, wie gestern in der Praxis, hatte sich mit Marias Nachricht so rasend verflüchtigt, als habe der Sturm nun auch das Innere der Häuser erreicht. War es die Wirkung des Amtes, das Claudia bekleidete, oder eher das Gegenteil, ihre Hilfsbedürftigkeit, die Katja vorschlagen ließ: „Ich kann dorthin gehen. Fotos machen und so.“

Claudia nahm Katjas wiedergefundene Bürgerpflicht nicht wahr, sondern schimpfte weiter. „Wegen einer läppischen Straßensperre kommt keine Kripo. Kann ja wohl nicht wahr sein. Und dieser Dorftrottel von Polizist. Der weiß doch noch nicht einmal, wie man das Wort Leiche buchstabiert, geschweige denn eine sichert.“ Endlich stand Claudia und begann sich über das Nachtshirt die Uniform anzuziehen.

„Willst du nicht erst mal frühstücken?“

„Damit ich wieder kotzen muss? Nein danke. Das Einzige …“ Sie sah Katja an, die spürte, wie widerwillig Claudia weitersprach: „Kannst du mich vielleicht mit dem Auto hinfahren? Ich weiß nicht, ob ich schon fit für einen Marsch durch dieses verdammte Dorf bin.“

Auch wenn Claudia nicht gefragt hätte, wäre Katja mitgegangen. Sie hatte zwar noch niemals eine Leiche gesehen und schon gar kein Opfer eines Gewaltverbrechens, aber sie wusste, im Hotel würde sie es nicht aushalten.

Claudia telefonierte. „Ihr lasst euch tatsächlich von einer Straßensperre aufhalten? – Das nutzt mir hier gar nichts. – Großfahndung um das gesperrte Gebiet herum? Sehr wirkungsvoll. – Mann, die Leiche liegt hier, nicht in Garmisch. Und der Täter kann wohl kaum hier weg. Also bewegt gefälligst euren Arsch hierher.“ Wutentbrannt legte sie auf.

„War das die zuständige Kripostelle?“, fragte Katja, aber Claudia antwortete nicht. Sie wählte bereits wieder. Wartete und knallte den Hörer auf. „Eine Polizei, die nicht ans Telefon geht. Mann, ich krieg eine Krise."

„Die Wache liegt in dem Teil, der keinen Strom hat. Aber ich habe von Maria Huber die Handynummer vom Heinrich. Er ist der einzige Polizist hier." Claudia schloss den letzten Knopf der Uniformjacke und sah überrascht hoch.

„Super, lass ihn uns von unterwegs aus anrufen."

Sie ging ins Bad und im gleichen Moment klopfte es an der Zimmertür. Katja öffnete. Jens stand mit einer Reisetasche in der Hand auf dem Flur. Heute lächelte er sie nicht an. Er sah abgespannt aus, und Katja schob es darauf, dass er wohl bereits wieder im Einsatz war.

„Sind neue Lawinen abgegangen?", fragte sie deshalb.

„Nein. Ich möchte nur Frau Jensen ihre Tasche bringen. Wir konnten sie aus dem Bus bergen, und ich habe gehört, dass sie hier bei Ihnen wohnt? Ihren Jeep werden wir vielleicht heute noch ausgraben, und wenn er nicht zu viel abbekommen hat, bringen wir ihn hier herunter. Mal schauen, ob das Wetter es zulässt."

Katja nickte und streckte den Arm aus. Er übergab die Reisetasche, wollte sich zum Gehen wenden, doch er zögerte. „Sagen Sie ihr bitte, dass ich die Tasche ihres Kollegen an der Rezeption deponiert habe. Ich weiß nicht recht, was damit geschehen soll."

Wieder nickte Katja und spürte einen Kloß im Hals. Er grüßte noch einmal und wollte gehen.

„Wissen Sie schon das mit der Leiche?"

Er war deutlich überrascht. Katja erzählte ihm, was sie erfahren hatte, und er versprach, ebenfalls zum Fundort der Leiche zu kommen. Er müsse nur vorher noch etwas erledigen.

„Wer war das? Oh, meine Tasche. Wenigstens ein Lichtstreifen am Horizont. Dann hat man bestimmt auch meine Waffe gefunden?“ Claudia riss den Reißverschluss der Tasche auf und wühlte sie durch. „Nichts!“

„Jens hat auch die Tasche deines Kollegen gebracht. Sie steht unten an der Rezeption. Vielleicht …?“

„Das wäre unverantwortlich leichtsinnig. Aber in diesem Dorf ist offenbar alles möglich.“

„Vielleicht hat sie der Polizist an sich genommen. Jens Geissler ist ja nur bei der Bergwacht.“

Claudia nickte. „Lass uns gehen.“

„Du meinst wirklich, du schaffst das? Du siehst nämlich immer noch ganz schön käsig aus.“

„Muss irgendwie gehen.“

Katja klopfte an Holgers Tür. Er öffnete und gab ihr den Autoschlüssel. „Ich will nicht, dass die beiden auf die Idee kommen, auch dorthin zu wollen.“ Er zeigte mit dem Daumen über seine Schulter. Im Hintergrund lief der Fernseher.

Claudia fand ihre Dienstwaffe auch in Marcos Sachen nicht. Dessen eigene Waffe war gemeinsam mit seinem Leichnam nach Bad Tölz geschafft worden. Katja spürte, wie unwohl sich Claudia ohne jeglichen Schutz fühlte. Wenigstens Heinrich würde wohl eine Dienstwaffe besitzen.

„Gar nicht so verkehrt von Herrn Koch. Ich würde Thomas Bach auch nicht meine Töchter zeigen“, sagte Claudia, als sie den Gasthof verließen. Sie hielt ihre Polizeimütze fest und lief, leicht gegen den Wind gebeugt, zum Parkplatz. Katja blieb überrascht stehen. „Du meinst, er beobachtet uns alle heimlich?“, rief sie gegen den Sturm an. Doch die Polizistin ging einfach weiter und antwortete nicht. Katja wurde flau im Magen und sie zog ihre Wollmütze tiefer ins Gesicht und die Kapuze ihrer Skijacke noch darüber. Schneite es oder war das nur der umherwirbelnde Schnee von den Dächern und Bäumen? Obwohl zumindest auf den einzeln stehenden Baumgruppen und auch auf den meisten Häusern kaum mehr Schnee lag. Der andauernde Sturm hatte ihn davongeweht. Warum hatte sie nicht wenigstens noch gefrühstückt? Weil sie so blöd war und mit der Neuigkeit sofort nach oben zu Claudia wollte. Mann, Katja, das hier ist kein Kriminalfilm, schalt sie sich in Gedanken selbst.

Sie fuhren auf der Hauptstraße durchs Dorf. Claudia telefonierte mit dem Polizisten Heinrich und erfuhr, dass er bereits am Fundort wartete. Als sie um eine Kurve bogen, erkannten sie rund 300 Meter entfernt eine kleine Menschentraube vor einem einzelnen Gebäude auf der linken Seite der Fahrbahn.

„Das habe ich befürchtet", seufzte Claudia auf dem Beifahrersitz. „Damit kann ich eine Spurensicherung wohl vergessen."

Kaum waren sie ausgestiegen, lief Claudia mit großen Schritten auf die Menschen zu und sah sich suchend um, bis sie den Polizisten entdeckte. Katja hatte Mühe, mit ihr Schritt zu halten. Heinrich hatte sich in seiner grün-beigen Uniform breitbeinig auf einem freigeschippten Weg neben der Gaststätte „Zum Seidl-Wirt" aufgebaut, als warte er dort auf seinen Duellgegner. Es war schon lustig. Gerade im weiß-blauen Bundesland trugen die Beamten noch immer Uniformen, die Katja mit ihren frühesten Erinnerungen an die Straßen Berlins verband. Eine Rolle rot-weißes Band ruhte in Heinrichs Hand. Jetzt erkannte Katja, die sich weiterhin anstrengen musste, um mit Claudia Schritt halten zu können, dass hinter Heinrich bis zu einer Scheune, um sie herum und auf der anderen Seite zurück bis zum Gaststättengebäude, eine behelfsmäßige Absperrung mithilfe dieses rot-weißen Flatterbandes geschaffen worden war. Der Sturm riss mit voller Kraft an dem Band und es flatterte heftig; hielt aber stand.

„Haben Sie das gemacht, Herr Kollege?", fragte Claudia, und Heinrich nickte ernst, ohne seine Körperhaltung zu verändern oder ihr Platz zu machen. „Uii, der Dorfpolizist hat mitgedacht“, zischte Claudia leise Katja zu und sagte dann laut: „Sehr gut. Wie viele Leute waren schon am Fundort?“

„Zum Glück hat der Seidl-Bub mich als Erstes angerufen. Wir sind Nachbarn. Also nur er und ich.“ Er starrte auf Claudias Halskrause. „Können's überhaupt tätig sein?“

„Wir sind die einzigen Beamten im Dorf?“

Er nickte.

„Sie sind Polizeimeister. Ich bin Polizeiobermeisterin. Damit dürften die Kompetenzen klar verteilt sein“, stellte sie fest.

„Sie seien's aber nicht zuständig“, widersprach er.

„Das sind wir genau genommen beide nicht. Aber da die Herren von der Kriminalpolizei ja keine kalten Füße bekommen möchten, müssen wir halt den ersten Angriff irgendwie regeln. Haben Sie eine Kamera? Das wäre besser als mit nur einem Handy.“

Er schüttelte den Kopf.

„Kennen Sie jemanden, der eine hat?“

„Der Sepp ist bei der Zeitung. Der hat eine.“ Heinrich griff zu seinem Handy.

„Kennen Sie die Tote?“

„Nein, ich habe die Frau nie gesehen.“

„Schön, ich guck mir das jetzt mal an, und Sie lassen auch weiterhin keinen durch. Und rufen Sie den Doktor.“

Claudia drehte sich zu Katja um und ihr Blick schien plötzlich merkwürdig leer. Sie beugte den Kopf herunter und massierte mit beiden Händen Stirn und Schläfen.

„Ist dir wieder schlecht?“, fragte Katja.

„Meine Augen. Ich konnte grad nicht richtig gucken. So ein Scheiß ist das“, antwortete sie leise. „Traust du dir zu, mit reinzukommen? Ich habe wirklich Angst, hier vor allen Leuten umzukippen. Das wär's dann. Die würden sich von mir doch nichts mehr sagen lassen", bat sie Katja. Sie liefen dicht nebeneinander an Heinrich vorbei. Unauffällig hob Katja ihren Arm, jederzeit bereit, Claudia zu stützen. Doch sie hatte den Plan ohne Heinrich gemacht. Er hielt sie am Arm fest.

„Nichts da. Hier kommt keiner durch."

„Sie gehört zu mir", rief Claudia, ohne sich umzuschauen. Sichtlich widerwillig machte Heinrich Platz.

Mit ihrem Handy fotografierte Claudia den Boden vor dem kleinen Gebäude, das nicht mehr als eine Bretterbude war, und ging dann langsam, weiterhin fotografierend, hinein. Katja blieb im Türrahmen stehen. Cola- und Wasserkisten waren an einer Seite bis zur Decke gestapelt. An der gegenüberliegenden Seite standen einige gut gefüllte Kartoffelkisten und eine Kiste mit Äpfeln. Dazwischen blieb nur ein schmaler Durchgang von weniger als einem Meter Breite. In der Ecke neben der Tür türmte sich ein Berg aus einzelnem Leergut, mit dessen Erlös man sicherlich eine Person eine Woche lang ernähren könnte. Ängstlich sah sich Katja weiter um. Doch sie entdeckte keine Leiche. Claudia drang langsam zu den hinteren Reihen der gestapelten Kisten vor, den Kopf auf den Boden gerichtet, und blieb abrupt stehen. Katjas Augen hatten sich inzwischen an die Dämmerung im Raum gewöhnt, und sie erkannte nur Zentimeter von Claudias schweren Lederstiefeln entfernt einen bloßen Fuß, der hinter den Kisten hervorlugte. Die Fußnägel waren rosafarben lackiert. Am liebsten hätte sich Katja umgedreht, wäre zurück ins Hotel gelaufen, hätte sich zwischen Hannah und Leah gesetzt und sinnfreie, aber lustige YouTube-Videos angeschaut.

„Ach du Scheiße. Ich hab's gewusst", entfuhr es Claudia. „Bleib lieber da. Kein schöner Anblick." Claudia kam zurück zur Tür, ging an Katja vorbei und zurück zu Heinrich. Unschlüssig folgte Katja ihr.

„Wo ist der Sohn von diesem Seidl? Ist der Fotograf schon da?“

„Er kommt gleich. Da ist der Bub.“ Er wies auf ein zwischen den Zuschauern stehendes Kind. Claudia ging zu ihm.

„Hallo, ich bin Claudia Jensen.“ Sie streckte dem Jungen ihre Hand entgegen, und Katja wunderte sich, wie sanft und höflich die Polizistin sein konnte.

„Kennst du die tote Frau?“

Er schüttelte den Kopf.

„Überlege mal gut. Denn durch die abrasierten Haare und mit dem Schrecken, den du sicherlich hattest …“

„Nein, ganz sicher nicht. Die ist nicht von hier“, versicherte der Junge.

„Erzählst du mir bitte ganz genau, wie du sie gefunden hast? Hast du dort drinnen etwas angefasst? Oder bist du neben sie getreten?“

Der Junge schüttelte energisch den Kopf. „Ich sollt nur mit dem Schlitten eine Kiste Apfelsaft holen, hat meine Mutter gesagt. Ich wollt die Kiste grad hochnehmen, da hab ich die Füß’ der Frau gesehen und die Kiste vor Schreck gleich wieder abgestellt. Und dann hab ich nur vorsichtig um die Ecke geguckt. Da wusst ich, dass die auf alle Fälle tot ist.“

„Woher wusstest du das? Weil sie so kalt war? Hast du sie angefasst?“

„Jesses, nein. Aber sie ist doch tot, oder?“

Claudia nickte und legte ihre Hand sanft auf seine Schulter. „Ich danke dir. Der Heinrich hat deinen Namen und deine Anschrift, nicht wahr? Hebst du nur kurz mal deinen Fuß, dass ich das Profil von deinen Stiefeln sehen kann. Dann kann ich darauf achten, ob es noch andere Fußspuren gibt.“

Der Junge tat wie Claudia ihm geheißen. Er trug gefütterte Winterstiefel mit einer Schuhgröße von maximal 37.

Ein Auto näherte sich, hielt und ein junger Mann stieg aus, eine Kamera in den Händen. Sofort umringten ihn mehrere der wartenden Dorfbewohner und sprachen mit ihm. Anschließend kam er mit ernstem Gesicht auf Claudia, Heinrich und Katja zu.

„Ich soll hier fotografieren. Aber bittschön. Ich will das nicht. Sie können's gern meine Kamera ausleihen."

„Natürlich können wir das nicht von Ihnen verlangen. Aber sehr freundlich, dass Sie uns die Kamera zur Verfügung stellen. Ich kann allerdings nicht sonderlich gut mit solchen hoch komplizierten Dingern umgehen." Claudia betrachtete skeptisch das große Gerät mit seinem lang gestreckten Objektiv. „Kollege, könnten Sie? Wir können die Leiche nicht hier liegen lassen, bis diese verdammte Sperrung endlich wieder aufgehoben wird", fragte sie Heinrich, der ebenso skeptisch dreinblickte.

„Einer sollte hier stehen bleiben und den Fundort sichern." Demonstrativ baute er sich wieder mitten auf dem Weg auf und starrte stur geradeaus.

„Katja, könntest du? Ich sag dir, worauf du achten musst."

Katja wollte gerade ebenso energisch mit dem Kopf schütteln, als sich Claudia bereits die Kamera geben ließ und voraus zur Hütte lief. Als Katja ihr folgte, fühlten sich ihre Beine an wie Wackelpudding.

„Wir brauchen Licht. Ist nicht jemand von der Bergwacht da? Die haben doch immer so ein Zeug", rief Claudia Heinrich zu.

Katja erkannte in den Umstehenden Jens Geissler und einen Kollegen von der Bergwacht, den sie ebenfalls am Unglücksort gesehen hatte. Jens ging zu einem Fahrzeug und kam mit zwei Stirnlampen wieder. Er wollte an Heinrich vorbei, doch der hielt ihm die erhobene flache Hand entgegen, nahm ihm die Lampen ab und brachte sie Claudia selbst. Doch Jens folgte trotzdem.

„Wissen Sie, wer sie ist?"

„Nein, leider noch nicht. Wäre nett, wenn Sie sie mal anschauen könnten, wenn wir hier fertig sind?"

Er nickte. Im Fortgehen fragte er Katja „Schaffen Sie das? Ich könnte auch …"

„Geht schon. Aber danke."

Sie sah ihm hinterher. *Geht schon?* Wie bescheuert bin ich denn? dachte sie. Warum hatte sie ihm nicht einfach die Kamera in die Hand gedrückt und war verschwunden? Wie blöd konnte ein Mensch sein?

„Katja?", rief Claudia von innen.

Ihr Herz klopfte bis hoch in den Hals. Ihre Hände, die die Kamera umklammerten, zitterten. Im Zeitlupentempo näherte sie sich der Ecke, hinter der die erste Leiche ihres Lebens auf sie wartete.

+++ *8:56 UHR, GEISSLERHOF* +++

Rupert lehnte sich an den Heustapel und schloss die Augen. Selten hatte sich seine Seele so satt angefühlt. Auch bei keiner seiner diversen Arbeitsstellen, wo alle mit ihm zufrieden gewesen waren. Aber Spaß hatte ihm keine dieser Tätigkeiten gemacht. Nur dieses Buch, dessen Vollendung jetzt kurz bevorstand, gekrönt von dem langen Interview mit Thomas Bach. Der Schlag hatte ihn heute Morgen getroffen, als er die Scheune betreten hatte, nur um die Spuren zu beseitigen. Bach hatte auf dem Lager gelegen und fest geschlafen, als sei er nie weg gewesen.

Jetzt war Bach wieder müde und ständig fielen ihm die Augen zu. Das Sprechen hatte ihn angestrengt. „Warum haben Sie mich eingesperrt?", hatte er mehrfach gefragt. „Ich habe es nicht ausgehalten." Und Rupert hatte ihn verstanden und ihm sofort ein reichhaltiges Frühstück besorgt. Zum Dank, oder weil er vielleicht gewusst hatte, dass ihm nichts weiter übrig geblieben war, hatte Bach dann seine Fragen beantwortet. Das Diktiergerät hielt Rupert in der Hand. Das Band war fast voll und ein zweites besprochenes ruhte schon sicher in seiner Hosentasche.

„Sucht denn niemand nach mir?", fragte Bach, der wieder etwas mehr zitterte. Rupert hatte schon die dritte Wolldecke auf den frierenden Körper gelegt. Jetzt sah er, wie Schweißperlen Bachs Stirn herunterliefen. Der Mann hatte ganz eindeutig Fieber.

„Die Zufahrten sind noch immer gesperrt. Und mit einem Hubschrauber können's wegen dem Sturm auch nicht kommen. Der Polizist ist tot, und die Polizistin ist krank."

„Bitte bringen Sie mich zur nächsten Polizeiwache."

Rupert erschrak. Noch war er nicht fertig mit seinen Fragen.

„Was wollen's denn da? Meinen Sie, die versorgen Sie besser als ich?"

„Ich will keinen Ärger. Die sollen nicht denken, dass ich fliehen wollte."

„Die Wache liegt hinten im Dorf und da fehlt der Strom. Die brauchen bestimmt noch ein paar Tag, bis alles wieder funktioniert."

Bach riss die Augen weit auf. „Ein paar Tage?"

Rupert nickte. Dabei wusste er genau, dass die Stromwerke alles taten, um den Schaden zu finden und zu beheben. Solange wie dieses Mal hatte es noch niemals einen Stromausfall in Grahmried gegeben. Es würde ihn nicht wundern, wenn der Nordteil vielleicht in diesem Moment schon wieder versorgt war. Wenn er Bach noch eine Weile bei sich behalten wollte, musste er sich etwas einfallen lassen. Er drückte eine Aspirintablette aus der Verpackung. „Hier, gegen das Fieber."

Bach richtete seinen Oberkörper auf und griff nach der Wasserflasche. Nachdem er die Tablette geschluckt hatte, sank er wieder auf sein provisorisches Kissen. „Dann holen Sie die Polizistin, die mich gefahren hat, eben hierher. Bitte“, sagte er eindringlich und schloss die Augen.

Rupert blieb nichts anderes übrig, als Bach schlafen zu lassen. Er kehrte ins Haus zurück.

Seine Mutter stand im Nachthemd in der Küche, an die Arbeitsplatte gelehnt. Ihre Augen waren gerötet, und sie schien sich mit beiden Händen an ihrer Kaffeetasse festzuhalten.

„Hast du gestern Abend noch mit dem Jens geredet?“, fragte er, ahnte die Antwort aber bereits.

Sie nickte. „Rausgerannt in den Schnee ist er. Ohne Jacke. In den Pantoffeln.“

„Schläft er noch?“

„Der Xaver hat ihn in der Früh abgeholt. Sie müssen das Gelände kontrollieren. Kein Wort hat er mit mir geredet. Kein Wort.“

„Ist nicht so einfach, zu erfahren, dass man einen ganz anderen Vater hat. Nach all den Jahren. Der kommt schon wieder zu dir.“ Er umarmte sie und strich hastig über ihre ungekämmten Haare. Wenn sein Bruder vom Xaver abgeholt worden war, dann musste Jens' Auto noch auf dem Hof stehen. Kaum war Elfriede im Badezimmer verschwunden, suchte er die Autoschlüssel, die normalerweise auf der Ablage im Flur lagen. Dieses Mal nicht. Er stieg nach oben, öffnete die Tür zu Jens' Zimmer und sah sich um. Auf dem Heizkörper unter dem Fensterbrett hing ausgebreitet Jens' Bergwachtjacke. Er griff in die Jackentasche und jubilierte innerlich. Er ertastete den ihm bekannten Schlüsselanhänger aus einem silbernen halben Herzen und zog ihn mitsamt dem Autoschlüssel heraus. *Patricia* stand auf der Herzhälfte, Jens' Exfreundin. Rupert schüttelte den Kopf. Sein Bruder sollte sich endlich dieses Miststück aus dem Herzen reißen. Bei seiner nächsten Fahrt nach Kochel würde er ihm einen schönen neuen Anhänger kaufen. Jens hatte etwas Besseres verdient. Die Jacke rutschte vom Heizkörper und fiel mit einem dumpfen Geräusch auf den Holzfußboden. Er hob die Jacke auf und wollte sie wieder auf den Heizkörper legen, als ihm auffiel, dass sie auf der einen Seite, wie von unsichtbarer Hand gezogen, erneut herunterrutschen wollte. Rupert tastete von außen die Jackentasche ab und fühlte etwas Großes, Hartes. Er griff hinein und hätte beinahe die Jacke fallen lassen. In der Tasche steckte eine Pistole. Rupert nahm sie und betrachtete die Waffe. Er hatte nicht die geringste Ahnung von Pistolen. Nur mit Jagdgewehren kannte er sich ein bisschen aus. Aber sie fühlte sich gut an und lag angenehm kühl in seiner Hand. Bei der Bergwacht trugen sie keine Waffen. Woher also hatte Jens sie? Die Versammlung fiel ihm ein. Die junge Touristin hatte davon gesprochen, dass die Waffe der Polizistin verschwunden sei. Das musste diese Waffe sein. Wieso aber steckte sie noch immer in Jens' Tasche? Selbst, wenn er sie gefunden haben sollte, hätte er sie sofort ausgehändigt, mindestens dem Heinrich. Auf der anderen Seite war dort oben auf dem Lawinenfeld sicherlich totale Hektik gewesen. Jens wird nur noch nicht dazu gekommen sein, die Pistole abzugeben. Rupert steckte sie wieder zurück und verließ den Raum. Er hörte Elfriede unten im Wohnzimmer telefonieren und wollte zu ihr, denn ihre Stimme klang aufgeregt. Schon kam sie ihm entgegen und sah ihn verstört an. „Das war die Marianne. Ihr Bub hat eine tote Frau gefunden. Ermordet. Jesses. Ein Mörder bei uns im Dorf."

„Thomas Bach", flüsterte Rupert.

„Er hat überlebt. Wie das junge Stadtmadl gesagt hat. Mein Gott", jammerte sie.

„Ich nehm mir das Auto vom Jens und fahr mal ins Dorf. Vielleicht kann ich helfen."

Die Quergebäude und Ställe versperrten den Blick von den Fenstern des Wohnhauses zur Scheune auf der Koppel. Das war gut so. Rupert fuhr mit dem Wagen den gesamten schmalen Weg rückwärts. Als er ausstieg und durch den Schnee um das Auto herum zum Scheunentor stampfte, sah Bach ängstlich durch die Tür. Rupert öffnete die Heckklappe des Fahrzeuges.

„Ich muss Sie hier wegbringen. Los, kommen's!"

„Geht der Strom wieder? Kann ich jetzt zur Polizei? Ich fühl mich schlecht. Ich habe Fieber."

Rupert schob Bachs Lager zusammen und warf die Decken in das Auto. Alles, was auf einen Aufenthalt Bachs hindeuten könnte, verstaute er in seinem Rucksack und warf ihn hinterher. Auch den Ofen mit der schweren Gasflasche schleppte er aus der Scheune und wuchtete ihn ins Auto.

„Es wurde eine tote Frau gefunden. Ermordet und genauso zugerichtet, wie Sie es immer getan haben."

Bach schwieg.

„Ziehen Sie die Gummistiefel an und meine Jacke und legen sich hinten ins Auto. Und wehe, Sie kommen hoch."

„Und jetzt suchen die mich? Ich mach das nicht mehr. Das ist vorbei."

„Ja freilich. Aber ich an Ihrer Stelle würde jetzt alles andere machen, als freiwillig zur Polizei zu gehen. Wie einen räudigen Köter werden sie Sie durchs Dorf jagen. Mit der Geschichte kommen Sie niemals wieder frei."

Wie eine Marionette tat Bach alles, was Rupert ihm befahl. Prüfend sah sich Rupert in der Scheune um. Aber von dem geheimen Gast war nichts mehr zu erahnen. Er schloss die Heckklappe, stieg auf den Fahrersitz und wollte gerade die Hofgebäude passieren, als er wieder anhielt. Sicher war sicher. Er würde zwar Umwege wählen, aber vielleicht sah ihn doch jemand. Er stieg aus und ging in den ehemaligen Schweinestall.

Dort kramte er in der Ecke in einem Weidenkorb und zog eine Faschingsperücke hervor; goldgelbe lange Zöpfe unter einem roten Kopftuch. Als er weit genug vom Hof entfernt war, stoppte er und setzte sich die Perücke auf. Im Handschuhfach fand er eine Sonnenbrille und setzte sie auf. Dann fuhr er weiter. Immer wieder vergewisserte er sich, dass Bach hinter der Rückbank flach auf dem Boden lag.

Auf seinem Weg musste er ein kurzes Stück die Hauptstraße entlang, bevor er wieder auf Seitenstraßen abbiegen konnte. Weit hinten sah er die Ansammlung der Dorfbewohner und hoffte, dass keiner von ihnen gerade in diesem Moment die Straße heraufblickte.

+++ 8:59 UHR, SEIDL-WIRT +++

Die Frau lag nackt auf dem Rücken, ihre Beine gespreizt. Etwa ab Höhe des Schlüsselbeins abwärts bis zum Schambein war ihre Haut eingeschnitten. Das Rot dieser Schnittlinie hob sich gegen das unwirkliche Weiß ihres Körpers ab, der im starken Licht der Lampen, die Claudia auf das Opfer gerichtet hielt, regelrecht strahlte. Waagerecht unterhalb der Brüste war ebenfalls eine solche Schnittlinie. „Das Kreuz", murmelte Katja. „Das Opfermal, von dem Rupert Geissler gesprochen hat." Die Schnitte schienen nicht tief und aus ihnen war entweder wenig Blut geflossen oder der Körper war sorgsam gesäubert worden. Nur zwischen den Beinen sah Katja die Spuren von hinuntergelaufenem Blut. Abscheu und Angst krochen in Katja hoch. Der Kopf der Frau war komplett kahl geschoren. An ihrem Hals verlief eine dünne bläuliche Linie. Aber schlimmer war, dass die Frau sie anzustarren schien, in Katja ein Gefühl der Kälte verursachte, als stünde sie im Sommerkleid im ewigen Eis.

Claudia gab mit gedämpfter Stimme Anweisungen, wovon sie Aufnahmen machen sollte. Katja biss die Zähne zusammen und konzentrierte sich ausschließlich auf den Klang von Claudias Stimme. Sie nahm jede gewünschte Position ein, hielt jedes Detail, das Claudia wichtig schien, im Bild fest. Auch zwischen den Aufnahmen hielt Katja den Apparat wie einen Schutzschild vor das Gesicht, bis sie ein „Hallo“ von der Tür her hörte.

Dr. Brunner stand im Eingang. „Ich bin Arzt für Allgemeinmedizin. Ein Landarzt. Kein Pathologe.“

„Ich weiß. Aber zwei Begutachtungen sind besser als eine. Außerdem brauche ich Ihre formale Bestätigung, dass die Frau tot ist.“

„Ja, wohin wollen's die Leiche denn abtransportieren? Ist doch noch immer alles gesperrt bei diesem Sauwetter.“

„Wir werden sie kaum hier liegen lassen. Sozusagen als Dorfattraktion. Gibt es einen Friedhof?“

„Freilich.“

„Auch eine abschließbare Friedhofskapelle?“

Er nickte beschämt.

Claudia, die sich als Beleuchterin für Katjas Fotos in die Hocke dicht neben den Stapel der Flaschenkästen gepresst hatte, stand auf und wies mit der Hand auf die tote Frau. „Bitte sehr, Herr Doktor. Schauen Sie, was Sie hier vor Ort feststellen können. Kennen Sie die Frau?“

Dr. Brunner schüttelte den Kopf.

„Meiner Ansicht nach ist sie vergewaltigt und dann stranguliert worden. Oder umgekehrt. Handschuhe haben Sie?“, fragte Claudia und gab Katja ein Zeichen zum Aufbruch.

„Danke“, sagte sie vor der Tür und schenkte Katja ein anerkennendes Lächeln. „Apropos Kapelle. Wir holen uns jetzt den Pfarrer her. Wenn einer seine Schäfchen kennen wird, dann der.

Kann doch nicht sein, dass niemand in diesem Kaff das Opfer kennt."

Katjas Beine fühlten sich noch immer kraftlos an und jeder Schritt fiel ihr schwer. In ihrem Kopf hämmerten die soeben erlebten Bilder wie eine hart geschnittene Fotoinstallation. Trotzdem freute sie sich über das „wir" in Claudias letztem Satz.

Claudia trat zu Heinrich und ließ sich von ihm ein Handdiktiergerät geben. Sie sprach so laut, dass der Polizist mithören konnte. „Weibliche Leiche, weiße Hautfarbe, Alter zwischen 30 bis 40 Jahre. Deutlich sichtbare Strangulationsmerkmale am Hals, feine Linie, deutet auf ein dünnes Objekt, eventuell Draht, hin. Blut …"

Katja ging einen Schritt zur Seite. Sie wollte die Bestätigung dessen, was sie eben mit eigenen Augen gesehen hatte, nicht hören. Sie entdeckte Jens Geissler zwischen den wartenden Menschen und ging zu ihm.

„Heftig, oder? Ich hatte zum Glück bisher nur zwei Tote. Einen Skifahrer und", er zeigte auf Claudia, „ihren Kollegen. Soll ich Sie ins Hotel zurückbringen?"

Katja lehnte dankend ab. Ihre Gedanken drehten sich noch immer um die tote Frau und die Frage, wer sie wohl gewesen sein mochte. Trotzdem fiel ihr erneut auf, wie abgespannt ihr Gegenüber wirkte, obwohl es noch früh am Tag war. Er trug eine normale Winterjacke ohne Bergwachtabzeichen, anders als gestern am Lawinenunglücksort. Sie schwiegen eine Weile. „Haben Sie heute bereits einen Einsatz hinter sich?", fragte sie dann.

Er sah sie erstaunt an. „Xaver, mein Kollege", er wies auf einen fast zwei Meter großen älteren Mann, der neben einem der Fahrzeuge stand, „und ich haben unser Gebiet kontrolliert, wie jeden Tag, aber Gott sei Dank scheinen alle Schneebretter, die sich lösen könnten, bereits abgegangen zu sein. Ich glaube, wir können heute Nachmittag, spätestens morgen früh, die Straße oben freiräumen lassen." Er blickte zum Himmel. „Es sei denn, es schneit so weiter wie bisher. Aber warum fragen Sie? Wegen Ihres Jeeps?"

„Nein, ich darf netterweise das Auto von Holger Koch nutzen, aber Sie wirken abgespannt."

Er erwiderte ihr Lächeln nicht, sondern blickte Claudia und Heinrich hinterher, die gerade noch einmal in die Hütte liefen. „Nur privater Stress", antwortete er leise. „Ich muss gehen. Ich sage Ihnen Bescheid, sobald ich etwas Näheres zu Ihrem Auto weiß." Er nickte ihr kurz zu und ging zu seinem Kollegen.

Katja fühlte sich elend. Obwohl sie nach dem Erlebten nicht den geringsten Appetit verspürte, wusste sie, dass sie etwas essen musste. Sie kannte den Zustand, in dem ihr Körper sich schwach und zittrig anfühlte. Genauso wie vor einer wichtigen Prüfung an der Uni, wenn sie vor Aufregung einfach vergessen hatte zu essen. Sie lief zu Claudia, die mit dem Polizisten und Dr. Brunner gerade wieder aus der Hütte zurückkehrte.

„Ohne Labor, nur nach Augenschein kann ich zu einer Vergewaltigung wenig sagen. Sie ist mit ziemlicher Sicherheit erdrosselt worden. Ich meine, eine Kehlkopffraktur gefühlt zu haben. Allerdings kaum Einblutungen in die Halsweichteile. Aber Blutung in der Nase und geringe petechiale Blutungen in Bindegewebe und Mundschleimhaut. Dunsung des Gesichts. Die Frau kann sich kaum gewehrt haben. Es fehlen auch sichtbare Gegenwehrspuren an Hals, Gesicht oder sonst irgendwo. Die Schnittwunden und die Rasur scheinen mir nach Eintritt des Todes durchgeführt worden zu sein. Der Fundort wird nicht der Tatort sein. Urin- und Kotabgang fehlen. Die Leiche muss gesäubert worden sein. Der Todeszeitpunkt dürfte irgendwann am gestrigen frühen Abend gewesen sein", hörte sie Dr. Brunner sagen.

Claudia nickte zustimmend. „Alles, was ich auch vermuten würde. Herr Kollege?“, sie wandte sich an Heinrich, „was haben wir für Transportmöglichkeiten?“

„Leichensäcke haben's auf der Wache. In der Notausrüstung für den Katastrophenfall. Und die Bergwacht könnt' uns eine Trage zur Verfügung stellen. Ich hab schon mit dem Xaver gesprochen.“

„Na, dann legen Sie mal los.“ Claudia machte eine Handbewegung von Heinrich in Richtung Leichenfundort, als würde sie ihn wegscheuchen. Er wollte gerade den Mund öffnen, als Claudia ihn anfuhr: „Wenn's geht, heute noch, Herr Kollege? Wir haben hier noch eine Menge Arbeit. Ich kann nicht alles alleine machen.“

„Claudia?“, fragte Katja und griff nach dem Arm der Polizistin. „Brauchst du mich hier noch? Ich würde gerne ins Hotel zurück. Etwas essen. Mir ist schlecht.“ Sie war darauf vorbereitet, dass Claudia sie ebenfalls wie ein lästiges Insekt fortschicken würde. Aber im Gegenteil. Claudias Miene erhellte sich, und ihr Tonfall war fast schon freundschaftlich. „Kann ich verstehen, dass dir das auf den Magen geschlagen ist. Ich werde jetzt mit meinem Kollegen zusehen, dass wir die Leiche sichern, aber danach würde ich mich gerne ein wenig umsehen und die Leute befragen.“ Sie zeigte auf die Traube Dorfbewohner, unter denen Katja einige Leute der gestrigen Versammlung im Gasthof Huber wiedererkannte. Franz Riedel, der sich so ernst und angeregt mit dem Pfarrer an der Theke unterhalten hatte, die alte Elli, die ihr Geschichten von früher erzählt hatte, und der Dicke vom Nachbartisch, der sie so angemacht hatte, als sie aufgestanden war, um zu erzählen, was sie wusste. Alle standen dort mit gesenkten Köpfen und tiefernsten Gesichtern. „Es muss sie doch jemand gekannt haben. Kann ich dich anrufen? Mit meinem Kopf Auto fahren … ich weiß nicht“, fragte Claudia.

„Und wenn du bei der Kapelle keinen Handyempfang hast?"

Claudia sah auf die Uhrzeit ihres Handys. „Sagen wir: in einer Stunde wieder hier? Dann fahren wir gemeinsam zum Friedhof. Ist Jens Geissler eigentlich noch da?"

Katja nickte und wies in Richtung Straße, wo Jens und sein Kollege Xaver neben dem Auto der Bergwacht standen. Dort hatte Katja auch Holgers Range Rover abgestellt. Gemeinsam liefen sie zu den beiden Männern.

„Herr Geissler, könnten Sie sich jetzt die Tote einmal ansehen?"

Jens nickte und wandte sich zum Gehen.

„Ach, ehe ich das wieder vergesse. Meine Waffe ist seit dem Lawinenunglück verschwunden. In der Tasche, die Sie mir gebracht haben, ist sie auch nicht. Wissen Sie etwas von ihrem Verbleib? Könnte einer Ihrer Kollegen sie gefunden und vielleicht an sich genommen haben?", rief Claudia ihm hinterher.

Jens blieb stehen. Zögerlich drehte er sich um, als überlegte er. „Nein, tut mir leid. Davon ist mir nichts bekannt", antwortete er und ging dann raschen Schrittes weiter in Richtung Hütte. Claudia sah ihm zweifelnd hinterher. War es eine Berufskrankheit von Polizisten oder nur eine persönliche Eigenart Claudias? Ihr Gesichtsausdruck nach Jens' Antwort hatte ein so deutliches Misstrauen gezeigt, dass sie es gar nicht auszusprechen brauchte. Sie glaubte Jens nicht oder vermutete mindestens, dass er etwas verschwieg. Auch ihr selbst war Jens heute merkwürdig vorgekommen. Im Moment hatte sie keine Probleme zu glauben, dass der sonderliche Rupert mit seinem abgefahrenen Hobby und der gestern noch so aufgeräumt wirkende Bergwachtmann Jens Brüder waren. Aber vielleicht trog der Eindruck, und sie war einfach nur durcheinander. Sie startete Holgers Wagen, wendete vorsichtig auf der wieder völlig zugeschneiten Fahrbahn und fuhr zum Gasthof Huber zurück.

Jetzt, wo sie allein war, drängten ihre vorhin mühsam zurückgehaltenen Emotionen an die Oberfläche. Die tote Frau konnte maximal zehn Jahre älter als sie gewesen sein. Katjas Augen füllten sich mit Tränen, und sie zitterte. Im Schritttempo fuhr sie die Straße entlang und war froh, dass kein Auto hinter ihr war. Sie bog auf den Vorplatz des Gasthofes ein und schaltete den Motor aus. Aussteigen konnte sie nicht. Ein Weinkrampf überfiel sie derart heftig, wie sie ihn das letzte Mal erlebt hatte, nachdem sie Markus mit Christin erwischt hatte. Nach dem Rausschmiss der beiden aus ihrer Wohnung war sie allein vor dem zerwühlten Bett zurückgeblieben.

Nachdem das Zittern und das Weinen aufgehört hatten, stieg sie aus und schob ihren miserablen körperlichen und seelischen Zustand auf die Unterzuckerung. An der Rezeption traf sie Holger und die Zwillinge. Verzweifelt versuchte sie, die Spuren ihrer Tränen fortzuwischen. Ergebnislos, wie sie in Holgers Gesicht lesen konnte. Trotz ihres betretenen Ausdrucks schienen seine Töchter regelrecht begeistert über Katjas Ankunft zu sein und bestürmten sie nach nur kurzer Pause mit Fragen. Katja winkte ab. „Ich muss was essen. Sonst bin ich selbst zum Reden zu schwach."

„Oje, die haben gerade das Frühstücksbuffet abgeräumt", bedauerte Leah.

„Egal, ich gehe einfach in die Küche und besorge dir was", sagte ihre Schwester und lief voraus. Holger und Leah begleiteten Katja ins Restaurant und einen Moment später kamen Maria Huber und Hannah bereits aus der Küche. Hannah mit einer Kaffeekanne und Tasse und Maria mit einem Teller, der bis zum Rand gefüllt war mit Rührei, Schinken, Käse und Butterstückchen; obendrauf lagen zwei knusprig aussehende Brötchen. Sie stellten alles vor Katja auf den Tisch, die hungrig aß und sich gleichzeitig darüber wunderte, dass sie überhaupt einen Bissen herunterbrachte. Doch der Kaffee wärmte und binnen Minuten fühlte sie sich besser. Damit kam auch ihre Zuversicht zurück. Sie blickte die anderen an und musste lachen. Sie hatten jede ihrer Bewegungen und jeden ihrer Bissen aufmerksam verfolgt und stumm gewartet. Katjas Lachen war der Startschuss für alle zurückgehaltenen Fragen. Sie beantwortete sie, so gut es ging, und erst, als sie vom Fotografieren berichtete, hörten die Fragen auf.

Jeder schien seinen Gedanken nachzuhängen, bis Maria fragte: „Hat sie denn jemand erkannt?"

Katja schüttelte den Kopf.

„Papa will, dass wir die ganze Zeit hier im Gasthof bleiben. Meinst du auch, dass es so gefährlich ist, jetzt im Hellen rauszugehen?"

Katja sah Hannah an, die die Frage gestellt hatte. Ihr taten die Mädchen leid. Bei aller Aufregung um die Geschehnisse musste es todlangweilig für sie sein.

„Ich muss in einer halben Stunde wieder beim Seidl-Wirt sein und Claudia ein bisschen herumfahren. Sie will die Leute befragen, ob sie etwas gesehen haben. Wenn wir alle zusammenbleiben, kann uns nichts passieren. Vielleicht kommt ihr einfach mit?"

Hannahs Gesicht leuchtete, Leah nickte eher zögerlich und Holger sah Katja ratlos an. Aber nur einen kurzen Moment, dann stimmte er zur Freude seiner Töchter ihrem Vorschlag zu.

„Ich muss mich um das Mittagessen kümmern", meinte Maria. Aber Katja hatte den Eindruck, dass die Wirtin ganz froh über diese Aufgabe war.

Alle erhoben sich. „Ich will noch kurz nach oben gehen und mich kurz wieder auf Vordermann bringen", verkündete Katja. Maria räumte den Tisch ab. Bevor sie durch die Schwingtür in die Küche verschwand, drehte sie sich um. „Nach allem, was Katja erzählt hat, besitzt der Mann eine Pistole. Da nützt euch das Beisammenbleiben überhaupt nichts", sagte sie vorwurfsvoll.

+++ 9:48 UHR, +++
+++ NEUBAUSIEDLUNG GRAHMRIED +++

„Es ist nicht gut, dass Sie mich verstecken. Warum helfen Sie mir überhaupt?", fragte Bach.

Rupert antwortete nicht, wollte nicht antworten. Immer wieder sah er sich um, aber hier im noch immer stromlosen Dorfteil war niemand zu sehen. Der Zugang von der Straße zum Haus war nicht vom Schnee geräumt worden. Wozu auch? Das kleine Haus der Witwe Martha Hupfeld stand seit ihrem Tod leer. Ihre Kinder lebten in Norddeutschland und würden erst im Frühjahr kommen und den Hausstand auflösen. Bis dahin hatten sie Elfriede die Schlüssel anvertraut, um ab und zu nach der Post und dem Rechten zu sehen. Seine Mutter war erst vorgestern hier gewesen, sodass er sich über einen baldigen Besuch keine Gedanken machen musste. Aber wie sollte er die neuen Fußspuren im Schnee erklären? Elfriede würde bei ihrem nächsten Besuch sofort Panik bekommen und an einen Einbruch denken. Der Schneefall würde dieses Problem nicht lösen, denn er wurde immer schwächer, und nach dem Wetterbericht, den er im Autoradio gehört hatte, sollte er im Laufe des Tages ganz versiegen.

Gut, darum würde er sich später kümmern. Erst einmal musste er den kranken, vor sich hin zitternden Bach ins Haus schaffen. Die große Thujahecke war hierbei ein Geschenk. Das Glück stand schon seit Tagen auf seiner Seite. Man musste nur daran glauben, dann blieb das auch so. Oder vielleicht war es wie beim Schmetterlingseffekt. Er saß hier in einem kleinen bayerischen Dorf und schrieb an einem bedeutenden Werk über deutsche Serienmörder. Aber wie würde die Welt da draußen davon erfahren? Er brauchte einen Verlag, und bislang hatte es keiner für nötig befunden, ihm auch nur zu antworten. Ihm, diesem kleinen Staubkorn, abseits der Bücherwelt. Nun hatte ein bisschen Schneefall und ein wenig Sturm eine Lawine ausgelöst und ihm Bach in die Hände gespielt und damit das ganze System zu seinem Vorteil verändert. Aus einem Staubkorn war ein Felsbrocken geworden, den kein Verleger mehr ignorieren konnte.

„Kommen Sie. Sie müssen dringend ins Bett und wieder gesund werden. Danach können wir zur Polizei gehen."

„Was wollen Sie von mir? Ich habe vier Frauen umgebracht und die Leute denken, dass ich in der letzten Nacht die fünfte getötet habe. Aber ich war es nicht. Sie haben sie umgebracht! Je früher wir zur Polizei gehen, umso eher werde ich entlastet werden. Aber genau das wollen Sie nicht. Sie brauchen mich als Sündenbock, nicht wahr?"

Rupert meinte, sein Herz würde aufhören zu schlagen. Aber nicht vor Schreck über das, was Bach da gerade von sich gegeben hatte, sondern über die feste Stimme, die klaren Überlegungen. Bisher war Bach, selbst beim Interview heute Morgen, durch Fieber und Kälte so geschwächt, dass es Rupert vorgekommen war, als habe er ein Kleinkind in seiner Obhut. Jedes Detail hatte er ihm aus der Nase ziehen müssen. Jetzt wuchs dieses Kleinkind in rasender Geschwindigkeit zu einem starken Mann heran, und er selbst fühlte sich das erste Mal unsicher, ob es richtig war, diesen gefährlichen Mörder zu verstecken.

Rupert legte seine ganze Kraft in seine Stimme. „Sie wissen ja nicht, was Sie da sagen. Das Fieber. Vielleicht kriege ich das Heißwasser im Bad hin. Ich glaube, da ist ein Gasdurchlauferhitzer. Eine heiße Dusche würde Ihnen guttun. Und dann legen

Sie sich unter ein warmes Federbett, nehmen noch eine Tablette und schlafen sich gesund. Danach gehen wir sofort zur Polizei. Ich verspreche es Ihnen."

Bach sah ihn prüfend an. Seine Augen waren nicht mehr so glasig wie am Morgen. Die Tabletten hatten ganze Arbeit geleistet. „Wenn Sie Ihr Versprechen nicht halten, werde ich selbst gehen." Bachs Worte klangen wie eine Drohung.

Rupert dirigierte ihn durch den Schnee zur Haustür und schloss sie auf. Im Inneren des Hauses war es eng. Er überlegte, ob er Bach in der Wohnstube im Erdgeschoss einquartieren sollte oder lieber im Schlafzimmer des Obergeschosses. Er entschied sich für Letzteres, denn so würde der Fluchtweg für Bach etwas mühseliger sein.

„Als Erstes beziehen wir Ihnen das Bett, und dann hole ich den Ofen. Sie werden sehen: Morgen sind Sie wieder gesund, und dann haben Sie auch die nötige Kraft, um sich den Fragen der Polizei zu stellen. In Ihrem Zustand könnten die Ihnen sonst was anhängen."

Bach antwortete nicht. Er hatte alle Mühe, die Treppenstufen nach oben zu überwinden. Sein schneller Atem rasselte leise und sein geöffneter Mund entließ mit jedem Atemstoß ein Wölkchen in das vollständig ausgekühlte Haus. Vor Einbruch des Winters hatten Elfriede und er in jeder Etage elektrische Frostfreihalter aufgestellt, die jetzt nicht mehr funktionieren konnten. Hoffentlich waren die Leitungen nicht geplatzt. Im Schlafzimmer angelangt, setzte er Bach auf einen Sessel am Fenster und kramte aus dem großen Eichenschrank Bettwäsche und Laken hervor. Routiniert bezog er Decke und Kissen. Beim Bund hatte er bei der Inspektion seiner Stube niemals einen Anschiss erhalten. Ihm fiel ein, dass er in der Eile vergessen hatte, frische Kleidung von sich mitzunehmen. Aber so, wie er die Witwe Hupfeld einschätzte, hatte sie ein paar Kleidungsstücke ihres Mannes aufgehoben. Im Schrank fand er ein Baumwollhemd, einen dicken Pullover und eine Cordhose. Unterwäsche gab es nicht, die hatte sie dann doch wohl weggeworfen. Bach würde mit einer Frauenunterhose der Größe XXL vorliebnehmen müssen. Er sah sich besorgt nach ihm um. Aber er saß unverändert auf dem Sessel und starrte aus dem Fenster. Rupert interessierte brennend, woran Bach in diesem Moment wohl dachte. Sicherlich plante er seinen Auftritt vor der Polizei. Rupert machte sich auf die Suche nach Streichhölzern. Im Keller drehte er den Gashahn auf und stieg die Treppe wieder hinauf. Noch immer hockte Bach im Sessel und würdigte ihn keines Blickes. Rupert ging ins Badezimmer und drehte den Wasserhahn über der Badewanne auf. Nach mehreren Versuchen schaffte er es, mit dem Streichholz die Flammen des Durchlauferhitzers zu entzünden. Als das Wasser warm wurde, setzte er den Stöpsel auf den Abfluss und drängte Bach, sich zu entkleiden und in die Badewanne zu steigen. Bachs Gedanken schienen noch immer in weite Ferne gerückt zu sein. Aber als er in die Wanne stieg und sich, mit beiden Händen auf dem Badewannenrand abstützend, langsam in das Wasser gleiten ließ, war er wieder anwesend. Rupert meinte, sogar ein dankbares Lächeln auf Bachs Gesicht zu erkennen.

Mit dem Gasherd in der Küche hatte Rupert weniger Glück. Die Witwe Hupfeld hatte sich einen neuen Elektroherd gegönnt und den Gasherd als Ablagefläche stehen lassen. Aber er war nicht mehr angeschlossen. Rupert kontrollierte die Speisekammer und fand eine Flasche Kirschsaft. Der war bei Fieber genauso gut wie heißer Tee. Aus dem Auto holte er den Gasofen und die Flasche und schleppte beides nach oben. Als er durch die halb geöffnete Badtür sah, ließ er beinahe beides fallen. Die Badewanne war leer. Im gleichen Moment hörte er erleichtert ein Knarren aus dem Nebenzimmer. Bach lag bereits im Bett und sah ihm entgegen. So hochzufrieden, wie er ausschaute, machte sich Rupert keine weiteren Sorgen mehr. Bach würde in den nächsten Stunden nicht versuchen zu fliehen.

Rupert versprach, am Nachmittag noch einmal nach ihm zu sehen und warmes Essen mitzubringen. Beim Verlassen des Hauses überlegte er, ob er besser abschließen sollte. Aber wenn Bach erneut einen Anfall bekam, weil er eingeschlossen war? Dann würde er womöglich ein Fenster einschlagen oder die Tür eintreten, und wie sollte Rupert das jemandem erklären? Also zog er die Tür nur hinter sich ins Schloss. Er holte den Spaten von Jens' Bergwachtausrüstung aus dem Kofferraum. Mit kräftigen Stichen in die Schneewände am Straßenrand verteilte er so viel Schnee auf dem Weg zum Haus, bis seine und Bachs Fußabdrücke nicht mehr zu erkennen waren. Auf diese Weise würde nicht nur niemandem auffallen, dass das leere Haus gerade Besuch erhalten hatte, sondern er selbst würde bei seiner Rückkehr sofort erkennen, ob Bach sein Versteck verlassen hatte.

Zufrieden stieg er in das Fahrzeug und fuhr los. Nach nur dreihundert Metern bremste er. Gegenüber der Häuserreihe erstreckten sich Felder und gaben den Blick frei. Dort, am Horizont, lag das Dorfzentrum. Die Hauptstraße verlief von der Kirche aus im großen Bogen in Richtung des neuen Dorfteils, in dem sich Rupert befand. Einige Fahrzeuge fuhren dicht hintereinander. Die Konturen eines von ihnen schienen die gleichen wie bei seinem zu sein: ein Geländewagen von der Bergwacht. Rupert wartete. Die Kolonne bog rechts ab, und er wusste: Es gab von dieser Kreuzung an keinen weiteren Abzweig mehr, und die Straße führte direkt zu ihm in die Neubausiedlung. Noch boten ihm die große Entfernung und einige Waldstücke Deckung, doch in wenigen Minuten würden sie hier sein. Hastig griff er nach der Perücke, die er auf dem Beifahrersitz abgelegt hatte, und setzte sie auf. Seine Gedanken rasten. Seine Augen suchten hektisch die Umgebung nach einem geeigneten Unterstand ab. Bald würden sie die letzte Kurve passiert haben, und dann konnten sie zumindest erkennen, dass hier ein Auto der Bergwacht stand. Er legte den Rückwärtsgang ein und fuhr so schnell es auf der rutschigen Straße möglich war und bog in den Feldsteig ein, eine Sackgasse und die letzte Straße vor dem Friedhof, der am Ende der Kirchgasse lag. Jetzt begriff er, was hier gerade passierte: Sie brachten die Leiche in die Friedhofskapelle. Wohin auch sonst? Warum hatte er nicht daran gedacht? Bei dem Gedanken daran, dass die Autokolonne dabei direkt am Haus der Witwe Hupfeld vorbeimusste und vor wenigen Minuten dort noch Jens' Auto gestanden hatte, durchfuhr ihn erneut ein Schreck. Sein Herz schlug ihm bis zum Hals. Am Ende der Sackgasse hielt er in einem kleinen Wendekreis und fühlte sich dort erst einmal sicher, denn der Feldsteig machte von der Kirchgasse aus einen Bogen und die Bäume und die umliegenden Häuser gaben ihm zusätzlichen Schutz. Sein Atem beruhigte sich. Er stieg aus und stellte den Kragen seiner Jacke hoch. Seinen Schal zog er bis zur Nase hoch und hängte die gelben Zöpfe darüber. Langsam ging er in die Richtung, aus der er gekommen war, und bemühte sich um kleine Schritte, die sein Äußeres als Frau bei einem schnellen Blick glaubhafter machen würden. Dort, wo die Straße eine Kurve machte, blieb er stehen. Eines war klar: Er musste warten, bis alle wieder ins Dorf zurückkehrten, bevor er es wagen konnte, wieder nach Hause zu fahren.

Der Sturm blies ihm gnadenlos um den Körper und zerrte an den blonden Zöpfen, als wollte er ihm seine Tarnung entreißen.

+++ *10:12 UHR, FRIEDHOF GRAHMRIED* +++

Holger folgte mit den Zwillingen in seinem Range Rover dem Geländewagen der Bergwacht. In ihm transportierten Jens und Xaver die tote Frau, von der noch immer niemand wusste, was sie in einem Dorf gewollt hatte, wo sie offenbar niemanden kannte. Claudia hatte Katja aufgefordert, zu ihr und Heinrich ins Polizeifahrzeug zu steigen, und damit endgültig klargestellt, dass sie und Katja nun eine sinnvolle Zweckgemeinschaft bildeten. Katja wusste nur noch nicht, ob sie das eigentlich wollte. Heinrich nahm es gelassen zur Kenntnis. Für ihn schien der Fall ohnehin so klar zu sein, dass es keiner weiteren Ermittlung bedurfte. Ganz anders Claudia. „Ich bin mir sicher, dass es nicht Bach war", hatte sie vorhin festgestellt, nachdem sie erneut die Leiche in der Hütte inspiziert hatte. Katja war völlig perplex gewesen, hatte aber nicht nachfragen können, weil Claudia mit dem Diktiergerät beschäftigt gewesen war.

„Wieso bist du dir sicher, dass es nicht Bach war?", fragte sie deshalb jetzt.

Heinrich, der hinter dem Lenkrad saß, fuhr mit dem Kopf ruckartig herum und starrte sie an. Das Fahrzeug kam ins Schlingern.

„Passen Sie doch auf", schrie Claudia vom Beifahrersitz und griff mit einer Hand ans Lenkrad. Doch Heinrich hatte die Situation schon wieder im Griff. Auch als Claudia antwortete, starrte er nun nur noch stur geradeaus.

„Nachdem Dr. Brunner fertig war, habe ich mir die Leiche noch einmal genau angesehen. Vordergründig sind alle Merkmale wie bei Bachs Taten vorhanden: die eingeschnittenen Kreuze, die Strangulation, der kahl geschorene Kopf, die Spuren der brutalen Vergewaltigung, die im Gegensatz zu den sonstigen Blutspuren nicht beseitigt wurden. Aber eines fehlt, und das zeigt mir, dass wir es vielleicht mit jemandem zu tun haben, der möchte, dass alle Welt glaubt, Bach hätte die Tat begangen."

„Was fehlt denn?", fragte Katja. In der letzten Stunde war es ihr gelungen, die Bilder in ihrem Kopf von der Realität abzukoppeln. Sie stellte sich einfach vor, sie stammten aus einem spannenden Kriminalfilm. Und in diesem Krimi galt es, jetzt den Täter zu finden, bevor er womöglich das halbe Dorf umbrachte.

„Bach hat den Frauen ein Kreuz nicht nur auf den vorderen Körper eingeritzt, sondern auch auf dem geschorenen Hinterkopf. Das konntest du vorhin nicht sehen, weil die Tote auf dem Rücken lag."

„Und wenn er es nur nicht geschafft hat?"

„Es gibt keinerlei Anzeichen, dass er in Eile war. Er hatte die ganze Nacht Zeit. Warum sollte er ausgerechnet bei den ihm so wichtigen Malen abbrechen. Nach seinen Worten das Zeichen, sein Werk nun vollendet zu haben."

„Bei einem mehrfachen Mörder habt ihr doch mit Sicherheit seine DNA. Und er kann hier im Dorf schlecht mit einem Ganzkörperschutzanzug herumlaufen. Also ist es einfach festzustellen, ob er es war oder nicht."

„Siehst du hier irgendwo die SpuSi?"

„Die was?" Katja musste lachen. Das hörte sich beinahe an wie das bayerische *Gspusi*.

„Die Spurensicherung." Claudias Stimme klang genervt.

„Aber das ist doch nur eine Frage der Zeit, bis die Kripo kommen kann", antwortete Katja und sah durch das Seitenfenster zum Himmel. Der Sturm schien langsam nachzulassen. Es schneite auch nicht mehr. Lange konnte es also nicht mehr dauern, bis die Räumfahrzeuge die Zufahrtsstraßen nach Grahmried frei machen würden.

Claudia drehte sich zu ihr um und zog die Augenbrauen hoch. „Zeit ist genau das, was wir nicht haben. Außerdem hast du etwas vergessen: Wenn die Kollegen von der Kripo rein ins Dorf können, kann der Mörder auch raus." Sie tippte mit dem Zeigefinger mehrfach gegen ihre Schläfe und unter ihren strafenden Blicken fühlte sich Katja in ihre früheste Schulzeit zurückversetzt.

„Wer könnte deiner Meinung nach der Mörder sein?", fragte sie und fand ihre Stimme seltsam schüchtern.

„Ich habe null Ahnung", seufzte Claudia.

„Aus unserem Dorf war's keiner", gab Heinrich sein Schweigen auf. „Hier gibt's keine Mörder."

Claudia schwieg, und Katja überlegte, ob sie diese Feststellungen des Dorfpolizisten tatsächlich nicht wahrgenommen hatte oder sie nur einer Erwiderung für unwürdig hielt. Vermutlich Letzteres.

Sie hatten den Friedhof erreicht und fuhren bis kurz vor die kleine Kapelle.

„Der Pfarrer ist schon da", erklärte Heinrich mit Blick auf einen blauen Golf, der nahe der Tür zur Kapelle abgestellt worden war. Die Gräber zeigten sich in Form von sanften Hügeln unter einer unberührten Schneeschicht. Nur an einer Stelle erhob sich das Gelände stärker als seine Umgebung, und der Schnee auf dem Weg zwischen den Gräbern war niedergetreten. Ansonsten aber schien der Friedhof durch das winterliche Weiß unberührt, wie das meiste in diesem Tal. Der Schnee fiel eben auf die Lebenden und die Toten.

Sie stiegen aus. Heinrich, der offenbar Katjas Blicken gefolgt war, erklärte: „Der Riedel-Joseph. Wir haben ihn grad erst vor drei Tagen beerdigt."

Auch Holger und die Zwillinge waren ausgestiegen und schweigend beobachteten alle, wie Xaver und Jens die Trage mit der Toten in die Kapelle trugen, wo bereits ein älterer Mann an der Tür auf sie wartete. Katja erkannte ihn auch ohne Kollar und Soutane sofort. Es war Pfarrer Kern, der sich im Gasthof Huber gleichermaßen intensiv wie besorgt mit Franz Riedel unterhalten hatte. Das Gespräch mit der alten Frau fiel ihr wieder ein. Katja folgte den Übrigen ins Innere der Kapelle und sah gerade noch das Kopfschütteln des Pfarrers, der sich über den Kopf der Toten auf der Trage beugte, wo der Leichensack geöffnet worden war.

Claudia wandte sich zu Katja zurück. „Es ist wie verhext. Auch er kennt sie nicht. Ich versteh das nicht“, flüsterte sie.

„Vielleicht doch eine Touristin, die wegen der Lawine hängen geblieben ist?“

„Ohne Auto und in keinem Gasthof? Wo wollte sie denn wohnen?“

„Vielleicht ist sie mit einem Taxi gekommen?“

„Möglich. Das würde allerdings bedeuten, sie hat jemanden hier im Dorf privat besucht. Denn ein Taxi muss vor der Lawine gekommen sein und Grahmried auch noch vorher wieder verlassen haben. Sie hätte also längst vor uns in einen der beiden Gasthöfe einziehen müssen. Es hilft nichts. Wir müssen alle Dorfbewohner besuchen und fragen.“ Sie sah auf die Uhr. „Ich fange erst einmal mit den Häusern und Höfen rund um den Fundort beim Seidl-Wirt an. Herr Kollege …“ Sie ließ Katja stehen und ging ins Freie zu Heinrich. Auch Xaver und Jens hatten die Kapelle bereits verlassen und durch die geöffnete Tür sah Katja, wie sie in ihr Fahrzeug stiegen und davonfuhren. Nur Pfarrer Kern stand noch immer neben der im Kanzelraum abgelegten Trage und starrte auf den wieder geschlossenen Leichensack. Er hielt die Hände gefaltet und schien Katjas Anwesenheit nicht zu bemerken oder hatte sie schlicht vergessen. Betete er für die Fremde? Merkwürdig, so lange neben einer toten

Frau zu verharren, die er angeblich nicht gekannt hatte. Katja folgte Claudia ins Freie. Sie zog sie am Jackenärmel etwas zur Seite. „Wenn der Pfarrer die Frau nicht kennt, darfst du mich künftig Heidi nennen“, flüsterte sie so leise, dass Heinrich sie nicht hören konnte.

Claudia betrachtete sie erstaunt und lachte dann laut auf. „Okay. Ich werde ihn mir noch einmal gründlich vornehmen.“

Katja wollte sie begleiten, aber Claudia deutete ihr an, im Freien zu warten.

Trotz dicker Jacke, Mütze und zusätzlicher Kapuze, Strumpfhosen unter der Jeans und wasserdichten Schuhen fröstelte Katja. Sie sah zu Holger und seinen Töchtern. Die hatten sich auf die dem Friedhof angrenzende Wiese zurückgezogen und bewarfen sich gerade mit Schneebällen. Besser gesagt, die Mädchen bewarfen ihren Vater, der kaum dazu kam, selbst Schneebälle zu formen, um zu kontern. Leah spielte regelmäßig Handball und Hannah Volleyball, hatten sie ihr erzählt. Der arme Holger hatte also keine Chance. Sollte sie ihn unterstützen? Aber die Vorstellung, jetzt auch noch kalten nassen Schnee ins Gesicht zu bekommen, hatte wenig Erfreuliches. Außerdem nagten die Bilder der ermordeten Frau noch zu sehr an ihr, um sich jetzt mit einer Schneeballschlacht zu vergnügen. Bewegung tat allerdings immer gut, und ein strammes Laufen würde ihren Kopf frei machen. So lief sie die Straße entlang, die sie mit den Fahrzeugen gekommen waren. Nach wenigen Metern erreichte sie die Einmündung einer kleinen Straße, die ein Sackgassenschild trug und Zufahrt zu Einfamilienhäusern bot. Diese verteilten sich auf großzügigen Grundstücken links und rechts der Straße und wirkten im Gegensatz zu den wenigen Bauernhöfen, die sie auf dem Weg hierher passiert hatten und die wegen der Tiere trotz Stromausfall weiterversorgt werden mussten, ausgestorben. Vielleicht hatten sich die Hausbewohner aber auch nur unter ihre warmen Federbetten zurückgezogen. Eine beneidenswerte Vorstellung. Katja sah zu den Dächern, konnte aber nirgends Rauch aus den Schornsteinen erkennen. Doch, ganz am Ende der Straße riss der Sturm kleine Wölkchen auseinander, kaum hatten sie die Schornsteinoberkante verlassen. Nach einem Kaminfeuer sah das nicht aus. Bei einem so starken Sturm sollte auch niemand einen Kamin befeuern, wenn er nicht Gefahr laufen wollte, dass der Rauch zurück ins Wohnzimmer gedrückt wurde. Der Schnee unter ihren Füßen fühlte sich plötzlich härter an. Sie erkannte Reifenspuren. Sie waren frisch, denn sonst hätte der Sturm sie längst zugeweht. Neugierig, wer dort beharrlich in seinem Haus auszuhalten vermochte, folgte Katja den Spuren. Die Siedlungshäuser, an denen sie vorbeilief, hätten überall in Deutschland stehen können: kantige Formen, Spitzdach, unter dem sich das zweite Stockwerk und ein im besten Fall ausgebauter Spitzboden drängten. Moderne Kunststoffisolierfenster, ohne Unterteilungen oder Sprossenaufsätze. Quadratisch, praktisch, gut. Nur die Grundstücke waren hier größer als üblich; familiengeeignet, mit Schaukeln und Sandkästen in den Gärten. Katja sah die Straße zurück über die Felder zum Dorfkern. Land war genug da. Und die schöne Aussicht auf das ebene Tal und die es umgebenden Bergketten gab es gratis dazu. Trotzdem würde sie sich hier eingesperrt vorkommen. Sollte sie jemals auf dem Lande leben, dann richtig: auf einem ehemaligen Bauernhof. Seinen verwinkelten Grundriss würde sie modern ausbauen, und jeder Raum erhielte eine individuelle Ausstrahlung. Gardinen bräuchte es an den Fenstern nicht, weil diese aus einzelnen kleinen Unterteilungen bestünden und nicht wie große Löcher die Fassade verunstalteten. Zwischen den alten starken Mauern würde sie sich geborgen und sicher fühlen, und auf dem Hof würden Katzen und Hunde in der Sonne liegen und dazwischen ihre Kinder herumtoben. Bei der

Vorstellung von Miriams fassungslosem Gesicht, wenn sie von solchen Tagträumen ihrer Freundin erfahren würde, lächelte Katja vor sich hin. Schließlich war nicht sie, sondern Miriam die Romantikerin von ihnen beiden. Die, die von der großen Liebe träumte, die ewig hielt. Und die, die mit einem vernünftigen Auto ausgestattet, als Finanzbeamtin auch auf dem Dorf leben könnte. Sie dagegen wollte raus in die Welt. Nicht umsonst hatte sie nach ihrer Ausbildung als Verwaltungskauffrau auf das Studium Medienkommunikation umgeschwenkt. Dafür brauchte sie Großstädte, Kultur, große Firmen. Aber sicher keinen Bauernhof in einem kleinen bayerischen Tal. Und trotzdem hatte der Gedanke etwas von dem Blick aus dem Flugzeugfenster auf die Wolkendecke von oben.

Die Straße verlief in einem sanften Bogen, und als sie den passiert hatte, sah sie am Ende der Sackgasse einen Geländewagen stehen. Der Anblick holte sie abrupt aus ihren Träumereien. Weshalb stand ein Auto der Bergwacht an diesem gottverlassenen Ort? Wohnte der Xaver vielleicht in einem der Häuser? Jens Geissler jedenfalls nicht. Der lebte nach seinen eigenen Angaben noch auf dem elterlichen Hof, der gleich am Dorfanfang lag. Doch am Rückspiegel hing genau die gleiche Figur, die ihr verrückterweise bereits an der Lawinenunfallstelle aufgefallen war, obwohl sie durchgefroren gewesen und ihre Psyche noch immer vom Schrecken erschüttert war: ein Plastik-Elvis. Das konnte schlecht ein Zufall sein, es sei denn, die gesammelte Mannschaft der Bergwacht hatte Elvis zu ihrem Talisman erkoren. Sie umrundete das Fahrzeug, aber entdeckte keinen weiteren Hinweis auf den Besitzer. Es konnte noch nicht lange hier stehen. Es war vollkommen schneefrei, und als sie die Motorhaube berührte, schien sie wärmer als die Lufttemperatur zu sein. Wieder betrachtete sie die umliegenden Häuser. Doch weder Fußspuren noch sonstige Zeichen deuteten darauf hin, dass hier jemand vor Kurzem in eines der Häuser gegangen war. Der nasse Schneefall der letzten beiden Tage hatte die Schneehauben auf den Mülltonnen mit einer glitzernden Eisschicht überzogen und der Sturm den Schnee von den umliegenden Bäumen und Sträuchern auf die Haustüren und Fenster geweht. Sie schienen wie mit Puderzucker überzogen, und an den Regenrinnen hingen Eiszapfen.

Mit einem Mal fror sie wieder und entgegen aller Vernunft fühlte sie sich beobachtet. Vielleicht stand doch noch ein Bewohner hinter den Gardinen und fragte sich, was eine junge Städterin hier suchte. Recht hätte er. Sie sollte hier besser nicht allein spazieren gehen, sondern zu den anderen zurückkehren.

+++ *10:24 UHR, RIEDELHOF* +++

„Was willst du denn hier?" Franz machte keine Anstalten, Elfriede ins Haus zu lassen.

„Mach jetzt kein Gescheiß. Ich muss mit dir reden", antwortete Elfriede und wollte Franz, der sie einen Kopf überragte, kurzerhand beiseiteschieben. Mürrisch gab er seine Haltung auf und ließ sie herein. Im Flur sah Elfriede sich prüfend um und blickte die Treppe nach oben.

„Was schaust denn so?"

„Bist allein?", fragte sie.

Franz nickte zögerlich und ging voraus in die Küche. Sie folgte ihm und zog sich einen Stuhl heran. Ihre Knie zitterten.

„Wer sollt' denn schon da sein?"

„Hast du einen Schnaps für mich?" Sie setzte sich schwerfällig.

„Am frühen Morgen?"

„Nimm dir auch einen. Wirst ihn brauchen."

„Wegen dem Jens? Nix kriegt er. Und ein Anrecht drauf hat er auch nicht. Außerdem glaub ich das nicht. Kannst ja viel erzählen, jetzt, wo der Vater tot ist."

„Du weißt es schon? Der Jens war hier?" Elfriede war zutiefst erschrocken.

„Kam gestern spät am Abend hier an. Völlig fertig und meinte, ich hätte es doch bestimmt gewusst. Hab ich aber nicht. Ist doch sowieso alles Blödsinn." Franz hatte zwei Schnapsgläser mit Korn gefüllt und schob ihr eines hin.

„Wann genau war der Jens hier?"

„So gegen elf. War grad vom Huber heimgekommen."

Elfriede stürzte den Schnaps in einem Zug hinunter und stellte das Glas lautstark auf dem Tisch ab.

„Der Dominic kommt gleich. Damit du's glauben kannst."

„Was hat der Pfarrer damit zu tun? Tratschst du es jetzt im ganzen Dorf herum?"

Es klingelte an der Tür. Mit mürrischem Gesicht stand Franz auf, um zu öffnen, und kam mit Pfarrer Kern zurück.

„Entschuldigt, ich konnte nicht eher kommen. Ich musste noch zur Kapelle. Da haben sie die Tote hingebracht." Beim Reden sah er Franz an, als sei der Bauer der Teufel selbst. Als Franz mit dem Arm auf einen freien Stuhl deutete, zog Pfarrer Kern ihn demonstrativ auf die gegenüberliegende Tischseite neben Elfriede, die irritiert zwischen den beiden hin und her sah. Seine bisherige Skepsis, die jahrzehntelang verborgene Wahrheit ans Licht zu bringen, schien sich ins Gegenteil verkehrt zu haben. Er wirkte, als brenne er darauf, Franz einen Beleg dafür vorzulegen, dass Jens sein Halbbruder war, wobei auch Elfriede nicht wusste, wie er das überhaupt *beweisen* wollte. Aber er hatte es ihr am Telefon angekündigt und sich mit ihr hier beim Franz verabredet. Dominic Kern öffnete seine Aktentasche und entnahm ihr einen Pappdeckel. Er ließ ihn geschlossen vor sich auf dem Küchentisch liegen, und sein Blick blieb auf Franz haften.

„Was schauen's denn? Wir haben doch keine Sippenhaft. Wenn's wirklich stimmt, dass der Vater der Mutter fremdgegangen ist, was kann ich denn dafür? Ich war grad mal ein Jahr alt."

„Ich habe für dich gelogen", stellte der Pfarrer fest. „Aber ich glaube nicht, dass ein Mörder das verdient."

„Ein Mörder?", kam das Entsetzen zeitgleich aus Elfriedes und Franz' Mund. Sie starrten ihn an.

„Ich habe gesagt, ich kenne die Tote nicht." Er bekreuzigte sich. „Weil ich so erschrocken war." Es klang wie eine Entschuldigung. „Ich hätte nie gedacht, dass du zu so etwas fähig bist. Wir haben gestern Abend beim Huber doch über alles gesprochen."

„Was erzählst du denn da, Dominic?" Elfriedes Stimme krächzte. Die Männer taten, als sei sie nicht anwesend.

„Die Anne kommt nach so vielen Jahren nach Hause, und am nächsten Morgen ist sie tot. Wer soll es sonst gewesen sein?", bohrte der Pfarrer weiter.

„Die tote Frau war die Anne?", rief Elfriede entsetzt aus und fuhr sich mit den gespreizten Fingern beider Hände durch ihren kurzen Haarschopf und massierte abschließend ihre Schläfen.

Franz sah den Pfarrer ärgerlich an. „Ich war's aber nicht. Gestritten haben wir, ja. Und böse war ich, dass sie all die Jahre sich nicht gekümmert hat und jetzt was von Vaters Erbe abhaben will. Aber ich bring doch nicht meine eigene Schwester um."

„Ich denke, dieser Mörder, der bei der Lawine davongekommen ist, hat die Frau … die Anne. Es schaut doch alles danach aus", warf Elfriede zaghaft ein.

„Woher willst du das denn wissen?", fragte der Pfarrer.

„Genau, aber dein Rupert, der weiß solche Sachen. Der ist verrückt. Der beschäftigt sich den ganzen Tag nur mit Mördern.

Wer sagt denn, dass nicht der …", schlug Franz in die gleiche Kerbe.

„Lass meinen Rupert da raus!" Elfriede hob einen Arm, als wollte sie Franz ins Gesicht schlagen, aber er zuckte nicht zurück, sondern fixierte sie mit seinen herausfordernden Blicken.

„Du musst es schon gewusst haben", sagte sie und hielt seinem Blick stand.

„Was soll ich gewusst haben?"

„Dass deine Schwester tot ist. Du warst kein bisschen erschrocken, grad, als der Dominic gesagt hat, dass sie tot ist."

Der Pfarrer lachte schrill auf. „Der Mörder weiß es immer als Erster."

„Ja, ich hab's schon gewusst. Ich war vorhin auf der Straße, beim Seidl-Wirt, wo man sie gefunden hat. Alle waren wir dort. Nur Sie nicht, Herr Pfarrer. Und du und dein verrückter Sohn auch nicht." Er sah die beiden so vorwurfsvoll an, als sei ihre Abwesenheit bereits Grund genug, sie ebenfalls für den Mörder zu halten. „Und weil kein anderer sie erkannt hat, hab ich auch meinen Mund gehalten."

„Das nutzt dir gar nichts. Und auch nicht, dass sie tot ist. Deswegen bin ich hergekommen", sagte der Pfarrer und öffnete mit theatralischer Langsamkeit den Aktendeckel. „Ich habe hier einen Brief von deinem Vater. Er hat ihn kurz vor Weihnachten geschrieben, als er spürte, dass es mit ihm zu Ende geht." Pfarrer Kern las langsam und deutlich den Inhalt des Blattes vor:

„Lieber Pfarrer Kern,
Sie wissen schon aus meiner Beichte am letzten Sonntag, was mir so schwer auf dem Herzen liegt. Deshalb schicke ich Ihnen mit diesem Brief mein Testament, damit Sie sehen, dass ich es ernst meine mit der Reue, und damit Sie es aufheben, wenn es bald mit mir zu Ende geht. Darin habe

ich bestimmt, dass neben dem Franzl auch mein unehelicher Sohn Jens Geissler Erbe nach mir werden soll. Ich habe meiner Tochter Anne einen Brief geschrieben, dass ich sterben werde und sie so gern noch einmal sehen will. Wenn das eintreffen sollte, was ich vom lieben Herrgott inständig bitte, dass nämlich meine liebe Anne noch einmal ins Dorf zurückkehren sollte, selbst wenn es erst wegen meiner Beerdigung wäre, dann sollen die Jungs nur den Hof mit den Tieren und allem Gerät als ihren Pflichtteil erhalten und was so auf meinem normalen Konto ist. Aber die Aktien soll allein die Anne haben. Ich weiß, dass ich damit nichts mehr wiedergutmachen kann, aber es soll der Anne zeigen, wie leid es mir tut, was ich ihr angetan habe und was ich für ein Unrecht zugelassen habe, nur um meine eigene Schuld zu verstecken. Die Jungs sind kräftig und gesund und auf einem graden Lebensweg. Sie müssen mit ihrem Pflichtteil zufrieden sein. Die Anne soll auch den ganzen Schmuck von meiner geliebten Martha bekommen. Und die Elfriede, die soll 10.000 Euro aus dem Aktienpaket bekommen, dafür, dass sie all die Jahre den Mund gehalten und den Jens so gut großgezogen hat.“

Pfarrer Kern schloss den Aktendeckel. Minutenlang herrschte Stille. Dann stand Franz schwerfällig auf und holte vom Regal die Kornflasche und ein weiteres Glas. Wortlos goss er die drei Gläser voll. Elfriede drehte ihres mit den Fingern im Kreis auf der Tischplatte. Pfarrer Kern nahm einen Schluck und stellte das halb volle Glas zurück.

„Die Anne hatte Kinder“, sagte Franz und kippte den Schnaps mit einem Ruck in seinen Mund. „Geackert hab ich all die Jahre, um den Hof am Leben zu halten. Und dabei schwamm der Vater im Geld. Gepflegt hab ich ihn die letzten

Monate, aber er hat nix von dem Geld gesagt. Ich wär auch gerne weggegangen. Nach München oder sogar in den Norden. Aber ich bin geblieben. Aber die Anne hat sich aus dem Staub gemacht, kaum dass die Mama unter der Erde war. Es ist nicht gerecht."

„Also stimmt es, was man gehört hat. Die Sache mit den Aktien", sagte Elfriede.

„Ja", bestätigte der Pfarrer. „Joseph und der Alfred Menzel, die sind damals als junge Burschen auf und davon. Haben angeheuert und sind jahrelang zur See gefahren. Der Joseph ist dann nach fünf Jahren zurück ins Dorf gekommen, aber der Alfred ist weggeblieben. Der kam erst viel später. Da war der Joseph längst mit der Martha verheiratet und der Franz und die Anne waren schon auf der Welt. Und irgendwann, da kam der Joseph mit den Wertpapieren mal zu mir und hat mich gefragt, ob ich weiß, was die wert wären. Er hätte sie als Seemann mit wenig Geld gekauft. Ich habe sie dann nach München mitgenommen und einem von der Bank gezeigt und der war ganz überrascht. Richtig wertvoll waren die im Laufe der vielen Jahre geworden."

„Aber warum hat Vater das Geld nie benutzt? Es hätte unser Leben viel einfacher und angenehmer gemacht." Franz' Stimme klang bitter.

Pfarrer Kern schüttelte den Kopf. „Ich weiß es nicht. Er hat es wohl vergessen."

„Aber als er von dir wusste, dass sie so wertvoll sind, da hätt' er sie verkaufen können oder wenigstens einen Teil davon", sagte Franz und goss sich einen weiteren Schnaps ein.

„Hör zu saufen auf", mahnte ihn der Pfarrer.

„Du kennst mich. Ich sauf nicht. Aber an so einem Tag …"

„Was meinst denn mit *wertvoll*?", fragte Elfriede, die immer noch ihr Glas drehte.

„Über 200.000 Euro“, antwortete Franz.

„So viel? Jetzt brauch ich doch den Schnaps.“ Sie trank, stellte das leere Glas ab und schüttelte sich. „Dann bleibt doch genug für dich. Dann kannst du dem Jens doch was abgeben. So steht's schließlich in dem Brief.“

„Nein“, antworteten die beiden Männer wie aus einem Munde.

„Genau das steht eben nicht da. Die Anne ist zurückgekommen und damit erbt sie alles“, sagte Franz resigniert. „Verstehst jetzt, dass ich von dem bisschen auf dem Konto und vom Hof nicht dem Jens auch noch was abgeben will?“

„Aber die Anne ist doch tot“, widersprach Elfriede.

„Nun erben ihre Kinder und ihr Mann in Australien“, klärte der Pfarrer sie auf.

Elfriede sackte förmlich in sich zusammen. „Ja, das ist ungerecht.“

„Niemand weiß, dass die Anne hier war, wenn wir den Mund halten“, sagte Franz. In seiner Stimme schwang Hoffnung mit.

„Einem Mörder kann und will ich nicht helfen.“ Energisch schüttelte der Pfarrer den Kopf.

„Hör endlich auf mit dem Schmarrn. Ich hab sie nicht umgebracht.“ Franz stand auf und ging hin und her. Immer wieder schüttelte er den Kopf. Dann griff er zur Kornflasche, zögerte, stellte sie unverrichteter Dinge wieder auf den Tisch und zog weiter seine Runden.

„Was wollte der Joseph an der Anne wiedergutmachen? Was meinte er in dem Brief?“, fragte Elfriede nachdenklich.

Pfarrer Kern wollte antworten, da stellte sich Franz blitzschnell dicht neben ihn. „Halts Maul! Ich lass nicht zu, dass mein Vater nach so langer Zeit durch den Dreck gezogen wird. Ich zeig dich an. Du hast ein Beichtgeheimnis. Man wird dich aus der Kirche werfen.“

Der Pfarrer stand auf. Die Gesichter der beiden Männer kamen sich ganz nah. Elfriede hielt die Luft an, als Pfarrer Kern antwortete. „Ich warte noch ein wenig ab, ob sich herausstellt, dass es wirklich dieser geflohene Mörder war. Aber wenn du auch nur das Geringste mit ihrem Tod zu tun hast, dann geh ich zur Polizei. Die Sache mit dem Brief und dem Testament haben nichts mit meinem Beichtgeheimnis zu tun." Er stampfte aus der Küche und Sekunden später hörten Elfriede und Franz das kraftvolle Zuschlagen der Haustür.

+++ *10:31 UHR, FRIEDHOF GRAHMRIED* +++

Noch immer außer Atem, klopfte sich Leah den Schnee von der Kleidung. Ihr Gesicht war ebenso gerötet wie das ihrer Schwester und ihres Vaters. Die Bewegung und das Lachen bei der Schneeballschlacht hatten sie abgelenkt, und vor allem war jetzt keinem von ihnen mehr kalt. Sie blickte sich suchend um. „Wo ist eigentlich Katja?"

Ihr Vater und Hannah sahen sich ebenfalls um, und Hannah zuckte mit den Achseln. „In der Kapelle?"

„Frau Jensen? Ist Katja noch drinnen?", rief Holger Claudia zu, die gerade die Kapelle verließ. Sie schüttelte den Kopf.

„Was macht die denn für einen Scheiß? Wir sollten doch alle zusammenbleiben", maulte Hannah.

„Lasst uns suchen", forderte Leah.

Auch Claudia sah besorgt aus. „Weit kann sie nicht sein. Vielleicht wollte sie sich nur die Beine vertreten. Ist Pfarrer Kern noch da?"

„Nein, der ist schon vor einer Viertelstunde wieder losgefahren. Was haben Sie denn noch so lange da drinnen gemacht?", fragte Holger.

„Nachgedacht“, antwortete Claudia nur.

Hannah ging unterdessen langsam die Straße ab, auf der sie mit den Autos entlanggekommen waren, dicht am Rand der Schneehaufen. Sie blickte auf den Boden. „Ist nicht schwer, in dieser Einsamkeit Spuren zu sehen. Hier ist sie langgelaufen. Logo. Guckt, die Fußstapfen gehen in die Richtung. Von uns ist keiner hier gewesen.“ Sie gab mit dem ausgestreckten Arm die Richtung vor und lief dann los. Leah sah Claudia fragend an. „Geht ruhig, ich sehe mir die andere Richtung an. Vielleicht musste sie mal und hat sich in die Büsche hinter der Kapelle verzogen.“

Leah rannte los und hatte Mühe, ihre Schwester einzuholen. An der Straßenecke sah sie sich zu ihrem Vater um, der in gemächlichem Schritt folgte. Doch plötzlich hörten sie einen Schrei und einen schrillen Ruf: „Papa!“ Nun spurtete Holger ebenfalls los und war Sekunden später neben Leah. Hannah kniete etwa hundert Meter weiter auf dem Boden, mit dem Rücken zu ihnen. Leah konnte nicht genau erkennen, was dort vor ihrer Schwester lag. Aber instinktiv wusste sie, dass es Katja war. Sie rannten weiter und Leah ließ sich neben Hannah auf die Knie fallen. Erleichtert sah sie, dass Katja die Augen geöffnet hatte und fragend in die über sie gebeugten Gesichter blickte. Ihr Kopf war mit ihrer Mütze bedeckt, die blaue Wolle hatte sich an einer Stelle dunkel gefärbt und der Schnee um ihren Kopf herum war rot geworden.

„Papa! Eine Frau! Das war eine Frau mit langen blonden Zöpfen. Dahin ist sie weggerannt.“ Hannah zeigte in Richtung der Straßenkurve. Holger lief los, aber es war niemand mehr zu sehen. Er kehrte zu Katja zurück, und von der anderen Seite kam zeitgleich Claudia vom Friedhof angelaufen. Sie kniete sich vor Katja. „Alles in Ordnung? Wie heißt du? Kannst du das sehen?“ Sie bewegte ihren ausgestreckten Finger vor Katjas Gesicht hin und her.

„Lasst gut sein. Ich bin okay." Katja griff dankbar Leahs ausgestreckten Arm und zog sich stöhnend hoch. Schließlich stand sie. „Puh, wie blöd bin ich denn?" Sie lachte unsicher, doch sie wurde sofort ernst, als sie das Blut auf dem Boden bemerkte. Sie fasste sich an den Kopf und betrachtete danach ihre blutige Handfläche. „Mann, hat der zugeschlagen. Ich glaube, es blutet noch immer."

„Platzwunden sehen immer schlimmer aus, als sie sind. Ist dir schwindlig? Schlecht?", fragte Holger.

Katja schüttelte langsam den Kopf. „Es tut nur weh. Wo kam der Typ denn bloß her?" Sie fasste sich in die Jackentaschen. „Klauen wollte er jedenfalls nichts. Mein Handy und der Fünfziger, den ich eingesteckt habe, beides noch da", stellte sie erleichtert fest.

„Es war kein Typ. Es war eine Frau. Sie ist dorthin weggelaufen", sagte Hannah.

„Du hast gesehen, wer es getan hat?", fragte Claudia erstaunt und Hannah nickte. „Als ich um die Ecke bog, da stand sie noch bei Katja. Als sie mich gesehen hat, ist sie losgelaufen."

„Dann musst du sie doch auch gesehen haben?", fragte Claudia Katja.

„Muss wohl kurz weggetreten sein. Das Einzige, das ich gesehen habe, als ich die Augen aufgemacht habe, war das Gesicht Hannahs direkt über meinem."

„Holger, holen Sie Ihren Wagen und vor allem diese Plage von Polizist, der wahrscheinlich gerade ein Nickerchen im Auto hält. Ihr beiden bleibt hier bei Katja. Ich schau mich mal um. Wobei mir wohler wäre, ich hätte endlich meine Dienstpistole zurück."

Wenige Minuten später war Holger mit dem Auto zurück und half Katja auf den Beifahrersitz. Er wartete, bis Hannah und

Leah hinten eingestiegen waren. Dann setzte auch er sich ins Auto und schloss die Zentralverriegelung. Der Polizist Heinrich war inzwischen mit gezogener Waffe Claudia gefolgt. Holger kontrollierte abwechselnd Rück- und Seitenspiegel und Katjas Gesicht. Sie hielt sich eine Kompresse aus dem Verbandskasten an den Hinterkopf und schloss die Augen. Sie war gar nicht dazu gekommen, Angst zu haben, denn der Schlag war von hinten gekommen und sie war auf der Stelle zusammengesackt wie ein Boxer beim K. o. Nicht einmal gehört hatte sie vorher etwas. Es war ihr ein Rätsel, woher der Kerl, oder wenn Hannah recht hatte, die Frau gekommen sein sollte.

Claudia und Heinrich kehrten zum Auto zurück, und Holger öffnete das Fenster.

„Das Auto ist vom Jens Geissler, sagt mein Kollege. Er hat es am Nummernschild gesehen. Und die Tatwaffe war ziemlich sicher ein starker Ast von einem Busch. Wir haben in einem der Gärten direkt am Zaun eine frische Abbruchstelle gesehen. Leider nicht den passenden Ast. Der Täter oder die Täterin ist über die Gärten und die angrenzenden Felder geflohen. Zu den Häusern führen jedenfalls keinerlei Fußspuren. Wir fahren jetzt erst einmal zurück. Bringen Sie Katja zu Dr. Brunner?“

„Es hat bestimmt schon aufgehört zu bluten“, widersprach Katja.

Claudia ließ sich nicht beirren. „Die Wunde muss sicher genäht oder geklammert werden. Mein Kollege und ich werden jetzt zum Riedelhof fahren, um die Leute zu vernehmen. Der Hof liegt relativ nah zum Leichenfundort. Und mal sehen, ob wir diesen Jens auch noch finden.“

Katja wollte etwas sagen, aber Holger hatte das Fenster bereits wieder geschlossen, startete den Motor und wendete. „Du hast für heute genug getan“, sagte er, und Katja wusste nicht, ob er ärgerlich oder amüsiert war. Sie schloss wieder die Augen, denn der Schmerz pochte in ihrem Kopf, als hätte er einem Specht Einlass gewährt, der nun wieder herauswollte. Trotzdem wusste sie eines: Auch, wenn sein Auto hier stand. Der sympathische Jens rettete Menschen aus Lawinen, er opferte seine Freizeit für die Sicherheit in den Bergen und arbeitete auch ansonsten fleißig. So hatte es die alte Frau in der Gaststätte erzählt. Und so ein Mann schlug sie nicht einfach brutal nieder. Außerdem sollte es eine Frau gewesen sein, also nicht Thomas Bach, den sie in ihrer Unvorsichtigkeit getroffen hatte. Das war gut so. Denn wer wusste, ob sie sonst nicht neben der toten Frau in der Friedhofskapelle gelandet wäre.

„Kannst du mich daran erinnern, dass ich Claudia nachher unbedingt noch etwas über die Riedelfamilie erzählen muss. Ich glaube, ich weiß jetzt, wer die Tote sein könnte", bat sie ihn und ignorierte seinen überraschten Blick.

+++ *10:59 UHR, NEUBAUSIEDLUNG GRAHMRIED* +++

Endlich wagte sich Rupert aus seinem Versteck. Er verließ den Gartenschuppen, in dem er neben den dicht gedrängten Gartenmöbeln und Geräten kaum so viel Platz gefunden hatte, um die Tür hinter sich zu schließen. Nicht die Kälte des Stillstehens, lange zwanzig Minuten lang, ließen ihn zittern, sondern die Angst. Hatten sie die Spuren an der Stelle erkannt, wo er von der Straße über die Mauer geklettert war? Warteten sie hier irgendwo auf ihn? Doch um ihn herum war es still. Keine Motorengeräusche mehr, keine Stimmen. Langsam lief er in der Spur zurück, in der er gekommen war. Er spähte durch das dichte Geäst der Büsche, die über die Mauer auf den Bürgersteig hingen, und konnte die Stichstraße bis zur Kurve einsehen.

Niemand. Jens' Auto stand noch immer dort, wo er es abgestellt hatte. Er tastete nach dem Autoschlüssel in seiner Hosentasche und atmete erleichtert auf. Er nahm Schwung und stemmte sich auf den Mauerabsatz. Dort, wo keine Hauseingänge oder Garageneinfahrten verliefen, hatten die Bewohner den Schnee angehäuft, um die Straße selbst frei zu halten. Er ließ sich in einen solchen Schneehaufen fallen und sank tief ein. Als er auf der Straße stand und seine Hosenbeine vom Schnee befreite, erkannte er, warum niemand seinen Fluchtweg entdeckt hatte. Der Schnee war in seine Fußspuren nachgerutscht, und der Haufen sah aus, als hätte ein Bewohner kürzlich ein paar weitere Schippen daraufgeworfen.

Trotzdem musste er hier weg. Jens' Auto ebenfalls. Rupert schloss den Wagen auf, startete und fuhr in Richtung Kirchgasse. Was würde passieren, wenn jemand das Fahrzeug oder womöglich ihn hinter dem Steuer erkannte? Er riss sich die Perücke vom Kopf und hielt sie ratlos in der Hand. Sie musste verschwinden. Am besten in die Nähe Bachs. Dass er den Entflohenen versteckt hatte, würde über kurz oder lang herauskommen; der Preis für den Erfolg seines Buches. Und mit den Einnahmen könnte er sich locker einen Spitzenanwalt leisten, der ihn da wieder heraushaute. Außerdem schützte er damit die Bevölkerung. Das war ihm zwar nicht immer gelungen, aber Bach war schließlich ein intelligenter Täter. Gestern Nacht war er entflohen und heute dann eben erneut, um die neugierige Touristin niederzuschlagen, die seinem Versteck zu nah gekommen war.

Vor der Kreuzung wurde Rupert langsamer und tastete sich im Schritttempo so weit vor, bis er die Straße nach links und rechts einsehen konnte. Erleichtert stellte er fest, dass niemand unterwegs war und auch kein Auto mehr vor der Kapelle parkte. Er bog in die Kirchgasse in Richtung Dorf ein und hielt vor dem Haus der Witwe Hupfeld. Sollte er noch einmal hineingehen, um nach Bach zu sehen? Besser nicht. Der schlief sicherlich. Sobald er Bach von hier weggebracht hatte, würde er die Perücke so deutlich sichtbar im Vorgarten deponieren, dass sie gefunden werden musste. Bach musste sowieso wieder ins Gefängnis und bei seinen Taten kam es auf eine kleine Körperverletzung nicht mehr an.

Rupert konzentrierte sich neben dem Fahren auf seine Umgebung. Er wollte auf jedes zufällige Zusammentreffen vorbereitet sein und eine plausible Erklärung parat haben. Das Beste wäre, überhaupt niemandem zu begegnen.

Es schien zu gelingen. Erleichtert lenkte er Jens' Auto über die Einfahrt auf den Hof. Jetzt musste er lediglich seiner Mutter erklären, dass er ihr, fürsorglich, wie er war, das Blumengießen und den Kontrollgang ins Haus der Witwe Hupfeld bereits abgenommen hatte. Damit wäre das von der Polizistin und dem Heinrich gesichtete Fahrzeug am Ort des Überfalls beinahe schon erklärt. Er musste sich noch eine überzeugende Ausrede einfallen lassen, weshalb er das Auto am Ende des Feldsteigs abgestellt hatte und nicht direkt vor dem Haus in der Kirchgasse 42.

Rupert zog sich die Jacke aus und stellte erstaunt fest, wie die Angst der letzten Stunden ihn nass geschwitzt hatte. Er horchte. Doch weder aus der Küche noch aus der Wohnstube hörte er Geräusche. Rasch stieg er die Treppe hinauf, ging ins Badezimmer, entkleidete sich und duschte heiß und ausgiebig. Wie gut, dass der Geisslerhof mit Strom versorgt wurde. Der arme Bach. Hoffentlich schlief er und kam nicht auf dumme Gedanken. Weshalb war ihm nicht gleich die Geschichte mit der Versorgung des leer stehenden Hauses eingefallen? Er hätte freundlich grüßend an der jungen Frau vorbeimarschieren können, anstatt sich hinter irgendwelchen Mülltonnen zu verstecken und sich dann von hinten anzuschleichen. Hoffentlich hatte er nicht zu arg zugeschlagen.

Beim Anziehen betrachtete er sich seufzend im Spiegel. Er drehte prüfend seinen Kopf, stellte sich seitlich, lächelte, wurde wieder ernst, hob und senkte das Kinn, stellte den Kragen seines karierten Hemdes auf und legte ihn wieder um. „Ich begrüße Herrn Rupert Geissler, Autor des aufsehenerregenden Buches *Wir alle könnten Mörder sein – Analyse deutscher Serienmorde.* Herr Geissler, wie sind Sie dazu gekommen, dieses Buch zu schreiben?“, hörte er Günther Jauch fragen. Drei Kameras standen im Halbkreis um das Podest mit zwei roten Sesseln. Hinter ihnen auf den Rängen saßen die Zuschauer, die gebannt auf seine Antworten warteten. Einen schicken Anzug müsste er sich kaufen. Und neue Schuhe. Schuhe waren beim ersten Eindruck wichtig. Und eine Brille, obwohl er sie nicht brauchte. Aber ein entsprechendes Gestell würde ihn klüger aussehen lassen; dem Inhalt seines Werkes angemessen.

Zufrieden fuhr er sich ordnend durch die noch feuchten Haare und stieg die Treppe hinunter. Noch immer war kein Mucks im Haus zu hören. Wohin war seine Mutter gegangen? Hoffentlich nicht ins Haus der Witwe Hupfeld. Er verwarf diese Idee gleich wieder, denn zu Fuß lag die Kirchgasse viel zu weit entfernt. Vielleicht hatte eine Freundin aus dem Dorf sie abgeholt. Das sollte ihm nur recht sein. Er sah sich in der Küche nach etwas Essbarem um, fand in der Kammer zwei Dosensuppen, kochte Kamillentee, schmierte Brote und aß selbst noch das vom Frühstück übrig gebliebene Brötchen, das seine Mutter verschmäht hatte. Die Arme war fix und fertig wegen der Sache mit Jens und dem Riedel-Franz. Während er aß, nahm er sich eine Wanderkarte aus dem Flurschrank. Er studierte die Umgebung des Dorfes. Plötzlich tippte er auf einen Punkt.

„Das passt", sagte er zufrieden. Hier konnte er mit dem Auto ziemlich weit an den Waldrand fahren. Und den kleinen Aufstieg? Den musste Bach eben auf sich nehmen. Das Leben als entflohener Mörder war kein Zuckerschlecken. Blieb nur die Frage, wann er den Umzug Bachs wagen durfte, ohne dass sein Bruder oder seine Mutter davon Wind bekamen. Er musste Bach raus aus dem Dorf bringen, in dem Heinrich mit der fremden Polizistin immer stärker herumschnüffelte.

Das Telefon klingelte. „Holst du mich vom Riedel-Franz ab?" Die Stimme seiner Mutter klang merkwürdig. So, als hätte sie zu viel getrunken. Aber seine Mutter trank kaum mehr etwas, seit der Vater das jeden Tag getan hatte. Und schon gar nicht um halb zwölf Uhr mittags.

Er verstaute die Brote, die Suppendosen und die Thermoskanne mit dem Tee in seinem Rucksack und brachte ihn in seinen Archivraum. Vom Regal im ehemaligen Schweinestall suchte er seinen alten Campingkocher und stellte ihn ebenfalls ins Archiv. Er ließ das starke Vorhängeschloss einschnappen und machte sich auf den Weg zum Riedelhof.

+++ *11:36 UHR, GASTHOF HUBER* +++

Der füllige Dr. Brunner winkte noch einmal und verschwand aus Katjas Zimmer, das trotzdem noch immer überfüllt wirkte. Die Zwillinge hatten sich zwischen den kleinen Beistelltisch und die Fensterfront zurückgezogen, flüsterten ab und zu miteinander, aber verfolgten die Geschehnisse ansonsten schweigend. Wie auch ihr Vater, der sich an der Bettseite positioniert hatte, während Claudia auf der anderen stand. Zwischen ihnen, auf der Federbettdecke, saß Katja. Sie fasste sich an den Hinterkopf und tastete das große Klammerpflaster ab.

Claudia räusperte sich. Zusammen mit Heinrich hatte sie Franz Riedel aufgesucht, doch die Befragung war wenig informativ ausgefallen. Der Hof lag zwar in der Nähe des Seidl-Wirts, aber der junge Bauer kannte die Tote ebenso wenig wie alle übrigen Dorfbewohner. Noch vor Eintreffen des Arztes hatte Katja sie angerufen und ihr angekündigt, dass sie möglicherweise eine Spur zur Identität der Toten hatte. Kaum hatte Dr. Brunner die Tür hinter sich geschlossen, erzählte Katja von ihrem Gespräch mit der alten Bäuerin am Vorabend.

„Na, dann werde ich mir diesen Franz Riedel jetzt noch einmal vornehmen. Mal sehen, ob hinter deiner Geschichte mit der verlorenen Schwester mehr steckt. Weißt du, wie die alte Dame heißt, die das erzählt hat?“, fragte sie und wirkte zufrieden, eine neue Aufgabe zu haben.

„Die anderen nannten sie Elli. Hat jemand eine Mütze für mich? Meine ist total versaut.“ Sie nahm das blutige Handtuch vom Kopfkissen und warf es auf den Boden.

„Wozu brauchst du im Bett eine Mütze?“, fragte Leah.

„Du kannst meine haben“, antwortete Hannah.

„Super. Holst du sie mir bitte?“

Hannah grinste sie an und verließ das Zimmer. Leah folgte ihr. Sie war sichtbar wütend auf ihre Schwester.

„Ich glaube, Hannah ist dein Fan und schätzt dich richtig ein. Dabei wäre es mir lieber, du würdest jetzt mal brav im Hotel bleiben und Claudia alleine machen lassen“, sagte Holger und schüttelte lächelnd den Kopf.

„Wie bitte?“ Claudia sah Katja fragend an. „Du willst mit? Spinnst du? Ich kann nicht auch noch dein Kindermädchen sein.“

„Darf ich dich daran erinnern, dass du mit einer Gehirnerschütterung arbeitest? Mir geht es gut.“

„Ich bin Polizistin. Außerdem will ich nicht, dass du mich in diesem Zustand fährst." Claudia war bereits im Begriff, das Zimmer zu verlassen.

„Dann fahre ich", bestimmte Holger. „So langsam nervt mich das nämlich gewaltig. Wenn ich irgendetwas tun kann, um diesen Wahnsinn so schnell wie möglich zu beenden, umso besser."

Claudia blieb in der Tür stehen. „Aber lassen Sie Ihren Nachwuchs hier."

„Worauf Sie sich verlassen können." Holgers Lachen klang bitter. Sie verließen das Zimmer und er klopfte auf dem Gang an seine Tür. Sie wurde aufgerissen und Hannah hielt eine Mütze in den Händen. Sie hatte ihre Jacke angezogen und war startbereit, hinter ihr erschien Leah.

„Vergesst es. Kommt überhaupt nicht infrage. Versprecht mir, hier im Haus zu bleiben. Ich habe unten an der Rezeption Bücher und Spiele gesehen. Oder seht fern oder surft von mir aus im Internet. Aber geht nicht raus! Das ist alles nicht mehr lustig, was hier passiert. Okay?" Er wartete eine Bestätigung nicht ab, sondern wandte sich Katja zu. „Willst du nicht auch besser hierbleiben und dich ausruhen?", fragte er leise. Und auf meine Töchter aufpassen, vervollständigte Katja in Gedanken seinen Satz und schüttelte den Kopf, was sie allerdings gleich wieder bereute. In ihrem Schädel schien sich ein Backstein zu befinden, der gerade von einer zur anderen Seite polterte und dabei jedes Mal anstieß. „Ich bewege mich vorsichtig", versprach sie.

Holger setzte sich hinter das Lenkrad, Claudia auf den Beifahrersitz und Katja auf den Rücksitz. Heinrich, der zusammengesunken im Sessel an der Rezeption gewartet hatte, fuhr vorneweg im eigenen Fahrzeug. Nach wenigen Hundert Metern bog er von der Hauptstraße ab, einen Moment später hatten sie den Riedelhof erreicht. Katja sah sich um. Die Gebäude, ein Wohnhaus mit zwei angrenzenden flacheren Stallbauten und eine alleinstehende Scheune, die allesamt einen heruntergekommenen Eindruck machten, bildeten die drei Seiten eines großen Hofs. Die Wege zwischen Wohnhaus und Ställen waren frei gehalten worden, und Katja hörte das leise Schnauben der Rinder hinter den geschlossenen Toren. Aber alles, was auf diesem Hof an Gerätschaften, Fahrzeugen und Hofzubehör abgestellt sein mochte, war vom Schnee zugedeckt und konnte allenfalls erahnt werden. Ganz anders das völlig schneefreie Fahrzeug der Bergwacht. Das gleiche, das vor weniger als einer Stunde dort gestanden hatte, wo Katja niedergeschlagen worden war.

Claudia rieb sich die Hände. „Sieh an. Zwei Fliegen mit einer Klappe. Dann werden wir hoffentlich gleich erfahren, warum Jens Geissler dort war oder wem er da so freizügig das Auto der Bergwacht ausgeliehen hat", frohlockte sie und nahm Kurs auf die Haustür, die in diesem Moment geöffnet wurde. Franz Riedel und Elfriede Geissler erschienen, direkt hinter ihnen Rupert Geissler.

Riedel war sichtlich überrascht, Claudia und Heinrich so schnell wiederzusehen. Irritiert betrachtete er Holger und Katja. Neben ihm sah Elfriede mit glasigen Augen die Polizistin an.

„Wir müssen uns noch einmal unterhalten", stellte Claudia fest. „Aber zuerst würde ich gerne wissen, wer von Ihnen der Fahrer dieses Autos ist." Sie zeigte auf den Geländewagen.

„Warum wollen Sie das denn wissen?", fragte Rupert. So grantig, wie er sie musterte, wusste Katja, dass er sie sofort wiedererkannt hatte. „Das ist dieser Rupert und die Frau müsste seine Mutter sein", informierte sie Claudia leise. Ohne den Blick von der ungleichen Truppe zu nehmen, nickte Claudia und antwortete: „Weil dieses Auto in der Nähe eines Tatortes stand."

„Ich war überhaupt nicht beim Seidl-Wirt", widersprach Rupert.

Elfriede nickte zustimmend. „Ich bin zu Fuß hierher und mein Sohn holt mich nur ab, weil's mir grad nicht so gut geht."

Katja grinste Holger verstohlen an. Sie wollte sich gar nicht vorstellen, wie die Frau am Abend drauf war, wenn sie um diese Zeit bereits so viel intus hatte. Der arme Jens. Einen Freak zum Bruder, eine Alkoholikerin zur Mutter.

„Wer sagt denn etwas vom Seidl-Wirt?", fragte Claudia. Auch Heinrich legte ein strenges Beamtengesicht auf. Zweifelte auch er langsam an der Unschuld der Dorfbewohner?

„Ja, da haben's doch die Tote gefunden, oder etwa nicht?"

„Beim Seidl-Wirt war der Fundort einer weiblichen Leiche. Das stimmt. Aber ich sprach vom Tatort im Feldsteig, der letzten Seitenstraße der Kirchgasse, bevor der Friedhof beginnt."

„Da isse ermordet worden, die Arme?" Elfriede hatte Tränen in den Augen, die sie sich unbeholfen mit dem Handrücken wegwischen wollte.

„Nein, da ist eine junge Frau brutal niedergeschlagen worden, und kaum hundert Meter entfernt stand dieses Auto hier." Claudia klopfte zur Bekräftigung auf die Motorhaube.

„In der … Ja, mei, da an der Ecke ist gleich das Haus der Martha Hupfeld – Gott hab sie selig. Das versorg ich." Elfriede drehte ihren Kopf zu Rupert, der noch immer hinter ihr stand, und verlor beinahe das Gleichgewicht. Rupert packte mit beiden Händen zu und hielt sie aufrecht.

„Ja genau, ich war vorhin dort, das Haus kontrollieren, Blumen gießen, Post rausnehmen und so. Können's gerne kontrollieren. Liegt alles auf dem Küchentisch und die Töpfe seien's alle nass."

„Aber ich hab doch schon …", wollte Elfriede offenbar auch etwas zur Klärung beitragen, aber Rupert redete weiter und die Lautstärke seiner Stimme nahm deutlich zu. „Ist jetzt hier jeder im Dorf verdächtig, oder was? Kann man sich nicht mehr normal bewegen, nur weil hier so ’n Irrer rumläuft? Wir können der Frau Polizistin ja demnächst sagen, wann wir auf Klo gehn, nicht wahr, Franz?“ Er schlug Franz mit der flachen Hand so kräftig auf die Schultern, dass der Bauer, der bisher noch keinen Ton hervorgebracht hatte, zusammenzuckte.

„Was wollen’s denn schon wieder? Ich hab Ihnen doch vorhin schon alle Fragen beantwortet“, fragte er jetzt.

„Wir haben aber neue Fragen.“ Claudia zeigte demonstrativ auf den stumm neben ihr wartenden Heinrich. „Aber erst würde ich gerne von Ihnen, Herr Geissler, noch wissen, warum Sie das Fahrzeug am Ende der Seitenstraße abgestellt haben, anstatt ganz normal vor dem Haus zu parken?“

„Dann wär doch niemand mehr durchgekommen. Durch den vielen Schnee konnt’ man doch nirgends am Rand parken.“

„So viel, wie ich weiß, ist die Neubausiedlung ohne Strom. Viele Häuser sind nur Ferienhäuser, und die paar ständigen Bewohner sind allesamt woanders untergekommen. Auf welche Fahrzeuge wollten Sie denn Rücksicht nehmen? Und außerdem hätten Sie doch auf der Einfahrt parken können.“

„Nein, die habe ich nie geschippt. Braucht ja jetzt niemand“, mischte sich Elfriede wieder ein und warf ihrem Sohn einen zustimmenden Blick zu. „Und den richtigen Riecher hat der Rupert auch gehabt. Die ganzen Autos sind doch vorhin mit der Toten zum Friedhof, hat der Pfarrer erzählt. Na, und wenn sonst noch wer zum Friedhof gewollt hätt’?“

„Danke, Mama, aber das wusst ich nicht. Aber ich hatte Kopfschmerzen. Hab ich übrigens immer noch. Und ich wollte einfach nur ein paar Schritte zu Fuß gehen. Die Ruhe dort an den Feldern. Tut mir leid, liebe Frau, aber so einfach ist es. Hätt nur nicht gedacht, dass unbescholtene Bürger jetzt schon einen kleinen Spaziergang rechtfertigen müssen. Hätten Sie besser auf Ihren Häftling aufgepasst …“ Rupert sah Claudia herausfordernd an.

Wenn sie der Vorwurf traf, ließ Claudia sich jedenfalls nichts anmerken. „Sie haben nichts gehört und nichts gesehen, nehme ich an?“, fragte sie.

Rupert schüttelte den Kopf.

„Und auch nicht die vorbeifahrenden Autos. Und unseren Aufenthalt auf dem Friedhofsgelände haben Sie auch nicht mitbekommen? Wir waren immerhin mindestens eine halbe Stunde dort und in der Seitenstraße.“

Wieder schüttelte Rupert den Kopf.

„Die Witwe Hupfeld muss eine Menge Pflanzen in ihrem Haus haben. Nun gut. Habe ich das richtig verstanden: Pfarrer Kern war vorhin hier bei Ihnen.“ Sie wandte sich wieder an die anderen beiden.

„Freilich“, sagte Franz feindselig.

„Was wollte er?“

„Was geht Sie das an?“

„Mich geht im Moment alles an. Eine Frau ist brutal ermordet worden, eine Frau wurde niedergeschlagen und ein verurteilter mehrfacher Mörder ist geflohen. Wenn endlich die Kollegen von der Kripo hierherkommen können, werden Sie noch sehr viel mehr Fragen beantworten müssen.“

„War noch wegen der Beerdigung. Ich hab das Geld noch nicht beisammen. Bin dem Pfarrer noch was schuldig geblieben.“

Claudia wandte sich nun an Elfriede. „Und Sie? Was wollten Sie hier bei Herrn Riedel?“

„Ich? Ich wollt nur mal nach dem Rechten sehen. Wie’s dem Franzl geht. Immerhin musste er grad vor ein paar Tagen seinen Vater begraben und ist nun mutterseelenallein. Die Martha, die seine Mutter war, die ist schon vor Jahren verstorben.“

„Und was ist mit seiner Schwester?“, platzte es aus Katja heraus. Claudia sah sie strafend an. Noch auf dem Weg hierher hatte sie Katja ermahnt, sie und Holger seien schließlich nur die Begleitung, und auch das nur ausnahmsweise, und sollten sich gefälligst aus ihrer Arbeit raushalten.

„Die ist schon früh aus dem Dorf. Niemand weiß, wo sie jetzt lebt. Sie soll in Australien sein", antwortete Heinrich und schien froh zu sein, auch endlich etwas zur Aufklärung beitragen zu können.

Doch dann blickte er unsicher zwischen allen hin und her. Aus den Gesichtern von Rupert, Franz und Elfriede war auch der letzte Hauch von höflicher Verbindlichkeit gewichen. Feindselig starrten sie erst Heinrich und dann Claudia an, die nur müde abwinkte.

„Dann gehen Sie jetzt. Wenn ich noch Fragen habe, melde ich mich."

Es dauerte einen Moment, bis Elfriede und Rupert begriffen und sich in Bewegung setzten. Rupert stützte seine Mutter, so gut es ging, bis sie das Auto erreicht hatten.

Claudia wandte sich Franz zu, der unverändert in der Tür stand. „Und nun zu Ihnen. Gehen wir hinein. Es ist kalt hier draußen."

Sie folgte dem Bauern in die Küche. Heinrich, Holger und Katja betraten hinter ihnen im Gänsemarsch das Haus. Katja drehte sich noch einmal um und sah nachdenklich dem Wagen hinterher. Bei aller gegenseitigen Hilfsbereitschaft, die es sicherlich innerhalb der Dorfbevölkerung gab, glaubte sie nicht daran, dass Elfriede nach einem Mann sehen wollte, der Mitte dreißig war und der, wie die alte Dame im Huber-Restaurant erzählt hatte, ohne Probleme in der Lage gewesen war, sich in den letzten Monaten allein um den Hof und den kranken Vater zu kümmern. Sie müsste sich noch einmal mit dieser Elli unterhalten. Sicherlich wusste die noch mehr über die Beziehung der beiden Familien Riedel und Geissler zueinander.

+++ *12:05 UHR, GASTHOF HUBER* +++

Leah und Hannah verließen das Zimmer. Das viele Fernsehen machte sie im Kopf ganz matschig und Leah war froh, endlich herauszukommen. Auf den letzten Treppenstufen nach unten hielt sie ihre Schwester am Ärmel fest und zeigte zur Sitzgruppe gegenüber der Rezeption. Dort saß Stefan, der Sohn der Wirtin, in ein Buch vertieft. „Hätte nicht gedacht, dass der liest", flüsterte Hannah und kicherte. Sie gingen auf ihn zu.

„Hey", sagte Leah. „Keine Schule?"

„Wie soll ich denn bitte dahin kommen?", fragte Stefan und grinste.

Leah schlug sich mit der flachen Hand an die Stirn. „Ja klar. Wie blöd von mir."

„Und was stellst du dann den Tag über so an?", fragte Hannah.

Er zog die Augenbrauen hoch und fing an zu lachen.

„Euch ist langweilig, stimmt's?" Er zeigte auf die Winterjacken, die beide über dem Arm trugen. „Ich denk, ihr dürft nicht raus?", spöttelte er. Dann ging er voraus und winkte über der Schulter den Zwillingen, ihm zu folgen.

Leah und Hannah sahen sich an. Hannah zuckte die Achseln und folgte ihm. „Darfst du denn?", fragte Leah und folgte ebenfalls.

„Mütter. Was denkst du denn? Natürlich nicht." Stefan ging im Restaurant zielstrebig an den Tischen vorbei und hinter den Tresen. Er öffnete eine Tür, die Leah und Hannah zuvor nicht bemerkt hatten. Sie traten in ein gemütlich eingerichtetes Wohnzimmer.

„Unsere private Wohnung." Stefan bedeutete den beiden, ihm zu folgen, und führte sie über eine Wendeltreppe in ein Zimmer im oberen Stockwerk. Auf den ersten Blick erkannte Leah, dass sie es hier mit einem Fußballfan zu tun hatten. Überall hingen Poster von Bayern München und über dem großen Bett war sogar ein Kissenbezug mit dem Vereinsmotiv angebracht. Der Rest der Wände war in schlichtem Weiß gehalten. Unschlüssig, ob sie sich wie ihre Schwester zu Stefan auf das Bett setzen sollte, tat Leah so, als ob sie interessiert eines der vielen Poster studierte. Es entstand eine peinliche Stille. Hannah war die Erste, die das Schweigen brach. „Ganz schön ordentlich für ein Jungenzimmer." Sie grinste.

Stefan räusperte sich. „Man weiß nie, wer zu Besuch kommt", antwortete er und sah sie verschmitzt an. Dann stand er auf und deutete er auf den Flachbildschirm in der Ecke des Zimmers. „Wollen wir ein Video sehen?"

Hannah lachte. „Alles, nur das nicht. Ich habe schon quadratische Augen."

„Zeig mal", forderte Stefan sie auf und trat dicht an sie heran. „Sind noch rund", stellte er grinsend fest. „Computerspiele?"

„Ich weiß nicht. Warum habt ihr eigentlich keinen Fitnessraum oder Schwimmbad hier im Hotel? Ich brauch Bewegung."

„Ja, das wär schon nicht schlecht", stimmte Leah zu. „Normalerweise wären wir jetzt schon längst auf der Piste. Mensch, was würde ich dafür geben. Stattdessen ..."

„Stattdessen sitzt ihr hier in diesem öden, kleinen Dorf fest", beendete Stefan ihren Satz.

„Wie hältst du es denn hier aus?", fragte Hannah. „Hier kann man doch überhaupt nix machen."

„Na tagsüber geh ich auf eine Ganztagsschule in Bad Tölz. Ist nicht München, klar, aber das passt schon. Meist bleib ich hinterher noch bei einem Kumpel, und meine Mutter holt mich dann abends ab oder irgendein anderer, der nach Hause ins Dorf fährt. Nächstes Jahr krieg ich auch endlich ein Mofa."

„Ihr kennt euch hier alle, nicht? Das ist das Einzige, was ich ganz gut finde. Bei uns in Hannover würde kein Nachbar irgendwas merken, selbst, wenn du tot wärst."

Er nickte zustimmend. „Also, was machen wir denn jetzt? Meine Hanteln reißen es auch nicht, oder?"

Leah musste lachen. „Hast du einen Ball? Auf eurem Grundstück zu spielen, können sie uns ja nun nicht verbieten."

Stefan nickte. „Einen Fußball."

„Hmm, ganz schön hart und schwer. Keinen anderen?"

„Ich kann ja mal im Schuppen kramen. Wir hatten mal einen Basketballkorb. Aber der war morsch, und mein Vater hat ihn abmontiert. Vielleicht finde ich den Ball noch."

Sie folgten Stefan durch die Haustür und überquerten einen kleinen Hinterhof bis zum besagten Schuppen. Hannah und Leah warteten.

„Der ist doch ganz süß, oder?", flüsterte Hannah und stieß ihrer Schwester so übermütig in die Seite, dass Leah beinahe das Gleichgewicht verlor.

„Viel zu jung", protestierte sie. „Außerdem: Stell ihn dir mal in unserem Club vor. Ein Dorfjunge in der Großstadt."

Bei der Vorstellung mussten beide lachen. „Aber trotzdem, für einen Dorfjungen ist er cool", widersprach Hannah. Sie verstummten, denn Stefan kam mit einem breiten Lächeln auf dem Gesicht und einem Basketball unterm Arm wieder heraus.

„Echt super", rief Hannah.

„Toll. Danke fürs Suchen", bestätigte Leah. Mit einem Mal war alle Müdigkeit und Trägheit dahin. Sie warfen sich den Ball gegenseitig zu und ließen den Abstand zueinander immer größer werden. Stefan, der eher ungelenk und schlaksig wirkte, wenn er lief oder stand, überraschte mit seinen Hechtsprüngen in die seitlichen Schneehaufen, nur um den Ball noch zu fangen.

Echt sportlich, dachte Leah. Doch ihre Schwester stand Stefan in nichts nach. Auch sie fing beinahe jeden Ball, selbst Leahs absichtlich schlecht gezielten Würfe.

„Ich habe einen Mordshunger. Ihr nicht?“, fragte Hannah nach einer halben Stunde, in der sich alle drei ohne Pause bewegt hatten.

„Ich frag mal meine Mutter. Sie müsste jetzt in der Küche sein, um zu helfen. Zwei Frauen, die sonst dort arbeiten, wohnen außerhalb des Dorfes und können also nicht kommen.“

„Wir könnten auch helfen, jetzt, wo das Hotel so voll ist“, schlug Leah vor.

„Spinnst du?“, fragten Hannah und Stefan beinahe gleichzeitig und lachten. Ihre Solidarität ärgerte Leah. Sie drehte sich um, marschierte um das Haus herum und betrat den Gasthof durch den Haupteingang. Als sie die Küche erreichte, waren Stefan und Hannah bereits im Raum. Sie bemerkten Leah gar nicht, sondern sahen Frau Huber über die Schultern. Die stand am Herd und überwachte die in einer riesigen Pfanne bratenden Schnitzel. Leah wollte schon umkehren, als Frau Huber sie entdeckte.

„Leah! Komm rein. Willst du auch eines? Mit warmem Kartoffelsalat?“

Der Hunger wog schwerer als der Ärger und Leah gab sich geschlagen.

„Habt ihr die Tote auch angesehen, als ihr heute Morgen am Friedhof wart?“, fragte Frau Huber, als sie im Restaurant gemeinsam aßen.

„Nein, unser Vater hat uns nicht gelassen“, antwortete Hannah.

„Wäre auch Blödsinn. Wir können die auf keinen Fall kennen“, fügte Leah hinzu.

„Ich hätte sie mir trotzdem angesehen. Ich hab nämlich noch nie eine Leiche gesehen", widersprach Stefan und zog sich einen verärgerten Blick seiner Mutter zu. Trotzdem wollte auch sie alle Einzelheiten vom Überfall auf Katja und ihrer Rettung wissen. Nachdem die Teller leer waren, stand sie auf. „Ihr entschuldigt mich, ich habe noch eine Menge für die übrigen Gäste vorzubereiten."

Stefan griff noch einmal die Erzählung des Überfalls auf. „Hannah, du hast diese Katja ja praktisch gerettet. Wenn du nicht gleich losgerannt wärst, wer weiß, ob sie jetzt noch leben würde", sagte Stefan. In seinem Blick lag eine Mischung aus Bewunderung und Interesse. Wieder fühlte Leah sich ausgeschlossen und schwieg.

„Ist wirklich Wahnsinn. Wir sitzen hier gemütlich beim Essen und wer weiß, ob der Mörder nicht längst schon die Nächste abgemurkst hat", mutmaßte Stefan.

„Geht's auch weniger dramatisch?" Hannah lachte. Ihr Handy gab ein Signal von sich und sie zog es aus der Hosentasche. Während sie das Display studierte, ging ein Strahlen über ihr Gesicht.

Leah, die neben ihr saß, beugte sich zur Seite und erkannte, dass ihre Schwester eine Nachricht von Finn erhalten hatte. Sie wandte sich an Stefan. „Eine WhatsApp von Finn. Sie ist total verknallt in ihn." Sie beobachtete angestrengt Stefans Reaktion in seinem Gesicht. Aber überraschenderweise blieben Enttäuschung und Ärger aus. Er grinste sie frech an und widmete sich dann dem Nachtisch.

„Man müsste mehr über diesen Bach wissen. Der Rupert Geissler, der hat bestimmt eine Ahnung, wo der Typ sich verstecken könnte", überlegte sie.

„Du meinst diesen Freak mit dem Schweinestall?", fragte Hannah und verstaute ihr Handy wieder in der Hosentasche.

„Wir könnten uns da ja mal umsehen", schlug Leah aufgeregt vor. Stefan und ihre Schwester starrten sie entsetzt an. Leah wusste auch nicht weshalb, aber im gleichen Moment, als ihr diese Idee in den Sinn gekommen war, hatte sie sie bereits ausgesprochen. Eigentlich war das gar nicht ihre Art. Das passte eher zu Hannah. Für einen kurzen Moment genoss sie die Aufmerksamkeit der beiden. Dann las sie in ihren Gesichtern, dass Stefan und Hannah diese Idee nach dem ersten Schrecken offenbar alles andere als blöd fanden. Sie überlegte fieberhaft, wie sie aus dieser Nummer wieder herauskam. Doch ihr Mund schien ein Eigenleben zu führen.

„Wenn nicht wir, wer sonst? Wenn nicht jetzt, wann dann?", sagte sie und summte zur Bekräftigung die Melodie des bekannten Songs.

Hannah prustete vor Lachen.

„Spielst du Handball?", fragte Stefan und jetzt lagen seine Augen genauso bewundernd und interessiert auf ihr wie vorhin auf Hannah.

„Na ja. Wir sitzen hier doch nur blöd rum. Unser Vater und Katja sind als Hilfspolizisten bestimmt noch eine Weile unterwegs und deine Mutter muss kochen. Ich hab keine Lust, jetzt schon wieder aufs Zimmer zu gehen."

„Zu dritt kann uns auch nichts passieren. Außerdem könnte ich noch Tom fragen. Ein Kumpel von mir. Der macht bestimmt mit", schlug Stefan vor.

„Dann sind wir schon vier. Keine Chance für Thomas Bach. Nur: Wie kommen wir in den Schweinestall?", fragte Hannah.

„Kein Problem. Ich nehm ein bisschen Werkzeug mit." Stefan winkte ab, als würde er jeden Tag einen Einbruch planen.

„Aber der Überfall auf Katja, das war eine Frau. Eine Frau mit langen blonden Zöpfen. Auf die sollten wir auch achten", warf Leah ein und wusste nicht, ob die Aufregung, die sie verspürte, durch das bevorstehende Abenteuer kam oder ob es schlichtweg nur Angst war.

„Bist du dir sicher, dass Papa unser Fehlen nicht bemerkt?“ Ein Hauch von Unsicherheit schwang in Leahs Stimme mit, als Hannah im Begriff war, die Tür zu öffnen.

„Er ist mit Katja und Claudia voll beschäftigt“, sagte Hannah. Als sie Leahs Blick bemerkte, lachte sie. „Was ist denn los mit dir? Du warst doch vorhin so entschlossen.“

Das stimmte. Doch dieser Höhenflug war inzwischen vorüber. Tatsächlich bereute Leah schon fast, dass sie Stefan und Hannah sogar zu dem Vorhaben ermutigt hatte. Sie seufzte. Jetzt war es zu spät.

Als sie aus dem Hotel traten, nieselte es. Sie sahen in alle Richtungen, aber niemand schien da zu sein, der sie hätte beobachten oder gar aufhalten können. Also liefen sie zügig zum vereinbarten Treffpunkt. Dort wartete Stefan schon auf sie. Er trug einen Rucksack, in welchem sich vermutlich das Werkzeug befand, von dem er vorhin gesprochen hatte. Neben Stefan stand ein etwas kleinerer, stämmiger Junge mit dunkelbraunem Haar und großen, aufmerksamen braunen Augen. Ein verschmitztes Lächeln umspielte seine Lippen.

„Hallo Mädels, ich bin Tom. Stefan hat euch bestimmt schon viel von dem charmantesten und umwerfendsten seiner Kumpels erzählt?“

Perplex starrte Leah ihn an. Auch Hannah schien es glatt die Sprache verschlagen zu haben. Es musste an ihren Gesichtsausdrücken liegen, jedenfalls fing Tom laut zu lachen an.

„War nur ’n Scherz“, prustete er, nachdem er sich einigermaßen von der Lachsalve erholt hatte. Er war Leah sofort sympathisch. Sie grinste und stellte sich und ihre Schwester vor.

„Wir sollten langsam aufbrechen“, meldete sich Stefan zu Wort. „Am besten, wir gehen ein Stück an der Hauptstraße entlang und halten uns dann unter den Bäumen und Büschen, die die Felder trennen, bis wir am Wald angelangt sind. Von da aus dauert es dann nicht mehr lang bis zum Geisslerhof.“

„Man könnte den Hof auch normal von der Hauptstraße aus erreichen“, ergänzte Tom, „aber da ist die Wahrscheinlichkeit ziemlich hoch, dass wir erwischt werden.“

Hannah und Leah nickten zustimmend. „Dann mal los“, sagte Hannah unternehmungslustig.

Sie gaben sicherlich einen merkwürdigen Anblick ab: Vier Jugendliche im Gänsemarsch durch die Landschaft. Aber was soll's, dachte Leah. Bis jetzt taten sie nichts Verbotenes. Sie waren kaum drei Minuten gelaufen, als sich Stefan hektisch umsah.

„Los, in Deckung“, schrie er. „Das klingt nach unserem Auto.“ Noch während er das aussprach, kletterte er auf die Schneeberge, die die Straße säumten, und mit einem Sprung war er aus ihrem Sichtfeld verschwunden. Ohne lange zu überlegen, taten es ihm Leah, Hannah und Tom nach. Sie lagen oder hockten hinter den Schneehaufen und warteten, bis das Auto vorbeigefahren war. Tom fing wieder zu lachen an und steckte die anderen damit an. Leah ließ sich rücklings fallen und Hannah, die kniete, bewarf die Jungs und ihre Schwester übermütig mit Schnee.

„Das war knapp“, stellte Stefan noch immer kichernd fest und klopfte sich den Schnee aus der Kleidung. „Wir müssen weiter. Dahinten ist der Weg.“ Er zeigte auf eine Baumreihe, die schnurgerade die flache Landschaft um sie herum durchschnitt und auf die bewaldeten Berge zuführte. Sie entfernten sich rasch von der Hauptstraße. Trotzdem waren sie jetzt immer darauf bedacht, von niemand gesehen zu werden, der bei diesem Wetter noch unterwegs war.

Als sie endlich den Waldrand erreichten, spürte Leah kaum mehr ihre Füße. Der Schnee wurde immer wässriger, und die eisige Feuchtigkeit drang langsam durch ihre Schuhe. Tom zeigte in eine Richtung. Dort war der Geisslerhof zu erkennen. Er schien still und verlassen. Die letzten Meter waren schnell überwunden, und Hannah stieß einen erleichterten Seufzer aus. Sie liefen um das Wohngebäude herum und erstarrten mitten im Lauf. Auf dem Hof, den die u-förmigen Gebäudeteile bildeten, stand ein Geländewagen. „Es ist doch jemand zu Hause", flüsterte Hannah und zog sich wieder hinter die Gebäudeecke zurück.

„I wo. Das Auto ist vom Jens, und der ist mit dem Xaver droben auf der Straße, so wie mein Vater auch. Der ist auch bei der Bergwacht", beruhigte sie Tom und griff nach Hannahs Hand. Zögerlich ließ sie sich von ihm am Hof vorbeiziehen. Wie schon so oft, fragte sich Leah, weshalb Hannah bei den Jungs offenbar immer besser ankam als sie selbst, obwohl sie doch komplett gleich aussahen. Sie gönnte es ihrer Schwester, aber der Gedanke, dass Tom statt Hannahs ihre Hand gegriffen hätte, verursachte ein angenehmes Kribbeln auf ihrer kalten Haut.

Sie erreichten eine Stalltür. „Super. Hier brauchen wir schon mal keine Gewalt", stellte Stefan zufrieden fest, denn sie war unverschlossen. Zögerlich betraten sie das Innere des Schweinestalls, doch außer Werkzeugen, einem Stück Drahtzaun, ein paar Feldgerätschaften, verdreckten Holzlatten und einem alten Weidenkorb konnten sie nichts Besonderes entdecken.

„Seht mal da", flüsterte Stefan plötzlich und deutete auf eine Tür in der Wand am Ende des Stalls, die Leah völlig übersehen hatte. Ein schweres Vorhängeschloss sicherte den Eintritt in den Raum dahinter.

Noch bevor sie das Schloss genauer unter die Lupe nehmen konnten, stöhnte Tom auf. „Leute, das brauchen wir gar nicht erst versuchen. So, wie es ausschaut, weiß dieser Rupert, wie man Türen sichert."

„Oh nein, so ein Mist!", fluchte nun auch Leah, die sich inzwischen von der Entdeckungslust der anderen hatte anstecken lassen.

„Lasst uns von draußen reingucken. Vielleicht gibt es noch eine Tür oder ein Fenster", schlug Hannah vor. Leah und die Jungs nickten begeistert.

Es gab tatsächlich ein Fenster. Alt und brüchig, wie es aussah, würde es sich leicht öffnen lassen. Außerdem waren sie alle verhältnismäßig schlank, sodass sie ohne Probleme ins Innere gelangen würden. Tom brauchte keine zwei Minuten, da war das Fenster geöffnet.

„Bingo", sagte er triumphierend.

Stefan klopfte ihm auf die Schulter. „Gut gemacht, Alter."

Als Größter von allen half er erst den Mädchen und dann auch Tom hinein. Schließlich zog er sich selbst am Fenstersims hoch und kletterte in den Raum.

Was sie dort zu sehen bekamen, verschlug ihnen die Sprache. In der Mitte des Raumes stand ein großer Schreibtisch, bedeckt mit Büchern und Papieren. Zeitungsausschnitte waren über den Boden verteilt, Internetausdrucke übereinandergestapelt und handschriftliche Notizen auf kleinen gelben Zetteln an Wänden angebracht. Daneben Fotos von Mordopfern festgeklebt oder angepinnt.

Der Kerl ist doch krank, schoss es Leah durch den Kopf, als sie angeekelt das Bild einer Frau betrachtete. Sie lag nackt auf einem Steinfußboden, ihr Kopf war geschoren und ihr Körper zeigte vom Hals bis zum Schambein Schnitte in Form eines Kreuzes. Genauso hatte Katja die Tote von heute Morgen beschrieben. Leah wandte sich ab und wäre beinahe über einen am Boden stehenden Rucksack gestolpert. Ihr war plötzlich schlecht.

Toms Stimme tönte aus Richtung Schreibtisch: „Seht mal, was ich gefunden habe!“ Leah, Hannah und Stefan eilten zu ihm und beugten sich über das, was er in den Händen hielt: ein Stapel eng bedruckter loser Blätter. *Wir alle könnten Mörder sein – Analyse deutscher Serienmorde* stand auf dem ersten Blatt.

„Das muss sein Manuskript sein“, flüsterte Stefan.

„Wieso schreibt so ein Irrer ein Buch“, wunderte sich Leah.

„Das wird dieser *Irre* solchen Rotzlöffeln wie euch kaum erzählen“, ertönte eine fremde, kalte Stimme. Vor Schreck fiel Tom das Manuskript aus der Hand, und Hunderte Seiten verteilten sich auf dem Fußboden. Sie hatten Rupert nicht kommen hören, vor Aufregung auch nicht wahrgenommen, wie er das Türschloss geöffnet hatte. Nun stand er dort mit einem Gewehr in der Hand, bebend vor Zorn.

„Bloß weg hier“, schrie Stefan. Er riss die neben ihm stehende Hannah am Arm in Richtung Fenster, faltete die Hände zur Räuberleiter. Hannah trat mit dem Fuß hinein, und schon war sie aus dem Fenster verschwunden. Rupert stürzte am Schreibtisch vorbei, wollte nach Stefans Bein greifen, der mit dem Oberkörper schon in der Fensteröffnung hing. Doch der konnte sich losreißen und herausspringen. Leah hörte die angstvollen Rufe ihrer Schwester von draußen, doch sie stand vor Schreck wie angewurzelt. Erst als Tom hinter ihr sie am Rücken berührte, konnte sie wieder klar denken. Sie drehte sich um und verstand die wortlose Aufforderung seiner Blicke, ebenfalls loszurennen. Rupert fluchte und wandte sich vom Fenster zurück in den kleinen Raum. Nur der große Schreibtisch trennte sie von dem wütenden Mann. Tom sprintete los, rannte durch die Tür und Leah folgte ihm. Sie konnte schnell rennen, das wusste sie, aber ihr Vorsprung vor Rupert war minimal. Bevor Tom zur Stalltür hinauslief, sah er sich nach ihr um. Sie dagegen traute sich nicht, sich umzudrehen. Denn hinter sich hörte sie Ruperts Fluchen und seine schweren Schritte, die ihr folgten.

+++ *12:37 UHR, RIEDELHOF* +++

„Wir wissen, dass die Tote Ihre Schwester war. Die Frage ist nur: Warum haben Sie vorhin behauptet, Sie kennen die Tote nicht?"

Franz blieb stehen. Maßloses Entsetzen lag in seinem Gesicht, als er sich umdrehte. Auch Katja staunte über diese dreiste Lüge Claudias. Aber die ins Blaue hineingeworfene Behauptung schien zu funktionieren. Franz' bisher aufrechter Gang glich plötzlich dem eines alten Mannes. Mit beiden Händen griff er die Stuhllehne des vor ihm stehenden Küchenstuhls. Langsam zog er den Stuhl zu sich heran und ließ sich darauffallen. Sein Blick war auf die abgenutzte, von vielen Kratzern gezeichnete Tischplatte gerichtet, als seien dort die Antworten auf die schwierigen Fragen des Lebens eingeritzt worden.

„Das ist Unsinn", sagte er, aber der Klang seiner Stimme verriet das Gegenteil. Während Katja an der Tür stehen blieb und vor Anspannung kaum zu atmen wagte, zog Claudia den Stuhl von der Franz gegenüberliegenden Tischseite hervor und schob ihn beiseite. Ganz dicht stellte sie sich an die Tischplatte.

„Warum haben Sie Ihre Schwester umgebracht? Hat es etwas mit der Erbschaft Ihres kürzlich verstorbenen Vaters zu tun?"

„Ich habe sie nicht umgebracht."

„Also ist die Tote Ihre Schwester?"

„Nein", kam es wenig überzeugend aus Franz' Mund. Endlich hob er den Kopf und sah Claudia ins Gesicht. Er schüttelte den Kopf.

„Herr Riedel, es wird ein Leichtes sein zu beweisen, dass die Tote mit Ihnen verwandt ist. Heutzutage ist ein Gentest ein Klacks. Kein Klacks ist es aber, wenn Sie etwas, das so einfach nachzuweisen ist, nicht freiwillig zugeben. Es wird sich nicht gerade positiv auf das Strafmaß auswirken."

„Ich habe sie nicht umgebracht", erwiderte Franz laut und mit fester Stimme, in der jetzt allerdings Verzweiflung mitschwang.

Claudia beugte sich so weit über den Tisch, bis ihr Gesicht direkt vor seinem war. Sie setzte ihre Uniformmütze ab und legte sie betont langsam auf den Tisch. Ihre langen braunen Haare hatte sie zu einem strengen Pferdeschwanz zusammengebunden. Wenn sie sich nach vorne beugte, fiel das große Pflaster an der Stirn unter den Ponyfransen nicht mehr auf. Katja wusste inzwischen, dass Claudia niemals bei der Kriminalpolizei tätig gewesen war. Verhöre selbst zu führen, lag deshalb weit außerhalb ihres Aufgabenbereichs. Jetzt zeigte sie, was sie sich wohl unzählige Male im Geiste vorgestellt haben musste oder hatte beobachten können. Anders war ihr momentanes sicheres Auftreten nicht zu erklären und abermals bewunderte Katja die mentale Stärke dieser Frau. Da konnte man ein wenig Grummeln zwischendurch auch mal ignorieren.

„Herr Riedel, hören Sie endlich auf zu lügen. Niemand im Dorf erkannte die Frau nach so langer Zeit. Und außerdem: Wer sollte also außer Ihnen ein Interesse an ihrem Tod haben?"

„Natürlich haben andere meine Schwester erkannt."

„Wer?"

Franz schwieg.

„Selbst wenn. Sie haben Ihre Schwester ermordet."

„Der Pfarrer."

„Und woher wissen Sie das?"

„Weil er's mir gesagt hat."

„Und ich glaub dem Jens auch nicht, dass er sie nicht erkannt hat."

„Jens Geissler?"

„Ich hab's gehört, wie Sie ihn vorhin beim Seidl-Wirt gefragt haben. Und er hat gesagt, dass er sie nicht erkannt hat. Aber das muss er. Wir waren schließlich als Kinder jeden Tag zusammen, und der Jens, der hat die Anne sehr gemocht. Da vergisst man das Gesicht doch nicht."

„Warum haben Pfarrer Kern und Jens Geissler dann geschwiegen? Wollten sie Sie schützen?", bohrte Claudia weiter, und Katja sah ihrem Gesicht an, wie zufrieden die Polizistin mit ihrer bisherigen Arbeit war.

„Da gibt's nicht zu schützen. Ich hab sie nicht umgebracht."

Claudia lief ein paar Schritte hin und her. „Immerhin geben Sie jetzt zu, dass es sich bei der Toten um Ihre Schwester Anne Riedel handelt. Wann ist sie angekommen? Hat sie hier bei Ihnen gewohnt?"

„Sie ist gestern Mittag gekommen. Ich war wie vor den Kopf geschlagen. Sie wollt' nur ein paar Tage bleiben." Franz' Stimme klang resigniert. Sein Kopf war nach vorne gebeugt. Er sah Claudia nicht mehr an. Fast tat der Mann Katja leid, und gebannt verfolgte sie weiter Claudias Verhör. Holger, der neben ihr stand, ging es offenbar nicht anders. Verständlich, denn wer von ihnen hatte bisher schon mit der Aufklärung eines Mordes zu tun gehabt?

„Wann haben Sie Ihre Schwester das letzte Mal lebend gesehen?"

„Gestern Abend. Als ich zum Huber gegangen bin. Das muss kurz vor sechs gewesen sein. Der Heinrich hatte mich angerufen, dass wir alle kommen sollen, wegen der Lawine und so."

Heinrich, der neben der Tür stehen geblieben war, nickte kräftig. „Ja, das stimmt. Ich habe alle angerufen, die mir so eingefallen sind. Den Franz auch."

„Und Ihre Schwester? Warum ist sie nicht mitgegangen?"

Franz hob den Kopf und sah Claudia erstaunt an. „Was sollte sie denn da? Was hatte die Anne denn noch mit unseren Sachen hier im Dorf zu tun? Nein, sie ist hiergeblieben, und als ich wiederkam, war sie schon schlafen gegangen."

„Haben Sie nachgesehen?"

„Nein."

„Wann waren Sie zu Hause?"

„Ungefähr um halb elf."

Katja überlegte. Sie war gestern, nachdem sich Claudia bei ihr einquartiert hatte, gegen halb acht noch einmal ins Restaurant gegangen, um zu essen. Da waren aus dem Dorf nur noch die Frauen gewesen und der Pfarrer und Franz Riedel bereits fort. Wenn es stimmte, dass Franz Riedel erst um halb elf wieder auf dem Hof war, wo hatte er die Zwischenzeit verbracht? Aber nachdem sie vorhin schon so vorlaut gewesen war, behielt sie die Frage jetzt lieber für sich. Sie würde Claudia später darauf ansprechen.

„Nach unseren Vermutungen ist Ihre Schwester da schon tot gewesen. Wir sollten uns das Zimmer ansehen, in dem sie angeblich geschlafen hat."

„Kommen's", sagte Franz nur und stand mühsam vom Stuhl auf.

„Ihr bleibt hier unten. Das wird mir zu eng", wandte sich Claudia an Holger und Katja und forderte Heinrich auf, der wie ein Bollwerk in der Tür stand, Franz und sie durchzulassen und ihnen zu folgen.

Katja drehte sich zu Holger um. „Puh. Irgendwie aufregend, oder? Wollen wir uns schon mal draußen umsehen? Vielleicht finden wir etwas?" Sie war bereits unterwegs in Richtung Tür.

„Nein."

„Wie jetzt? Ist dir etwa kalt?" Sie kicherte.

„Hör mal, Katja, ich finde die ganze Sache auch aufregend. Wer erlebt so etwas schon hautnah. Aber sorry. Ich werde sicher nicht wie ein Elefant im Porzellanladen irgendwelche Spuren verwischen, die später wichtig sein könnten. Das ist Sache der Polizei. Wir dürften gar nicht hier sein."

„Willst du sagen, ich verhalte mich wie ein Elefant im Porzellanladen?" Mister Superkorrekt hatte sie doch nicht mehr alle. Sie halfen Claudia und Heinrich, nicht mehr und nicht weniger. Dass Holger jetzt nicht widersprach, ärgerte sie noch mehr.

„Siehst du hier ausreichend Polizei?", fragte sie und runzelte die Stirn.

„Nein, aber sobald die Sperrung aufgehoben sein wird, wird es hier von Kripoleuten wimmeln, Spurensicherung, das ganze Tamtam. Und sei dir sicher: Die hauen dir gewaltig auf die Finger. Wenn du Pech hast, nehmen sie dich einfach in Haft, damit du dich nicht mehr einmischen kannst."

„Wäre auch mal eine interessante Erfahrung", antwortete sie. Dummerweise hatte er recht, aber es fiel ihr einfach schwer, untätig zu bleiben. Es war so viel zu tun für Claudia. Sie und Heinrich mussten praktisch sämtliche Leute im Dorf befragen. Ob sie die Anne haben kommen sehen. Oder einen Taxifahrer. Hatte Franz Zeugen für die Zeit vom Verlassen des Restaurants beim Huber und das angebliche Eintreffen um elf Uhr abends? Sie mussten zum Haus der Witwe Hupfeld, wo Rupert Geissler angeblich gewesen sein wollte, als irgendjemand sie selbst niedergeschlagen hatte. Noch immer tat die Stelle am Kopf fürchterlich weh. Wenigstens die Schmerzen im Kopf waren inzwischen so gut wie weg. Nur noch, wenn sie hastige Bewegungen machte, fühlte sie, wie es innen rumorte. Sie betrachtete Holger. Wieso war der so vernünftig? Es war schlicht langweilig, so vernünftig zu sein. Darüber stritt sie auch immer mit Miriam. Die könnte sich gut mit Holger zusammentun.

„Was machst du eigentlich? Wir haben nie darüber gesprochen. Was hast du für eine Firma?“

Die Frage schien ihn zu überraschen. Dann lächelte er und schüttelte amüsiert den Kopf. „Ich bin Architekt. Warum fragst du jetzt?“

„Deshalb besteht dein Leben wohl nur aus Planung.“

„Das willst du nach so kurzer Zeit beurteilen? Genauso gut könnte ich behaupten, dein Leben bestünde nur aus Abenteuern und kindischer Spontaneität.“

So sah er sie also. Kindisch und unreif. Sie drehte sich um. Diese bayerische Küche mit der schweren Holzeinrichtung und dem Kreuz über der Tür roch mit einem Mal muffig und die Decke schien immer niedriger zu werden. Sie verließ das Haus.

„Katja“, rief er ihr hinterher.

„Was?“

„Lass es einfach. Warte auf Claudia.“

„Aber frische Luft kann ich noch schnappen, ohne zu fragen?“

Draußen war es nicht gemütlicher als in Franz Riedels Küche. Es regnete. Kaum zu glauben, dieses Wetter. Aber nicht allein wegen der Tropfen, die sie trafen, war etwas anders als zuvor. Die Luft um sie herum schien leer.

„Holger. Komm mal raus!“, rief sie in Richtung Haustür, aber er stand bereits dicht hinter ihr. Sie lachte und hielt einen Arm ausgestreckt in die Luft.

„Merkst du es? Der Sturm hat aufgehört. Es ist komplett windstill.“

„Vielleicht befinden wir uns gerade im Auge eines Orkans?“, antwortete er.

„So ein Unsinn. Ich hätte gedacht, dass du …“ Weiter kam sie nicht. Holger war noch dichter an sie herangetreten und grinste sie frech an.

„Ha, ha. Sehr lustig.“ Sie wollte sich gerade erneut über ihn ärgern. Aber so plötzlich wie das Wetter hatte sich auch Holgers Verhalten geändert. Sein Gesicht kam immer näher, und ehe sie sich versah, küsste er sie kurz auf den Mund.

„Du bist anstrengend. Aber ich mag das“, sagte er anschließend, lächelte und ging ins Haus zurück. Sie blieb verdattert einen Moment stehen und folgte ihm. In diesem Moment stiegen auch Claudia, Heinrich und Franz die Treppe vom Obergeschoss herunter.

„Habt ihr etwas gefunden?“, fragte Holger.

Das Interesse an Claudias Bericht schob Katjas leichte Verwirrung wegen Holgers Kuss beiseite.

„Sie hat nicht in dem Zimmer geschlafen. Aber das wussten wir bereits durch Dr. Brunners Einschätzung des Todeszeitpunktes. Ihre Sachen scheinen alle unberührt, auch ihr Mantel und ihre Schuhe, mit denen sie nach Herrn Riedels Angaben angereist war. Wo immer sie umgebracht wurde, es war definitiv nicht in diesem Haus, aber ebenso sicher hatte sie sich nicht für einen Aufenthalt im Freien angezogen.“ Claudia wandte sich an Heinrich. „Wir werden jetzt die weiteren Gebäude und den Hof durchsuchen. Der Tatort muss hier ganz in der Nähe sein. Sie wird kaum in normaler Kleidung und Pantoffeln kilometerweit durch den Schnee gelaufen sein. Es sei denn, es hat sie dazu jemand mit vorgehaltener Waffe oder sonst irgendwie gezwungen.“

„Das dürfen Sie nicht. Nicht ohne Durchsuchungsbeschluss“, warf Franz ein.

„Wie Sie wissen, befinden wir uns wegen des Wetters und der Sperrung des Dorfes in einer Ausnahmesituation. Außerdem habe ich sowieso das Recht zur Durchsuchung, wenn Gefahr im Verzug ist, ganz abgesehen von Ihrer eigenen Sicherheit.“

„Wie meinen's das?“

„Wir wissen noch immer nicht, ob Thomas Bach tot ist oder sich hier irgendwo versteckt."

„Tot kann er nicht sein. Er hat ja die Anne umgebracht, und da wird er sich wohl kaum ausgerechnet bei mir versteckt haben."

Heinrich sah auffällig langsam auf seine Armbanduhr. „Ist schon fast halb eins. Ich werde zu Hause zum Essen erwartet. Ich mach jetzt Pause. Der Tatort läuft uns nicht weg."

Claudia hätte den Polizisten nicht entsetzter anstarren können, wenn er vorgeschlagen hätte, mit ihr jetzt eine Runde Billard im Gasthof Huber zu spielen.

„Wir ... ich könnte dir suchen helfen", schlug Katja vor und bedachte Holger mit einem schadenfreudigen Blick.

Claudia antwortete nicht, sondern drehte sich wortlos um und verließ das Haus. Während sie direkt auf die Nebengebäude zuging, zog sie das Diktiergerät aus der Hosentasche.

„Warten's! Es ist abgeschlossen. Ich hol die Schlüssel. Ist jetzt eh schon egal."

Claudia drehte sich um. „Was ist eh schon egal?" Doch Franz war bereits im Haus verschwunden. Wenig später kam er mit Jacke und Stiefeln bekleidet und einem Schlüsselbund in der Hand zurück. Er lief an Claudia vorbei.

„Wollen Sie ein Geständnis machen?"

Franz sah sie entgeistert an.

„Weil Sie eben meinten, es sei eh schon egal."

„Gott bewahre. Aber nun wissen's ja alle schon, dass die Anne hier im Dorf war. Wegen der Erbschaft."

„Ihre Schwester ist wegen der Erbschaft angereist?"

Er nickte. „Unser Vater hat ihr alles Geld vermacht, wenn sie noch mal herkommt. Ich hätt's nur gekriegt, wenn die Anne weggeblieben wär."

„Das müssen Sie mir nachher noch mal genauer erzählen. Jetzt wollen wir erst sehen, ob wir den Tatort finden", entschied Claudia, als sie vor der ersten Tür im Seitentrakt des Hauptgebäudes standen, zu dem auch das Wohnhaus gehörte. Franz Riedel schloss die Tür auf und öffnete sie. Der kleine Raum war ausgestattet mit Waschmaschine, Trockner, Bügelbrett und einem alten Tisch. Körbe, gefüllt mit schmutziger Wäsche, standen auf dem gelb gefliesten Fußboden. Claudia hob einige der Kleidungsstücke an, sah in die Trommeln, fühlte, ob sie trocken waren. Dann trat sie aus dem winzigen Raum wieder auf den Hof und schüttelte den Kopf. Ihre Kontrolle eines Abstellraumes für Gartenmöbel und Geräte, einer Scheune, die als Garage für Landwirtschaftsgeräte und -fahrzeuge diente und eines Schuppens, der als Winterquartier für die Hühner eingerichtet worden war und in dem sich Heuballen stapelten, brachte ebenfalls keinen Erfolg.

„Bleibt nur noch der Stall übrig." Franz zeigte auf das Gebäude gegenüber dem Wohnhaus. „Er steht offen. Ich geh schon mal ins Haus zurück."

Katja wollte vorbei ins Innere des Rinderstalls treten, aus dem ihnen eine angenehme Wärme entgegenkam. Doch Claudia hielt sie mit seitlich ausgestrecktem Arm auf. „Verdammt. Bleibt hinter mir." Im Zeitlupentempo bewegte sich Claudia, den Kopf nach unten gerichtet, dicht an die Boxenabsperrungen gedrückt in den Raum hinein. Katja ließ ihre Blicke durch den lang gestreckten Raum wandern. Von moderner Massentierhaltung war hier nichts zu sehen. Der Stall wirkte wie die ihrer Schulferienzeiten. Die Rinder standen in großen Boxen, nur aus runden Holzbalken erbaut. Sie schienen geräumig genug zu sein, dass sich die Tiere drehen und hinlegen konnten. In einigen größeren Boxen standen mehrere Tiere gemeinsam.

„Hier! Das könnte ein Teil einer Schleifspur sein", stellte Claudia fest, die inzwischen in der Mitte des breiten Ganges zwischen den Boxen angelangt war. „Der Rest wurde scheinbar mit einem Besen verwischt." Sie blickte sich suchend um. Nur am Scheunentor standen einige Rechen, Schaufeln und Besen. „Wollt ihr mir wirklich helfen, anstatt nur dumm rumzustehen?“, fragte Claudia.

„Entschuldige mal bitte“, antwortete Holger. „Du hattest dir explizit nur eine *Begleitung* …“

Katja legte ihre Hand beschwichtigend auf seinen Unterarm. „Was sollen wir tun?“, fragte sie.

„Das ewige Auf-den-Boden-Starren ist mit dieser blöden Halskrause echt nervig. Ihr wisst doch noch, wo vorhin das Auto vom Jens Geissler gestanden hat. Prägt euch das Reifenprofil ein und dann guckt euch das von dem roten Skoda an, der dem Riedel gehört, und vergleicht die beiden Spuren mal mit denen im Schnee. Auf der Einfahrt und vor allem auf dem gesamten Hof. Seht mal zu, ob ihr noch andere relativ frische Reifenspuren findet. Seit gestern Abend werden nicht Massen von Leuten hier herumgefahren sein, und mit den Maschinen ist Riedel, wie er sagt, außer mit der Schubkarre, heute überhaupt noch nicht gefahren. Die Schubkarre steht da vorn. Die hat einen viel dünneren Reifen.“ Claudia zeigte zum Scheuneneingang und beugte sich dann wieder nach unten.

„Meinst du, sie ist hier umgebracht worden?“

„Ab hier ist nichts gefegt. Ist doch komisch. Nur von dieser Stelle an bis zum Tor.

Katja nickte und zog Holger am Arm mit sich hinaus auf den Hof. „Siehste! Sag ich doch, dass wir ihr helfen sollen.“ Sie grinste ihn an.

„Und du wärst natürlich allein auch ganz genau so vorgegangen wie die Polizistin. Klar doch.“ Er grinste zurück. „Na denn. Du vor dem Haus, ich von hier aus auf dem Hof. Mal sehen, wer der bessere Pfadfinder von uns beiden ist.“ Er lachte, richtete seine Blicke prüfend auf die Schneefläche und setzte sich langsam in Bewegung.

Es fühlte sich tausend Mal besser an, wenn Holger sie anlächelte, als wenn er sie auszubremsen versuchte. Katja sah ihm nach und zwang sich dann, sich ebenfalls auf die Suche zu konzentrieren. Doch nach dem Schneefall und Regen und den Verwehungen, die der Sturm hinterlassen hatte, schien Claudias Aufgabe nahezu unlösbar.

Katja hörte das Motorengeräusch eines Autos, und einen Moment später kehrte Heinrich von seiner Mittagspause zurück. Der Polizist war nicht allein. Auf dem Beifahrersitz saß ein ihr unbekannter Mann, Mitte bis Ende sechzig. Schon durch die geschlossene Scheibe hindurch bildete sich Katja ein, seinen Geruch wahrnehmen zu können. Wenn ihr schon Franz Riedel bei der Versammlung im Huber-Restaurant als ungepflegt erschienen war, so konnte dieser Mann als Protagonist in jeder Obdachlosen-Doku mitmachen. Seine dünnen Haarspitzen berührten die Schultern, die Gesichtshaut war durchzogen mit kleinen roten Äderchen wie bei einem Alkoholiker im Endstadium. Er stieg aus, und der erste Eindruck stimmte wieder einmal nicht. Seine braune Cordhose, eine dick gefütterte Jacke und die Stiefel wirkten gepflegt, wenn nicht sogar neu. Erstaunlich flink bewegte er sich in Richtung Haustür. Sein Blick flatterte über sie hinweg und ebenso über Claudia, die gerade aus dem Stall gekommen war. Holger war noch immer auf Spurensuche im Hof und ließ sich auch durch den Neuankömmling nicht stören, hatte ihn wahrscheinlich noch nicht einmal wahrgenommen.

„Hat das Mittagessen geschmeckt?“, fragte Claudia.

Heinrich ignorierte ihre bissige Bemerkung. „Das ist Alfred Menzel, ein guter Freund des Verstorbenen“, klärte er stattdessen auf. „Er war zu Fuß auf dem Weg hierher. Ich habe ihn mitgenommen.“

„Mein Auto ist kaputt." Alfred Menzels Stimme klang, als hätte er die letzten fünf Nächte durchgetrunken.

„Das mit dem ‚guten Freund' bezweifel ich. Ist besser, du gehst wieder", tönte es von der Tür her. Unbemerkt hatte Franz sie geöffnet und starrte den Besucher an.

„Warum bist denn so unfreundlich? Wollt nur nach dir sehen. Ob du zurechtkommst. Was machen denn all die Leute hier?"

„Geht dich gar nichts an", erwiderte Franz.

„Na, dann kann ich ja gleich wieder gehen." Der Besucher machte auf dem Absatz kehrt und marschierte zurück in Richtung Straße, ohne sich auch nur einmal umzudrehen.

„Ist besser so", murmelte Franz. Auch er wollte sich wieder umdrehen, als Claudias scharfe Stimme ihn aufhielt.

„Ihre Schwester ist in Ihrem Stall umgebracht worden."

Franz riss die Augen auf, und Katja erkannte die Angst darin. Mit leisen Worten, unhörbar für den in seiner Haustür stehenden Franz, berichtete Claudia, was sie herausgefunden hatte.

„Ihre Kleidung, das Messer, den Draht … hat er alles mitgenommen. Den Boden gründlich gefegt. Aber ich bin sicher, die Spurensicherung wird Blut der Verstorbenen finden." Sie drehte sich zu Franz. „Auf ein Neues. Unterhalten wir uns!"

Auch Holger war inzwischen neben ihnen. „Direkt von der Stalltür aus geht die Spur eines Fahrzeuges in Richtung Wohnhaus. Dieses Profil habe ich nirgends sonst entdeckt. Es passt zu keinem der Fahrzeuge. Leider verlieren sich die Reifenabdrücke unter den vielen anderen in der Auffahrt", berichtete er auf dem Weg in die Küche.

Katja schüttelte den Kopf. „Ich habe nichts entdecken können."

Dieses Mal blieb Claudia nicht stehen. Sie setzte sich Franz gegenüber, der bereits am Küchentisch Platz genommen hatte. Katja und Holger blieben am Fenster stehen. Katja lehnte sich an den Heizkörper und wärmte ihre Hände.

„Ich soll Ihnen also glauben, dass Sie Ihre Schwester nicht umgebracht haben. Wahrscheinlich war es ein Phantom, das ausgerechnet in Ihrem Stall mordet. Einfach so."

„Ich war's nicht. Wirklich nicht."

„Erzählen Sie uns etwas von früher. Warum hat Ihre Schwester das Dorf damals verlassen? Und woher stammte dieser Hass zwischen Ihnen?"

„Ich habe meine Schwester nicht gehasst. Aber sie mich." Seine Antwort war eher ein Flüstern. „Und unseren Vater."

„Warum hat Anne Sie und Ihren Vater gehasst? Was ist zwischen Ihnen dreien vorgefallen?"

Franz schwieg.

„Was hat Ihr Vater Anne angetan? Hat er Anne oder Sie geschlagen? Was hatten Sie damit zu tun?"

„Unser Vater hätt' niemals die Hand gegen uns erhoben."

„Sie waren noch Kinder. Was war es dann?", bohrte Claudia weiter.

Wieder schwieg Franz.

„Ist Anne vielleicht missbraucht worden?"

Nach dieser Frage wurde es totenstill im Raum. Keiner schien mehr zu atmen.

Heinrich fing sich als Erster. „Niemals. Der Joseph doch nicht. So einer war der nicht."

Doch Claudias Blick blieb fest an Franz haften, bis er seinen Kopf hob und mit überraschend fester Stimme feststellte: „Ich sage jetzt gar nichts mehr. Ich habe das Recht dazu. Das weiß ich. Ich will einen Anwalt. Außerdem, haben's mich doch gar nicht verhaftet. Also verlassen Sie jetzt meinen Hof. Gehen Sie. Los!" Er erhob sich und sein ausgestreckter Arm wies zur Tür. „Und nehmen Sie die Fremden hier mit. Was haben die überhaupt in meinem Haus zu suchen?" Er zeigte verächtlich auf Katja und Holger.

Claudia wirkte unbeeindruckt, erhob sich und trat zu Heinrich. Die beiden flüsterten miteinander. Dann wandte sie sich an Franz. „Wegen der besonderen Umstände werde ich Sie nicht verhaften. Aber Sie haben Hausarrest. Sobald Sie auch nur einen Fuß vor die Tür setzen, werde ich Sie in Handschellen legen. Sollten Sie auf die Idee kommen, das Dorf verlassen zu wollen, werde ich nicht zögern, sofort eine Großfahndung zu veranlassen."

Ohne eine Reaktion abzuwarten, verließ sie die Küche. Heinrich bedachte Franz mit einem hilflosen Blick, zuckte die Achseln und folgte Claudia. Auch Katja und Holger gingen hinaus und ließen den vor sich hin starrenden Bauern grußlos zurück.

Als sie im Auto saßen, rieb sich Claudia die Augen.

„Wollen wir nicht eine Pause machen. Es ist schon gleich zwei Uhr?", schlug Holger vor.

„Glaubst du ihm, dass er es nicht war?", fragte Katja. Auch sie fühlte sich müde und durchgefroren.

Claudia nickte. „Ich befürchte, er sagt die Wahrheit."

„Befürchte?", fragte Holger und bog hinter dem vorausfahrenden Heinrich in eine schmale Zufahrtsstraße ab.

„Es wäre einfacher, wenn er der Täter wäre. Lasst uns nach dem Brandnerhof erst einmal zum Gasthof zurückfahren", sagte Claudia nachdenklich.

„Super, ich brauche dringend etwas zu essen", stimmte Holger erfreut zu.

„Was ich dringend brauche, ist eine Tablette." Claudia massierte ihre Schläfen. Sie war blass, und ihre Energie schien durch die konzentrierte Suche auf dem Riedelhof und durch das Verhör aufgebraucht zu sein. Es wurde Zeit, dass sie endlich Verstärkung erhielten. Katja sah aus dem Fenster. Der Sturm war bisher nicht zurückgekommen, und seit einer Weile hatte es nun nicht mehr geschneit. Vom Hotelzimmer aus würde sie sich bei Jens Geissler erkundigen, wie weit die Räumung der Bundesstraße oberhalb von Grahmried fortgeschritten war.

Vor ihnen hielt Heinrich vor dem Brandnerhof. Er lag vom Fundort der Leiche neben der Hauptstraße in etwa so weit weg wie der Riedelhof. Nur in entgegengesetzter Richtung und in dem Teil des Dorfes, das nach nun 23 Stunden noch immer keinen Strom hatte. „Solang hat's noch nie gebraucht, bis die das in den Griff bekommen haben", hatte Heinrich gerade vorhin noch festgestellt. Der Hof, kleiner als der Riedelhof, schien verlassen. Nur vom Stall her hörten sie Geräusche. Ein mit einer Plane abgedeckter Generator und ein Heizlüfter ratterten an der Außenwand und führten über ein silbernes Belüftungsrohr die Wärme in das Innere. Sie stiegen aus, schritten die Gebäudeteile ab, rüttelten an verschlossenen Türen. Selbst der Stall war abgesperrt.

„Wissen Sie, wo die Familie untergekommen ist?", fragte Claudia Heinrich, der mit dem Kopf schüttelte.

„Ich denke, hier kennen sich alle? Dann müssten Sie doch wenigstens eine Ahnung haben, wer die Familie Brandner beherbergt?"

„Der Richard Brandner hat eine Tante, vorn am Dorfeingang. Wahrscheinlich seien's dort."

„Sie hatten bereits Pause. Dann fahren Sie halt allein dorthin und lassen sich alle Schlüssel geben. Danach schauen Sie sich auf dem Hof genau um. Sie wissen, wonach wir suchen."

Mit dieser Anweisung ließ sie ihn stehen und stieg wieder in Holgers Auto ein. Ihr Handy klingelte. „Claudia Jensen … hallo? … Hallo!" Nachdenklich sah sie auf das Display. „Irgendjemand von hier. Aber es war nur Rauschen zu hören. Na, egal. Derjenige wird sich schon noch mal melden, wenn's wichtig war."

Schweigend fuhren sie zurück. Katja ließ sich auf der bequemen Rückbank in die Polsterlehne zurückfallen und schloss die Augen. Auch sie verspürte Hunger. In ihre Vorstellung vom frisch gebackenen Bienenstich, den Maria Huber heute Vormittag angekündigt hatte, platzte das erneute Klingeln von Claudias Handy. Jetzt schien sie den Anrufer verstehen zu können. „Ich komme sofort“, sagte sie nur, nachdem sie konzentriert zugehört hatte. Laut stöhnend beendete sie das Gespräch.

„Was ist los?“, wollte Katja wissen, aber Claudia drückte schweigend eine Nummer in ihrem Handy. Sie hatten den Gasthof Huber erreicht, aber Claudia deutete Holger mit einer Handbewegung an, vorbeizufahren.

„Herr Kollege, wo sind Sie? … Brechen Sie ab. Sofort! Und kommen Sie zum Geisslerhof … Ach, Dr. Brunner hat Sie auch schon informiert? Sehr gut … Ja, das stimmt. Jens Geissler hat den Rettungshubschrauber bereits angefordert. Die fliegen wieder, sagt er. Und machen Sie unseren Kollegen der Kripo Dampf. Wenn der Rettungshubschrauber fliegen kann, können die gefälligst auf dem gleichen Wege kommen … Und beeilen Sie sich, sonst haben wir bald die nächste Leiche.“ Sie beendete das Gespräch und sah sich zu Katja um. Das erste Mal, seit Katja sie getroffen hatte, lag Hilflosigkeit im Blick der Polizistin.

„Setzt ihr mich dort ab. Dann könnt ihr zum Hotel zurück. Es werden sicherlich bald Kollegen von der Kriminalpolizei eintreffen.“

„Ja, sicher“, antwortete Holger. Er beschleunigte und fuhr so schnell es der Schneebelag der Straße, der durch den Regen des heutigen Vormittags zu Matsch geworden war, zuließ, in Richtung Dorfeingang. Dort bog er zum Geisslerhof ab.

„Was um Himmels willen ist denn nun schon wieder passiert?“, fragte Katja. Sie setzte sich aufrecht auf die Kante der

Rückbank und hielt sich vorsorglich an der Kopfstütze des Fahrersitzes fest, denn sie hatte vor Claudias Antwort Angst.

„Elfriede Geissler ist schwer verletzt. Ihr Sohn Jens hat sie bewusstlos in einer großen Blutlache am Boden gefunden. Womöglich ist sie bereits tot."

+++ *13:26 UHR, IM WALD* +++

„Bitte lassen Sie mich doch", bat Leah schluchzend. Er stieß sie grob vor sich her. Sie stolperte, fing sich gerade noch vor dem Fallen. „Wir wollten doch wirklich nur ..."

„Ihr seid's eingebrochen. So was ist strafbar."

„Dann rufen Sie die Polizei. Bitte! Oder lassen Sie mich gehen." Wie in Trance setzte sie einen Fuß vor den anderen. Die Angst lähmte die Ordnung ihrer Gedanken, die wie wild durcheinanderschossen. *Hannah, Stefan, wo seid ihr? Ihr müsst doch längst gemerkt haben, dass etwas nicht stimmt.* Wie von Sinnen waren sie alle vier davongestoben, als er plötzlich mit einem Gewehr in der Tür gestanden hatte. Es war keine Zeit geblieben, einen Fluchtweg abzusprechen. „Leah. Wo bist du!", klang ihr Hannahs Rufen noch im Ohr. Doch da hatte sie seinen Atem schon in ihrem Nacken gespürt.

Ihre eiskalten Hände verkrampften sich um ihren Schal, und noch immer spürte sie die Klinge des großen Fleischermessers, das er ihr vor wenigen Minuten an den Hals gehalten hatte. Während Tom die Flucht an ihm vorbei gelungen war, hatte Rupert sie eingeholt. Brutal hatte er sie mit sich gezerrt, die Tür zu seinem geheimnisvollen Raum verschlossen und sich einen auf dem Boden abgestellten Rucksack übergehängt. Die Tränenflüssigkeit brannte auf Leahs Wangen. Sie atmete flach, als könnte sie damit die Zeit langsamer laufen lassen. Denn was am Ende dieses schmalen Waldweges, der steil bergauf führte, auf sie warten mochte, wollte sie sich gar nicht vorstellen. Wo waren ihre Handschuhe? Mühsam lösten sich ihre Hände vom Schal und griffen in die Taschen ihrer Jacke. Sie fühlte ihre Handschuhe und zog sie heraus. Eine Idee blitzte auf. Sie ließ die Handschuhe langsam auf den Boden gleiten und hielt den Atem an. Hatte er es bemerkt? Aber sein Blick lag wachsam auf ihrem Gesicht. Dabei trieb er sie unaufhörlich weiter nach oben.

„Linksrum", herrschte er sie an und stieß ihr mit dem Gewehrlauf wieder unsanft in den Rücken.

Was hatte der Mann vor? Katjas Erzählungen über die Leiche und die Fotos an den Wänden von Ruperts Schweinestall kamen ihr in Erinnerung und ihre Angst sog die Bilder in ihrem Kopf als willkommene Nahrung auf. Leah brauchte einige Sekunden, dann gelang es ihr, diesen Vorstellungen Einhalt zu gebieten. Sie blieb stehen und drehte sich um. Ihre Tränen waren versiegt. Wut drängte die Angst beiseite und färbte ihre Stimme.

„Was fällt Ihnen ein? Es war nicht richtig, in Ihren Schweinestall einzubrechen. Aber das ist kein Grund, mich zu entführen. Nehmen Sie das Gewehr runter und lassen Sie mich gefälligst durch." Zornig trat sie einen Schritt auf ihn zu und griff in ihre Jackentasche, um zur Bekräftigung ihr Handy herauszuziehen, als ihr im gleichen Moment bewusst wurde, dass es bisher nicht geklingelt hatte, obwohl Hannah sie doch mit Sicherheit hatte erreichen wollen. Jetzt wusste sie warum. Ihre Finger fassten nur ein zerknülltes Papiertaschentuch und den Jackeninnenstoff. Ihr Mut fiel in sich zusammen.

Rupert bewegte sich nicht, sah sie unbeeindruckt an und entsicherte sein Gewehr. Schweigend legte er an und zielte auf Leahs Beine. Langsam hob er den Lauf an, bis er ihn in Höhe ihres Oberkörpers erneut ruhig hielt. „Arm oder Bein? Was brauchste mehr?", fragte er, und Leah drehte sich zitternd um und stampfte weiter durch den Schnee. Er würde abdrücken. Daran hatte sie keinen Zweifel mehr.

Minutenlang liefen sie schweigend weiter. Leah hatte durch ihren Handballsport eine gute Kondition. Lag es also an ihrer Angst, dass sie immer stärker außer Atem kam? Dieser Rupert war fast so alt wie ihr Vater, und trotzdem hörte sich sein Atem ruhig und gleichmäßig an. Wie oft stieg er hier wohl die Berge hoch?

Aus der Ferne vernahm sie ein leises Geräusch. Wieder eine Lawine? Nein, da rotierte etwas, gab gurgelnde Geräusche von sich und schien am Himmel zu sein. Leah blieb stehen. Rupert ebenfalls. Beide hoben die Köpfe und suchten zwischen den dichten Zweigen. Das Geräusch kam näher, und jetzt erkannte Leah, dass es von einem Hubschrauber herrührte. Sie hätte vor Freude hüpfen können, doch ihr Körper war nur zu einem leichten Zittern fähig. Schon heute Mittag war es Hannah, Stefan und ihr aufgefallen, dass der Sturm aufgehört hatte. Das bedeutete: Hilfe kam. Auch Hilfe für Hannah und ihren Vater, sie zu suchen. Sie musste nur lange genug aushalten. Am besten tat sie einfach, was Rupert verlangte, damit er nicht wütend auf sie wurde. Auch er schien realisiert zu haben, was am Himmel zwar nicht zu sehen, aber deutlich zu hören war.

„Los, weiter!“, forderte er und verabreichte ihr einen erneuten Stoß mit dem Gewehrlauf. Doch seinen Worten zu folgen, war leichter gesagt als getan, denn der Weg war schmal, und immer wieder musste Leah mit der Hand herunterhängende Äste beiseiteschieben oder sich bücken, um unter ihnen hindurchzugehen. Tapfer kämpfte sie sich vorwärts. Der Schnee lag so hoch, dass die Hosenbeine ihrer Jeans längst durchnässt waren. Die eisige Kälte zog sich über die Strümpfe in ihre Füße. Ihre Zehen konnte sie kaum mehr spüren. Schließlich wurde es vor ihr heller. Die Bäume gaben Raum für einen weiteren

Waldweg, der ihren Pfad kreuzte. Er war viel breiter. An einem Baum erkannte sie ein rotes Dreiecksschild mit Ausrufezeichen, ein paar Stämme weiter ein Schild „Achtung Holzfällung". Sie sah nirgends Reifenspuren, aber in unregelmäßigen Abständen links und rechts des Weges lagen Holzstapel unter einer hohen Schneehaube.

Rupert hatte den Abstand zu ihr verringert. Er packte sie am Arm und zog sie dicht an sich heran. Prüfend sah er nach links und rechts. Dann schob er sie mit hastigen Schritten über den Weg hinweg. Immer wieder sah er zum Himmel. Das Rotorengeräusch war lauter geworden, trotzdem war ein Hubschrauber nicht zu entdecken. Rupert dirigierte sie dicht am Wegrand entlang. Jederzeit bereit, sie in die Büsche und Bäume zu zerren und dadurch dem Blick von oben zu entziehen.

Die Geräusche des Helikopters verebbten, und Leahs Hoffnung auf ein schnelles Ende dieses entsetzlichen Ausfluges mit ihnen. Ihr Entführer hatte sie losgelassen. Nach seiner Mimik zu urteilen, war er wieder ganz entspannt und schien seinen Gedanken nachzuhängen. Sie wusste nicht, wovor sie mehr Angst haben sollte: Dass er einen konkreten Plan mit ihr hatte oder dass er keinen hatte und sein weiteres Handeln damit allein vom Zufall und von seinem Gemütszustand abhing. Die Worte ihres Handballtrainers fielen ihr ein: „*Wenn ihr die Taktik des Gegners erkannt habt, braucht ihr keine eigene mehr. Ihr müsst nur noch seine durchkreuzen.*" *Toll, Herr Wolters.* Und was, wenn es nicht die geringsten Anhaltspunkte für seine Taktik gab? Sie kannte noch nicht einmal die Spielregeln.

„Da vorne nach rechts", riss er sie aus ihren Gedanken. Sie strengte ihre Augen an, erkannte aber keinen Weg. Erst als sie weiterliefen, sah sie die Abzweigung. Der Weg war schmaler als der Wanderweg, den sie gerade verließen, aber breiter als der

Pfad vorhin. Nach nur wenigen Hundert Metern öffnete sich der Wald zu einer großen Fläche. Instinktiv setzte Leah ihre Füße langsamer voran, um noch nicht anzukommen, wo immer Ruperts Ziel sein mochte. Doch es half nichts. Bald standen sie am Rande einer großen Lichtung. Die Schneedecke war bis auf einige Tierspuren unberührt. Zu ihrer Linken hin konnte Leah kein Ende ausmachen, denn das Gelände stieg an und die gleißende Schneefläche schien am Horizont nahtlos in den Himmel überzugehen. Dieser war noch immer großflächig mit Wolken bedeckt und ließ die Sonnenstrahlen nur an einigen Stellen hindurch. Zu ihrer Rechten und ihr gegenüber waren Hochsitze in regelmäßigen Abständen am Waldrand aufgestellt.

„Hier entlang." Rupert zeigte nach rechts. Der Schnee lag hier, wo das schützende Dach der Bäume fehlte, mindestens einen Meter hoch. Leah spürte, wie ihre Kräfte nachließen, während Rupert hinter ihr offenbar mühelos vorankam. Kein Wunder. Rupert konnte in ihrer Spur laufen. Die schwere Arbeit, den Schnee mit ihrem Körper beiseitezuschieben, überließ er ihr. Ihr dagegen schien es unmöglich, noch lange weiter vorwärtszugehen. Für einen kurzen Moment überwog wieder Wut ihre Angst.

„Wieder rechts", tönte es hinter ihr. Doch rechts nahm sie nur undurchdringbaren Wald wahr. Als hätte er ihre Gedanken verstanden, trat er neben sie. Er schob und schubste sie nicht mehr, sondern führte sie am Arm zielsicher durch ein dichtes Gestrüpp. Dann war der Boden wieder frei. Die Nadelbäume dahinter standen in Reih und Glied, und sie konnten auf schnurgeradem Wege durch die Baumreihen hindurchlaufen.

Nach wenigen Minuten konnte Leah vor sich eine Holzhütte erkennen. Sie war in den Felsen hineingebaut worden. Nur ein kleines Stück ragte sie unter einem Felsvorsprung hervor. Rupert trieb sie jetzt schneller, und kaum hatten sie die Hütte erreicht, sah er sich hektisch nach allen Seiten um. Ein breiter Weg führte bis zur Hütte. Sie erkannte an einem der Baumstämme die gleiche Wegmarkierung wie vorhin. Warum hatten sie nicht diesen bequemen Weg genommen, sondern sich durch den dichten Wald schlagen müssen? Rupert öffnete die Tür, und bei der Vorstellung, sich vielleicht jetzt ausruhen zu dürfen, verspürte Leah beinahe Erleichterung. Instinktiv blickte sie zum Schornstein hoch, der durch das Dach und den darüberliegenden Felsen gestoßen worden war. Doch der erhoffte Rauch eines wärmenden Kaminfeuers blieb aus. Rupert stieß sie in die Hütte, und überrascht stellte Leah fest, dass es dennoch warm war; ein Gasofen brannte. Nur einer der äußeren Fensterläden der Vorderseite war geöffnet. Im hinteren Teil der Hütte befanden sich gar keine Fenster mehr. Ihre Augen mussten sich erst an das Dämmerlicht gewöhnen.

Die Hütte bestand nur aus einem großen Raum. Alles wirkte sauber und gastfreundlich. Die Tischplatte bedeckte sogar eine karierte Stoffdecke, und auf den Stühlen lagen passende Kissen. Plötzlich nahm sie aus den Augenwinkeln heraus eine Bewegung wahr. Sie riss ihren Kopf herum und starrte auf einen alten Mann, der mit halb geöffnetem Mund in einem Bett lag. Schweißperlen standen auf seinem Gesicht, und mit glasigen Augen stierte er sie an. Mühsam hob er Kopf und Oberkörper und stützte sich mit den Unterarmen nach hinten ab. Dabei blieb sein Blick unverwandt auf ihr. Rupert drängte sie von hinten dichter an das hölzerne Bettgestell vor. Durch den Schrecken starr geworden, kam Leah ins Stolpern, und ihre geschwächten Beine gaben nach. Sie fiel mit den Knien auf den Fußboden, und anstatt aufzustehen, beugte sie ihren Oberkörper hinunter auf die Holzdielen und umfasste mit beiden Armen schützend ihren Hinterkopf. So kauerte sie auf dem Boden und weinte, erst lautlos, bis sie schließlich laut schluchzend nach ihrer Mutter und nach Hannah rief.

+++ *14:02 UHR, GEISSLERHOF* +++

Kaum waren die Reifen vor dem Wohnhaus der Geisslers zum Stillstand gekommen, sprang Claudia aus dem Auto. Holger und Katja hasteten hinterher. Jens stand mit bleichem Gesicht in der niedrigen Tür und sah immer wieder zum Himmel.

„Was genau ist passiert?", fragte Claudia und legte ihre Hand auf seinen Arm.

„Ich war oben bei den Räumarbeiten … wollte nur schnell was essen. Mein Gott. Ich stand in der Küche und habe mir ein Brot gemacht. Und dabei lag meine Mutter schon … es war ein Zufall, dass ich überhaupt ins Wohnzimmer … Wollte nur kurz Servus sagen, dachte, sie macht einen Mittagsschlaf. Und dann …"

Armer Jens. Bei der Bergwacht hatte er sicher das eine oder andere Unglück hautnah miterleben müssen, zuletzt die Bergung von Claudias totem Kollegen. Aber bei den eigenen Angehörigen setzte jede Routine aus.

„Was dann?", drängte Claudia. Sie sah ständig ins Hausinnere.

„Der Doktor hat mich rausgeschickt." Jens wies müde in Richtung Wohnzimmerflur. Katja wollte Claudia folgen, aber Holger hielt sie am Arm fest. Normalerweise hätte sie jetzt aufbegehrt, aber seine Berührung holte die Erinnerung an den überraschenden Kuss vorhin auf dem Riedelhof zurück, und sie blieb stehen. Für einen kleinen Moment vergaß sie, warum sie hier waren.

„Sie wird es bestimmt schaffen. Der Hubschrauber wird gleich da sein. Wo kann er denn hier landen?", versuchte Holger Jens abzulenken, der ihn ansah, als verstünde er weder die konkrete Frage noch den Zusammenhang mit seiner Person.

Katja hielt es nicht mehr aus. Ohne weiter auf die beiden zu achten, betrat sie das Haus und folgte den Stimmen Dr. Brunners und Claudias. Vorsichtig sah sie durch die offen stehende Tür und hätte beinahe auf der Stelle kehrtgemacht. Elfriede Geissler lag am Boden, Dr. Brunner kniete vor ihr und stützte mit übereinandergelegten Händen seinen schweren Körper auf dem Bauch der bewusstlosen Frau ab. Zwischen ihrem Pullover und seinen Händen lag ein zusammengefaltetes Handtuch. Große Teile des weißen Stoffes waren mit Blut getränkt. Auch die helle Auslegware um Elfriede Geissler herum zeigte reichlich Blutflecken. Elfriedes Beine ruhten hochgelagert auf der Sitzfläche eines herangeschobenen Sessels. Auf dem Tisch lag ein geöffneter Arztkoffer; eine zerbrochene Ampulle, eine leere Spritze und ihre Kunststoffverpackung lagen zerstreut auf dem Boden zwischen Sessel und der Bewusstlosen. Oder der Toten? Nein, dann würde Dr. Brunner wohl kaum in dieser Haltung bei ihr hocken. Claudia kniete ebenfalls neben Elfriede auf dem Boden.

„Kann ich helfen?“, fragte Katja fast tonlos. Ohne aufzusehen, antwortete Dr. Brunner, der weiter fest das Handtuch auf den Bauch Elfriedes presste: „Ich denke, ich habe die Blutung bald im Griff. Hoffen wir, dass keine Organe getroffen wurden.“

Getroffen? Wovon? wollte Katja fragen, traute sich aber nicht. Sie hörte von draußen das Motorengeräusch eines Autos. Auch Claudia horchte auf, eilte auf Katja zu, packte sie am Arm und zog sie mit sich vor die Haustür, wo Heinrich bereits aus seinem Wagen gestiegen war. Mit einer für ihn ungewöhnlichen Geschwindigkeit bewegte er sich auf sie zu.

„Der Rettungshubschrauber ist unterwegs. Sie haben gesagt, sie landen einfach auf der Hauptstraße. Auf den Wiesen und Koppeln ist der Schnee zu tief. Ich soll gleich wieder zurückfahren und die Straße absperren“, rief er mit besorgtem Blick auf Jens bereits im Laufen. Atemlos sprach er dann zu Claudia weiter. „Sie haben eine Sonderkommission gebildet. Mindestens dreißig Mann werden kommen. Die Ersten sind in spätestens einer Stunde mit dem Helikopter da, die anderen kommen über die Straße, wo sie eine Spur gerade freischaufeln", informierte er sie, sichtlich stolz über sein zwischenzeitliches Telefonengagement und den Wissensvorsprung.

„Na endlich", sagte Claudia und atmete hörbar aus. „Eine Stunde? Dann schauen wir uns bis dahin hier mal um. Also besser gesagt: Ich schau mich um. Ihr solltet jetzt endlich ins Hotel. Ich warte hier, bis die Kollegen von der Kripo da sind. Ich habe heute Morgen mit dem LKA in München telefoniert und mit der Kripo in Garmisch und in Bad Tölz. Schön, dass sie uns jetzt endlich ernst nehmen – nachdem wir eine Leiche haben", sagte sie zu Katja und Holger.

„Jetzt müssen Sie schon noch warten. Nicht, dass Sie mit Ihrem Auto im Weg stehen, wenn die Sanitäter hier durchmüssen."

Holger nickte. „Wir bleiben hier, bis die Frau weggebracht wurde", kam er Claudia zuvor, was ihm ein heftiges zustimmendes Nicken des Polizisten einbrachte. Genauso hastig, wie er gekommen war, kehrte Heinrich nun zu seinem Auto zurück, stieg ein, wendete und fuhr zurück zur Hauptstraße des Dorfes, die ungefähr vierhundert Meter entfernt die schmale Zufahrtsstraße zum Geisslerhof kreuzte. Der Rettungshubschrauber war bereits zu hören und einen kurzen Moment später sah Katja, wie er sich über dem Bergkamm hinter ihnen dem Dorf näherte. Je tiefer er flog, umso ohrenbetäubender wurden die Geräusche seiner Rotoren. Schließlich landete er auf der Kreuzung und der Motor wurde abgestellt. Zwei rot-weiß uniformierte Männer entstiegen dem Hubschrauber, hängten sich Taschen ihrer Notfallausrüstung um und griffen eine zusammengefaltete Trage. Endlich kam Leben in Jens, der sich noch kein einziges Mal von der Tür fortbewegt hatte. Er lief den Sanitätern entgegen, und je dichter er ihnen kam, umso schneller bewegten sich seine Beine. Heftig gestikulierend sprach er mit ihnen, während alle drei im Eilschritt ins Haus liefen.

„Meinst du, sie wird überleben?", fragte Katja.

Holger zuckte die Achseln. „Ich habe überhaupt keine Ahnung von medizinischen Dingen. Sie scheint viel Blut verloren zu haben."

„Sie wurde in den Bauch geschossen. Und ich fürchte, mit meiner Waffe", sagte Claudia und seufzte.

„Wie kommst du darauf?" Katja betrachtete prüfend das müde Gesicht der Polizistin. Hatte sie auch bereits eine Ahnung, wer das getan haben konnte?

„Der Täter hat sich keine Mühe gegeben, etwas zu vertuschen." Sie zog eine Plastiktüte mit einer Patronenhülse aus der Tasche und hielt sie hoch. „Sie lag deutlich sichtbar auf dem Teppich an der Tür. Das Kaliber passt." Sie steckte ihren Fund wieder ein. „Ich glaube immer mehr, dass Thomas Bach wirklich von der Lawine getötet wurde. Das passt hier alles überhaupt nicht zusammen", fügte sie nachdenklich hinzu.

„Franz Riedel hat seine Schwester ermordet, damit er das volle Erbe behält. Das könnte plausibel sein. Aber warum sollte er Jens' Mutter erschießen wollen?", fragte Katja.

Claudias Mundwinkel hoben sich zu einem Grinsen. „Oh, eine Miss Marple unter uns. Im Ernst, Katja, ich bin euch beiden wirklich sehr, sehr dankbar, aber jetzt geht ihr ins Hotel zurück und lasst uns die Polizeiarbeit machen, ja?"

„Und wenn er sie als Mitwisserin beseitigen wollte?", beteiligte sich jetzt auch Holger an den Mutmaßungen. Katja sah ihn überrascht von der Seite an und lächelte. Doch Claudia starrte sie beide an, als seien sie verrückt geworden.

„Hallo? Geht's noch? Überlegt doch bitte mal, wie lange wir auf dem Riedelhof waren. Wann bitte sollte Franz Riedel unbemerkt hierhergefahren sein? Nein. Er war die gesamte Zeit bei uns auf dem Hof."

Holger schlug sich mit der flachen Hand an die Stirn und lächelte Claudia dann unschuldig an. „Wir gehen jetzt besser", sagte er und lachte.

„Aber wir waren danach noch beim Brandnerhof. In der Zeit könnte er doch …", widersprach Katja. Es konnte einfach kein Zufall sein: zwei Verbrechen an nur einem Tag in einem Dorf mit nur wenigen Hundert Einwohnern.

Sie mussten zur Seite treten und Platz für die Sanitäter machen, die in diesem Moment die Verletzte aus dem Haus trugen.

„Xaver hat Ihnen Ihr Auto vor den Gasthof gestellt. Tut mir leid. Ich muss mich jetzt um meine Mutter kümmern", sagte Jens im Vorbeigehen.

„Natürlich. Viel Glück." Katja nickte ihm aufmunternd zu. Elfriede, die bis zum Hals zugedeckt und angeschnallt war, hatte die Augen geschlossen. Sie schien nach wie vor nicht ansprechbar. Die Sanitäter lösten die Arretierung der abgeklappten Metallbeine, an denen sich Rollen befanden. Halb schoben, halb rollten sie die Trage vorsichtig über den matschigen Schneebelag der Zufahrtsstraße. Jens lief an der Seite mit, und Katja war sich nicht sicher, ob er die Sanitäter beim Transport unterstützte oder ob er sich selbst an der Trage festhielt. Er schien jedenfalls am Ende seiner Kräfte zu sein.

Hinter ihnen trat Dr. Brunner aus dem Haus. Er trocknete seine vom Blut gesäuberten Hände und Unterarme mit einem Handtuch. „Das war arg knapp. Sie wird eine Menge Blutkonserven brauchen. Weiß eigentlich jemand, wo der Rupert ist? Jens hat mir aufgetragen, ihm Bescheid zu geben, weil er selbst mit ins Krankenhaus fliegen will. Der Xaver ist oben auf der Straße und muss irgendwie wieder zu seinem Auto kommen." Er zeigte auf das Fahrzeug der Bergwacht, das Katja bisher für das gleiche Fahrzeug gehalten hatte, das Rupert gefahren hatte. Erst jetzt erkannte sie, dass der auffällige Plastik-Elvis am Rückspiegel fehlte.

„Vor ungefähr zweieinhalb Stunden war er bei Franz Riedel, seine Mutter abholen. Sie war ziemlich betrunken. Das Auto steht zwar hinten auf dem Hof, aber Rupert war weder im Haus oder irgendwo auf dem Hof, sagte mir jedenfalls sein Bruder."

„Elfriede betrunken? Das ist gar nicht ihre Art. Es muss einen besonderen Grund gegeben haben", antwortete Dr. Brunner.

„Vielleicht ist er in seinem berühmt-berüchtigten Schweinestall?", fragte Katja.

Doch Claudia schüttelte den Kopf. „Da hat Jens vorhin schon nachgesehen."

„Zumindest muss er im Moment zu Fuß unterwegs sein. Hätten wir ihn nicht irgendwo sehen müssen, als wir vorhin hierhergefahren sind? Findet ihr das nicht merkwürdig? Vielleicht hat er ja auf seine Mutter geschossen und ist dann geflüchtet?" Je länger sie sprach, desto sicherer wurde sich Katja, dass es genauso gewesen sein musste. Die Anzahl der Straßen in diesem Dorf war überschaubar und das umliegende Land war eben. Der Riedel- und der Brandnerhof lagen am anderen Ende, und sie hatten praktisch das gesamte Dorf durchqueren müssen, um hierherzukommen.

„Du hast aber im Minutentakt neue Verdächtige", spöttelte Claudia. Sie wies in Richtung Hauptstraße. Der Hubschrauber hob gerade ab. „Ihr habt jetzt freie Fahrt. Wir sehen uns nachher im Gasthof, okay? Lasst mir was Gutes zu essen übrig." Sie rieb sich mit der flachen Hand über den Bauch.

Zumindest scheint sie die körperlichen Folgen des Lawinenunglücks ganz gut überstanden zu haben, dachte Katja.

„Ach, Dr. Brunner? Könnten Sie mir freundlicherweise ein paar Einmalhandschuhe hierlassen? Ich will mich ein wenig umsehen, bis meine Kollegen eintreffen."

Dr. Brunner nickte und machte sich daran, ihr die gewünschten Handschuhe aus seinem Koffer zu geben. Auch Holger wollte den Hof verlassen, doch Katja hielt ihn am Arm fest.

„Bitte. Lass mich nur einen kurzen Blick in das Archiv dieses Freaks werfen. Dann komme ich widerstandslos mit dir zurück zum Gasthof. Versprochen. Aber ich muss mir das einmal ansehen."

Er lachte. „Nur gucken, nicht anfassen, okay?"

Katja sah zum Hauseingang, aber Claudia würde sie nicht aufhalten, denn sie war bereits im Haus verschwunden, und Dr. Brunners Auto verließ gerade das Grundstück. Sie bogen um die Hausecke. Es gab einen großen Anbau über Eck hinter dem Wohnhaus. Als sie näher kamen, erkannten sie, dass der lang gestreckte Teil eine Scheune war. An der kurzen Seite des rechtwinkligen Gebäudes war tatsächlich der Eingang zu einem Stall. Die nur kniehohen Abteilungen waren sauber gefegt, als warteten sie auf den Einzug neuer Schweine. Am hinteren Ende des Ganges zwischen den Tiergehegen hindurch war eine Wand aus Holzbrettern, offenbar nachträglich, als Abtrennung gezogen worden. Die eingelassene Tür war mit einem starken Metallriegel und einem hochwertigen Vorhängeschloss versehen.

„Das muss er sein, der Archivraum", flüsterte Katja und ärgerte sich, dass das Schloss selbst unter Gewalteinwirkung wahrscheinlich nicht den Inhalt des Raumes preisgeben würde.

„Schade, dass er abgeschlossen ist, nicht wahr", klang Claudias spöttische Stimme hinter ihnen. Doch dann lachte sie kurz. „Ihr seid mir schon die richtigen Hilfspolizisten." Auch sie betrachtete aufmerksam die Einzelheiten des Raumes und wandte sich dann einem Weidenkorb zu, der in der Ecke an der Türseite des Stalls hinter einigem Sperrmüll und alten Milchkannen stand. Vorsichtig hob sie mit einem Finger den Deckel hoch.

„Na, was haben wir denn da?" Ihre Stimme klang triumphierend. Sie zeigte auf etwas, das in dem Korb offenbar ihr Interesse geweckt hatte. Katja und Holger liefen zu ihr und betrachteten eine Perücke mit zwei seitlichen blonden Zöpfen, die oben auf einem Sammelsurium aus Stoffen, Blumenübertöpfen und Haushaltsgegenständen lag. An dem künstlichen Haar war ein rotes Kopftuch festgesteckt.

„Nichts anfassen", ermahnte Claudia. Doch so langsam hatte selbst Katja begriffen und hielt sich entsprechend zurück. Schade, dass Hannah nicht hier war. Sie könnte sagen, ob das die Frisur der Frau gewesen war, die Katja niedergeschlagen hatte. Bei dem Gedanken an die Sackgasse neben dem Friedhof fiel ihr ihre Wunde am Kopf ein, die sie in den letzten eineinhalb Stunden völlig vergessen hatte. Jetzt spürte sie wieder den leisen pochenden Schmerz.

„Ich habe noch etwas viel Wichtigeres gefunden. Meine Pistole", verkündete Claudia zufrieden. „Der Täter muss völlig in Panik gehandelt haben. Er hat meine Dienstwaffe einfach in die Mülltonne geworfen. Kein sehr cleveres Versteck."

„Du denkst, das es zwei unterschiedliche Täter bei Anne Riedel und Elfriede Geissler sind, nicht wahr?", fragte Katja.

Doch Claudia schüttelte energisch den Kopf. „Das kann man noch nicht sagen. Der Täter könnte den Mord an Anne Riedel ganz überlegt durchgeführt haben, und der Schuss auf Elfriede Geissler war entweder ein Unfall oder eine Tat im Affekt."

„Vielleicht, weil es die eigene Mutter war?", fragte Holger.

„An Rupert denke ich ehrlich gesagt auch. Er hat das Wissen um die Einzelheiten der früheren Taten Bachs, er war in der Nähe, als Katja überfallen wurde, und hat sich womöglich dieser Perücke bedient. Und er hat vorhin seine Mutter nach Hause gebracht und hat dann offenbar zu Fuß den Hof wieder verlassen, anstatt das Auto seines Bruders zu nehmen. Er könnte natürlich auch von irgendjemand abgeholt worden sein."

„Und das Motiv?" Katja zweifelte. Die Möglichkeit, dass Rupert ein zweiter Bach war, schien sich zwar aufzudrängen, aber seine eigene Mutter ... Sie hatte erlebt, wie freundlich die beiden miteinander umgegangen waren und wie fürsorglich er sie auf dem Weg zum Auto gestützt hatte. „Können wir nicht einfach seinen Raum aufbrechen?", fragte sie.

„Das werden wir. Aber erst, wenn die Kollegen hier sind. Und jetzt los mit euch, bevor der nächste Hubschrauber euch den Weg verstellt."

„Es ist falsch, dass du allein hierbleibst. Der Täter könnte zurückkommen", warf Holger ein. Katja hörte die Besorgnis in seiner Stimme und lächelte ihn an.

„Zur Not benutze ich meine Waffe. Dann hat die Spurensicherung halt mehr zu tun", sagte Claudia und grinste.

Sie verließen den Stall und hatten die Ecke des Wohngebäudes gerade wieder erreicht, als Katja etwas Dunkles im Schnee auffiel. Sie ging in die Hocke und zeigte auf ein zerknülltes Papier, das neben der Laufspur auf dem Schneebelag neben der Mauer lag. „Ist das wichtig?", fragte sie, ohne aufzusehen.

„Du machst deiner Tätigkeit als Hilfspolizistin alle Ehre", sagte Claudia anerkennend. Sie zog einen kleinen Plastikbeutel heraus und steckte den Fund, das Einwickelpapier eines Schokoriegels, hinein.

„Den isst Leah auch am liebsten", stellte Holger fest und rieb sich den Bauch. „Was mich wieder einmal an unser überfälliges Mittagessen erinnert. Mann, hab ich einen Kohldampf." Er öffnete die Fahrertür seines Autos und stieg ein.

„Oh Shit!", rief er in dem Moment, als Katja sich auf den Beifahrersitz setzte. Er griff in die Mittelkonsole und studierte das Display seines dort vergessenen Handys. „Fünf Anrufe von Hannah. Und noch vier weitere von hier, wahrscheinlich vom Gasthof. Hannah will bestimmt wissen, warum wir immer noch unterwegs sind.“ Während er den Motor startete und losfuhr, drückte er auf die Nummer. Auch Katja kontrollierte ihr Handy, aber es war aus.

„Mein Akku ist inzwischen alle. Also konnte sie mich auch nicht erreichen“, stellte sie fest, und eine dumpfe Vorahnung überkam sie. *Wieso so viele Anrufversuche?* Hatte man vielleicht Thomas Bach gefunden? Über ihnen wurde es laut. Zwei Hubschrauber flogen auf die Kreuzung vor ihnen zu. Dort stand Heinrich neben seinem Wagen und winkte mit hektischen Bewegungen in ihre Richtung. Holger beschleunigte den Range Rover. Der Schneematsch spritzte unter den Reifen links und rechts im hohen Bogen. Sie erreichten die Kreuzung, winkten Heinrich kurz zu und bogen rechts in die Hauptstraße ein. Der Krach war ohrenbetäubend. Kaum waren sie ausreichend entfernt, landete der erste der Hubschrauber auf der Kreuzung. Im Seitenspiegel sah Katja, wie mehrere schwarz gekleidete Polizisten geduckt den Bereich unter den Rotorblättern verließen und zum Geisslerhof rannten. Mit diversen Ausrüstungsgegenständen an ihren Uniformen wirkten ihre Gestalten plump, aber ihre kraftvollen Bewegungen dagegen martialisch. Die Szenerie wirkte wie aus einem Actionfilm.

„Was ist? … Ich versteh grad gar nichts … Ich kann dich nicht verstehen … Wir sind in einer Minute bei euch“, schrie Holger neben ihr ins Telefon, drückte das Gespräch weg und warf das Handy zurück in die Mittelkonsole.

+++ *14:23 UHR, GASTHOF HUBER* +++

Erfreut stellte Katja fest, dass vor dem Hotel tatsächlich ihr Jeep stand. Sie betraten den Gasthof. Maria Huber und ihr Mann Bernd standen vor der Rezeption. Katja wollte Maria nach dem Schlüssel fragen, den Xaver sicherlich an der Rezeption abgegeben hatte, als ihr Blick auf Hannah, Stefan und einen weiteren Jugendlichen fiel. Sie saßen zusammengesackt in den Sesseln der kleinen Sitzgruppe gegenüber der Rezeption. Es musste etwas weiteres Schreckliches passiert sein, denn sie sah in Hannahs verweintes Gesicht, als diese den Kopf hob. Hannah sprang auf und stürzte auf Holger zu.

„Papa. Es tut mir leid. Es tut mir so leid. Wenn Leah … wenn ihr etwas … warum seid ihr denn bloß nicht ans Handy … wir wollten doch nicht … was machen wir denn jetzt?" Sie hörte auf zu stottern und verbarg schluchzend ihr Gesicht an der Jacke ihres Vaters. Der packte sie mit beiden Armen und schob sie von sich.

„Hannah, Liebes, was ist passiert?", fragte er, ohne sie loszulassen.

Bernd Hubert kam ein paar Schritte auf Holger zu. Er räusperte sich. „Herr Koch. Die Kinder waren auf dem Geisslerhof. Sie wollten …"

„Auf dem Geisslerhof? Da kommen wir doch gerade her." Verständnislos starrte Holger abwechselnd Herrn Huber und Hannah an, die ihren Blick zum Boden richtete. Auch Katja versuchte verzweifelt, die Bedeutung dieser Information zu verstehen. Wenn die Kinder auf dem Geisslerhof gewesen und jetzt bereits wieder hier im Hotel waren, mussten sie dann nicht genau dort gewesen sein, als Elfriede Geissler niedergeschossen wurde? Ihr wurde schlagartig kalt, und voller Angst wartete sie auf Bernd Hubers Reaktion, dem es sichtlich schwerfiel, weiterzusprechen.

„Das war bereits vor einer Stunde. Wir konnten bisher weder Sie noch Frau Jensen erreichen“, antwortete stattdessen seine Frau.

Holger ließ Hannah los und sah sich suchend um. Seine Fingerknöchel wurden weiß, so stark presste er seine Hände zu Fäusten. Seine Gesichtsmuskeln verkrampften sich, seine Lippen pressten sich fest aufeinander. Dann öffnete er den Mund und stellte die Frage, die sich in den letzten Sekunden auch in Katjas Gedanken wie ein riesiges Schreckgespenst breitgemacht hatte.

„Wo ist Leah?“

Und plötzlich redeten alle auf einmal durcheinander. Maria und Bernd Huber, Stefan und der zweite Junge. Dazwischen die schluchzenden Worte Hannahs, die noch immer nicht in der Lage war, zusammenhängende Sätze zu bilden. Wie auch Holger stand Katja stumm vor Schreck, als sich die Fetzen aller Informationen zu einem Ganzen zusammenfügten: Leah war offensichtlich in Lebensgefahr und Rupert Geissler keineswegs der harmlose Spinner, wie sie bisher gehofft hatte. Es schien, als befände sie sich in einem Albtraum, der zudem verhinderte, dass sie aufwachte und ihm so entkam. Sie sah Holger an, der noch immer reglos neben ihr stand. Die Vorstellung, wie es gerade in seinem Inneren aussehen mochte, stieß Katja nur noch tiefer in das Gefühl der Ohnmacht hinein.

„Warum sind Sie nicht zu uns gekommen, anstatt hier tatenlos rumzustehen?“, fragte Holger und seine Stimme klang hart und gepresst.

„Warum sind Sie nicht an Ihr Handy gegangen? Wir wussten nicht, wo Sie und die Polizisten sind. Glauben Sie mir, wir haben überall rumtelefoniert. Auch die Festnetznummer vom Geisslerhof haben wir angerufen. Aber da hat niemand abgenommen“, antwortete Maria.

„Aber wir haben die Zeit genutzt und einige Männer aus dem Dorf müssten gleich hier sein. Wir wollen zum Geisslerhof und gemeinsam die gesamte Gegend durchkämmen“, sagte Bernd.

„Auf dem Geisslerhof sind inzwischen Kriminalpolizisten. Sie sind mit dem Hubschrauber gekommen“, warf Katja ein.

„Aber woher wissen die das denn schon, Papa? Vielleicht haben sie sie längst gefunden?“, fragte Hannah. Es klang wie ein Flehen.

Plötzlich veränderte sich Holgers Gesichtsausdruck.

„Wann genau war das?“ Er sah fordernd in die Gruppe der Jugendlichen.

„Ungefähr halb zwei. Wir sind dann ungefähr zehn Minuten hierhergerannt und haben es gleich meiner Mutter erzählt“, antwortete Stefan, der inzwischen aufgestanden und vor Holger getreten war. Beide Hände in die Hosentaschen gesteckt, trat er von einem Fuß auf den anderen, als warte er nur darauf, dass er endlich aktiv helfen konnte, Leah wieder zu ihrem Vater und ihrer Schwester zurückzubringen.

„Um halb zwei?“, rief Katja entsetzt und hielt die Hand vor den Mund. Kurz danach hatte Jens seine angeschossene Mutter gefunden. In welches Drama waren die Jugendlichen da hineingeraten? „Habt ihr denn irgendjemanden auf dem Geisslerhof bemerkt? Habt ihr was gehört? Einen Schuss?“, fragte sie.

„Einen Schuss?“, wiederholten Maria und Bernd Huber entsetzt.

„Nein“, mischte sich jetzt Stefans Freund ein. „Wir haben ja gerade nichts gehört. Sonst wären wir doch längst abgehauen, und Rupert hätte uns gar nicht erwischt. Aber was denn für ein Schuss?“

„Das ist jetzt egal“, fuhr Holger ihn an. „Was ist mit Leahs Handy?“, fragte Holger.

„Wir haben es ganz oft versucht. Nur die Mailbox geht ran. Und Nachrichten über WhatsApp haben wir ihr auch schon geschickt. Aber sie hat noch nicht reagiert“, antwortete Stefan.

Holger wandte sich an Bernd. „Wann werden die Männer da sein?“

„Gleich. Sofort.“

„Gut, ich fahre jetzt zurück zum Geisslerhof und informiere die Kripo. Schicken Sie alle Leute, die Sie kriegen können, hinterher. Wir werden jeden Menschen für die Suche brauchen, aber es muss sie einer von der Kripo organisieren. Ich will keinen Fehler machen.“ Er sprach schnell und aufgeregt und sah dabei auf die Uhr. „Wir haben nicht mehr viel Zeit, bis es dunkel wird. Könnten Sie Taschenlampen und Batterien besorgen?“

Bernd nickte. „Wir haben auch bereits einige Leute von der Bergwacht erreicht. Sie helfen uns, sobald dort oben auf der Straße genug Platz geschaffen ist, dass Grahmried wieder erreichbar ist“, berichtete er, sichtlich erleichtert, helfen zu können. Seine Hand berührte Holgers Arm. „Es tut mir leid, dass unser Stefan da mitgemacht hat.“

Holger sah ihn mit abwesendem Blick an. „Dafür ist jetzt nicht der richtige Zeitpunkt.“ Er wandte sich zu Katja und griff ihre Hand. „Tust du mir einen Gefallen? Lass Hannah keine Sekunde mehr aus den Augen. Keine eigenmächtigen Aktionen mehr. Keine Abenteuer! Halt dich zurück. Ich will nicht, dass ihr auch noch etwas passiert. Kann ich mich darauf verlassen?“

Seine Augen lagen mit einer Eindringlichkeit auf ihr, dass sie kaum zu atmen wagte. „Und dir auch nicht“, fügte er hinzu.

Sie nickte und sah, wie er sich ein wenig entspannte, während sein Händedruck unvermindert anhielt. Es half nichts. Sie musste ihm trotzdem widersprechen.

„Jetzt tatenlos im Hotelzimmer zu sitzen, das hält keiner aus. Auch Hannah nicht. Sie erst recht nicht“, flüsterte sie und deutete mit ihrem Kopf in Richtung Hannah, die inmitten der anderen stand und dennoch völlig verloren wirkte.

„Du bist für sie verantwortlich. Geht keinen Schritt ohne einen Polizisten. Ich muss jetzt schnellstmöglich zu den Beamten. Sie müssen weitere Polizisten kommen lassen. Und sie sollen ihr Handy orten." Er drehte sich um und verließ das Hotel.

„Papa!", rief Hannah hinter ihm her, blieb aber stehen.

„Frau Huber, haben Sie meinen Autoschlüssel?", fragte Katja. Doch sie nahm ihren Blick nicht von Hannah. Es würde sie nicht wundern, wenn diese urplötzlich lossprinten würde, um doch noch ihren Vater einzuholen.

„Hier sind die Schlüssel. Seien Sie bitte vorsichtig. Wollen Sie nicht lieber mit uns warten?", bat Maria.

Katja schüttelte den Kopf, ging zu Hannah und griff sanft nach ihrem Arm.

„Komm mit." Wie eine Marionette ließ sich Hannah führen und stieg in den Jeep. Bevor auch sie einstieg, inspizierte sie das Auto. Unfassbar, dass sie nur eine kleine Beule am hinteren Kotflügel und ein paar Kratzer an der Tür fand. Das zerschlagene Seitenfenster war fachmännisch mit einer Folie geschlossen worden. Im Stillen dankte sie Jens. Der Arme saß jetzt im Krankenhaus und bangte um das Leben seiner Mutter, so wie sie hier alle um Leahs Leben zitterten. Sie musste sich zusammennehmen. Hannah zuliebe. Aber das war schwieriger, als sie dachte. Denn als sie einstieg und sich zur Rückbank umdrehte, auf der die Steinbrocken unverändert lagen, holte sie das Gefühl während des Lawinenabgangs wieder ein. Katja atmete ein paar Mal tief ein und aus. Als ob sie damit auch Hannah neben sich Luft gespendet hätte, kam Leben in das Mädchen. Sie drehte sich zu Katja und blickte ihr direkt ins Gesicht. „Wir finden Leah, nicht wahr? Es ist noch nicht zu spät. Ich weiß, dass sie lebt. Ich spüre das. Wir spüren das immer. Weißt du, das ist kein Quatsch. Das mit den Zwillingen. Leah und ich … selbst wenn wir manchmal Zoff haben … egal, ich würde es fühlen, wenn ihr etwas … aber wir müssen vorsichtig sein, wie Papa sagt. Wir dürfen keine Fehler machen. Wie wollen wir suchen? Wir müssen sie suchen, nicht? Wir können nicht einfach warten … Ich muss …"

Katja unterbrach ihren Redefluss, indem sie ihr sanft über die Wange strich.

„Es wird alles gut, Hannah. Es werden gleich so viele Menschen nach ihr suchen, dass wir sie finden. Und jetzt schnall dich an, okay?" Sie lächelte ihr aufmunternd zu und startete den Motor. Bevor sie losfuhr, verband sie ihr Handy mit dem Autoladekabel und schaltete es ein. „Ist dein Akku wenigstens noch aufgeladen?", fragte sie.

Hannah nickte. „Warum geht sie nur nicht ran?"

Heinrich, der noch immer die Kreuzung bewachte, wollte sie nicht zum Geisslerhof durchlassen. „Die Schwester der verschwundenen Leah muss zu ihrem Vater. Oder wollen Sie auf sie aufpassen, damit nicht ihr auch noch etwas passiert? Bitte, Hannah steig aus. Der Polizist wird dich jetzt bewachen."

Hannah sah sie zweifelnd an, doch da schüttelte Heinrich schon den Kopf. „Gut ist. Machen's schon, dass Sie fortkommen. Der nächste Hubschrauber ist schon im Anflug."

Höchst zufrieden fuhr Katja weiter. Sie stellte das Fahrzeug unmittelbar neben Holgers ab. Hannah wollte aussteigen. „Moment noch!", rief Katja und staunte über den energischen Unterton ihrer eigenen Stimme. „Eines müssen wir klären, Hannah. Egal, wie viele Sorgen wir uns alle machen – du und dein Papa am meisten. Aber ich habe jetzt die Verantwortung für dich. Wenn du dich nicht daran hältst, dicht bei mir zu bleiben, werde ich dich einfach irgendwo einsperren. Glaub mir, ich hab da keine Skrupel."

„Ich will doch selbst nichts tun, was Leah gefährdet", antwortete Hannah und nickte ernsthaft. „Darf ich jetzt aussteigen?"

Katja nickte. Gemeinsam betraten sie das Haus, aus dem lautes Stimmengewirr zu hören war. Claudia, Holger, Xaver und diverse Personen, die Katja nicht kannte, unterhielten sich im Wohnzimmer aufgeregt miteinander. Einige uniformierte Beamte sprachen in der Küche oder telefonierten.

Niemand achtete auf Katja und Hannah. Urplötzlich wurden die Stimmen leiser und fast alle Personen drängten sich an Katja und Hannah vorbei nach draußen. Auch aus dem Wohnzimmer wandten sich die meisten Anwesenden zum Gehen. Holger sah Katja und Hannah.

„Das sind Frau Reichenberger und meine Tochter Hannah", stellte er sie vor. Zwei Männer, einer Ende dreißig, der andere geschätzte zehn Jahre älter, ohne Uniform, aber mit den gleichen dicken schwarzen Lederstiefeln wie seine uniformierten Kollegen, kamen auf Katja und Hannah zu. Sie stellten sich als Kriminalbeamte des LKA München vor. Der Ältere forderte Hannah auf, in allen Einzelheiten von ihrem Besuch auf dem Geisslerhof zu berichten und die Namen der anderen Jugendlichen zu nennen. Der Jüngere machte Notizen. Katja hielt die gesamte Zeit über Hannahs Hand, und Holger war hinter sie getreten und legte seiner Tochter beruhigend beide Hände auf die Schultern und zog sie zu sich heran. Tapfer wiederholte Hannah, was geschehen war.

„Und ihr habt den Mann, der euch überrascht hat, eindeutig als Rupert Geissler erkannt?", fragte der Kriminalbeamte, der sich mit dem Namen Mehringer als Leiter der Sonderkommission vorgestellt hatte.

Hannah nickte.

„Und Sie sind sich sicher, dass dieser Rupert Ihre Schwester in seine Gewalt gebracht hat? Vielleicht konnte sie doch fliehen und versteckt sich irgendwo?"

„Der Tom hat es gesehen, wie er sie gepackt hat. Außerdem würde sie doch an ihr Handy gehen", antwortete Hannah.

„Das Handy wird bereits geortet", antwortete Mehringer und wandte sich an Claudia, die in gebührendem Abstand wartete. Es war nicht zu übersehen, dass Claudia in der Polizeihierarchie wieder den Platz einnahm, der ihrem normalen Job zugedacht war. Auch, wenn die Ereignisse der letzten zwei Tage ihr eine andere Rolle aufgedrängt und sie diese offensichtlich auch gerne wahrgenommen hatte, zeigte sie jetzt die Fähigkeit sich unterzuordnen. Katja bewunderte diese Haltung. Ihr würde es reichlich schwerfallen, jetzt eine solche Professionalität an den Tag zu legen. Schließlich hatte Claudia seit dem Lawinenunglück als einzige Staatsvertreterin wirklich funktioniert. Ohne sie wären Heinrich und die Dorfbewohner hoffnungslos überfordert gewesen. Und trotzdem hatte sie bei allem Ehrgeiz nichts von dem verhindern können, was geschehen war.

Holger wurde sichtlich unruhig. „Es ist bald dunkel. Wann endlich beginnen Sie mit der Suche?", fragte er Mehringer.

„Jetzt", antwortete dieser nur und folgte den übrigen Beamten nach draußen. Auch Claudia, Holger, Katja und Hannah verließen das Haus. Katja war wie vor den Kopf geschlagen. Inzwischen waren Dutzende Polizisten vor Ort. Es hatten sich mehrere Gruppen gebildet. Die uniformierten Männer und Frauen trugen Taschenlampen, einige von ihnen lange dünne Stäbe. Dann entfernten sie sich in langen Reihen in Richtung Waldrand. Ein paar Beamte waren geblieben und diskutierten heftig mit einer Handvoll Männer, die mit Jagdgewehren und Äxten bewaffnet waren. Katja erkannte unter ihnen auch Bernd Huber und Alfred Menzel, den Besucher vom Riedelhof, der vor kaum einer Stunde dort beleidigt wieder abgezogen war. Die Stimmen schwollen an. Offenbar waren die Männer frustriert, dass sie umsonst gekommen sein sollten.

„Was ist da los?", wollte Mehringer wissen und trat zu der Gruppe. Nach einem kurzen Wortwechsel beruhigte sich die aufgebrachte Stimmung.

Mehringer kehrte zurück. „Der Schnee hilft uns. Er hat zu Fuß nicht so viele Möglichkeiten. Wir werden seine Spuren finden", sprach er Holger und Hannah Mut zu. „Die Männer aus dem Dorf werden die Suche unterstützen, aber in diese Richtung dort und in Begleitung einiger Beamter." Er zeigte zur Hauptstraße, die aus dem Dorf heraus nach oben durch den Wald in Richtung der Bundesstraße führte. „So kommen sich die Einsatzkräfte und die Helfer aus dem Ort nicht ins Gehege und wir decken gleich noch die andere Seite der Straße ab." Er wandte sich an Claudia. „Kollegin Jensen. Sie gönnen sich jetzt eine Pause und lassen sich zum Hotel zurückfahren."

„Mit Verlaub. Aber das kann ich nicht. Bitte teilen Sie mich einer Suchgruppe zu", bat Claudia.

„Und uns auch", forderte Katja. „Niemand von uns kann jetzt untätig herumsitzen."

Mehringer sah sie der Reihe nach prüfend an. „Es hat keinen Sinn, dass die Angehörigen bei so einem Einsatz mitmischen. Glauben Sie mir, es sind genug Beamte hier." Er wurde durch einen eilig herbeilaufenden Polizisten unterbrochen. Mit lang ausgestrecktem Arm hielt er ihm eine durchsichtige Tüte entgegen und teilte Mehringer mit leisen Worten etwas mit, das Katja nicht verstand.

Mehringer nahm ihm den Beutel ab. „Gehört das Leah?", fragte er und entnahm ein Handy. Hannah streckte die Hand aus. Er schüttelte den Kopf. „Kannst du bitte mal deine Schwester anwählen", bat er. Hannah tat es und das Handy in Mehringers Hand gab eine Melodie von sich. Er gab Hannah nickend zu verstehen, dass sie das Gespräch abbrechen sollte. „Sagen Sie die Ortungsanfrage ab", wies Mehringer den Beamten an, der daraufhin kehrtmachte. Mehringer untersuchte Anruf- und Nachrichtenlisten. „Sechs Anrufe von ‚Hannah' und mehrere WhatsApp-Nachrichten, drei von ‚Papa', ein Anruf der Nummer 017354 …"

„Das war ich", antwortete Katja und ergänzte die Nummer. Mehringer nickte und nannte eine weitere Handynummer, dessen Inhaber dreimal versucht hatte, mit Leah Kontakt aufzunehmen.

„Moment mal", bat Hannah und kontrollierte ihr eigenes Handy. „Das ist Stefans Nummer."

„Der Stefan, der mit euch zusammen war?"

Hannah nickte.

„Hat denn Leah versucht, jemanden zu erreichen?", fragte Holger. Seine Stimme klang belegt.

Mehringer schüttelte den Kopf. Der letzte getätigte Anruf war von 11:43 Uhr, eine Nummer mit Vorwahl 0511."

„Bestimmt Mama", sagte Hannah und nannte Mehringer die vollständige Nummer. Der nickte, drehte sich um und zeigte in Richtung einer Scheune, die etwas abseits auf der Weide lag. „Der Kollege hat das Telefon dort hinten gefunden. Leah muss es gleich nach dem Treffen mit Rupert Geissler verloren haben oder es wurde weggeworfen."

Der letzte Halbsatz versetzte Katja einen heftigen Stich. *Verloren* klang harmlos. Ein Handy wegzuwerfen, dafür gab es nur Gründe, die ihr allesamt Angst machten. Hannah ging es scheinbar nicht anders, denn schon wieder füllten sich ihre Augen mit Tränen, während ihr Vater neben ihr die Lippen zusammenpresste.

„Jensen?"

„Hier!"

„Wenn Sie wirklich noch keine Feierabendlaune haben, könnten Sie mich begleiten. Wir werden die Zeit nutzen, um zu ermitteln. Wo sind mögliche Verstecke, die der Tatverdächtige aufsuchen könnte. Gibt es Zusammenhänge zwischen dem Mord und dem Angriff auf Frau Geissler und dem Verschwinden Leahs? Wir bräuchten einen Raum für die zentrale Einsatzleitung und als möglichen Vernehmungsraum. Sie haben erstens inzwischen Orts- und Personenkenntnisse und zweitens eine Unterkunft. Aber ich betone ausdrücklich: Ihre Mithilfe wäre nur freiwillig, und ich wäre Ihnen sehr dankbar. Also, wenn Sie wollen, fliegt einer der Piloten Sie auch zu Ihrem Heimatort aus."

„Ich bleibe gerne", antwortete Claudia und zog ihr Handy heraus. Sie drückte eine Nummer. „Kann ich bitte Frau Huber sprechen? Ja, ich warte ... Frau Huber, haben Sie noch einen freien Raum im Gasthof, eine Art Tagungsraum oder Ähnliches? ... Telefon und Internet? ... Wunderbar. Könnte die Kriminalpolizei diesen vorübergehend nutzen? Wir würden dann jetzt kommen. Vielen Dank." Claudia sah Mehringer zufrieden an.

Der lächelte. „Dann lassen Sie uns gehen."

„Und was machen wir?", fragte Katja.

„Ich will hierbleiben. Bitte, Papa", flehte Hannah.

„Ich ebenfalls", antwortete Holger.

Mehringer zuckte mit den Achseln. „Ich kann Sie nicht zwingen, ins Hotel zurückzukehren. Aber bitte machen Sie nichts, ich wiederhole: rein gar nichts, auf eigene Faust. Bringen Sie sich nicht selbst in Gefahr und behindern Sie nicht die Einsatzkräfte."

„Den Teufel werde ich tun und Ihre Arbeit behindern. Aber ich kann mich jetzt nicht irgendwo hinsetzen und warten", antwortete Holger. Katja sah Claudia hinterher, die gerade gemeinsam mit Mehringer in Heinrichs Fahrzeug stieg. Die gemeinsamen Erlebnisse seit dem gestrigen Tag hatten eine Verbundenheit zwischen ihnen geschaffen, die man sonst nur nach

Wochen und Monaten empfand. Und trotzdem war ihr Claudia gleichzeitig völlig fremd. Wie sie wohl privat sein mochte? Wie schwer würde es ihrer Tochter fallen, neben einer so starken Mutter aufzuwachsen? Vielleicht stimmte bei Claudia das Klischee des weichen Kerns in einer harten Schale, das man so vielen Polizisten überstülpte. Viel länger hätte sie die alleinige Verantwortung für dieses Dorf nicht tragen können. Katja sah auf Hannah. Der Großeinsatz der Polizei hatte ihr sichtlich Mut gemacht, und sie war auch die Erste, die Vorschläge machte, als Heinrichs Fahrzeug in Richtung Dorf davonfuhr.

„Wir müssten dort nach Spuren suchen, wo noch keine Beamten oder die Männer aus dem Dorf sind." Sie sah sich um. Die Männer aus dem Dorf waren bereits weit entfernt und nur noch als Punkte zu erkennen. Die Ketten der suchenden Polizisten hatten sich inzwischen ebenfalls vom Hof entfernt und eine einzeln auf den Weiden stehende Scheune passiert. Sie bewegten sich nun nach links in Richtung zum bewaldeten Gebirgsrand, der sich wie ein Halbkreis um die Felder erstreckte, die den Hof umgaben.

Hannah zeigte nach rechts. „Dort müssen wir suchen."

„Da ist die Hauptstraße sehr dicht am Waldrand. Er wird mit ihr keinen Weg gewählt haben, wo sie alle sehen konnten", entgegnete Holger und wirkte ratlos.

Es war so gut zu verstehen, dass die beiden unbedingt etwas Sinnvolles tun wollten, um Leah zu finden. Katja ging es nicht anders und doch wusste sie, dass sie zu dritt nicht erfolgreicher sein konnten als die vielen Beamten und Helfer.

„Wir haben diesen Weg genommen. Und als wir von der Straße weg waren, konnte uns keiner mehr sehen. Da sind Bäume und Büsche als Grenze zwischen den Feldern und guck mal da …" Sie wies in die Richtung, wo die Bergkette bis dicht an die Straße ragte, als würde sie einen letzten Vorstoß gegen das Dorf wagen, bevor sie sich wieder weit zurückzog, um dem ebenen Tal Platz zu machen. „Von dort sind wir gekommen und dann entlang der Berge am Bergrand lang gelaufen, bis wir quer über die Wiese bis zur Scheune gekommen sind. Was ist, wenn der Typ den gleichen Weg mit Leah zurück genommen hat, um keine neuen Spuren im Schnee zu hinterlassen? Und wenn er bis dahin gekommen ist, dann könnte er einfach weiter um die Ecke am Waldrand entlanggelaufen sein." Hannahs Gesicht glühte förmlich. Katja nickte. Hannahs Idee war alles andere als absurd. Natürlich suchten die Polizeikräfte die kürzesten Wege zum Wald, weil sie vermuteten, dass Leahs Entführer so schnell wie möglich den Schutz des dichten Waldes hatte suchen wollen. Außerdem hatte Kriminalkommissar Mehringer mitgeteilt, dass es dort jede Menge Wanderwege und Hütten geben solle. Doch vielleicht war Rupert viel raffinierter. Schließlich hatte er sich jahrelang mit Mördern und ihren Taten beschäftigt, und sein Versteck lag in der Gegend, auf die Hannah jetzt so beharrlich zeigte.

Holger schwieg und wählte auf seinem Handy eine Nummer. Er informierte Claudia über ihren Plan und beschrieb ihr den Weg, den sie gehen wollten. Er bat sie, ihn sofort zu verständigen, wenn sie etwas Neues erfahren würde. Er wollte das Gespräch beenden, doch etwas veranlasste ihn offenbar, in der Leitung zu bleiben. Schweigend warteten Katja und Hannah und beobachteten sein Gesicht.

„Ist gut, Herr Mehringer, wir warten", sagte Holger endlich, bevor er das Handy wieder in seiner Jackentasche verstaute.

„Papa. Warum hast du um Erlaubnis gefragt? War doch klar, dass er Nein sagt." Hannah war sichtlich enttäuscht. Katja legte den Arm um sie. Das Mädchen schien in seiner Verzweiflung so zerbrechlich, doch sie durften sich wirklich keinen Fehler leisten. Wenn der Einsatzleiter es verbot ...

„Mehringer findet es eine gute Idee“, unterbrach Holger ihre Überlegung, und Hannah und sie sahen überrascht auf. „Er schickt uns aber einen Beamten mit Funkgerät, zum Schutz und weil er fürchtet, dass wir irgendwo dahinten keinen Handyempfang haben werden. Falls wir wirklich eine Spur finden sollten, wie sollten wir sie melden?“

Katja freute sich. Mehringer schien ein äußerst bedachter und erfahrener Kriminalbeamter zu sein, der trotzdem ihre gemeinsame Sorge um Leah ernst nahm. Sie hoffte, dass mit seiner Hilfe dieser Albtraum bald ein Ende nahm, und nickte Holger und Hannah aufmunternd zu.

+++ *15:17 UHR, GASTHOF HUBER* +++

Heinrich hielt vor dem Gasthof Huber. Mehringer, zwei weitere Kripobeamte in Zivil und Claudia stiegen aus. Sofort stachen ihr mehrere Fahrzeuge mit Münchner Kennzeichen ins Auge.

„Die Zufahrt ist also wieder möglich“, schlussfolgerte auch Mehringer. Er wandte sich an Heinrich, der hinter dem Steuer sitzen geblieben war. „Dann dürfen Sie jetzt in Ihren wohlverdienten Feierabend. Die Kollegen aus Bad Tölz übernehmen.“ Heinrich nickte dankbar. In den letzten Stunden hatte er tatsächlich ein Engagement gezeigt, das Claudia ihm noch heute Mittag nicht zugetraut hatte. Lag es daran, dass er, wie er ihr vorhin auf dem Geisslerhof verraten hatte, selbst eine Tochter in Leahs Alter besaß? Sein Arbeitseifer war jedenfalls um ein Vielfaches gestiegen, seit es neben einer Fremden nun auch Elfriede Geissler und mit Leah sogar ein Kind getroffen hatte. Auch ihr waren die Zwillinge, deren Vater und auch die unerschrockene Katja in den letzten 24 Stunden ans Herz gewachsen. Sie war froh, dass ihre Tochter Lena weit weg und in

Sicherheit war. Nicht auszudenken, wenn ihr das Gleiche wie Leah zustoßen würde. Claudia träumte sich nach Hause zurück. Mit Lena aneinandergekuschelt auf der Couch sahen sie sich ein Harry-Potter-Video an und löffelten Lenas Lieblingsjoghurt, Buttermilch-Birne-Vanille.

Mit einem scharfen „Gehen wir!“ holte Mehringer sie nach Grahmried zurück.

Ein paar Minuten und einige Absprachen mit den Wirtsleuten Huber später saßen acht Kriminalbeamte in einem eilends hergerichteten Tagungsraum. Bernd Huber brachte ein Flipchart mit Stiften und Maria trug Gläser, Tassen und Getränke in den Raum. Claudia hielt sich vor der Tür auf, unsicher, welche Rolle ihr Mehringer bei der Sitzung dieser hochkarätigen Kriminalbeamten zugestand. Dabei dachte sie nicht das erste Mal daran, als Quereinsteigerin die Fachhochschule für öffentliche Verwaltung zu besuchen, um so von der Schutzpolizei zur Kriminalpolizei zu wechseln. Wenn da nur nicht die finanziellen Verpflichtungen als alleinerziehende Mutter wären. Wie sollte sie ihrem achtjährigen Mädchen klarmachen, dass sie künftig den Gürtel noch enger schnallen müssten, wo sie ohnehin keine großen Sprünge machen konnten?

Überraschenderweise rief Mehringer sie in diesem Moment als erste Referentin auf. Er machte eine einladende Bewegung und bat sie, die Tür hinter sich zu schließen. Stolz erfüllte sie und richtete ihren angespannten Körper auf, als sie den Raum betrat und sich neben das Flipchart stellte. Sie fasste die bisherigen Ereignisse und Ermittlungsschritte zusammen.

„Aufgrund der vorliegenden Fakten und Beurteilungen im Zusammenhang mit Thomas Bach muss davon ausgegangen werden, dass die Leiche nur so hergerichtet wurde, um den Anschein eines weiteren Opfers Bachs zu erwecken. An einer Täterschaft des Bruders der Getöteten, Franz Riedel, bestehen erhebliche Zweifel. Zwar stimmt es, dass er durch das plötzliche Erscheinen seiner Schwester ein starkes Motiv hatte, sie zu töten. Doch, um das Erbe seines Vaters für sich zu behalten, hätte das allein nicht gereicht. Er hätte vor allem verheimlichen müssen, dass sie in Grahmried gewesen ist, da bei Kenntnis ihres Besuches, egal ob sie weiterlebte oder hier sterben würde, das Erbe für Franz Riedel verloren wäre. Doch gerade die Behauptung, die Tote nicht zu kennen, hat Riedel auffallend schnell fallen gelassen. Außerdem hätte er als Täter ein Interesse daran gehabt, dass die Tote möglichst nicht gefunden wird, und hätte sie nicht an einer Stelle abgelegt, an der sie spätestens nach der Wiederherstellung der Stromversorgung gefunden werden musste. Und gegen eine Tat im Affekt, also ohne die genannten Umstände zu bedenken, spricht der Abtransport und die sorgfältige Herrichtung der Leiche. Bei den Befragungen wurde deutlich, dass es in der frühen Familiengeschichte empfindliche Punkte gegeben haben muss, was auch die Andeutungen der Zeugin Elli Marsch unterstützen. Möglicherweise gab es einen Missbrauch der Tochter durch den Vater oder den Bruder."

Claudia machte eine kurze Pause. Stand es ihr zu, jetzt auch eine persönliche Einschätzung abzugeben? Sie forschte in den Gesichtern der Kollegen, konnte aber nur freundliche Aufmerksamkeit in ihnen erkennen. Selbst Mehringer lächelte ihr aufmunternd zu.

„Bei dem zweiten Tatverdächtigen, Rupert Geissler, fehlt bisher jeglicher Bezug zu Ann Thompson sowie ein mögliches Motiv. Allein die Beschäftigung mit und Recherche von Serienmördern ist mir persönlich zu wenig, um in ihm einen Nachahmungstäter zu sehen. Zumal ihm nach den Aussagen seines Bruders und einiger anderer Dorfbewohner ein Mord nicht zugetraut wird. Anders sieht es meines Erachtens mit einem möglichen Schutz Bachs durch Geissler aus, falls der

Gefangene tatsächlich hat fliehen können und nicht unter dem Schnee begraben liegt. Seine Aussagen im Zusammenhang mit dem Angriff auf Frau Reichenberger, er habe sich in der Gegend aufgehalten, um ein leer stehendes Haus zu versorgen, und sei dort spazieren gegangen, finde ich nicht überzeugend. Vielleicht hat Geissler Bach aufgegriffen und versteckt ihn. Ich empfehle daher, schnellstmöglich die Adresse Kirchgasse 42 zu kontrollieren. Das ist dieses leer stehende Haus der Witwe Hupfeld. Und ich schlage vor, sich den Pfarrer Dominic Kern vorzunehmen … ähm … zu befragen. Ansonsten gehe ich aber davon aus, dass wir es hier mit völlig voneinander unabhängigen Taten zu tun haben und bisher hinsichtlich des wahren Mörders noch ebenso im Dunkeln tappen wie bei dem Angriff auf Elfriede Geissler."

„Für wie wahrscheinlich halten Sie einen Zusammenhang zwischen den beiden Gewalttaten und der Entführung des Mädchens?", fragte ein Beamter.

„Für wenig bis gar nicht wahrscheinlich halte ich einen Zusammenhang zum Mord an Ann Thompson. Aber zwischen dem Verschwinden Bachs und dem ‚Hobby' Geisslers. Möglicherweise haben die Jugendlichen ihn durch ihren Einbruch in sein Heiligtum emotional aufgescheucht. Oder Leah wurde Zeugin der Schüsse auf Elfriede Geissler, und er hat sie deshalb zur gemeinsamen Flucht gezwungen."

Claudia schwieg und sah unsicher in die Runde. War es angemessen gewesen, hier eine persönliche Einschätzung abzugeben? Blieben Schlussfolgerungen nicht Mehringer vorbehalten? Sie sah prüfend in sein Gesicht.

„Vielen Dank, Frau Kollegin", sagte der nur freundlich und stand auf. Claudia sah sich unschlüssig nach einem freien Stuhl um, fand keinen und wandte sich zur Tür.

„Nehmen Sie ruhig Platz. Wir können jede kompetente Hilfe gebrauchen", hielt Mehringer sie auf. Während sie einen abseits an der Fensterfront stehenden Stuhl an den Tisch heranschob, wo die Kollegen freundlich mit ihren Stühlen zur Seite rutschten, sprach Mehringer bereits weiter. Er teilte seine Mitarbeiter in Gruppen auf. Es klopfte und Maria Huber brachte einen Stapel Papier herein. „Hier die gewünschten Kopien.“ Mehringer nahm die Papiere dankend in Empfang und verteilte die Fotos von Bach, Leah und Geissler. Dann entschied er über die Aufgaben. Während sich Gruppen zu je zwei Beamten aufmachen sollten, um unverzüglich Pfarrer Kern, Elli Marsch und Franz Riedel zur Befragung herbeizuschaffen, sollte eine andere mithilfe von Google Maps und dem Wissen der Wirtsleute oder anderer ortskundiger Bewohner nach geeigneten Verstecken, wie Berghütten oder leer stehenden Gebäuden suchen, die Rupert Geissler oder Thomas Bach als Versteck dienen könnten. Die Ergebnisse ihrer Recherche sollten sie sofort mit den Hubschrauberpiloten absprechen, die sich derzeit bereits auf der Suche über dem gesamten Gebiet befanden. „Wir haben nicht mehr viel Zeit. Die Suche nach Leah Koch hat oberste Priorität. In spätestens einer Stunde ist es dunkel. Wir haben zwar Helikopter mit Wärmebildkameras angefordert, aber der Himmel zieht sich immer weiter zu“, mahnte er seine Kollegen zur Eile. Die letzte Gruppe schickte er zum Haus der Witwe Hupfeld und telefonisch beorderte er Kollegen, Jens Geissler im Krankenhaus aufzusuchen, um auch ihn nochmals zu vernehmen.

Innerhalb weniger Minuten herrschte betriebsame Hektik. Claudia nutzte die Gelegenheit, um mit einem Anruf Holger und Katja zu informieren. Dann suchte sie Maria Huber auf und fragte, ob sie sich in der Küche etwas zu essen holen dürfte. Sie wusste nicht, seit wie vielen Stunden sie nichts mehr zu sich genommen hatte. Das Frühstück kurz vor ihrem Eintreffen in der JVA Straubing kam ihr vor wie ein Ereignis in einer weit zurückliegenden Vergangenheit. Kaum zu glauben, dass es erst gestern Morgen gewesen war, als sie mit einem gesunden, jungen und gut gelaunten Kollegen in der Nähe der JVA gefrühstückt hatte. Jetzt lag Marco in einem Leichenschauhaus, und sie selbst irrte seitdem im Schnee umher, ohne wirklich etwas erreicht zu haben. Wie wenig Spuren sie erst hatten, war ihr gerade eben bei ihrem eigenen Vortrag klar geworden. Trotzdem fiel jetzt, wo ihr Mehringer mit seinen vielen Beamten die Last der Verantwortung abgenommen hatte, langsam die enorme Anspannung von ihr ab. Was übrig blieb, war eine äußerst schlechte körperliche Verfassung. Deshalb blickte sie dankbar Maria entgegen, die sie mit einem lecker duftenden Teller Bratkartoffeln mit Spiegelei und Gurkensalat versorgte. Peinlich berührt musste Claudia an ihre eigene Unfreundlichkeit bei ihrer ersten Begegnung denken. Als einzige Entschuldigung diente der Schock, unter dem sie gestanden hatte. Sie hatte Marcos Tod in der schnellen Abfolge der Geschehnisse immer wieder verdrängt. Jetzt holten sie auch diese Bilder wieder ein, und während sie aß, stiegen ihr Tränen in die Augen, die sie verschämt abwischte, als Maria erneut an ihren Tisch trat. Die Wirtin stellte eine dampfende Teekanne und eine Tasse auf den Tisch, musterte Claudia und setzte sich dann ihr gegenüber. „Ich wollte Ihnen danken. Auch im Namen meines Mannes. Und sicherlich auch im Namen des Großteils unseres Ortes."

„Und? Was hat es genutzt? Verhindern konnte ich keine einzige der Taten. Ihr Dorfpolizist Heinrich hätte das wohl ebenso hinbekommen", entgegnete Claudia bitter.

„Aber vielleicht kann dank Ihnen alles schneller aufgeklärt werden und Leah hat vielleicht noch eine Chance." Maria drückte sanft Claudias Hand und stand auf.

Hatte Leah noch eine Chance? Oh Gott, wie musste nur Holger Koch zumute sein? Claudia schluckte den letzten Bissen herunter und ging zurück in die provisorische Einsatzzentrale. Sie fühlte sich etwas kräftiger. Gleichzeitig spürte sie die immer stärker werdende Müdigkeit. Die Vorstellung, sich jetzt in einem warmen Bett auszustrecken, war verlockend. Schweren Herzens fragte sie stattdessen Mehringer, der wie die beiden verbliebenen Mitarbeiter über einem Laptop saß, was sie noch tun könnte.

„Ich habe gerade die Nachricht erhalten, dass Jens Geissler auf dem Weg zurück nach Grahmried ist. Seine Mutter soll inzwischen außer Lebensgefahr sein und der gute Mann hat uns einiges zu berichten."

„Jens Geissler hatte ich bisher nur einmal kurz auf dem Schirm wegen meiner Dienstwaffe. Ich hatte ihn im Verdacht, sie an sich genommen zu haben. Aber diesen Verdacht habe ich dann wieder fallen gelassen, als ich die Waffe nach dem Schuss auf Elfriede gefunden hatte."

Mehringer nickte. „Er hat wohl einen Riesenschreck bekommen, als mein Kollege ihm die Sache mit der Entführung mitteilte, und auf einmal soll er quasi darauf bestanden haben, mit hierherzufliegen."

„Was kann ich dabei tun?"

„Gleich werden hoffentlich auch Franz Riedel und Dominic Kern hierhergebracht sein. Bleiben Sie bei den Vernehmungen und Befragungen diskret im Hintergrund, aber achten Sie auf alle Widersprüche zu den Ihnen gegenüber gemachten Aussagen beziehungsweise Ihren persönlichen Eindrücken. Denn Protokolle der bisherigen Aussagen haben Sie wohl nicht, oder?"

„Ja, wann denn …" Sie musste sich beherrschen, um den Satz nicht fortzusetzen, der ihr auf der Zunge lag. Aber Mehringer winkte bereits lachend ab.

„War ironisch gemeint, Kollegin."

Ihre Nerven lagen blank. Keine gute Idee, hier noch mitzumischen. Sie war drauf und dran, Mehringer doch um Freistellung vom Dienst zu bitten, als zwei Beamte mit Jens Geissler eintraten. Täuschte sie sich oder vermied er es, sie anzusehen?

„Bitte setzen Sie sich", forderte Mehringer ihn auf.

Claudia trat ein paar Schritte zurück und lehnte sich an die Wand, sodass sie Geissler, der sich Mehringer gegenübersetzte, direkt ins Gesicht sehen konnte. Während einer der Kollegen mit dem Laptop näher heranrückte und die Befragung protokollierte, wollte Mehringer als Erstes Einzelheiten über die Geschehnisse auf dem Geisslerhof erfahren, von dem Moment an, als er seine Mutter gefunden hatte. Dann schwenkte er mit seinen Fragen unvermittelt zu Claudias Dienstwaffe über. Doch er musste sich keine Mühe geben. Jens brannte geradezu darauf, endlich etwas loszuwerden. „Ich weiß, es war unverantwortlich, die Pistole nicht gleich zurückzugeben beziehungsweise sicher zu verwahren, und schon gar nicht, niemals, hätte ich sie meiner Mutter aushändigen dürfen."

„Warum hatten Sie die Waffe zunächst behalten und wieso übergaben Sie sie Ihrer Mutter?"

„Ich fand die Pistole im Fußraum des verunglückten Polizeifahrzeuges. Sie war unter den Sitz gerutscht und dort hängen geblieben. Da alle Kollegen der Bergwacht zu diesem Zeitpunkt beschäftigt waren, überzeugte ich mich davon, dass die Waffe gesichert war, und steckte sie in meine Jackentasche. Dort habe ich sie dann vergessen."

„Vergessen?" Mehringer zog das Wort in die Länge.

„Also schon. Zuerst jedenfalls. Es war eine Menge los oben auf dem Lawinenfeld, und ich war ziemlich müde."

„Gut, lassen wir das so dahingestellt. Sie haben die Waffe in der Jackentasche vergessen. Hat Sie heute Morgen die Beamtin Jensen nach ihrer Dienstwaffe gefragt?"

Er nickte.
„Stimmt es, dass Sie behauptet haben, Sie wüssten nichts von einer Waffe?"
„Ja. Ich weiß, das war unmöglich. Ich hatte gerade ziemlichen Stress, und es war mir in dem Moment peinlich, dass ich so etwas Wichtiges vergessen konnte."
„Verzeihen Sie, Herr Geissler, aber ich glaube Ihnen kein Wort. Für welche Gelegenheit wollten Sie sich die Pistole sagen wir mal *aufheben*? Haben Sie einen Waffenschein?"
„Hören Sie. Es war nicht richtig, die Waffe nicht sofort zurückzugeben. Aber was genau wollen Sie mir denn unterstellen? Dass ich meine Mutter töten wollte?"
„Was stresste Sie so sehr, dass Sie *vergessen* konnten, eine Dienstpistole zurückzugeben?", bohrte Mehringer weiter, und die roten Flecken auf Jens' Gesicht nahmen zu.
„Es hat nichts mit dem zu tun, was hier in Grahmried geschehen ist", antwortete Jens.
„Das zu beurteilen, überlassen Sie bitte uns."
„Rupert hat mit der Sache ebenfalls nichts zu tun. Er würde dem Mädchen nie etwas tun. Er würde niemandem etwas tun."
„Aber er würde jemanden entführen?"
„Ich habe nicht die geringste Ahnung, warum er das tun sollte. Warum suchen Sie nicht nach diesem Bach. Vielleicht hat er sowohl meinen Bruder als auch Leah in seine Gewalt gebracht."
„Das ist nur eine von vielen Möglichkeiten. In welcher Beziehung stehen Sie zu Franz Riedel beziehungsweise zur gesamten Familie Riedel?"
„Ist halt eine Familie aus dem Dorf, wie wir." Jens zuckte mit den Achseln und sah das erste Mal Mehringer wieder direkt an.
„Sie kannten die Getötete?"
„So wie wir alle. 15 Jahre sind eine ziemlich lange Zeit. Ich habe sie halt nicht wiedererkannt. Das hat offenbar keiner."

„Nach Aussage der Elli Marsch, die sich in der Zwischenzeit netterweise die Tote in der Kapelle angeschaut hat, soll sich Ann Thompson geborene Riedel im Gesicht kaum verändert haben. Frau Marsch hat sie sofort erkannt, ohne von uns einen Hinweis erhalten zu haben."

„Mag sein. Und?"

„Was hat Sie belastet?"

„Etwas Familiäres."

„Hatten Sie Streit mit Ihrer Mutter? Hat sich dabei ein Schuss gelöst?"

Jens stellte beide Ellenbogen auf den Tisch und stützte seinen gesenkten Kopf auf die Hände. „Ja, ich hatte Streit mit meiner Mutter. Und ja, ich habe ihr die Waffe ausgehändigt, weil sie es von mir gefordert hat. Aber danach bin ich sofort gegangen." Er blickte wieder auf. „Und ich wüsste zu gerne selbst, was passiert ist. Vielleicht war sie unvorsichtig, hat die Waffe aus Versehen entsichert und sich selbst damit verletzt? Denn ich wüsste niemanden, der meiner Mutter etwas antun könnte."

„Und nach dem Unfall, der sie fast tötet, geht sie dann raus und versteckt die Waffe bei den Mülltonnen, kehrt wieder ins Haus zurück und bricht dann im Wohnzimmer zusammen. Und das Blut tropft natürlich auch erst dort aus der Wunde."

Jens riss erschrocken die Augen auf. „Das wusste ich nicht."

Mehringer drehte sich zu Claudia um, die unauffällig nickte. Sie hatte die Waffe erst gefunden, nachdem Jens mit den Sanitätern den Hof verlassen hatte und in den Hubschrauber gestiegen war. Es war unwahrscheinlich, dass er danach noch von dem Fund erfahren hatte.

Jens griff sich eines der unbenutzten Gläser in der Mitte des Tisches und schenkte sich Wasser ein. Er trank das Glas langsam leer und schien dabei nachzudenken.

„Das ändert einiges", stellte er fest.

„Dann legen Sie mal los. Wir sind gespannt, und ein wenig mehr Eile wäre gut. Es geht immerhin um das Leben eines jungen Mädchens und vielleicht auch um das Ihres Bruders."

„Ich befürchte, das eine hat mit dem anderen nichts zu tun", seufzte Jens und erzählte von dem überraschenden Geständnis seiner Mutter über seinen wahren leiblichen Vater. Nur zögerlich gab er zu, gestern am späten Abend noch zu Franz Riedel gefahren zu sein, um mit ihm zu sprechen.

„Um welche Uhrzeit waren Sie gestern Abend auf dem Riedelhof?"

„Ich weiß nicht genau. Aber schätzungsweise um halb elf."

Mehringer blätterte in seinen Notizen. „Nicht vielleicht schon früher?"

„Nein, ganz sicher nicht. Eher später. Aber ich schwöre, ich habe Anne nicht umgebracht. Ich habe sie weder gesehen, nicht einmal gewusst, dass sie in Grahmried ist. Ich habe nur Franz gesprochen."

Claudia erinnerte sich an die Aussage von Riedel, er sei um halb elf nach Hause gekommen und habe gemeint, seine Schwester sei bereits schlafen gegangen. Sie trat dicht an Mehringer heran und flüsterte ihm diese Information zu. Er nickte und wandte sich wieder an Jens. „Welchen Eindruck machte Franz Riedel auf Sie? Und war er allein?"

„Also gesehen habe ich sonst jedenfalls niemand. Aufgebracht war er. Und hat meine Mutter als Lügnerin hingestellt, die alles nur erfunden habe, um von dem Geld etwas abzubekommen. Ich war stinksauer auf ihn. Denn, es stimmt wohl, der Pfarrer hat's ebenfalls gewusst und Rupert auch. Dann sind der Franz und ich Halbbrüder. Da muss er mich nicht so angehen." Jens schien noch immer empört zu sein.

„Haben Sie deshalb die Waffe behalten? Wollten Sie Ihrer Forderung damit Nachdruck verleihen?"

„Welcher Forderung?“ Jens sah ihn verständnislos an. Dann tippte er sich mit dem Finger an die Stirn. „Ach so. Aber ich wollte doch gar nichts von dem Erbe. Ich wollte nur hören, ob er es wirklich all die Jahre nicht gewusst hat, dass wir den gleichen Vater haben.“ Seine Stimme wurde leiser. „Aber ja, es stimmt. Ich hatte vor, ihn mit der Waffe zu zwingen, dass er die Wahrheit zugibt. Ich weiß, das war Unsinn. Aber ich war ziemlich durcheinander. Und seit ich die tote Anne gesehen hab, da weiß ich gar nicht mehr, was ich vom Franz halten soll.“

„Sie haben die Tote also doch erkannt. Gut, dass wir bei diesem Punkt schon mal bei der Wahrheit sind. Hatten Sie die Waffe bei Ihrem Besuch gestern Abend dabei?“

Jens schüttelte energisch den Kopf. „Nein. Da hatte ich sie wirklich noch in der Tasche vergessen. Ich wusste doch noch gar nicht, dass der Franz so reagiert.“

„Abgesehen von dem Thema ‚gemeinsamer leiblicher Vater‘, was für einen Eindruck machte Franz Riedel auf Sie?“

„Er wirkte ziemlich angespannt, aber ansonsten wie immer.“

„Auf dem Weg zum oder vom Riedelhof, hat Sie da jemand gesehen?“

„Keine Ahnung. Ich war viel zu sehr in Gedanken.“

„Ist Ihnen vielleicht ein Auto entgegengekommen oder hat Sie überholt? Haben Sie einen Fußgänger beobachtet?“

„Es war spät. Nein, ich habe niemanden gesehen. Oder doch. Als ich hinfuhr, kam mir ein rotes Auto entgegen. Könnt’ der Alfred gewesen sein. Alfred Menzel.“

Claudia horchte auf. War das nicht der Name des Besuchers, den Heinrich von seiner heutigen Mittagspause zurück zum Riedelhof aufgelesen hatte und der dann sofort wieder beleidigt abgezogen war? Sie gab Mehringer ein Zeichen, dass sie zum Telefonieren kurz vor die Tür gehen wollte.

Claudia zog die Tür hinter sich zu und wählte Heinrichs Nummer. „Herr Kollege, ich weiß, Sie haben Feierabend. Aber ich muss da noch etwas wissen. Sie haben heute Mittag einen Alfred Menzel zum Riedelhof mitgenommen. Er hat irgendetwas erzählt, dass sein Auto kaputt sei. Hat er Ihnen gesagt, seit wann sein Auto nicht fährt?“ Sie hörte ihm zu, beendete das Gespräch und trat wieder in den Raum.

„Darf ich?“, fragte sie an Mehringer gerichtet. Als der nickte, wandte sie sich an Jens. „Wie sicher sind Sie, dass das rote Auto Alfred Menzel gehörte?“

Jens dachte einen Moment lang nach. „Doch. Ziemlich sicher. Der Alfred hat im Nummernschild die Zahl 300. So eine glatte Zahl merkt man sich.“

„Frau Kollegin, klären Sie uns auf?“, forderte Mehringer.

„Natürlich. Entschuldigung.“ Rasch erzählte sie von dem Besuch heute Mittag auf dem Riedelhof und Heinrichs Erklärung, warum er Alfred Menzel mitnehmen musste. „Alfred Menzel hat gegenüber dem Kollegen hier aus dem Dorf behauptet, sein Auto sei bereits seit zwei Tagen fahrunfähig. Die Werkstatt habe wegen der Lawine keinen schicken können. Also entweder haben Sie sich geirrt“, sagte sie zu Jens. „Oder dieser Alfred Menzel hat gelogen.“

+++ *15:20 UHR, GEISSLERHOF* +++

„Wo bleibt der Polizist denn nur?“ Hannah lief nervös umher und rieb ihre von der Kälte geröteten Hände aneinander. Sie sah zum Himmel. „Wie sollen wir Leah bloß im Dunklen finden?“ Sie fing an zu weinen.

Holger trat zu ihr, umarmte sie wortlos und streichelte ihren Kopf. Hannahs Handy klingelte. Schluchzend nahm sie es aus der Jackentasche und sah auf das Display. „Mama. Kannst du mit ihr reden? Ich schaffe das nicht.“ Sie streckte ihm das Telefon entgegen. Holger nahm es und entfernte sich. Er sprach leise, bis er außer Hörweite war.

„Komm her“, sagte Katja und breitete die Arme aus. Hannah lehnte sich an ihren Körper und ließ ihren Kopf an ihre Brust sinken. „Wir finden sie. Wir müssen fest daran glauben. Und wir brauchen unsere Kraft dazu, hörst du. Es wäre besser, du würdest ins Hotel zurückgehen, etwas essen und dich ausruhen.“

„Bist du verrückt?“ Ruckartig wich Hannah aus Katjas Umarmung und sah sie wütend an. „Du spinnst. Ich kann doch jetzt nicht im Zimmer sitzen. Ich dachte, wenigstens du verstehst mich. Aber es ist ja nicht deine Schwester. Dir kann das egal sein, ob dieser Irre sie hat und was er mit ihr macht.“ Wie in Zeitlupe sank sie auf ihre Knie nieder und weinte erneut heftig.

Katja sah sich nach Holger um, der beim Telefonieren wild gestikulierte und hin und her lief. Dann blickte sie wieder zurück zu Hannah, die noch immer am Boden hockte. Am liebsten wäre sie zu Hannah gestürzt und hätte sie getröstet. Stattdessen blieb sie stehen. „Dein Vater schafft das nicht“, sagte sie mit fester Stimme.

Hannahs Weinen ließ nach, und sie hob ihren Kopf.

„Wie meinst du das?“ Hannah wischte sich die Tränen aus dem Gesicht. Ihre Haut war durch Kälte und Tränen gerötet, aber das konnte nicht darüber hinwegtäuschen, wie überfordert das Mädchen war. Ihre Augen hatten jede Unternehmungslust verloren und unter ihnen zeichneten sich dunkle Schatten ab. Katja wartete mit der Antwort. War es richtig, dass sie überhaupt eingriff? Sich nicht einfach dezent im Hintergrund hielt? In Hannahs Alter hatte ihr auch niemand sagen dürfen, dass die eigenen Fähigkeiten begrenzt waren. Wenn überhaupt würde

Hannah entweder nur aus Angst um Leah oder aus Sorge um ihren Vater vernünftig handeln.

„Los! Sag schon", forderte Hannah und stand auf.

„Guck dir deinen Vater mal an und versuche, dich in ihn hineinzuversetzen."

Folgsam beobachtete Hannah ihren Vater, der das Gespräch beendet hatte und mit gesenktem Kopf langsam zurückkam. Sie zuckte die Schultern. „Er macht sich die gleichen Scheißsorgen wie ich. Und?"

„Ja, um dich, um deine Mutter und ist die ganze Zeit dabei zu überlegen, möglichst alles richtig zu entscheiden."

Hannahs Gesichtsausdruck zeigte deutlich, dass sie noch immer nicht verstand, worauf Katja hinauswollte. Holger würde jeden Moment in Hörweite sein.

„Du könntest ihm eine dieser Sorgen abnehmen, statt hier bald zusammenzubrechen. Du bist nämlich kurz davor."

Hannah wollte aufbrausen, aber Katja sah sie streng an, deutete auf Holger und dämpfte ihre Stimme. „Später!"

Endlich verstand Hannah und wartete schweigend, bis ihr Vater bei ihnen stand. „Was hat Mama gesagt?", fragte sie leise.

„Sie setzt sich sofort ins Auto und kommt her. Ich konnte sie nicht davon abbringen", antwortete Holger und wirkte resigniert.

„Auch das noch", sagte Hannah.

„Ist doch verständlich, dass sie selbst kommt. Ich dachte, ihr versteht euch gut mit eurer Mutter?", fragte Katja irritiert. Sie hatte zwar keine Kinder, aber sie war sich ganz sicher, wäre sie Mutter, könnten sie keine zehn Pferde davon abhalten, sofort loszurasen.

„Sicher. Aber Mama ist eine miserable Autofahrerin." Hannah wandte sich an Holger. „Begleitet sie wenigstens ihre Freundin?"

Holger schüttelte den Kopf.

„Warum hast du Mama nicht klargemacht, dass wir uns hier schon genug Sorgen machen. Jetzt auch noch um sie." Die letzten Worte sprach Hannah immer leiser. Sie sah Katja an, die ihrem Blick herausfordernd standhielt, und drehte sich dann um. Katja war klar: Spätestens jetzt hatte das Mädchen begriffen, was sie ihr vermitteln wollte. Ein Polizist näherte sich und zog alle Aufmerksamkeit auf sich. Er trug dick gefütterte schwarze Kleidung. Um seine Hüften hing ein Gürtel mit Pistole, Schlagstock und weiteren Utensilien. In der einen Hand hielt er ein Funkgerät, in der anderen eine starke Taschenlampe. Der Beamte nickte nur kurz und streckte Holger die Lampe entgegen. Holger nahm sie ihm ab und verstaute sie in der Jackentasche, denn noch war es hell genug. „Mein Name ist Kurt Schmitz. Na, dann wollen wir mal. Zeigen Sie uns den Weg, den Sie und Ihre Freunde vorhin genommen haben", forderte er Hannah auf und machte dabei ein Gesicht, als wäre er von Mehringer zu einem Strafeinsatz abkommandiert worden.

Sie schritten langsam voran, starrten suchend auf den Boden und folgten Hannah, die vorwegging: von der alleinstehenden Scheune auf der Koppel des Geisslerhofes in Richtung Waldrand am Fuße der Berge. Die vielen Polizisten vor ihnen hatten einen breiten Pfad aus festgetretenem Schnee hinterlassen. Vor dem Wald aber liefen sie in entgegengesetzter Richtung der Suchtrupps und folgten dem Waldrand bis zu einer Stelle, an der eine Baumreihe die Felder zwischen Bergen und Dorf teilte. Hannah blieb stehen. „Von dort sind wir gekommen." Sie zeigte nach rechts in Richtung Straße.

„Er wird mit Leah kaum in Richtung Dorf gelaufen sein. Wir werden weiter geradeaus laufen", antwortete der Polizist.

„Und das bestimmen Sie allein?", fragte Holger.

„Ich denke schon."

Das Funkgerät knackste. Kurz darauf hörten sie eine Stimme: „Suchgruppe 3 für Einsatzleitung. Kommen."

Schmitz hielt das Gerät vor den Mund. „Hier Suchgruppe 3. Kommen."

„Hier Einsatzleitung. Frage: Es wurde ein Wollschal gefunden, grau-blaue Streifen, grob gestrickt, ca. einen Meter fünfzig lang. Trägt die Vermisste einen solchen Schal? Kommen." Schmitz sah sie erwartungsvoll an, doch Hannah und Holger schüttelten den Kopf.

„Und wenn er dem Rupert gehört?", flüsterte Hannah ängstlich.

„Hier Suchgruppe 3. Meldung: Der Schal gehört nicht der Vermissten. Frage: Konnte geklärt werden, ob er dem Tatverdächtigen gehört? Kommen", sprach Schmitz in das Funkgerät. Wieder rauschte es, dann kam die Antwort: Zumindest der Bruder Jens Geissler kannte diesen Schal nicht.

Nachdem er das Funkgespräch beendet hatte, wandte sich Schmitz an Holger. „Hören Sie: Ich verstehe Ihre Sorge. Aber wir tun wirklich, was machbar ist. Inzwischen sind Dutzende von Rettern dazugestoßen. Das Problem ist: Die Rettungskräfte des Deutschen Roten Kreuzes z. B. dürfen nur auf öffentlichen Wegen suchen. Aber für das unwegsame Gelände in den Bergen ist die Bergwacht die letzte Instanz. Wenn sich Ihre Tochter verlaufen hätte, dann könnten alle Kräfte der Bergwacht einfach drauflosmarschieren, aber sie sind nicht in der Lage, eine Geisel aus den Händen von Kriminellen zu befreien, die womöglich bewaffnet und gemeingefährlich sind. Bedenken Sie: Die meisten Bergretter sind ehrenamtliche Helfer. Die opfern ihre Freizeit und kennen das Gelände, das heißt, wir brauchen die Polizeibeamten und von denen ist auch in Bayern nicht jeder in einer Bergtruppe. Schauen Sie sich doch um, wie steil die Felsen und der Wald hier überall hochgehen. Am meisten Chancen, etwas zu finden, haben immer noch die Kollegen von Polizei und Bundeswehr aus der Luft.“

Katja ärgerte sich über Schmitz’ Tonfall, aber er hatte recht. Die Einsatzleiter der Polizei wie auch der Bergwacht taten alles, um eine Spur von Leah zu finden. Wenn der Anlass nicht so traurig wäre, fände Katja es sogar beeindruckend, wie viele Menschen in so kurzer Zeit mobilisiert worden waren, um das Leben einer einzigen Person zu retten.

Sie liefen weiter, inzwischen ging der Beamte vorweg. Doch die Landschaft wirkte unberührt. Selbst Tierspuren konnten sie nicht mehr ausmachen. Katja sah besorgt zum Himmel, der deutlich an Helligkeit verlor. Es war halb vier. Die Männer hatten ihre Taschenlampen eingeschaltet, um links in den steil ansteigenden Wald und rechts über die weißen ebenen Felder zu leuchten. Katjas Blick folgte dem Schein der Lampen, und sie hoffte, irgendetwas zu erkennen, was dort nicht hingehörte oder irgendwie auffällig schien.

Der Polizist blieb stehen. „Es macht keinen Sinn, weiterzugehen. Hier unten ist definitiv in den letzten Stunden kein Mensch langgekommen, weder hier, wo wir sind, noch über die Felder in Richtung Dorf. Wir kehren um und konzentrieren uns beim Rückweg noch einmal auf den Waldrand.“ Er nestelte eine weitere Taschenlampe von seinem Gurt und reichte sie Katja. „Wir suchen nach Zeichen, dass sich jemand von diesem Trampelpfad in den Wald geschlagen hat. Achten Sie auf die bodennahen Äste. Frische Abbruchstellen, hängen gebliebene Stofffasern oder Haare“, befahl er.

So wie Schmitz stellte sich Katja einen Ausbilder bei der Bundeswehr vor, aber wieder schwieg sie.

„Wir müssen Stefan und Tom dazuholen“, forderte Hannah.

„Die Jungs, mit denen ihr zusammen auf dem Geisslerhof wart?“, fragte Schmitz. Hannah nickte.

„Was soll das bringen?“

„Sie kennen die Gegend viel besser als wir. Wir könnten tiefer in den Wald hinein. Vielleicht gibt es Abkürzungen. Oder die beiden kennen irgendwelche Verstecke. Wir müssen da rein.“ Sie zeigte in das dichte Gebüsch.

„Wir können hier nicht zu viert dieses riesige restliche Waldgebiet durchkämmen.“

„Deshalb sollen Tom und Stefan mitmachen“, entgegnete Hannah trotzig.

„Mädel, auch zu sechst hat das keinen Sinn.“

„Es wird bald restlos dunkel sein“, sagte Holger und sah eindringlich zum Himmel, als könne er ihn so erweichen, heute länger hell zu bleiben.

„Und deshalb sollten Sie jetzt zum Hotel zurückkehren“, antwortete Schmitz und an Hannah gerichtet: „Glauben Sie mir, Sie können Ihrer Schwester so nicht helfen.“

Hannah blickte zornig auf. „Und wie kann ich ihr helfen?“, schrie sie. „Meinen Sie damit, dass wir uns ins gemütlich warme Zimmer setzen, während meine Schwester …“ Ihre Stimme verebbte, sie begann zu zittern. Trotz der Kälte wich jede Farbe aus ihrem Gesicht. Sie drängte sich an dem Polizisten vorbei und stapfte vorwärts, doch ihr Gang wirkte kraftlos, als würde sie jeden Moment schwanken und zu Boden stürzen.

„Wir gehen ins Hotel“, entschied Holger mit leiser, aber fester Stimme. Katja griff im Vorbeilaufen nach seiner Hand und drückte sie zuversichtlich. Dabei sah sie ihn an. Endlich erwiderte er ihren Blick, und sie hoffte, sie könne alle ihre Zuversicht auf ein gutes Ende in diesen Augenkontakt legen. Und tatsächlich: Er hatte verstanden und nickte ihr dankbar zu. Holger beeilte sich, Hannah einzuholen, hakte sie unter. Sie wollte sich wehren, aber er hielt sie unbeirrt fest, und schließlich gab sie alle Gegenwehr auf. Gemeinsam liefen sie schweigend voraus.

Katja blieb etwas zurück. Sie rief Dr. Brunner an und informierte ihn leise über den Stand der Suche. Sie bat ihn, ebenfalls ins Hotel zu kommen. „Eine Beruhigungstablette könnte Hannah nicht schaden“, sagte sie und bedankte sich, nachdem Dr. Brunner sein Kommen zusagte, und beendete das Gespräch.

+++ *16:00 UHR, HÜTTE IM WALD* +++

Das Wasser schwappte mehrfach über den Rand. „Pass doch auf, dummes Ding“, fuhr Rupert sie an. Doch Leahs Hände zitterten stark. Als sie endlich am Bett ankam, war sie froh, dass wenigstens die Hälfte des Wassers in der Schüssel geblieben war. Rupert war ihr gefolgt und tippte mit den Fingerspitzen ins Wasser. „Das ist nicht kalt genug. Warte, ich hole Schnee.“

Leah sah ihm nach. Das Gewehr im angewinkelten Arm – Rupert hatte es noch keine Minute abgelegt – ging er zur Tür und öffnete sie einen winzigen Spalt. Langsam immer weiter, bis er den Kopf herausstrecken konnte. Er sah sich vor der Tür um. Doch schon seit einer Viertelstunde waren die Hubschraubergeräusche nicht mehr über ihnen zu hören gewesen. Bei jedem ihrer Geräusche hatte Leah Hoffnung geschöpft. Inzwischen überwogen Enttäuschung und Angst. Die schwindende Helligkeit nahm jede Hoffnung, dass sie bald gefunden wurde, mit sich. Und morgen? Vielleicht würde sie da schon tot sein. Sie betrachtete den vor ihr liegenden Bach. Seine Lider waren geschlossen und darunter bewegten sich die Augäpfel unruhig hin und her. Wenigstens konnte er sie nicht mehr anstarren wie bei ihrer Ankunft.

Bach war schwer krank, und dieser Rupert hatte offenbar vor, ihn mit Tabletten und Wadenwickeln zu kurieren. Hieße das nicht, dass Rupert kein schlechter Mensch war? Dass er auch ihr nichts tun würde? Doch weshalb hatte er sie hierher verschleppt? Warum hatte er sie nicht einfach abhauen lassen wie Hannah und die Jungs? Sie grübelte schon die ganze Zeit, worin ihr Nutzen für Rupert bestehen könnte. Die Tür klappte. Rupert stellte einen Eimer voller Schnee ab und drehte den Schlüssel zweimal herum. Dann steckte er ihn in die Hosentasche und trug den Eimer zu ihr ans Bett.

„Das müsste reichen. Nun mach schon."

Sie füllte die Wasserschüssel mit Schnee auf, der sich sofort auflöste, und tauchte die Handtücher hinein.

„Das ist doch viel zu kalt. Der Mann kriegt ja einen Herzstillstand", protestierte sie und rieb sich ihre Hände, die von dem Eintauchen in das Eiswasser rot angelaufen waren.

„So viel Hitze, wie der hat, braucht er das Eis", antwortete Rupert unwirsch und blieb neben ihr stehen.

Leah schlug den unteren Teil der Bettdecke zurück und musste einen Brechreiz unterdrücken. Bach stank. Wie ein alter Mann eben. Der Verband an seinem Bein war gelblich verfärbt. Die Wunde darunter schien zu eitern. Wenn Rupert sie neben den Wadenwickeln gegen das Fieber jetzt auch noch zum Verbandswechsel zwingen wollte, dann würde sie streiken.

Schlimm genug, dass er sie hier hoch zu diesem Frauenmörder gebracht hatte und sie immer noch nicht wusste, warum. Ihr war so schon übel. Die Luft in der Hütte war stickig und roch muffig, aber sie durfte kein Fenster öffnen. Dabei bezweifelte Leah, dass der Schein der drei Kerzen und des Gasofens bis zu den Hubschraubern am Himmel dringen könnte. Ganz zu schweigen davon, dass keine Hubschrauber mehr flogen und sie in der Dunkelheit kaum einer mitten im Wald finden konnte. Nein, sie machte sich keine Illusionen. Vor ihr lag eine Nacht mit gleich zwei verrückten und gewalttätigen Männern, von denen mindestens einer bereits gemordet hatte. Verstohlen betrachtete sie Rupert, der sich an den Tisch gesetzt hatte und etwas aus seinem Rucksack kramte. Das Gewehr lag auf der Tischplatte. Er bräuchte sich darum keine Sorgen machen. Sie wüsste nicht einmal, wie man ein Gewehr bediente, selbst wenn sie es in die Hände bekäme. Und körperlich war er ihr ohnehin überlegen. An den Schlüssel kam sie nicht. Die Fenster waren samt Holzläden verschlossen. Was also befürchtete er? Sie griff nach dem großen trockenen Handtuch und wickelte es um Bachs Beine. Dann deckte sie ihn wieder zu.

„Leg ihm noch ein kaltes Tuch auf die Stirn", grummelte es vom Tisch her. Leah seufzte und nahm ein weiteres Küchenhandtuch, tauchte es in das Eiswasser, wrang es aus und legte es vorsichtig auf Bachs Stirn. Plötzlich kam Leben in Bach. Er öffnete die Augen, schnappte gleichzeitig nach ihrer Hand, bekam ihr Handgelenk zu greifen. Leah schrie und Rupert sprang von seinem Stuhl auf, doch er machte keinerlei Anstalten, Leah zu helfen, die verzweifelt versuchte, sich aus Bachs Handgriff zu lösen.

„Hilfe!", schrie sie mehrmals. Bach stierte sie aus weit geöffneten Augen an. Dann ließ er sie so plötzlich los, dass sie nach hinten fiel und mit dem Hinterkopf auf den in der Zimmerecke stehenden Holzstuhl schlug. Erneut schrie sie. Dieses Mal vor Schmerz. Rupert stand noch immer schweigend am gleichen Platz. Seine Blicke gingen hektisch von Bach zu Leah und wieder zurück. Leah rappelte sich auf und rieb sich die schmerzende Stelle am Hinterkopf.

„Warum haben Sie mir nicht geholfen, Sie Scheißkerl?", rief sie leiser, als sie wollte, denn die Angst fraß jegliche Empörung in ihrer Stimme. Die Tränen schossen ihr in die Augen. Sie würde sterben. Einer dieser beiden Irren würde sie umbringen, und wer wusste, was sie vorher noch mit ihr anstellten. Wie konnte ein so kranker Mann derart fest zupacken? Sie würde keinen Schritt mehr an das Bett machen. Demonstrativ setzte sie sich an den Tisch, auf den Stuhl, der am weitesten vom Bett entfernt stand. Noch immer hatte Bach die Augen geöffnet und betrachtete prüfend seine Umgebung. Wusste er im Gegensatz zu ihr wenigstens, wo er war? Und warum? Leah war sich nicht sicher, so zweifelnd, wie Bach Rupert musterte. Der setzte sich gerade wieder betont langsam auf seinen Stuhl. Er warf Leah einen bedeutsamen Blick zu, griff das Gewehr und stellte es zwischen seine Beine auf den Boden. Danach schrieb er etwas in ein Heft, das er neben mehreren Plastikschüsseln aus seinem Rucksack gezogen hatte.

„Sie haben Papier. Ich will Papier und Stift", forderte Bach.

„Wenn das Fieber runter ist, kriegen Sie Papier. Jetzt schlafen's wieder", antwortete Rupert und sah nicht einmal von seinen Notizen auf. Leah entspannte sich etwas. Wenn Rupert wollte, dass Bach schlief, hatte er offenbar kein Interesse daran, dass Bach ihr etwas antat. Warum hatte er dann gerade nur desinteressiert dagestanden und war ihr nicht zu Hilfe gekommen? Oder war ihm einfach nur egal, was mit ihr passierte?

„Ich muss Briefe schreiben. Ich muss. Ich will es erklären", forderte Bach erneut.

Rupert verzog das Gesicht. Er blätterte in seinem Heft vor und riss ein paar leere Seiten heraus. Aus dem Rucksack holte er einen weiteren Kugelschreiber. „Bring ihm die Sachen", forderte er und schob Leah Stift und Papier entgegen.

„Ich denke nicht daran. Bringen Sie ihm das doch selbst. Er wird mich wieder angreifen." Sie verschränkte die Arme vor der Brust.

Rupert musterte Leah lange. Dann legte er das Gewehr auf den Nachbarstuhl, stand auf und kam um den Tisch herum auf sie zu. Sie schob ihren Stuhl zurück, doch hinter ihr war die Wand. Weiter zurück ging es nicht. Ihr Herz klopfte wie verrückt. Er kam immer dichter, und sein Gesicht zeigte keinerlei Regung. Sie hielt den Atem an; in dem Moment wurde ihr Kopf zur Seite gestoßen, und sie spürte den Schmerz seiner blitzschnellen Ohrfeige. Ihre rechte Wange brannte wie Feuer. Sie hob beide Arme über ihren Kopf, versuchte ihn und das Gesicht vor weiteren Schlägen zu schützen, doch Rupert kehrte bereits mit der gleichen Ruhe, mit der er auf sie zugekommen war, wieder zurück auf seinen Platz und setzte sich. „Bring ihm die Sachen", wiederholte er seine Forderung im gleichen Tonfall und Lautstärke wie zuvor, als sei nichts passiert.

Leah weinte lautlos und gehorchte. Mit lang ausgestrecktem Arm hielt sie Bach die Papiere entgegen, den Stift warf sie ihm auf die Bettdecke.

„Mach ihm gleich neue Wickel", rief Rupert vom Tisch. Leahs Angst wirkte lähmend. Nur mühsam konnte sie einen Schritt vor den anderen setzen. Ängstlich bewegte sie sich um das Fußende des Bettes zur Fensterseite, wo Wasserschüssel und Schneeeimer standen. Würde er sie erneut packen? Vor über einer Stunde hatte Rupert ihm eine Tablette gegeben. Jetzt schien sie langsam zu wirken, denn Bachs Augen wirkten klar und wach. Er beobachtete jede ihrer Bewegungen.

„Du bist eine schöne Frau. Wie die anderen auch", sagte er und beinahe klang es freundlich, aber Leah wünschte sich in diesem Moment, sie wäre hässlich und ihre langen, seidig gewellten Haare so kurz und strubbelig wie die eines Rauhaardackels. Sie hatte keinen Zweifel daran, dass Rupert seine Forderung durchsetzen würde, also beobachtete sie Bachs Hände. Doch die eine Hand war damit beschäftigt, ein Blatt Papier zu greifen, die andere suchte den Stift. „Gib mir noch ein Kissen, damit ich sitzen kann", bat er und wieder klang es höflich. Leah sah sich um. Auf der geblümten Couch vor dem Kamin lagen zwei Kissen. Leah holte sie und hielt sie ihm mit ausgestrecktem Arm entgegen.

„Hilf mir auf."

„Das kann ich nicht. Mir ist schlecht. Ich bin zu schwach im Moment."

Vom Tisch stand mürrisch seufzend Rupert auf. Wortlos kam er zum Bett, griff eine der ausgestreckten Hände Bachs und zog ihn in den Sitz.

„Nun stopf die Kissen schon hinter ihn. Stell dich nicht so an. Der tut dir nix."

Rasch folgte Leah der Anweisung und sprang dann förmlich zurück in die sichere Entfernung.

„Jedenfalls jetzt noch nicht", fügte Rupert hinzu, und Leah stand starr vor Schreck.

Also doch. Rupert hatte etwas mit ihr vor. Oder Bach. Oder beide. Der eine war so verrückt wie der andere. *Mama, Hannah, wie soll ich das hier überstehen? Papa, wann kommst du endlich?* Der Gedanke an ihre Familie und daran, dass sie in der Dunkelheit niemand würde finden können, trieb ihr erneut die Tränen in die Augen.

Mit einem Mal lachte Rupert auf. „Mädel, lass dich nicht so verschrecken. Ich bin doch auch noch da. Muss ich nun wohl oder übel, wo's scheint, die Polizei von ganz Bayern ist bei uns im Dorf. Morgen früh bin ich weg und dann kannst' gehn. Und der da …" Er zeigte auf Bach, der mühsam versuchte, ein Blatt Papier zu beschreiben, und die beiden vergessen zu haben schien. „Der ist viel zu schwach, um dir was zu tun."

„Den Eindruck hatte ich nicht. Er ist immer noch sehr kräftig, so fest, wie er mich festgehalten hat", widersprach Leah. Trotzdem schien ihr Herz bei der Ankündigung, dass sie morgen früh freikommen könnte, vor Freude und Hoffnung zu hüpfen. Sie bemühte sich, wieder ruhiger zu atmen. Sie wollte sich darauf konzentrieren, wie sie unbeschadet durch die Nacht kommen konnte. Am besten war, sie tat alles, um Rupert nicht zu verärgern, und versuchte alles, damit Bach weiter krank und hilflos blieb.

„Die Wadenwickel“, erinnerte Rupert sie und machte eine fordernde Handbewegung in Richtung Bettdecke.

Leah stellte sich mit dem geringmöglichsten Abstand zum Fußteil des Bettes, außer Reichweite der Arme Bachs, schob die Decke beiseite und zerrte mehr die Handtücher hervor, als dass sie sie abwickelte. Bach schien es nicht zu stören. Er war völlig in seine Schreiberei vertieft. Wie Rupert ebenfalls wieder, der am Tisch über seinem Heft brütete. Sie planschte ein wenig mit den Händen in der Wasserschüssel, ohne die Tücher einzutauchen, und beobachtete Rupert aus den Augenwinkeln. Dann legte sie den fast trockenen Stoff wieder auf Bachs Unterschenkel, das große Handtuch darüber und rasch deckte sie die Bettdecke wieder zu.

„Wadenwickel sind fertig“, meldete sie leise, als sie sich wieder Rupert gegenüber an den Tisch setzte.

„Braves Mädchen.“

Endlose Minuten lang unterbrach nur das Rascheln des Umblätterns und der Papiere in Bachs Bett die Stille in der Hütte. Der Kerzenschein und die Gasflammen des Ofens zeichneten warme, gedämpfte Farbtöne in den Raum und schienen wie ein Hohn ob der wirklichen Atmosphäre. Zum wiederholten Male suchte Leah mit den Augen unauffällig die Hütte ab. Sie bestand nur aus diesem großen Raum mit Sofa und Sessel vor einem unbeheizten Kamin, dem Tisch mit vier Stühlen am Fenster nahe der Küchenzeile und einer Ecke, in der das Bett mit den beiden Nachttischen links und rechts und ein weiterer Stuhl standen. Es gab kein Entkommen. Sie spürte, wie Erschöpfung und Müdigkeit von ihr Besitz ergriffen. Nur nicht einschlafen. Gerne würde sie hinaus in die Kälte gehen, um wieder einen klaren Kopf zu bekommen. In der

Hütte war es durch den Gasofen warm. Längst hatte sie die dicke Jacke ausgezogen. Und wenn sie nicht solche Angst hätte, würde sie sich auf der Couch ausstrecken und schlafen. Doch leider war sie wach, und die beiden Männer in der Hütte waren kein böser Traum. Wenn Hannah nicht schlafen konnte, dann redete sie wie ein Wasserfall und hielt ihre Schwester damit erfolgreich davon ab, einzudösen. Vielleicht sollte sie versuchen, sich mit Rupert zu unterhalten, um selbst nicht einzuschlafen?

„Schreiben Sie weiter an Ihrem Buch?", fragte sie.

Rupert schüttelte den Kopf, ohne hochzusehen.

„Haben Sie deshalb Bach versteckt?"

„Gib Ruhe. Ich muss mich konzentrieren."

„Ich muss mal. Dringend", klagte Leah in der Hoffnung auf eine andere Beschäftigung, wenn schon eine Unterhaltung nicht klappte.

Rupert zeigte in die Ecke, wo die Couch und der Sessel standen. „Dahinten habe ich einen Eimer hingestellt."

„Aber ich kann doch nicht hier drinnen …", empörte sich Leah.

Rupert legte den Stift hin und sah ihr ins Gesicht. „Feine Dame aus der Stadt, hörst, entweder du machst dir in die Bux oder du nimmst den Eimer. Kannst das Sofa von der Wand schieben und dich dahinter verstecken." Er nahm den Kugelschreiber wieder auf und schrieb weiter.

„Ich dachte, Ihr Manuskript ist fertig", sagte Leah und nahm sich vor, den Blasendruck so lange wie möglich auszuhalten.

„Das ist für die Pressekonferenz. Ich mach mich morgen früh erst einmal von hier fort und dann geh ich zum Fernsehen. Die hören mir nämlich besser zu als die Polizei drunten im Dorf. Alles Weitere wird sich dann schon zeigen."

„Warum haben Sie mich mitgenommen?"

Rupert wies mit ausgestrecktem Zeigefinger hinter sich. „Um den da zu beschäftigen. Außerdem: Man kann nie wissen, wofür's gut ist."

Er hatte den Satz kaum ausgesprochen, als Bach laut stöhnte. Rupert drehte sich prüfend um. „Ich schaffe das nicht", sagte Bach.

„Was wollen's denn tun? Schlafen's lieber. Sie müssen gesund werden. Das Mädchen macht Ihnen Wadenwickel. Sie merken, das hilft. Dazu die fiebersenkenden Tabletten und dann sind Sie morgen früh wie neu. Dann kommt auch die Polizei."

„Die Polizei?", wiederholte Bach, und Leah wunderte sich, dass seine Frage gar nicht entsetzt klang.

„Ja", bestätigte Rupert und wollte sich wieder seinen Notizen zuwenden.

„Dann muss ich das heute noch fertig schreiben."

„Was?"

„Die Briefe."

„Kruzifix. Welche Briefe wollen's denn schreiben?" Rupert klang jetzt ungehalten.

„Ich muss die Briefe schreiben. An die Frauen. Bevor die Polizei da ist. Die lassen mich sonst nicht."

Plötzlich schien Rupert interessiert. Es stand auf und ging zu Bach. „Welche Frauen? Die, die Sie umgebracht haben?"

Bach nickte ernsthaft und stemmte mit den Armen seinen Oberkörper etwas höher „Wissen Sie, damals beim Prozess, da wollten es alle von mir wissen. Warum? Warum? Die Polizei. Die Richter. Der Staatsanwalt. Mein Verteidiger. Immer wieder haben sie gefragt. Ich habe meine Strafe abgesessen. Ich könnte schon draußen leben, wissen Sie? Ich könnte schon ein freier Mann sein. Aber *ich* wollte es nicht. Ich. Damals wusste ich nichts zu sagen. Nicht, weil ich nicht antworten wollte. Ich wusste es einfach nicht. Aber jetzt weiß ich es, und ich muss es ihnen schreiben, den Frauen. Bevor ich sterbe und keiner es ihnen erklären kann." Bach ließ sich erschöpft in die Kissen zurücksinken.

„Die Frauen, die Sie umgebracht haben, können es nicht mehr lesen. Auch die Letzte von gestern Nacht nicht mehr. Sie sind tot."

„Gestern Nacht? Habe ich wieder …?"

Rupert nickte. „Ich denk schon. Wer sollt's denn sonst gewesen sein? Erinnern's sich denn gar nicht?"

„Ich bin krank", erwiderte Bach matt. Seine Konzentrationsfähigkeit schien aufgebraucht. Sein Blick und seine Stimme verloren an Klarheit. Leah hätte sich am liebsten unter dem Tisch verkrochen, damit beide Männer ihre Anwesenheit möglichst vergaßen. Sie wollte nicht zuhören und atmete gleichzeitig ganz flach, um ja kein Wort zu verpassen. Eine Mischung aus Angst, Aufregung, Entsetzen und Neugier verbannten die Müdigkeit, die sie vorher empfunden hatte.

„Krank sein's wirklich", bestätigte Rupert. „Aber wenn Sie schreiben wollen, dann reden Sie halt, und das Mädchen schreibt es für Sie auf."

Bachs Augen, die schon fast wieder geschlossen waren, öffneten sich weit. „Das Mädchen?"

Der Schreck stach wie ein Messer. Ich will das nicht, flehte Leah in Gedanken. Sie hielt sich beide Ohren zu, als könne sie damit verhindern, was Rupert vorhatte. Doch der stand bereits vor ihr, fasste sie grob am Oberarm und zog sie hoch.

„Nimm dir den Stuhl und setz dich zu ihm."

„Mit ist schlecht vor Hunger", fiel Leah als Verzögerung nur ein, zu wiederholen. Dabei würde sie im Moment keinen Bissen herunterbringen.

„Ich mach Essen und du schreibst", befahl Rupert. Mit einer Hand zerrte er sie in Richtung Bett. Dort zog er mit der anderen Hand den Stuhl aus der Ecke heran, und mit einem Schubser zwang er Leah auf den Sitz. Irrte sie sich oder war in Bachs Augen Mitleid zu lesen? Sie hielt seinem Blick stand, wagte aber kaum zu atmen. Er sah sie lange an. Sein Gesichtsausdruck veränderte sich dabei und es schien, als saugten sich seine Augen an ihr fest. Obwohl es inzwischen drückend heiß in der Hütte war, fror Leah plötzlich erbärmlich.

+++ *16:40 UHR, GASTHOF HUBER* +++

Dr. Brunner wartete bereits auf dem Sessel gegenüber der Rezeption. Katja lächelte ihn dankbar an. Er war wirklich wie ein väterlicher Freund, den man einfach gern haben musste. Ganz im Gegensatz zu dem Polizisten Schmitz, der sie zwar hilfsbereit geführt hatte, der ihr aber mit seiner Allwissenheit langsam, aber sicher auf den Keks ging. Sie ertappte sich dabei, Schadenfreude zu empfinden, nachdem sie, kaum eine Minute im Gasthof, auf Mehringer trafen. Der Leiter der Sonderkommission forderte von Schmitz einen Rapport über die Suche und der verhielt sich dabei wie ein schüchterner Schuljunge.

Katja legte den Arm um Hannah, die auf dem langen Rückweg kein Wort mehr gesprochen hatte, und griff mit der anderen Hand nach Holgers Arm. „Kommt, wir schauen mal, ob wir Claudia finden. Sie kann uns bestimmt berichten, was die Beamten inzwischen herausgefunden haben."

„Wann wird Mama ankommen?", fragte Hannah plötzlich.

„Vor zehn Uhr heute Abend kann sie nicht hier sein", antwortete Holger und sah dabei auf die Uhr.

„Sie soll bei mir schlafen. Du kannst bei Katja schlafen."

Holger reagierte ebenso fassungslos wie Katja. „Was soll das, Hannah?", fragte Holger, halb verständnislos, halb ärgerlich.

„Claudia schläft doch bei mir", erinnerte Katja sie.

Hannah blieb stehen und flüsterte. „Ach so. Hatte ich ganz vergessen. Ich wollte nur … Mama und Papa, die beiden …"

Holger schien erleichtert und schloss Hannah in die Arme. „Du musst keine Sorge haben. Im Moment ist nur Leah wichtig. Für Mama genauso wie für uns. Es wird keinen Streit geben. Wir werden das alle gemeinsam durchstehen, hörst du?" Er hob ihren gesenkten Kopf an, sodass sie ihm ins Gesicht sehen musste. „Es ist völlig unwichtig, wer wo heute schläft. Und wenn ich mich auf den Fußboden im Flur legen müsste."

Hannah nickte. Sie entdeckte Claudia, die hinter Holgers Rücken aus einer Tür auftauchte, und lief ihr entgegen.

„Ich hoffe nur, dass ihre Mutter das auch so sieht", flüsterte er Katja zu. „Sie ist sehr impulsiv, und wenn sie sich aufregt …"

Als sie Hannah und Claudia Richtung Restaurant folgten, flüsterte Katja zurück: „Es gibt wieder Strom. Ich habe es auf dem Rückweg gesehen. Das gesamte Dorf ist beleuchtet. Es werden also genügend Zimmer frei sein."

Katja drehte sich zu Dr. Brunner um und winkte ihm, ihnen zu folgen. „Er wird uns Beruhigungstabletten für Hannah geben", klärte sie Holger auf. „Und wenn du willst, auch dir."

„Hören wir erst mal. Vielleicht haben die Beamten schon einen Anhaltspunkt gefunden."

Katja hörte Hoffnung in seiner Stimme, spürte aber auch seine Furcht vor schlechten Nachrichten. Auch sie hatte Angst, große Angst um Leah. Wie würde das Mädchen die Nacht überstehen? Hoffentlich lebte sie überhaupt noch.

Gemeinsam setzten sie sich an den einzigen runden Tisch im Restaurant. „Ihr wisst, eigentlich darf ich euch überhaupt nichts über die laufenden Ermittlungen sagen. Aber ehrlich gesagt, ist mir das gerade scheißegal." Claudia berichtete, was in der Zwischenzeit herausgefunden wurde und was die bisherigen Befragungen ergeben hatten. Die schlechteste Nachricht lautete, dass die Suchtrupps inzwischen erfolglos zurückgekehrt und für heute entlassen worden waren, doch Mehringer hatte zugesagt, mit dem Morgengrauen die Suche wieder aufzunehmen. Die Helikopter, die über Wärmebildkameras verfügten, hatten die Suche noch eine Weile fortgesetzt, bis der Himmel sich über dem gesamten Tal wieder komplett zugezogen hatte. Im Nebel brachten selbst die Wärmebildkameras kaum mehr ein zuverlässiges Ergebnis. Außerdem war ihr Einsatz über Wald und stark zerklüftetem Gelände auch nicht sonderlich Erfolg versprechend. Am Boden ruhendes oder äsendes Wild erschwerte zudem zusätzlich die Identifizierung gegenüber der von Personen. Die restlichen Hütten in der Umgebung würden morgen, gleich nach Tagesanbruch, vorsorglich ebenfalls zu Fuß überprüft werden. Tagsüber hatte man bereits alle Orte tief überflogen und nach Reifenspuren, Rauch oder Licht gesucht, doch nichts Verdächtiges gefunden. Inzwischen waren es über hundert Beamte, die am Boden mit der Suche rund um den Geisslerhof beschäftigt waren. Sie hatten Ruperts Handy geortet, aber er hatte es in seinem Zimmer zurückgelassen. Elfriede Geisslers Gesundheitszustand hatte sich wieder verschlechtert, nachdem sie bereits außer Lebensgefahr gewesen war. Ihr Sohn Jens war sofort ins Krankenhaus zurückgefahren, doch zuvor hatte er eine umfassende Aussage gemacht.

Als Claudia mit ihrem Bericht am Ende war, schwiegen alle. Maria Huber kam mit einer großen Kanne Tee und einer Platte mit belegten Broten zu ihnen und stellte alles auf den Tisch. „Bald gibt es auch warmes Abendbrot. Ihr müsst essen. Ihr müsst bei Kräften bleiben“, sagte die Wirtin mitfühlend.

„Ich kann nichts essen“, erwiderte Hannah. Alle schwiegen. Es fühlte sich verkehrt an, Hunger oder gar Appetit zu empfinden, während Leah da draußen vielleicht gerade um ihr Leben kämpfte oder sogar schon tot war. Und sie saßen hier am Tisch eines gemütlichen Restaurants und bekamen Speisen angeboten. Wer mochte da sagen: „Her damit. Ich habe Hunger"?

Claudia unterbrach das unangenehme Schweigen, indem sie weiter berichtete: „Es scheint so gut wie sicher, dass Bach den Lawinenabgang überlebt und Rupert Geissler ihn bisher versteckt gehalten hat oder noch immer versteckt hält, unter anderem auch in der Wohnung dieser Witwe Hupfeld, ganz in der Nähe des Überfalls auf Katja. Da hat man eindeutige Spuren einer Übernachtung gefunden", sagte sie und Katja nickte. Das war keine Überraschung. Der Gedanke daran war allerdings schrecklich. Denn, wenn Rupert fähig gewesen war, sie brutal niederzuschlagen, machte das die Aussichten für Leah nicht besser. Katja biss sich auf die Lippen.

„Aber warum Geissler Leah überhaupt entführt hat, weiß noch niemand, oder?", fragte Holger.

„Ob er flüchten will und Leah vorsorglich als Geisel genommen hat oder was Leah sonst für einen Nutzen für ihn haben könnte ... keine Ahnung." Claudia seufzte.

„Aber Rupert hat nichts mit der Ermordung der Frau, dieser Anne Riedel, zu tun, oder?", fragte Katja, um den Schrecken um Ruperts Person abzumildern.

„Ann Thompson. Ich glaube nicht. Hinter der Geschichte steckt noch viel mehr. Erinnerst du dich an diesen Typen, der mit dem Kollegen Heinrich auf dem Riedelhof erschien und den der Franz Riedel so unfreundlich behandelte, dass er gleich wieder beleidigt abgezogen ist?"

Katja nickte.

„Der muss auch etwas zu verbergen haben. Wir wissen leider noch nicht, was, weil er verschwunden ist. Aber er spielt hundertprozentig eine Rolle. Genauso wie Pfarrer Kern, wie

Elfriede Geissler, wie Jens und Rupert Geissler und wer weiß, wer noch alles in diesem merkwürdigen Dorf. Mehringer hat angeordnet, die Zufahrtsstraßen wieder sperren zu lassen. Außerdem lässt er nach Alfred Menzel suchen."

Maria sah sie wütend an, und Claudia lächelte schuldbewusst. „Entschuldigung. Es gibt auch Ausnahmen." Doch Maria drehte sich wortlos um und verließ den Gastraum in Richtung Küche.

Katja verstand Marias Ärger, aber hier hatten wirklich eine Menge Leute etwas zu verheimlichen. Sie musste nur an die Vernehmungen auf dem Riedelhof denken.

Claudias Handy gab ein Signal. „Ich muss wieder. Mehringer will, dass ich bei den Befragungen dabei bin. Jetzt ist wohl der Pfarrer dran."

„Du könntest nach Hause fahren. Warum tust du dir das an?", fragte Holger Claudia plötzlich. Katja sah ihn überrascht an. Sie hatte nicht mitbekommen, dass er offenbar das Gespräch zwischen Claudia und ihr verfolgt hatte. Er sah abgespannt und müde aus. Die Sorge um Leah und auch die Verantwortung für Hannah hatten Falten in sein Gesicht gegraben, die morgens noch nicht sichtbar gewesen waren.

Claudia sah ihn ernst an, bevor sie antwortete. „Ich habe eine Tochter. Lena heißt sie. Ich kann nicht einfach wegfahren und so tun, als ginge mich Leahs Schicksal nichts an." Claudia stand auf. „Außerdem habt ihr mich auch nicht hängen lassen", fügte sie hinzu. Als ob ihr dieses Zugeständnis peinlich war, verließ sie hastig das Restaurant.

Hannah saß zusammengesackt, ihren Kopf seitlich auf die auf dem Tisch verschränkten Arme gelegt. Ihr Blick schien leer, ihre Augen waren klein. Sie wird gar keine Tablette brauchen, so fertig, wie sie ist, dachte Katja und beobachtete, wie Dr. Brunner eine Tablettenschachtel aus seiner Jackentasche nahm und Holger gemeinsam mit der Arznei entsprechende Instruktionen gab, bevor er sich erhob und verabschiedete. Holger steckte die Schachtel ein. Er nahm eines der belegten Brote. Dann schob er Hannah schweigend den Teller hin. Sie hob den Kopf und als sie sah, dass er vom Brot abbiss, richtete sie sich mühsam auf und nahm ebenfalls eine Schnitte. Katja goss Früchtetee in eine Tasse und schob sie ebenfalls zu Hannah. Dann stand sie auf. Holger sah sie fragend an.

„Ich komme gleich wieder", sagte sie und ging in die Küche.

„Wie geht es Ihrem Jungen?", fragte sie Maria.

„Nicht ganz so schlimm wie dem Mädchen und ihrem Vater, aber fertig ist Stefan ebenfalls. Er macht sich riesige Vorwürfe. Noch schlimmer geht es meinem Mann. Bernd traut sich überhaupt nicht aus unserer Wohnung. Aus Furcht, auf Leahs Vater zu treffen."

„Das ist Unsinn. Es sind Jugendliche. Machen Sie mir einen Kaffee, Maria? Früchtetee mag gesund sein, aber ich brauche jetzt einen starken Kaffee."

„Sagen Sie mir Bescheid, wenn es Neuigkeiten gibt? Ich krieg hier in der Küche nichts mit. Wissen Sie, die Leute hier im Dorf sind eigentlich in Ordnung. Aber vielleicht hat die Polizistin recht. Wer kann schon in die Köpfe reingucken?"

Katja nickte und verließ die Küche. Ja, wer konnte das? Sie hoffe, dass Mehringer genau das in diesem Moment fertigbrachte. Und zu gerne würde sie in den Versammlungsraum gehen, in dem die Vernehmungen stattfanden, um zu erfahren, ob es endlich eine Spur gab, die half, Leah zu finden.

Sie ging vor die Haustür und streckte sich. Die Kälte tat gut, auch der Blick auf die weiße Ebene beruhigte. Der Sturm war nicht zurückgekommen. Doch ein Blick zum Himmel zeigte ihr, dass es sicherlich bald wieder beginnen würde zu schneien. Die Wolken hingen tief an den steilen Hängen der umliegenden Berge. Irgendwo da musste Leah sein. Dieser Rupert wollte überleben. Also würde er irgendwo Schutz suchen und Leah mit sich nehmen. Was hätte er davon, das Mädchen in der Kälte sterben zu lassen? Gut, dass sich die Kinder so sicher waren, dass es Rupert gewesen war, der Leah auf seinem Hof gefangen hatte. Sonst würden alle glauben, Bach hätte Leah. Katja würde ebenfalls eine Beruhigungspille benötigen, wenn das so wäre. Unvorstellbar. Sie fröstelte und kehrte in den Gasthof zurück. Holger und Hannah kamen ihr entgegen. Es sah aus, als stützten sie sich gegenseitig. Holgers kräftige, sportliche Statur wirkte spannungslos, sein Gang unsicher. Sein Akku war leer und Katja fühlte mit ihm. Es war unglaublich, was an einem einzigen Tag alles passiert war, ganz zu schweigen von dem gestrigen Lawinenunglück.

„Wir gehen aufs Zimmer. Claudia hat versprochen, sich sofort zu melden, sobald sie etwas weiß", sagte Holger.

„Darf ich nachher noch einmal nach euch schauen?", fragte Katja. Er nickte. Es war erst später Nachmittag, aber es schien Katja, als seien sie alle bereits seit mehr als zwei Tagen ununterbrochen wach. Hoffentlich würden die beiden etwas schlafen können. Ihr Handy summte. Es war Miriam, die besorgt wissen wollte, wie der Stand der Dinge war.

„Wenn die Straßen jetzt offen sind und dein Jeep ist fahrtüchtig, dann komm gefälligst. Ich will dich bei mir haben. Will dich drücken. Ich bin so froh, dass dir nichts passiert ist." Miriams Worte klangen immer gepresster, als würde sie jeden Moment anfangen zu weinen, was Katja nicht wundern würde.

„Ich kann jetzt hier nicht weg", sagte sie milde.

„Sorry, aber du kennst diese Leute erst seit zwei Tagen. Keiner würde es dir übel nehmen, wenn du jetzt aus dem Dorf des Schreckens abhaust."

Katja musste unwillkürlich lächeln. *„Dorf des Schreckens."* Miriams Hang zum Theatralischen kam wieder einmal durch.

Aber wie konnte sie ihrer Freundin begreiflich machen, dass manche Erlebnisse so intensiv waren, dass es egal war, wie lange man die Menschen kannte, mit denen man alles gemeinsam durchgestanden hatte. Außerdem, was hieß durchgestanden? Sie waren noch mittendrin. Für sie war es unvorstellbar, Holger und Hannah jetzt einfach zu verlassen.

„Nicht böse sein, Miri, ich muss jetzt auflegen. Ich erklär dir alles ganz genau. Aber erst muss das hier vorbei sein. Okay?"

„Ist es wegen des Typen? Wegen diesem Holger?", fragte Miriam mit einem Hauch von Eifersucht in der Stimme.

Katja beeilte sich, Miriam zu versichern, dass dies nicht der Fall war, verabschiedete sich und beendete das Gespräch. Sie wandte sich gerade zur Treppe, um ebenfalls in ihr Zimmer zu gehen, als Claudia das provisorische Vernehmungszimmer verließ.

„Gibt es etwas Neues?", fragte Katja aufgeregt und Claudia nickte.

„Ich soll nur mit dem Kollegen im Krankenhaus telefonieren und muss gleich wieder rein. Elfriede Geissler ist vor einer halben Stunde gestorben. Wir ermitteln jetzt auch in dieser Sache wegen Mordes."

+++ *17:13 UHR,* +++
+++ *1GASTHOF HUBER, EINSATZLEITUNG* +++

Mehringer trommelte mit den Fingern auf der Tischplatte. Deshalb beeilte sich Claudia, möglichst unauffällig ihre Position an der Wand wieder einzunehmen.

Mehringer beugte sich weiter vor. „Es ist offensichtlich, dass Sie uns nicht die Wahrheit erzählen, Herr Pfarrer." Dabei betonte er spöttisch das Wort *Pfarrer*.

„Weder lüge ich, noch verschweige ich etwas, das ich nicht aufgrund meines Beichtgeheimnisses verschweigen muss“, antwortete Dominic Kern.

„Genau das glaube ich Ihnen nicht. Fassen wir doch mal zusammen, was wir bisher wissen: Sie haben die Tote erkannt, dies aber verneint. Fällt das unter das Beichtgeheimnis?“ Mehringer machte eine bedeutsame Pause. „Wohl kaum. Sie haben von dem verstorbenen Bauern Riedel einen Brief und ein Testament erhalten. Exakt mit der Absicht, den Inhalt des Testaments öffentlich zu machen und für seine Umsetzung zu sorgen. Fällt das unter das Beichtgeheimnis? Lächerlich. Sie wussten, dass Jens Geissler der Sohn des Joseph Riedel war. Auch das war Ihnen, wie wir durch die Aussage Jens Geisslers wissen, keinesfalls im Rahmen einer Beichte anvertraut worden. Ganz im Gegenteil. Elfriede Geissler hat damals nur geschwiegen, weil Sie sie moralisch unter Druck gesetzt haben. Wir wollen von Ihnen wissen, warum? Weshalb wollten Sie damals wie heute die Wahrheit vertuschen? Haben Sie Ann Thompson und Elfriede Geissler ermordet?“

Pfarrer Kern riss seinen Kopf hoch und starrte mit schreckgeweiteten Augen den Ermittler an. Sein Gesicht wurde bleich und mehrmals öffnete und schloss er den Mund, ohne einen Ton herauszubringen. Dann verschränkte er seine Arme auf der Tischplatte vor sich und ließ seinen Kopf darauffallen. Seine Frage „Elfriede ist tot?“ war kaum zu hören.

„Ja“, antwortete Mehringer und wartete.

Nach einer Weile hob der Pfarrer wieder den Kopf. Sein Gesichtsausdruck wirkte härter als zuvor. Er schien resigniert und emotionslos. Schweigend sah er Mehringer ins Gesicht.

„Wollten Sie Franz Riedel helfen, das Erbe für sich selbst zu sichern, und verschweigen deshalb, wer die Tote war?“

Kern schüttelte den Kopf.

„Warum dann?"

„Ich hatte Angst, dass es der Franz war, der seine Schwester umgebracht hat, und wollte erst mit ihm sprechen."

„Trauen Sie Franz Riedel einen Geschwistermord zu?"

„Ich weiß es nicht. Wer kann schon in die Menschen hineingucken."

„Warum hassten sich die Geschwister?"

„Das fällt ganz sicher unter mein Beichtgeheimnis." Kern lehnte sich etwas zurück und verschränkte die Arme vor der Brust.

„Woher hatte Joseph Riedel die Wertpapiere?"

„Aus seiner Zeit als Seemann."

„Warum hat er sie nicht angerührt und jahrelang in bescheidenen Verhältnissen gelebt?"

„Hierzu kann ich Ihnen nichts sagen."

„Können Sie nicht oder wollen Sie nicht?"

„Beichtgeheimnis."

Mehringer stöhnte. „Ja klar."

„Fragen Sie doch den Franz."

Plötzlich hörten sie tumultartige Geräusche vor der Tür. Einen Moment später wurde diese aufgestoßen, und Jens Geissler stürmte in Begleitung zweier Beamter in den Raum. Jens stürzte auf den mit dem Rücken zu ihm sitzenden Kern zu, griff an die Stuhllehne und kippte den Stuhl kräftig nach hinten. Mit einem Schrei stürzte Kern auf den Boden.

„Du Schwein." Jens warf sich auf ihn. „Warum hast du sie umgebracht?", schrie er. Die beiden Beamten, die Jens begleitet hatten, sowie auch Mehringer und seine Kollegen kamen Kern zu Hilfe. Zwei von ihnen packten den um sich schlagenden Jens an den Armen und zogen ihn hoch. Auch Kern rappelte sich wieder auf. „Du willst ein Pfarrer sein?", schnaubte Jens, als er und Kern sich gegenüberstanden.

„Ruhe jetzt! Das ist ja wie im Kindergarten", rief Mehringer und bedeutete den Polizisten, Jens mehrere Stühle entfernt von Kern zu platzieren. Die Beamten blieben dicht hinter dem Stuhl stehen.

„Setzen Sie sich wieder", forderte Mehringer auch Kern auf und ging kopfschüttelnd zu seinem eigenen Platz zurück.

„Können Sie uns Ihr Verhalten bitte erklären, Herr Geissler?"

„Meine Mutter ist noch mal wach geworden, bevor sie ..." Jens hatte Tränen in den Augen. Er starrte auf die Tischplatte vor sich. „Sie hat gesagt, der Dominic hätt' auf sie geschossen."

„Aber es war doch ein Unfall! Ein Unfall war es. Ich wollte niemals ... so wahr mir Gott helfe ..."

„Halten's bloß das Maul von wegen Gott. Sie sind schuld an dem ganzen Unglück. Nicht nur beim Riedel, auch bei uns. Es wär alles anders gekommen. Und jetzt haben's sogar meine Mutter auf dem Gewissen. Da haben wir alle im Dorf Angst vor dem entflohenen Mörder. Dabei ist der Mörder direkt unter uns. Wahrscheinlich haben's auch die arme Anne umgebracht."

„Stimmt es, dass Sie auf Frau Geissler geschossen haben?", fragte Mehringer Kern.

„Ja. Nein. Ich hab nicht geschossen. Im Gegenteil: Sie wollte mich erschießen. Wegnehmen wollte ich ihr die Waffe."

„Verdient hätten Sie's", fuhr Jens dazwischen.

„Ruhe!", donnerte Mehringer und sah Kern auffordernd an. „So, und nun schildern Sie der Reihenfolge nach." Er wandte sich an Jens. „Und Sie warten draußen." Er winkte den beiden Beamten. Jens ließ sich widerstandslos aus dem Raum führen.

Claudia holte tief Luft. Katja hatte offenbar den richtigen Riecher gehabt. Schon in der Kapelle hatte sie vermutet, dass der Pfarrer log und überhaupt viel mehr wusste als alle anderen im Dorf. Sie wartete gespannt auf die Fortsetzung der Befragung.

„Schon vor Tagen hat mich Elfriede angerufen und aufgefordert, ich solle gemeinsam mit ihr dem Jens bestätigen, dass er der Sohn vom Joseph Riedel ist. Sie wollte, dass auch Jens etwas vom Erbe erhält. Im ganzen Dorf munkelte man schon von den Wertpapieren. Ich weiß nicht, woher die Leute das wussten. Ich hatte nichts gesagt. Elfriede meinte, sie wüsste es vom Alfred Menzel. Der hätte mal wieder einmal zu viel getrunken und danach behauptet, der Joseph sei ein reicher Mann gewesen." Kern schwieg und schüttelte den Kopf. Dabei sah er an Mehringer vorbei aus dem Fenster, als suchte er dort eine Antwort darauf, ob er weitersprechen oder doch lieber schweigen sollte.

Mehringer räusperte sich vernehmlich. Kern faltete seine Hände und legte sie bedächtig langsam auf die Tischplatte. „Elfriede hatte Angst, Jens würde ihr das allein nicht glauben, und ich könne es bestätigen, weil ich es schon seit seiner Geburt wusste, genauso wie der Joseph selbst auch. Ich wollte das auch tun, aber dann hat der Franz mir am Abend bei der Versammlung erzählt, dass Anne ins Dorf gekommen sei. Daraufhin hab ich der Elfriede gesagt, dass das mit der Erbschaft nichts bringt, denn ich wusste vom Testament und wollte nicht, dass der arme Franz das bisschen vom Hof und vom Geld auf dem Konto auch noch mit Jens teilen muss. Deshalb habe ich ihr geraten, weiter zu schweigen. Und dann hat man gestern Morgen die Tote gefunden, und ich habe sie sofort erkannt. Ich wurde wütend auf Franz, weil ich dachte, er habe seine eigene Schwester umgebracht, und deshalb rief ich dann noch einmal Elfriede an, um mich mit ihr beim Franz auf dem Hof zu verabreden. Aber Elfriede hatte zu viel getrunken, und der Rupert holte sie nach Hause. Von dort hat sie mich noch mal angerufen und behauptet, wenn ich nicht zu ihr käme, dann würde sie mich anzeigen."

„Weshalb wollte Frau Geissler Sie anzeigen?", fragte Mehringer.

Kern zuckte die Achseln.

„Mal abgesehen davon, ob Ihr Verhalten in all den Jahren moralisch vertretbar war oder nicht, aber eine strafbare Handlung, die man zur Anzeige bringen könnte, sehe ich bisher noch nicht. Also frage ich Sie noch einmal: Weshalb hätte Frau Geissler Sie anzeigen können?"

Wieder schwieg der Pfarrer.

„Wie Sie wollen. Was geschah dann?"

„Ich fuhr zu ihr. Sie war allein und hatte noch weiter getrunken. Sie war wütend auf mich und bedrohte mich mit einer Waffe. Dabei konnte sie kaum gerade stehen und schwenkte die Pistole immer hin und her. Ich hatte Angst, dass sie wirklich auf mich schießt. Also bin ich langsam auf sie zugegangen, habe beruhigend auf sie eingeredet und dann blitzschnell nach der Pistole gegriffen und ihre Schussrichtung zur Decke gerichtet. Aber sie ließ nicht los. Ihr Finger hatte sich im Abzug regelrecht verkrampft. Sie schrie ununterbrochen unverständliches Zeug, beschimpfte mich. Dann hatte ich die Waffe beinahe schon aus ihrer Hand gelöst, als sie ihren Arm mit der Pistole mit voller Kraft wieder losriss. Dabei verlor sie das Gleichgewicht. Sie drehte sich und mit einem Mal ging ein Schuss los. Meine Hand war nicht einmal mehr an der Waffe, als das passierte."

„Und warum Frau Geissler so wütend auf Sie war, wollen Sie uns nicht sagen?"

Der Pfarrer schüttelte den Kopf.

„Nur mal angenommen, Sie erzählen uns hier die Wahrheit. Weshalb haben Sie nicht sofort den Notarzt gerufen? Dann wäre Elfriede Geissler jetzt möglicherweise noch am Leben. Wie kann ein Mensch, noch dazu ein Pfarrer, eine lebensgefährlich verletzte Person liegen und verbluten lassen?"

Kern starrte aus dem Fenster. Er presste seine Lippen zu dünnen Strichen zusammen. Fast meinte Claudia, seine Zähne knirschen zu hören, bevor er wieder den Mund öffnete. Ohne Mehringer anzusehen, antwortete er leise.

„Ich dachte, sie sei schon tot, und außerdem hatte ich mit einem Mal Panik. Panik, wie noch niemals zuvor. In diesem Moment, in dem die Elfriede vor mir lag, wurde mir schlagartig etwas bewusst. Ihr Leben und das ihrer Söhne hätte ganz anders verlaufen können, wenn ich damals anders gehandelt hätte. Vielleicht nicht unbedingt besser, leichter. Aber das ganze Durcheinander jetzt, wo die Wahrheit so spät ans Licht kommt, hätte ich verhindern können. Aber ich war zu schwach. Damals wie heute. Ich bin einfach weggelaufen und habe es überhaupt nicht für möglich gehalten, dass sie noch leben könnte. Insofern haben Sie recht: Ich habe Elfriede Geissler auf dem Gewissen."

Mehringer nickte mehrmals. „Holen Sie zwei Kollegen", wies er seinen Mitarbeiter, der das Protokoll führte, an. „Bisher, Herr Kern, haben wir Sie als Zeugen befragt. Jetzt werde ich Sie über Ihre Rechte belehren und Sie wegen des dringenden Tatverdachts, Elfriede Geissler ermordet zu haben, festnehmen lassen."

Während Mehringer den Pfarrer über seine Rechte aufklärte, näherten sich zwei uniformierte Beamte und stellten sich neben Kern.

„Aber das ist Unsinn. Es war ein Unfall."

„Herr Pfarrer", wieder betonte Mehringer das Wort. „Selbst, wenn wir Ihnen glauben würden, dass es ein Unfall ist, eine Anklage wegen unterlassener Hilfeleistung ist Ihnen gewiss. Es wird also neben der Strafe von oben ..." Sein Zeigefinger richtete sich an die Zimmerdecke und sein Gesicht verzog sich zu einem spöttischen Grinsen. „... auch noch eine irdische geben. Dafür werde ich sorgen."

Kern ließ sich einige Meter in Richtung Tür führen und blieb dann stehen. Unschlüssig drehte er sich zu Mehringer um. „Verstehen Sie doch: Ich kann Ihnen die Hintergründe nicht erzählen. Ich unterliege dem …“

„Beichtgeheimnis, ich weiß“, setzte Mehringer fort und hob die Augenbrauen. „Ich habe Sie gerade über Ihre Rechte belehrt, dass Sie sich nicht selbst belasten müssen. Wenn Sie trotzdem Ihre Aussage fortführen möchten, herzlich gerne.“ Er machte eine überschwänglich einladende Armbewegung in Richtung des Stuhls, auf dem der Pfarrer gesessen hatte.

Kern schien zu überlegen. Dann sah er Mehringer entschlossen ins Gesicht. „Holen Sie den Franz Riedel. Es geht um seinen Vater und der ist tot, aber mein Beichtgeheimnis geht über den Tod hinaus. Nur, wenn der Franz einverstanden ist, werd ich es brechen, dann erzähle ich Ihnen alles. Jetzt, nachdem die Elfriede gestorben ist, kann ich mein Amt sowieso nicht mehr ausüben.“

Mehringer drehte sich zu einem Kollegen um und trat mit ihm zur Seite in Hörweite Claudias, die sich nicht von ihrem Platz an der Wand wegbewegt hatte.

„Es wird uns in der Sache Leah Koch nicht weiterbringen, denn das hier scheint eine ganz andere Geschichte zu sein, aber mehr, als wir schon veranlasst haben, um das Mädchen zu finden, können wir eh nicht tun“, sagte der Kollege.

„Sehe ich auch so. Der Pfarrer scheint jedenfalls der Schlüssel zu den beiden anderen Fällen zu sein. Lassen Sie ihn in einem der frei gewordenen Zimmer festsetzen, bereiten Sie alles vor für seine erkennungsdienstliche Erfassung, klären Sie, welche Kleidung er heute Vormittag getragen hat, und sichern Sie sie. Schmauchspurentest, das ganze Programm. Und wir holen uns jetzt Franz Riedel“, wies ihn Mehringer an und drehte sich wieder zu Kern um. „Eine Gemeinde mit so einem Pfarrer kann einem nur leidtun.“

+++ 22:48 UHR, GASTHOF HUBER +++

„Wo ist sie? Wo sind meine Tochter Hannah und mein Mann, mein Exmann. Ich bin …“

Katja, die gerade mit Claudia aus dem Restaurant kam, wo sie noch eine Kleinigkeit gegessen und einen Espresso getrunken hatten, sah eine schlanke Frau in den Gasthof auf die Rezeption zustürzen, hinter der Maria Huber am Computer saß. Maria sprang auf. „Sie sind sicherlich Frau Koch, die Mutter?“

Die Frau nickte. Ihre langen mittelblonden Haare wurden nur noch unvollständig von einer Spange zusammengefasst. Der Rest hing in Strähnen unordentlich herunter. Ihr hübsches schmales Gesicht war blass und ihr Blick flackerte ängstlich. Katja sah auf die Uhr. Hannahs Mutter musste von Hannover, ohne anzuhalten, durchgefahren sein. Gott sei Dank war sie gut angekommen. Eine Sorge weniger für Holger und Hannah, die oben im Zimmer geblieben waren. Hannah hatte mit viel Zureden doch noch eine Beruhigungstablette genommen und war eingeschlafen, und Holger hatte sich nach Katjas mehrfachem Versprechen, ihn sofort zu benachrichtigen, neben sie gelegt, um ein wenig auszuruhen. Auch sie selbst hatte eine Stunde auf ihrem Bett gelegen, bis Claudia ins Zimmer kam und zur Erholung eine ausgiebige Dusche genommen und ihr die letzten Neuigkeiten aus der Leitstelle berichtet hatte.

„Ich schleich mich mal davon. Dafür habe ich jetzt gar keinen Nerv mehr“, flüsterte Claudia neben ihr und eilte zum Raum der provisorischen Leitstelle. Katja lief der Frau mit ausgestreckter Hand entgegen und bemerkte Marias dankbaren Blick, dass jemand ihr diese heikle Aufgabe abnahm.

„Frau Koch? Guten Tag. Ich bin Katja Reichenberger. Kommen Sie, ich zeige Ihnen das Zimmer von Holger und den Mädchen."

„Stefanie Koch. Darf ich fragen, wer Sie sind? Hat man Leah schon gefunden? Weiß man, wo sie ist? Aber Hannah ist in Ordnung?"

Holgers Exfrau wirkte wie ein gehetztes Reh und starrte Katja voller Verzweiflung an, als erhoffte sie sich eine Antwort auf alle Fragen gleichzeitig.

Katja griff Stefanie am Arm, lächelte beruhigend und zog sie in Richtung Treppe. „Ich bringe Sie zu Holger."

„Holger? Sind Sie seine neue Freundin?" Skepsis trat in Stefanies Gesicht.

Katja schüttelte energisch den Kopf. „Wir haben uns hier nach dem Lawinenunglück kennengelernt. Ihre Töchter und er haben mich quasi ausgegraben."

Stefanie schien Katjas Antwort gar nicht mehr zu interessieren. Ungeduldig lief sie in dem Hotelgang voraus, blieb bei jeder Tür stehen und sah Katja fragend an. An der dritten Tür nickte Katja. Stefanie Koch klopfte hektisch und trat im nächsten Moment bereits ein. Katja blieb unschlüssig zurück. Natürlich interessierte es sie, wie die beiden Exeheleute miteinander umgingen, aber jetzt war für Holger nur die Familie wichtig. Sie wartete, bis sich die Tür hinter Stefanie Koch schloss, und lief dann weiter zu ihrem und Claudias Zimmer.

Wo nahm Claudia die Energie her, schon wieder in der Einsatzzentrale mitzuarbeiten? Es war fast elf Uhr, und trotz aller Sorge um Leah fielen Katja vor Erschöpfung beinahe die Augen zu. In diesem Moment betrat Claudia das Zimmer. Sie zog ihre Uniformjacke aus, warf sie auf den Sessel am Fenster und ließ sich aufs Bett fallen.

„Was für ein Wahnsinn", seufzte sie.

Katja stand wieder auf, ging zur Minibar und nahm eine kleine Rotweinflasche heraus. „Den haben wir uns jetzt verdient“, sagte sie und öffnete ihn. Sie verzichtete auf Gläser, sondern legte sich ebenso ausgestreckt aufs Bett wie Claudia, trank einen Schluck und hielt ihr die Flasche hin. Claudia grinste.

„Ist auch schon egal.“ Sie nahm einen herzhaften Schluck und gab die Flasche zurück. „Es ist unglaublich, wie krank die Menschen sind. Das Einzige, das gegen einen beruflichen Aufstieg zur Kripo spricht.“

„Was war noch los?“

„Franz Riedel ist los. Pfarrer Kern hatte behauptet, wenn Riedel einverstanden sei, würde er uns die ganze Geschichte erzählen dürfen. Erst zeigte sich der Riedel bockig. Von wegen ‚wie kann der Pfarrer nur‘ und so weiter, und dann hat er endlich ausgepackt.“

Hektisch setzte sich Katja aufrecht, ein paar Tropfen des Rotweins malten ein gesprenkeltes Muster auf Marias wunderbar weiße Bettwäsche. „Also hat er doch seine Schwester umgebracht?“

Claudia schüttelte den Kopf. „Nein, aber zugeguckt, wie seine arme Schwester regelmäßig vergewaltigt wurde. Er war zwar noch ein Jugendlicher, aber mein Gott, wie pervers ist das denn? Die eigene Schwester.“ Sie schüttelte sich angewidert.

„Na, perverser ist wohl der Vater“, widersprach Katja.

Claudia lachte unnatürlich auf. „Ja, der auch. Aber nicht so, wie du denkst. Nicht er hat seine Tochter vergewaltigt, sondern er hat sie seinem alten Kumpel aus Seemannszeiten Alfred Menzel ‚zur Verfügung gestellt‘, wie Riedel sich ausdrückte. Angeblich wollte Franz Riedel mit seiner Schwester heute Morgen zur Polizei, um Menzel anzuzeigen.“

„Ist das nicht längst verjährt?“

„Dachte ich zuerst auch. Aber in schweren Fällen von Kindesmissbrauch kann die Verjährungsfrist bis zu 20 Jahre dauern und beginnt erst mit Vollendung des 18. Lebensjahres des missbrauchten Opfers. Ann Thompson war 34 Jahre alt. Sie hat wohl nur warten wollen, bis der Vater tot war."

„Der Vater vermittelt dem Freund seine Tochter. Da fragt man sich, was kränker ist."

„Du sagst es. Gib mir noch mal einen Schluck."

„Warum macht das ein Vater?"

„Das haben wir noch nicht herausgefunden. Franz Riedel wusste es nicht oder wollte es nicht wissen. Das wird uns hoffentlich Alfred Menzel sagen – falls wir ihn fassen werden."

„Er ist geflüchtet?"

Claudia nickte. „Haben wir noch so ein Schlafmittel in der Minibar? Ich bin völlig am Ende." Sie zog ihre Schuhe aus, warf sie auf den Boden und ließ sich in die Kissen zurückfallen. Im Liegen zog sie ihre Uniformhose und Strümpfe aus und warf sie den Schuhen hinterher. Dann zerrte sie die Bettdecke unter ihrem Körper hervor und warf sie sich über die nackten Beine.

Katja war zur Minibar gegangen und öffnete sie. „Nur noch Weißwein oder Minischnäpse. Willst du einen?", fragte sie und sah sich zu Claudia um. Sie hatte die Augen bereits geschlossen.

„Und der Pfarrer hat Elfriede Geissler erschossen, und Jens ist der Sohn von Joseph Riedel", sagte sie laut, bevor sie sich auf die Seite drehte und ihren Kopf in das Kopfkissen einkuschelte.

War das ein Scherz oder fabulierte Claudia? Katja musste beim Anblick der Polizistin lächeln. Sie würde sie morgen früh fragen und ihr jetzt die wohlverdiente Ruhe gönnen. Leise schloss sie die Minibar, legte sich ebenfalls ins Bett und schaltete das Licht aus. Was für ein Tag. Binnen Minuten schlief sie ein.

TAG 3

+++ *01:56 UHR, HÜTTE IM WALD* +++

„Lies vor, was du schon hast“, bat Bach.

Leah räusperte sich. Es war schlimm genug, Bachs wirren Gedankengängen zuzuhören und sie aufzuschreiben. Sie jetzt noch einmal mit der eigenen Stimme wiederzugeben, schien ihr unmöglich. Flüsternd las sie und Rupert trat neben sie und sah auf den beschriebenen Bogen auf der Illustrierten, die er ihr als Schreibunterlage gegeben hatte.

Meine geliebte Frau Sonja Grunert,
wie lange hatte ich Sie nicht ansehen dürfen? In Ihrem Garten stand ein Baum vor Ihrem Schlafzimmerfenster. Erinnern Sie sich? Er ging im nächsten Jahr ein und alles auf dem Boden um ihn herum auch. Das war ich. Salzsäure habe ich dem Baum gegeben. Sie haben ihn dann auch brav fällen lassen, so wie ich es wollte. Deshalb habe ich Sie auch nicht bestraft. Jedenfalls in dem Jahr noch nicht. Aber im nächsten Frühjahr, als Sie diesen furchtbaren Menschen in Ihr Bett ließen und mit ihm zusammen eine Jalousie vor dem Fenster anbrachten, da haben Sie die Schönheit ausgesperrt. Da musste ich selbst kommen, um sie wieder hereinzulassen. Verstehen Sie? Wenn man seine innere und äußere Schönheit vor den Augen der anderen verbergen möchte, dann doch nur, weil man sie verloren hat. Verloren an einen hässlichen Menschen. Ich habe es gesehen, wenn Sie die Jalousie einmal vergessen haben: Dieser Mann hat mit seinen groben Fleischerhänden Ihre Schönheit besudelt. Ich habe Sie wieder reingewaschen. Ich habe Sie gerade noch rechtzeitig gerettet. Schon am nächsten Tag wollten Sie mit diesem schrecklichen Menschen vor den Traualtar treten. Vor Gott! Ich konnte das nicht zulassen. Ich musste Ihren

Körper bestrafen. Aber so wurde Ihre Seele reingewaschen. Mit reiner aufrichtiger Liebe sind Sie vor Gott getreten. Ich möchte Ihnen heute sagen, dass …

Plötzlich hörte Leah von der Tür her das Geräusch eines im Schloss drehenden Schlüssels. Ebenso wie Rupert fuhr sie mit dem Kopf herum und starrte auf die Tür, die sich langsam öffnete. Sie schrie unwillkürlich auf. Rupert rannte zum Tisch, griff sich das Gewehr und richtete es auf die Tür. Ein älterer Mann trat ein. Leah machte sich ganz klein und steif auf ihrem Stuhl, die Papiere aus ihrer Hand fielen zu Boden und Rupert ließ das Gewehr sinken.

Der Mann hatte ein aufgedunsenes rotes Gesicht und unter einer dicken Pelzmütze guckten dünne schulterlange Haare hervor. Rupert schien ihn zu kennen, aber auch er konnte seinen Schrecken kaum verbergen.

„Bist du fertig? Zeig mir, was du geschrieben hast“, forderte Bach sie aus dem Bett auf. Er beachtete den Eindringling nicht.

„Na, da sein's ja alle hübsch beisammen“, sagte der Fremde.

„Alfred. Was willst du denn hier? Hast die Polizei gleich mitgebracht, oder was?“ Ängstlich spähte Rupert an ihm vorbei durch die geöffnete Tür. Aber draußen blieb alles dunkel und still.

Der mit „Alfred“ Angesprochene trampelte mit den Füßen auf die Dielen, um die Stiefel vom Schnee zu befreien. Er schaltete die Taschenlampe in seiner Hand aus und steckte sie ein.

Rupert war inzwischen aufgestanden und sah nach draußen. „Hast ihnen mit deinen Spuren sicher den Weg gezeigt“, sagte er böse und schloss die Tür.

„I wo. Bin immer hübsch am Rand geblieben.“ Mit den Augen eines Raubvogels musterte er in Windeseile Bach, der inzwischen den Gast ebenfalls bemerkte hatte, und den Brotlaib auf dem Holzbrett, der neben der Wurst und einem großen Stück Käse auf dem Küchentisch auf Ruperts weitere Zubereitung wartete, den Gasofen, die umherliegende Kleidung und schließlich blieben die Augen auf Leah haften.

Sie war kaum in der Lage, einen klaren Gedanken zu fassen. Machte der Mann mit Rupert gemeinsame Sache? Nein, dazu war Rupert zu überrascht gewesen, und außerdem schien er verärgert.

„Woher hast du den Schlüssel?“, fragte Rupert und wirkte wie ein Tier kurz vor der Flucht.

„Die Hütte gehört mir. Das weißt du doch. Da werd ich wohl noch einen Ersatzschlüssel haben.“ Noch immer lagen Alfreds Blicke auf Leah. „Dein Vater und ich, wir hatten hier eine Menge Spaß.“

„Mein Vater ist schon vor langer Zeit abgehauen.“

„Recht hatte er, dass er fort ist. Aber ich war so viele Jahre auf See. Ich will hier nicht mehr weg.“

„Warum biste dann hergekommen?“

„Weil die Polizei mich sucht und mit mir reden will. Ich will aber nicht.“

„Die Polizei? Was woll'n die denn von dir?“

Alfred antwortete nicht. Seine Blicke tasteten Leah ab. Vom Kopf bis zu den Füßen und langsam wieder zurück.

„Hübsches Mädel hast du hier droben.“

„Ach, deshalb. Ich dachte, das sei vorbei.“

„So was geht nie vorbei.“

Endlich entließ er Leah aus seinen unsichtbaren Krallen, setzte sich schwerfällig auf einen Stuhl am Tisch und sah Rupert an. Der hatte sich sichtlich entspannt, Leah dagegen verkrampfte sich immer stärker. Ihre Gedanken rasten. Sie wollte weinen, aber die Angst hielt selbst die Tränen fest im Griff. Plötzlich war ein Gedanke da, stärker als alle anderen: Alfred hatte die Hütte aufgeschlossen, und Rupert hatte die Tür in seiner Überraschung nur wieder zugezogen, nicht aber verschlossen. Es gab nur noch einen Wunsch in ihr: davonlaufen, ohne Jacke, ohne

Mütze und Schal, egal, nur weg von diesen drei Männern, die eines gemeinsam hatten: Sie machten ihr eine Angst, die sie nie zuvor erlebt hatte. Aber etwas in ihrem Kopf hielt den Körper, der aufspringen wollte, zurück. Der Tisch mit den Männern war viel dichter an der Tür als ihr Stuhl hier hinten in der Ecke. Sie musste auf eine günstigere Gelegenheit warten und wagte einen kurzen Blick auf Bach. Er war eingeschlafen. Welch ein Glück. Unbeweglich blieb sie sitzen, sogar ihr Atem blieb flach, obwohl ihre Lungen rasend nach mehr Sauerstoff verlangten und der Druck in ihrem Kopf immer stärker wurde. Nur kein Geräusch machen. Alfred saß mit dem Rücken zu ihr. Die Männer sollten sie am besten einfach vergessen. Doch plötzlich stand Alfred wieder auf, drehte sich und kam zum Bett. Sie hörte auf zu atmen. Doch er blieb auf der anderen Seite des Bettes, ging schnurstracks zum Nachttisch, öffnete sein kleines Türchen und kehrte mit einer Flasche Korn zum Tisch zurück. Leah wurde schwindlig. Sie umschloss ihre Nase mit beiden Händen und atmete tief ein und aus. Bevor er sich wieder setzte, griff Alfred zwei Wassergläser aus dem Küchenschrank. Er füllte sie randvoll und schob dem schweigenden Rupert ein Glas hin.

„Nee, lass mal. Ich muss ganz in der Früh los."

„Wohin willst' denn?", fragte Alfred und nahm einen großen Schluck.

„Das werd ich dir nicht sagen."

„Warum?"

„Weil ich dir nicht trau."

„Wir hatten schöne Zeiten hier in der Hütte, dein Vater und ich."

„Gesoffen habt ihr und rumgehurt. Meine Mutter hat sich derweil die Augen ausgeweint und mein Bruder hatte keinen Vater."

Alfred machte eine wegwerfende Armbewegung und griff erneut das Glas, das nur noch zur Hälfte gefüllt war.

„Die haben oben auf der Straße alles abgesperrt."

„Egal. Ich kenn meinen Wald besser als die alle zusammen."

Einen Moment lang schwiegen die Männer. War jetzt der richtige Moment gekommen, um zu flüchten? Leah plante in Gedanken ihre Schritte. Sie könnte sich zunächst einmal auf die Couch setzen. Dort lag ihre Jacke. Vielleicht könnte sie sie sogar anziehen? Sie würde behaupten, ihr sei kalt. Doch dann würden die Männer auf sie achten, und außerdem war die Couch breit. Was, wenn sich dieses Ekel zu ihr setzen wollte? Vielleicht betrank er sich so stark, dass sie ihm körperlich überlegen sein würde. Aber da gab es noch Rupert, und der hatte bisher keinen Schluck getrunken.

„Einmal war ich auch mit der Anne hier oben", sagte Alfred und drehte sich zu ihr herum. Wieder stach die Angst wie ein Messer in ihren Körper. Aber sein Blick blieb versonnen am Bett hängen.

„Welche Anne?", fragte Rupert, aber seine Stimme klang desinteressiert. Er verstaute Heft und Stift in seinem Rucksack.

„Die Riedel-Anne", antwortete Alfred und drehte sich wieder zu Rupert. „Ihr wart alle noch Kinder. So herrlich jung. Also du nicht. Du hattest selbst schon die Mädels im Kopf."

„Warum hast du ein Kind mit hier hoch genommen?" Ruperts Stimme klang lauernd, so als wüsste er die Antwort schon und wartete nur darauf, sie aus Alfreds Mund bestätigt zu erhalten. Leah erkannte die Abscheu in Ruperts Gesicht, aber die Angst lähmte ihr Gehirn und sie verstand den Grund für seine Reaktion nicht.

„Ich hab ihr nie wehgetan. War immer ganz vorsichtig."

„Du bist ein Schwein. Das warst du immer. Ein versoffenes Schwein. Nicht besser als der da." Rupert wies mit der Hand in Richtung Bett.

„Nee, der ist krank im Kopf. Ich hab mir nur ein bisschen Spaß gemacht."

„Und der Joseph? Hat die Anne dich bei ihm nie verraten?“

„Der hat sie mir ja gebracht.“

Rupert starrte Alfred an. „Du lügst. Wie kannst du behaupten … jetzt, wo er tot ist und sich nicht mehr wehren kann.“

„Reg dich ab. Was wahr ist, bleibt wahr. Der Joseph war mir was schuldig. Was Großes. Und da hab ich es von ihm gefordert, das Große. Er hat's mir geben müssen, ob er's gewollt hat oder nicht. Sonst wär er ins Gefängnis gewandert und davon hätt' seine Familie auch nichts Gutes gehabt, oder?“

Rupert starrte ihn noch immer an. „Deshalb ist die Anne Hals über Kopf weg, als ihre Mutter gestorben war“, sagte er leise, nachdem er eine Weile geschwiegen hatte, so als erklärte er es nur für sich selbst.

„Da war schon nichts mehr mit mir. Sie war da schon achtzehn oder neunzehn. Bereits erwachsen.“

„*Schon* achtzehn?“, fragte Rupert fassungslos.

„Nee, die ist nur geblieben wegen der kranken Mutter. Als die Martha dann gestorben war, ist sie fort.“

„Wie viel von unseren Mädchen hast du noch …“ Rupert spuckte verächtlich auf den Boden neben sich.

„Keine. Die Anne war ja da. Und dann kam der Krebs. Das weißte ja. Die Hormone und die ganze Medizin. Nee, da war das mit den Gefühlen auch weg. Aber jetzt bin ich wieder ganz gesund. Und mit meinen Hormonen, da stimmt's auch wieder. Ich hab gedacht, ich seh nicht richtig, als vorgestern die Anne unten im Laden gestanden ist. Ganz anders sah sie aus. Aber ich würd sie erkennen, selbst wenn sie sich schwarz anmalen täte. Sie hat mich nicht gesehen. Hab mich schnell hinterm Regal versteckt. Später bin ich zu ihr auf den Riedelhof. Aber sie hat nicht aufgemacht. Da bin ich wieder weggefahren. Dachte sie zumindest.“

Er lachte so laut, dass es Leah die schon versiegt geglaubten Tränen in die Augen trieb. Es war schrecklich genug, was sie inzwischen aus dem Gespräch der Männer verstanden hatte. Aber weiterdenken, was Alfred da gerade andeutete, konnte sie nicht mehr. Katjas Erzählungen über den Anblick der toten Frau kamen ihr in Erinnerung. Sie presste sich die Hand auf den Mund, um keinen Laut von sich zu geben. Das Bild der Männer am Tisch verschwamm. Wie in Zeitlupe ließ sie sich auf dem Stuhl tiefer rutschen, bis ihre nach unten gestreckte Hand den Boden berührte. Sie sah nach Bach, aber er schlief noch immer, dann zu Rupert, der auf die Tischplatte vor sich starrte. Jetzt sprachen die Männer wieder. Leah achtete nicht mehr darauf, was die Männer sagten, sondern nur noch auf die Lautstärke ihrer Stimmen. Sehr langsam ließ sie sich vom Stuhl auf die Holzdielen gleiten. Das Sideboard, das als eine Art Raumteiler den Bereich des Bettes von der Küche und dem Esstisch abtrennte, bot ihr nun Sichtschutz. Stück für Stück robbte sie sich auf dem Bauch liegend unter das große Holzbett, bis sie in dessen Mitte wie eine Flunder auf dem Boden lag. Sie wusste, dass das Bett über ihr keinen endgültigen Schutz bot, trotzdem fühlte sie sich jetzt sicherer. Zumindest konnte keiner von ihnen mehr einfach nach ihr greifen, als säße sie noch auf dem Stuhl. Und ob Rupert wirklich von seinem Gewehr Gebrauch machen würde, daran glaubte sie nicht mehr. Er schien ebenso entsetzt zu sein wie sie selbst von dem, was Alfred offenbart hatte. Leah stützte ihr Kinn auf den übereinandergelegten Händen ab und traute sich, wieder zuzuhören. Durch die Füße des Sideboards sah sie den Boden bis zur Küche.

„Schmarrn. Als ob das Buch jemand lesen wollt'", hörte sie Alfreds Stimme. Seine Artikulation hatte bereits etwas Lallendes. Leah war sich sicher, dass er das Glas vor ihm bereits geleert hatte. Wie zur Bestätigung hörte sie das Aufschrauben des Flaschenverschlusses und das gurgelnde Geräusch des nachfließenden Schnapses.

„Solltest auch einen nehmen. Brauchst ihn wahrscheinlich, jetzt wo Elfriede – Gott hab sie selig …"

Ein Stuhl fiel polternd um. Ein Mund schnappte nach Luft, dann folgte die entsetzte Stimme Ruperts.

„Gott hab sie selig! Was sagst? Was ist mit …"

„Ja, weißt es denn noch gar nicht?" Jetzt klang auch Alfreds Stimme erschrocken.

„Was soll ich wissen? Red schon! Was hast du ihr angetan? Du Schwein. Ich bring dich um!", schrie Rupert. Seine Beine stießen an den umgefallenen Stuhl. Dann näherten sie sich dem Stuhl Alfreds, der etwas zurückgeschoben wurde. Etwas Metallisches schabte dumpf, Ruperts Füße traten etwas zurück. Ein Knacken und danach Stille.

„Leg das Gewehr weg. Ich hab damit gar nichts zu tun. Und der da kann's auch nicht gewesen sein. Dem scheinst du ja schon länger Unterschlupf zu geben."

„Was? Was ist passiert? Sag's endlich."

„Erschossen wurd' sie. Heute Mittag. Ich weiß auch nichts Genaues. Nur, dass der Jens, nachdem er mit dem Hubschrauber aus der Klinik zurückgebracht worden ist, beim Huber, da wo sie die Leitstelle von den Bullen eingerichtet haben, auf unsern Pfarrer losgehen wollt'. Er hätt' sie umgebracht, soll er geschrien haben."

„Der Jens?"

„Nein, dummer Bub. Der Pfarrer. Der Dominic halt. Aber mehr weiß ich nicht. Hab mich fortgemacht, als ich gesehen hab, dass zwei Uniformierte zu meinem Hof wollten. Von denen wimmelt es gradzu im Dorf, und die ersten Pressefuzzis sind auch schon da."

„Und das weißt' sicher? Heut Mittag? Da bin ich doch erst los. Da waren doch die Kinder auf unserem Hof."

Rupert hob seinen Stuhl auf und setzte sich geräuschvoll wieder hin. Leah sah seine gekreuzten, unter die Sitzfläche geschobenen Füße.

„Meine arme Mutter. Armer Jens.“ Ruperts Stimme flüsterte nur noch. Dann folgte Schweigen. Endloses Schweigen, schien es Leah. Nicht zu weinen und laut zu schreien, hielt sie kaum mehr aus. Schaukelnd hob und senkte sie ihren Kopf und ließ Hals und Schultern mitwippen. Ihre offenen Handflächen schoben sich über die rauen Dielen, als streichelte sie den Boden. Die Bäuerin war tot. Zwei tote Frauen, und sie würde die dritte werden. Es sei denn, sie nahm sich zusammen. „Kämpfen! Kämpft um euer Leben“, hat ihr Trainer immer gesagt. Damit meinte er nur das nächste wichtige Spiel. Aber hier ging es wirklich ums Überleben. Ja, sie würde kämpfen. Bis zum Schluss. Sie gehörte zu Hannah und zu Mama und Papa. Wie sollten die ohne sie leben? Hannah würde auch niemals aufgeben. Sie hatte es schon unter das Bett geschafft. Sie würde auch die rettende Tür erreichen. Sie war schnell, und sie würde das Überraschungsmoment ausnutzen.

„Wo ist das Mädchen?“, zerschnitt Alfreds Stimme die Stille, und seine Worte ließen Leahs Herz so laut schlagen, dass es in ihrem Kopf dröhnte. Sie sehnte sich nicht mehr nach der Tür. Sie beneidete nur noch den über ihr schlafenden Bach. Auch sie würde gleich ohnmächtig werden und würde so wenigstens nichts von dem mitbekommen, was als Nächstes geschehen mochte.

Es kam keine gnädige Ohnmacht, nicht einmal ein Schwindel. Leah nahm die hektische Suche der beiden Männer nach ihr glasklar wahr. Sie stürzten zuerst durch die Tür nach draußen und kamen nur Sekunden später wieder herein.

„Das hätten wir gehört. Da ist niemand raus“, stellte Rupert fest.

Leah beobachtete die Stiefel, die zur Couch schritten, und im gleichen Moment sah sie Knie und danach den gebeugten Körper Ruperts über dem Boden. Sein Kopf wurde sichtbar und im Nu hatten seine Augen ihre Position erfasst.

Er stand wieder auf. „Komm vor, du dummes Mädel“, knurrte er halb erleichtert, halb verärgert.

„Was? Wo? Wo isse denn?“, lallte Alfred.

„Unter dem Bett hat sich das arme Hascherl versteckt. Siehst mal, was du ihr für eine Angst gemacht hast. Mit zwei Mördern in einem Raum ist auch ein bissl viel für ein Kind.“

„Hast keine Augen im Kopf? Die ist kein Kind mehr, die haben gewiss schon einige Kerle g’fickt. A hübsche geile Braut is des.“

„Macht’s, was ihr wollt. Ich werd jedenfalls noch vor dem Morgen gehen. Die Sache mit meiner Mutter ändert alles. Ich geb mein Manuskript und meine Erklärung bei der Zeitung in Bad Tölz ab und dann kehr ich heim. Muss mich um Mutters Beerdigung kümmern und um meinen Bruder. Und das Madl lassen wir jetzt da unten liegen. Soll sich ruhig ausruhen.“

Rupert hatte gut reden. Wie sollte sie sich ausruhen, wenn ihr gleichzeitig die Angst den Brustkorb zu zerquetschen drohte, als läge sie nicht unter dem Bettgestell, sondern dieses direkt auf ihr. Mitsamt dem stinkenden Bach.

Die Männer schwiegen, und nur das Rascheln von Papier und ab und zu das Eingießen aus der Schnapsflasche zeigten, dass sie noch anwesend waren. Und doch wirkte die Stille auf Leah so friedlich wie das Verharren eines auf Beute lauernden Panthers kurz vor dem Sprung.

+++ *05:00 UHR, GASTHOF HUBER* +++

Katja wurde von dem Signal einer eingehenden Mail wach. Ihr Kopf fühlte sich schwer an. Die Wunde schmerzte und erinnerte sie an den Überfall am Vortag. Sofort erreichten auch alle übrigen Geschehnisse ihr Bewusstsein und machten sie hellwach. Sie drehte sich zur Seite und griff nach dem Telefon auf ihrem

Nachttisch. Nur eine Werbemail. Sie drehte sich auf die andere Seite. Im diffusen Licht des Displays erkannte sie, dass Claudia fest schlief, und beneidete sie. Wie mochte es wohl zwei Zimmer weiter bei Holger und Hannah aussehen? Ob sie schlafen konnten? Das sollte sie ebenfalls tun, mindestens noch ein oder zwei Stunden. Erst dann würde es hell werden. Sie horchte. Vielleicht flogen die Hubschrauber bereits? Sie waren nicht auf Tageslicht angewiesen, und falls der Nebel sich über Nacht verzogen hatte, würden sie sofort aufsteigen, um mit ihren Wärmebildkameras weiter über den Wäldern zu suchen. Aber außer der gerade schlagenden Kirchturmuhr war alles still. Das Handydisplay erlosch, und Katja schloss die Augen.

Nach zehn Minuten und mehrfachen Versuchen, die beste Einschlafposition zu finden, gab sie auf.

„Kannst du auch nicht mehr schlafen?“, fragte Claudia laut und seufzte. „Wollen wir frühstücken gehen?“

„Frühstück gibt's erst ab sieben“, antwortete Katja, schaltete das Licht an und erhob sich. Vom Tisch holte sie ihren Laptop, setzte sich mit ihm wieder ins Bett.

„Es wimmelt bereits von Pressemeldungen“, stellte sie fest. Dann checkte sie ihre Mails und die neuen Postings bei Facebook, aber in Gedanken war sie nur bei Leah. Wo war sie? Hatte sie die Nacht überlebt? Katja rief die Online-Wettervorhersage auf. Keine Auflockerung der dichten Wolkendecke in Sicht. Aber hier in den Bergen konnte sich das von Stunde zu Stunde ändern. Sie stand auf, öffnete die Balkontür und trat hinaus. Der Himmel zeigte sich schwarz, ohne jegliche Lichtpunkte, die auf einen aufklarenden Himmel hindeuteten. Wieder horchte sie. Ein paar Autos fuhren, aber da ihr Zimmer zur Gartenseite hin lag, konnte sie keine Lichter erkennen. Gedämpftes Klappen von Autotüren und ein paar Stimmen, dann war wieder Stille. Sie fror und ging ins Zimmer zurück. Während sie die Balkontür schloss, beobachtete sie Claudia, die vornübergebeugt auf dem Boden kniete, intensiv eine auf dem Bett ausgebreitete Karte studierte. Sie fuhr mit dem Finger Linien entlang und nuschelte etwas vor sich hin.

„Was suchst du?“, fragte Katja und trat neben sie.

„Wir haben gestern in der Abschlussbesprechung die Gebiete markiert, die, soweit es vom Gelände her möglich war, abgesucht worden sind. Ich versuche, mich zu erinnern, welche es waren, denn die Karte liegt unten im Besprechungsraum.“

„Warum sehen wir uns nicht das Original an? Ich kann sowieso nicht mehr schlafen. Vielleicht ist Maria ebenfalls schon wach, und wir kriegen einen Kaffee.“

„Der Raum ist hundertprozentig abgeschlossen. Aber wir können trotzdem gehen. Alles ist besser, als hier unnütz im Zimmer rumzuhängen.“ Sie sah auf die Uhr. „Ich ruf nur schnell noch meine Mutter an. Sie steht um halb sechs auf, weil sie sich um Lena kümmern muss. Die Schule liegt ziemlich weit weg.“

Katja nickte und überlegte, ob sie auf dem Weg nach unten an Holgers Tür klopfen sollte, verwarf diesen Gedanken aber gleich wieder. Wenn Holger wach war, würde er als Erstes bestimmt das Zimmer verlassen.

Während Claudia mit ihrer Mutter telefonierte, zog sich Katja nach einer kurzen Dusche frische Kleidung an. Als auch Claudia bereit zum Aufbruch war, verließen sie das Zimmer.

Der Gasthof Huber war ein alter Massivbau. In den Fluren und Räumen war an Wänden und Decken jede Menge Holz verarbeitet worden. Auch die Türen bestanden aus Vollholz und schluckten fast jeglichen Schall. Trotzdem vermieden sie jedes laute Geräusch und sprachen leise miteinander, bis sie die Treppe ins Erdgeschoss erreicht hatten. Perplex hielten sie auf den letzten Stufen inne. Vor der Rezeption und im Restaurant wimmelte es von Menschen. Die meisten trugen Uniform, aber viele auch legere Sportkleidung. Einige hielten Kameras und Zubehör in den Händen. Katja kam es vor, als hätten sie versehentlich in einen Ameisenhaufen gestoßen, der nun mühsam seine Ordnung wiederherstellen wollte. Durch die Glastür erkannte sie einen Übertragungswagen des Fernsehens.

„Die Aasgeier sind da“, flüsterte Claudia neben ihr, und Katja fiel in diesem Moment ein, dass sie gleich nachher ihre Eltern anrufen musste. Denn wenn die Presse vor Ort war, dann waren die Nachrichten gleichzeitig auch in den Wohnzimmern und ihre Eltern würden sich zu Tode ängstigen.

Die Tür zum Besprechungsraum der Einsatzleitung stand offen. Kriminalbeamte in Zivil saßen über Laptops und über Notizblöcken oder Karten. Auch Mehringer war anwesend.

„Wow“, entfuhr es Katja. „Hat er die Nacht durchgemacht?“

Niemand achtete auf sie. Bis ein Mann mit einem Presseschild am Revers seiner Jacke und einem Fotoapparat in der Hand durch die geöffnete Tür Fotos machen wollte. Ein uniformierter Polizist trat von hinten an ihn heran, tippte ihm auf die Schulter und wies wortlos in Richtung Rezeption. Dann schloss er die Tür.

„Musst du da gleich wieder mitmachen?“

„Erst frühstücken, sonst nütze ich dem Team gar nichts“, antwortete Claudia grinsend.

Sie betraten das Restaurant. Auch hier herrschte Hochbetrieb. Katja erkannte sowohl Maria als auch ihren Mann Bernd, und sogar Stefan trug gefüllte Teller auf das Buffet. Der wenige Schlaf war ihnen ins Gesicht geschrieben. „Wer bezahlt das eigentlich alles?“, wollte Katja wissen.

„Der Staat. Bei so einem Großeinsatz hat das Catering für die Einsatzkräfte eine immense Bedeutung. Erstens soll niemand bei der schweren, körperlichen Arbeit Hunger haben, und außerdem ist das eine Möglichkeit für die Kollegen, sich auch psychisch zu regenerieren, sich auszutauschen und das Erlebte gemeinsam zu bewältigen. Und so eine einfache Gelegenheit wie in diesem Fall, die Einsatzleitung und die Helfer mit Essen und Trinken zu versorgen, ist für die Organisatoren traumhaft. Natürlich bekommen die Hubers das gut bezahlt."

„Hast du schon öfter an solchen Großeinsätzen teilgenommen?"

Claudia schüttelte den Kopf. „Man kriegt aber so einiges mit, auch wenn man nicht selbst dabei ist."

„Du wärst aber gerne öfter dabei, oder?"

Claudia zuckte die Schultern, aber wie schon am Vortag erkannte Katja die Begeisterung und den Eifer, mit der die Polizistin bei der Sache war.

„Mehringer würde dir bestimmt bei einer Versetzung helfen", spornte sie Claudia an.

„Schon möglich."

„Fährst du heute nach Hause?"

„Ich hab mit Mehringer besprochen, dass ich morgen fahre. Es macht keinen Sinn, noch länger zu bleiben. Wenn eine vermisste Person nicht in den ersten Stunden …" Sie brach ab.

„Schon gut. Ich weiß. Es wird immer unwahrscheinlicher, dass sie noch lebt. Das habe ich schon oft gelesen."

„Manchmal stimmt die Realität mit Krimis überein", gab Claudia seufzend zu.

Sie setzten sich an den letzten freien Tisch. Während sie die noch warmen Brötchen und den starken Kaffee genossen, fragte Katja nach Claudias letzten Worten, bevor sie eingeschlafen war. „Hast du das geträumt, oder warst du da noch wach?"

Claudia musste lachen. „So traurig es ist, aber es ist wirklich wahr." Während sie immer wieder unterbrach, um abzubeißen und zu kauen, informierte sie Katja über die gestrigen Ermittlungsergebnisse nach den Befragungen des Pfarrers, der weiteren Aussage von Jens Geissler und Franz Riedel.

„Stell dir vor, da hat die kleine Anne sich sogar dem Pfarrer bei der Beichte anvertraut. Und was macht der Mistkerl? Nichts. Und irgendwann erzählt das Mädchen es seiner Mutter, und der große Bruder, der alles gesehen hat, bestreitet es, um seinen Vater zu schützen oder weil er es geil fand oder was weiß ich denn." Claudia hatte Mühe leise zu sprechen, und zwei Männer am Nachbartisch drehten sich bereits zu ihr um.

„Gott sei Dank sind das Polizisten und keine von der Presse", flüsterte Claudia. „Tu mir bloß einen Gefallen. Halt deinen Mund. Ich darf dir das alles gar nicht erzählen. Ich mach das nur, weil du irgendwie von Anfang an dabei warst. Ich vergesse immer, dass du normaler Zivilist bist. Kann ich mich darauf verlassen?"

Die letzten Worte klangen sorgenvoll und eindringlich. Deshalb beeilte sich Katja, mehrmals kräftig zu nicken und dabei den gekreuzten Mittel- und Zeigefinger hochzuheben. „Was machen wir jetzt?", fragte sie anschließend.

„Es bleiben nur noch wenige Hütten, die noch nicht von Beamten und Helfern zu Fuß erstiegen und kontrolliert wurden." Sie hatte die Karte mit heruntergenommen und faltete sie auseinander. „Ansonsten bleibt dieses riesige Gebiet hier noch."

Katja tippte auf einen Punkt. „Hier haben wir gestern gesucht." Sie zog das letzte Wort spöttisch in die Länge. „Aber das war mehr so eine psychische Krücke für Holger und Hannah. Die hätten es nicht ausgehalten, nur irgendwo zu sitzen und zu warten."

„Warum seid ihr dort entlang?", wollte Claudia wissen, und Katja berichtete von Hannahs Erzählungen, wie sie und ihre Schwester mit Stefan und Tom von hier aus zum Geisslerhof gelangt waren. Sie zeigte auf die Karte.

„Siehst du hier? Da machen die Berge einen Bogen, wie ein kleiner Einschnitt in Richtung Dorf. Nur ein paar Felder liegen zwischen Dorfstraße und Waldrand. Davor und dahinter ist die Ebene wieder viel breiter. Die Einsatzkräfte haben aber hier gesucht." Wieder deutete sie auf die Karte. „Das liegt näher beim Geisslerhof und hat reguläre Wanderwege und einige Hütten. Es ist nicht so steil und felsig wie die andere Seite beim Dorf. Es war wirklich Unsinn, hier zu suchen. Aber Mehringer hat nicht erlaubt, dass wir uns den Einsatzkräften anschließen, und Hannah wollte natürlich nicht ins Hotel zurück."

„Andererseits", gab Claudia zu bedenken, „hatten die Jugendlichen keinen großen Vorsprung. Rupert könnte gleich nach ihnen den Hof verlassen haben. Wir wissen, dass Hannah und die Jungs nicht den gleichen Weg zurück genommen haben. Sie sind die normale Zufahrtsstraße zum Geisslerhof in Richtung Hauptstraße gerannt. Warum sollte er nicht genau den Weg nehmen, den die Zwillinge und die Jungs vorher zu ihm genommen hatten?" Claudia sah sich um. Dann hatte sie offenbar erblickt, was sie suchte. Sie winkte Stefan und bedeutete ihm, zu ihr zu kommen. Er zögerte und sah fragend seine Mutter an, die Claudias Winken mitbekommen hatte. Gemeinsam traten sie an den Tisch.

„Vielleicht könnt ihr uns ein wenig mit euren Ortskenntnissen helfen."

„Freilich, das haben wir gestern auch schon versucht. Aber man hat sie immer noch nicht gefunden, oder?", fragte er schüchtern. Nichts war mehr von seiner fröhlichen und draufgängerischen Art zu spüren, mit der Katja ihn am ersten Abend kennengelernt hatte.

„Setzt euch und schaut euch mal das Gebiet oberhalb des Dorfes auf dieser Seite an. Gibt's da irgendwas? Waldwege? Aussichtspunkte? Hütten, Futterplätze? Unterstände für Förster und Jäger?"

Maria und ihr Sohn sahen konzentriert auf den Plan, dann schüttelte Maria den Kopf. Sie malte einen Kreis. „Hier oben ist auf jeden Fall eine Lichtung und Hochstände für die Jäger. Und der Forstweg dahin müsste ungefähr hier verlaufen. Da kommen auch öfter Holzarbeiter mit ihren Lastern runter." Sie zeichnete mit dem Finger eine Linie, die oberhalb des Dorfes begann und weit von ihm wegführte. Erst lange nach dem Dorf mündete der Forstweg ins Tal. „Eine Hütte wüsst ich jetzt in dem Bereich nicht. Und auch keine Wanderwege. Es ist recht steil." Sie sah auf und schüttelte erneut bedauernd den Kopf, während Stefan noch immer auf den Plan starrte.

„Und? Fällt dir was ein?", fragte Claudia.

„Weiß nicht genau. Aber ich glaub, ein paar Jäger haben da schon eine Hütte. Wie meine Mutter schon gesagt hat. Hier droben ist auf jeden Fall Jagdgebiet. Ich war noch nie dort, aber ein Klassenkamerad hat's mir mal erzählt. Sein Vater sei mit dem Alfred Menzel dort in einer Hütte gewesen, als das Wetter umgeschlagen ist."

Hätte Claudia nicht so erschrocken dreingeblickt, hätte Katja den Namen Alfred Menzel überhört. Jetzt fiel ihr ein, was Claudia ihr am gestrigen Abend berichtet hatte: Alfred Menzel. Der Mann, der die kleine Anne Riedel vergewaltigt hatte und der sich jetzt durch Flucht einer Befragung wegen des Mordes an der inzwischen erwachsenen Anne entzogen hatte.

„Sagst du uns den Namen deines Freundes und seines Vaters? Vielleicht kann der sich erinnern, wo genau die Hütte liegt."

„Die sind weggezogen. Schon vor zwei Jahren", antwortete Stefan frustriert.

Claudia stand auf und faltete die Karte zusammen. „Ich schau mal, ob Mehringer schon da ist, und informiere ihn. Wann ist um diese Jahreszeit Sonnenaufgang? Kurz vor acht, oder?"

Maria nickte.

„Danke, Stefan. Ich glaube, du hast uns mehr geholfen als bisher jeder andere“, sagte Claudia in das überraschte Gesicht des Jungen.

Katja steckte eilig den letzten Bissen ihres Brötchens in den Mund. „Warte, ich komme mit.“

Sie holte Claudia kurz vor der Tür zum Besprechungsraum der Einsatzleitung ein, doch die Polizistin hielt ihr die offene ausgestreckte Hand entgegen. Sie nickte einem uniformierten Polizisten zu, der offensichtlich die Tür bewachte. Er ließ Claudia durch. Durch die geöffnete Tür konnte Katja einen Blick ins Innere erhaschen, wo lautstark diskutiert wurde. Dann wurde die Tür wieder geschlossen. Katja wanderte ungeduldig im Flur auf und ab. Plötzlich sah sie Holger die Treppe herunterkommen. Blitzschnell drehte sie sich um und verschwand in die Gästetoilette gegenüber dem Raum der Einsatzleitung. Trotz Frühstück und starkem Kaffee fühlte sie sich zu schwach, um Leahs verzweifeltem Vater zu begegnen. Wenn, dann wollte sie für ihn stark sein, ihm einen winzigen Hoffnungsschimmer präsentieren. Davon waren Claudia und sie aber noch meilenweit entfernt. Sie öffnete die Tür einen Spaltbreit. Holger war nicht mehr zu sehen. Auch für ihn würde wahrscheinlich die erste Anlaufstelle das Restaurant sein. Wo blieb Claudia? Katja war kurz davor, beim Besprechungsraum anzuklopfen, als Claudia gerade heraustrat. Ihr Gesicht zeigte jenen Hoffnungsschimmer, den sich Katja gerade zuvor für Holger gewünscht hatte.

„Was passiert jetzt?“, fragte sie und trat ungeduldig von einem Bein auf das andere.

„Das Wetteramt meint, hier im Tal könne sich der Nebel in ein oder zwei Stunden auflockern, sodass es wieder Sinn macht, mit den Wärmebildkameras weiterzusuchen. Über Google Earth oder Google Maps haben wir leider keinen Anhaltspunkt für eine Hütte gefunden. Die Kollegen werden jeden aus dem Dorf nach dem Standort der Hütte des Alfred Menzel befragen, den sie zu fassen kriegen." Sie sah auf die Uhr ihres Handys. „Ich befürchte nur, die Anzahl der wachen Einwohner, die man befragen könnte, wird sich um diese Zeit noch sehr in Grenzen halten. Aber Mehringer wird als Erstes alle verfügbaren Kräfte für das Gebiet zusammenziehen. Die Beamten werden gerade entsprechend unterrichtet. Auch die Frauen und Männer der Bergrettung machen wieder mit. Und gleich werden Soldaten der Bundeswehr mit geeigneten Fahrzeugen hier sein und den Forstweg zu der Lichtung mit den Hochständen abfahren, den Maria und Stefan beschrieben haben. Wenn es eine Hütte gibt, dann muss sie schließlich auch mit dem Auto erreichbar sein oder wenigstens in der Nähe eines Forstweges liegen."

„Ich habe Holger gesehen. Sollen wir ihm etwas sagen?"

Claudia schüttelte den Kopf. „Ich würde noch so lange warten, bis wir einen weiteren konkreten Anhaltspunkt haben."

„Was machen wir jetzt?", fragte Katja. Es fiel ihr schwer, wieder nur zu warten. Ständig sah sie Leah vor sich, und die Bilder von dem Mädchen glichen immer stärker der toten Frau zwischen den Getränkekisten. Erinnerungen an die in ihrem Blut liegende Elfriede mischten sich darunter. Katja tröstete sich selbst mit der Ausrede, dass sie die Geschehnisse längst noch nicht verarbeitet hatte.

„Warten", genau dieses verhasste Wort kam gerade aus Claudias Mund. „Es ist erst halb sieben, und das Gebiet ist viel zu groß und unwegsam." Sie wandte sich in Richtung Treppe. „Ich verschwinde noch mal ins Zimmer, ein paar Mails schreiben."

Katja folgte ihr nachdenklich. Plötzlich rief sie: „Warte! Mir ist noch etwas eingefallen." Sie drehte hastig um und kehrte zur Tür der Einsatzleitung zurück. Ohne auf den Polizisten zu achten, klopfte sie energisch an und öffnete gleichzeitig die Tür. Der Polizist fasste sie von hinten an der Schulter und Katja blieb stehen. „Herr Mehringer?", rief sie laut in die Runde der teilweise stehenden, teilweise über Computern sitzenden Kriminalbeamten. Der Polizist ließ ihre Schulter los. Claudia tauchte neben ihr auf und sah sie fragend von der Seite an, schwieg aber.

„Bitte verlassen Sie den Raum. Der Zutritt ist nur für die Einsatzkräfte erlaubt", sagte eine Frau in Zivilkleidung.

„Mein Name ist Katja Reichenberger. Herr Mehringer, wir haben uns auf dem Geisslerhof bereits getroffen."

„Ich weiß. Was kann ich für Sie tun?", fragte er.

„Ist zufällig Ihr Kollege Schmitz hier? Der, der uns gestern begleitet hat?"

Mehringer schüttelte den Kopf.

„Na, ist auch egal. Kann ich bitte auf der Karte sehen, an welcher Stelle Sie jetzt mit der Suche beginnen wollen? Mir ist etwas Wichtiges eingefallen."

„Ich habe keine Zeit. Wenn Sie also sofort zur Sache kommen könnten, wäre ich sehr dankbar."

Katja trat zur Ecke des Raumes. Mehrere kleine Tische waren zu einer großen Fläche zusammengestellt worden, auf der die Karte des Geländes ausgebreitet lag. Weitere Pläne waren an die Wand gepinnt worden. Schnell suchte sie die Stelle, um die es ging. „Sehen Sie, wir sind gestern hier entlanggelaufen."

„Das hat uns die Kollegin Jensen bereits mitgeteilt und wir haben alles veranlasst. Ich verstehe Ihre Ungeduld, aber ich muss Sie bitten …" Mehringers Gesicht zeigte deutliches Missfallen.

„Ich weiß, aber fragen Sie den Polizisten Schmitz, warum wir gestern wieder umgedreht sind."

„Weil es dunkel geworden ist und das Gebiet zu groß und zu steil ist, um von wenigen Personen durchsucht zu werden."

„Nein! Das Gebiet hier", Katja zeichnete einen großen Kreis auf der Karte, „mag groß sein, aber wenn unsere Idee, dass Geissler mit Leah hierher unterwegs war, wirklich stimmen sollte, dann kann sein Aufstieg nur in diesem kleinen Stückchen

Waldrand begonnen haben, um überhaupt in dieses Gebiet und zu der ominösen einsamen Hütte zu kommen." Sie zog mit ihrem Zeigefinger auf der Karte eine kurze Linie mehrfach hin und her.

Mehringer beugte sich stärker über die Karte. „Warum, wenn er um diese Ecke herumgelaufen ist, dann könnte er doch überall hier hoch", widersprach er.

„Wir sind ungefähr bis hierhin gelaufen." Katja tippte wieder auf das Papier. „Und dann umgekehrt, weil nicht einmal mehr Spuren eines Tieres zu sehen waren. Definitiv konnte weiter als bis dahin kein Mensch, schon gar nicht zwei Menschen, vor uns dort langgelaufen sein. Wenn Rupert Geissler diesen Weg gewählt hat, muss es hier auf diesem Stückchen irgendwo eine Möglichkeit des Aufstiegs zu dem Gebiet mit der Hütte geben." Katja sah Mehringer provozierend an. Der überlegte und nickte dann.

„Das macht Sinn. Danke. Sie haben uns sehr geholfen." Er drehte sich um und begann zu telefonieren. Katja und Claudia beachtete er nicht mehr.

„Vielleicht solltest du über einen Berufswechsel nachdenken?", sagte Claudia lächelnd, als sie langsam den Raum verließen. Katja lächelte zurück, aber freuen mochte sie sich nicht. Denn jeder in der Leitzentrale wusste, auch ohne es auszusprechen, dass der von ihr beschriebene Weg in dem großen Tal, in dem Grahmried lag, 360 Grad umgeben von Bergen und Wald, nur einer von wahrscheinlich Hunderten Möglichkeiten einer Flucht in die Wälder war. Was Anlass zur Hoffnung gab, war Alfred Menzel. So eng, wie das Schicksal der Familien Riedel und Geissler zusammenhing, und welche unsägliche Rolle Alfred Menzel mindestens in der Familie Riedel gespielt hatte, konnte es kein Zufall sein, dass Rupert Geissler und Alfred Menzel beide gleichzeitig auf der Flucht waren.

„Weißt du, was noch dafür spricht, dass wir ihn langsam immer mehr einkreisen?", fragte Claudia, als ob sie Katjas Gedanken lesen konnte. „Die heutige Technik ist wirklich Wahnsinn. Nur, wenn das Gelände so steinig und unwegsam ist wie dieses, in dem sie jetzt suchen werden, dann haben sie doch ziemliche Schwierigkeiten, noch dazu bei Nebel. Aber diese Argumente treffen auf die gestrige Suche nicht zu. Sie hätten mit Sicherheit irgendwas aus der Luft entdeckt. Wenn Rupert nicht dort gewesen ist, dann ist die Wahrscheinlichkeit sehr hoch, dass wir jetzt genau richtig suchen."

Vor dem Gasthof waren laute Motorengeräusche zu hören. Durch die Glastüren sah Katja die ersten Geländewagen der Bundeswehr eintreffen, und mit einem Mal überwog die Zuversicht in ihr. „Bringst du meine Jacke aus unserem Zimmer mit? Ich geh zu Holger. Er wird bestimmt mitkommen wollen", bat Katja.

„Weißt du eigentlich, was für ein verrücktes Huhn du bist?" Claudia schüttelte lächelnd den Kopf.

+++ *05:32 UHR, HÜTTE IM WALD* +++

Leah wurde von Schritten und dem Scharren von Stuhlbeinen wach und konnte kaum glauben, dass sie tatsächlich eingenickt war. Rupert trat an den Tisch. Sein auf dem Boden stehender Rucksack verschwand aus Leahs Blickfeld, und an den Geräuschen hörte sie, wie er seine Sachen einpackte.

„Du bleibst schön hier."

„Warum sollt ich?"

„Weil du mich verraten wirst, du Scheißkerl, verdammter. Vorher bring ich dich um."

Leah schloss die Augen und hielt sich beide Ohren zu. Das Poltern eines Kampfes und ein abschließendes lautes Krachen waren trotzdem nicht zu überhören. Sie blinzelte und erkannte, dass Alfred angelehnt an die Couch auf dem Boden saß. Der kleine Tisch davor war umgefallen. Leah sah Alfreds Gesicht, doch er starrte ängstlich nach oben.

„Freilich. So, wie du die Anne umgebracht hast. Alle werden mir dankbar sein, wenn ich jetzt abdrücke“, schrie Rupert.

„Sie wollt’ mich anzeigen. Und der Franz, hat sie gesagt, wollt’s bestätigen. Ich hätt hier nie und nimmer bleiben können. Alle im Dorf … Wenigstens bis zum Morgen. Dann machen wir uns beide fort von hier.“

Wie lange hatte sie geschlafen? War jetzt ein guter Moment für einen Fluchtversuch gekommen? Doch dafür musste sie unter dem Bett hervorkriechen. Schon einmal hatte sie versucht, an Rupert mit dem Gewehr im Arm vorbeizuflüchten, und sie hatte keine Chance gehabt. Ihr kurz aufgeflackerter Mut fiel in sich zusammen, als sie Alfreds Blicke auf sich spürte. Er achtete nicht mehr auf Rupert, dessen Füße neben ihm verschwunden waren. Alfred robbte sich von der Couch in Richtung Bett, seinen Blick unverwandt auf sie gerichtet. Instinktiv bewegte sie sich in die entgegengesetzte Richtung.

„Ich habe Durst. Durst. Wasser“, klang es von oben mit schwacher Stimme. Das schützende Holz über ihr war zu Ende, und mit ihrer Körperseite stieß sie an Ruperts Füße. Leah schrie und hörte nicht mehr auf zu schreien. Hände griffen sie an Arm und Bein und zogen sie über den Boden unter dem Bett hervor. Dann fassten sie erneut zu und zerrten sie in den Stand. Sie spürte im Gesicht den Schmerz eines Schlages und ihr Körper und ihre Stimme schienen gelähmt. Hinter ihr stand Rupert und hielt sie fest. Vor ihr lag Bach und starrte sie aus fiebrigen Augen an. An der anderen Bettseite tauchte die Fratze Alfreds auf, der sich mit beiden Händen am Bettgestell festhaltend zuerst auf die Knie, dann in den Stand erhob. Und endlich überfiel sie die ersehnte Ohnmacht. Das Letzte, was sie wahrnahm, bevor ihr vollständig schwarz vor Augen wurde, war der entsetzliche Gestank, der von Bach ausströmte. Dann fiel sie auf dessen Unterkörper.

Als sie wieder zu sich kam und die Bettdecke in ihrem Gesicht spürte und eine Hand, die ihren Rücken berührte, rappelte sie sich angewidert auf. Das gnädige Abtauchen konnte nur einen Bruchteil von Sekunden gedauert haben, denn nichts hatte sich geändert. Rupert stand noch immer hinter ihr und Bach und Alfred starrten sie nach wie vor an. Leah wurde übel. Sie drehte sich zur Seite und wollte sich übergeben. Doch sie würgte nur mehrmals, ihr Magen war leer.

„Jetzt mal ganz ruhig, Mädel. Es ist bald überstanden. Ich will nicht, dass die Polizei den armen Kerl hier tot findet. Verstehst du? Dann wäre ich nämlich dran mit unterlassener Hilfeleistung und so einem Quatsch. Anstatt dass der Staat mir dankbar wäre, weil ich ihm eine Menge Geld für seinen weiteren Unterhalt erspare. Aber sei's drum. Ist halt so, und vielleicht sein's die Gesetze auch ganz richtig. Ich geb ihm noch zwei Tabletten und hol frischen Schnee und du gibst ihm Wasser zu trinken und machst ihm noch mal einen feinen Wadenwickel. Dann gehen wir beide. Du ins Dorf runter und ich nach Bad Tölz."

„Was ist mit ihm", flüsterte Leah und musste noch immer mit der vor Übelkeit im Mund zusammenlaufenden Spucke kämpfen.

„Den lassen wir hier. Der ist besoffen."

„Nicht zu besoffen für so ein schönes Madl. Komm her", forderte Alfred, der aufgestanden war und nun wankend versuchte, am Fußteil des Bettes entlang zur anderen Seite zu gelangen. Rupert griff mit der einen Hand das Gewehr, das auf Bachs Decke lag, mit der anderen den Eimer, in dem der Schnee vom Nachmittag längst zu Wasser geworden war. Er zwängte sich an Alfred vorbei, ohne ihn eines Blickes zu würdigen, und verließ die Hütte. In Leah löste sich das gerade gewonnene Vertrauen in ihren Entführer blitzartig wieder auf. Warum hielt er Alfred nicht zurück? Warum setzte er ihn nicht einfach vor die Tür? Er hatte die Waffe und die Kraft dazu. Sie wich zurück, bis die Zimmerecke sie stoppte. Alfred folgte ihrer Bewegung.

„Komm her, du Hure. Soll dir auch Spaß machen." Seine fleischigen Hände hatten sie erreicht und zerrten an ihrem Pullover. Sie krallte beide Hände in das Gestrickte, und gegen seine Versuche, den Pullover hochzuschieben, zog sie ihn nach unten. Sie spuckte ihm ins Gesicht, aber er schien es nicht einmal zu merken. Stattdessen grabschte er an den Gürtel ihrer Jeans und versuchte, sie nach unten zu zerren. Die Berührung seiner Finger auf ihrer bloßen Haut brannte wie ein vorzeitiger Sieg seiner Kraft über ihren Körper. Nein. Solange sie das verhindern konnte, würde er nicht siegen. Sie schlug nach ihm, ihre Füße traten gegen seine Beine. Sein aufgedunsenes Gesicht kam ihrem immer näher. Wieder spuckte sie, zog gleichzeitig ihr Knie hoch, in der Hoffnung, ihn an der richtigen Stelle zu treffen. Erfolglos. Und doch lag er plötzlich mit einem dumpfen Knall vor ihr auf dem Rücken. Den Blick starr an die Decke gerichtet, als wisse auch er nicht, was ihm gerade passiert war. Er stöhnte auf und griff sich an den Hinterkopf. Nur einen Fußbreit entfernt stand Rupert, hob den mit frischem Schnee gefüllten Eimer über Alfred hinweg, stellte ihn neben Leah ab und nickte ihr zu. Danach griff er mit unbeweglicher Miene Alfred unter seine Achseln und schleifte ihn bis zur Couch zurück. Alfred wehrte sich nicht, er schimpfte und fluchte nur.

Leah stand starr. Unfähig, auch nur den kleinen Finger zu rühren.

„Das ist nicht richtig. Das darf man nicht machen. Man muss seinen Trieb im Griff haben. Freiwillig. Freiwillig muss es sein. Das darf man nicht. Man muss ein Nein akzeptieren. Man hat

Verantwortung", murmelte Bach monoton und streckte seine Hand nach ihr aus, ohne sie zu erreichen. Leah löste sich langsam aus der Zimmerecke. Als seien alle Emotionen aus ihrem Körper gewichen, verspürte sie eine große Leere. Mechanisch tat sie, was ihr Kopf ihr befahl. Sie schlug die Bettdecke über Bachs Beinen zurück, nahm die trockenen Tücher und ließ sie ins Wasser gleiten. Sie füllte ihre Hände mit Schnee und warf ihn hinterher. Als ihre Hände in das kalte Wasser griffen, begann sie zu zittern, als würde ihr ganzer Körper in Eiswasser getaucht. Das Zittern wurde stärker, und ihre Zähne schlugen laut aufeinander. Gleichzeitig schmerzten die verkrampften Muskeln ihres Rückens und der Schultern. Sie hatte keine Kraft mehr, die Handtücher auszuwringen, und wickelte sie tropfnass um Bachs Beine. Im Nu war auch das große Badetuch durchnässt. Aber das war egal, denn das gesamte Laken war nass und gelb verfärbt. Es stank grauenvoll. Schnell deckte sie Bach wieder zu, bevor Rupert ihr stümperhaftes Verhalten bemerkte. Langsam ließ das Zittern nach, doch ihr Kopf blieb leer. Was hatte Rupert gesagt? Richtig. Sie solle Bach etwas zu trinken geben. Sie sah sich um. Wasserflasche und Glas standen auf dem Nachttisch und zum Glück auf ihrer Seite, denn unweit des gegenüberliegenden Nachttisches lauerte Alfred. Er stierte sie noch immer an. Rupert hatte ihm die Schnapsflasche in die Hand gedrückt. Sie war fast leer. Nach dem Erlebnis mit Alfred kam ihr Bach vor wie einer der bettlägerigen Männer im Altersheim, in dem sie im letzten Schuljahr ein Sozialpraktikum absolviert hatte. Dankbar für jede Zuneigung, dankbar für jede Hilfe, die lebensnotwendigen Dinge noch mit Würde zu bewältigen. Ohne Angst zu verspüren, half sie Bachs Oberkörper in den Sitz und hielt den Atem an, als sie ihm das gefüllte Wasserglas an seine geöffneten Lippen hielt. In kleinen Schlucken trank er und sank dann ermattet in die Kissen zurück. Ihre Blicke trafen sich, und seiner wurde wieder so bedrohlich wie zuvor. Rasch trat sie ein paar Schritte zurück. Sie hatte alles getan, was Rupert verlangt hatte. Nun konnte sie gehen. Nun musste Rupert sein Versprechen einlösen. Er stand am Küchentisch, seine Jacke bereits angezogen, seinen Rucksack über die Schulter gehängt. Sein Anblick kurbelte ihre Hoffnung und ihre Gedanken an. Wo war ihre Jacke? So konnte sie unmöglich ins Dorf laufen. Doch die lag auf der Couch, und auf ihr lehnte Alfreds Rücken. Nun gut, sie würde ohne Jacke gehen. Der Weg zur rettenden Tür führte zwischen Bett und Sideboard ein paar Meter quer durch den Raum an die gegenüberliegende Wand. Sie müsste an der Couch vorbei. Konnte sie stattdessen über das Sideboard klettern? Schon war sie im Begriff, Vase, Holzschale und Kerzenständer beiseitezuschieben, als Rupert in Richtung Bett kam und beim Vorbeigehen ihre Jacke hinter Alfreds Rücken hervorzog.

„Ich bring dich um, du Hurensohn. Das sag ich dir, umbringen werd ich dich", maulte Alfred.

Rupert warf ihm einen vernichtenden Blick zu und streckte Leah übers Bett die Jacke entgegen. „Ist kalt draußen." Er nestelte in seiner Jackentasche und hielt eine Tablettenschachtel in der Hand. Während er damit beschäftigt war, Bach zum erneuten Wassertrinken zu veranlassen, um die beiden Aspirin zu schlucken, zog sich Leah die Jacke an. Ängstlich drückte sie sich an Ruperts linke Seite und beobachtete argwöhnisch, ob der betrunkene Alfred eine Bewegung in ihre Richtung machte.

Als Rupert die Tür öffnete, blieb Leah erschrocken stehen. Draußen war es dunkel. Sie hatte jegliches Zeitgefühl verloren. Es musste mitten in der Nacht sein. Schemenhaft hob sich der schneebedeckte Boden als Einziges gegen das Schwarz der Umgebung und das Dunkelgrau des Himmels ab.

„Ich hab nur eine Taschenlampe. Die brauch ich selbst. Jetzt gehst einfach diesen breiten Weg hier lang. Das erkennt man auch in der Nacht.“ Er schob sie ein paar Schritte vor sich her in die Nacht. „Der Weg führt ziemlich weit weg vom Dorf, lass dich nicht beirren von den Lichtern da unten. Du folgst dem Weg, sonst verirrst du dich und stürzt ab. Es ist steil da runter. Immer weiter laufen musst du, dann kommst’ am Ende des Tals aus dem Wald und dann …“ Mit einem lauten Schrei unterbrach Rupert seine Anweisung. Leah riss den Kopf herum und sah Alfred sich huckepack auf Ruperts Rücken klammern. Seine Hände grabschten wild in Ruperts Gesicht umher, bis sie das Kinn zu greifen bekamen und es ruckartig zur Seite drehten. Rupert brüllte vor Schmerz. Taschenlampe und Rucksack fielen in den Schnee. Mit aller Kraft krallten sich Ruperts Hände in die ihn umklammernden Arme. Dann kippten beide Männer wie schwere Säcke zurück durch die geöffnete Tür auf den Boden der Hütte. Sie kämpften um den Gurt des Gewehrs, der Rupert noch immer um die Schulter hing. Sie schrien und fluchten für Leah unverständliche Worte. Doch eines hörte sie ganz genau: „Lauf, Mädel, lauf endlich!“ Sie rannte los, rannte in das Schwarz und hielt die Arme weit vor sich ausgestreckt, jeden Moment damit rechnend, von etwas Unsichtbarem brutal gestoppt zu werden. Sie stolperte und fiel. Sie rappelte sich wieder auf. Ohne sich umzudrehen, rannte sie weiter. Ihre Augen gewöhnten sich an die Dunkelheit, und endlich konnte sie einen helleren breiten Weg vor sich erkennen. Sie rannte immer schneller. Sobald es vor ihr oder über ihr wieder schwarz wurde, korrigierte sie den Lauf wieder ins Grau des Weges zurück. Schließlich wurde sie langsamer und horchte hinter sich. Es war still. Sie wagte es, anzuhalten, beugte ihren Oberkörper vor und stützte sich mit den Armen auf den Oberschenkeln ab. Allmählich beruhigte sich ihr Atem. „Hoffentlich hat Rupert den Kampf gewonnen und nicht dieses Ekel“, hoffte sie, nur Sekunden, bevor ein Schuss die Stille der Nacht durchbrach.

+++ 7:33 UHR, GASTHOF HUBER +++

Wie im Gänsemarsch liefen sie den schmalen Weg zwischen den Feldern entlang, auf dem sie gestern mit dem Polizisten Schmitz zur Hauptstraße zurückgekehrt waren. Hannah und Katja folgten dem Schein der Taschenlampe, die Katja trug. Holger und Claudia teilten sich die zweite Lampe. Mehr hatte Claudia nicht auftreiben können. Sie hatte versucht, Holger und Hannah zum Warten zu bewegen. Noch war es dunkel, und die Suchtrupps standen kurz vor dem Aufbruch. Niemand von den Helfern sah es gern, wenn Angehörige und Zivilisten bei der Suche mitmachten. Aber andererseits konnte man sie nicht einsperren oder festbinden. Etwas Unerlaubtes taten sie auch nicht. Bei der Größe des zu durchsuchenden Gebietes konnte von einer Behinderung der Ermittlungen keine Rede sein, und den gesamten Wald abzusperren, hätte Tage gedauert. Also hatte sich Claudia seufzend der Ungeduld Holgers und Hannahs ergeben und begleitete sie. Sie wollten bereits am Waldrand sein, sobald durch den Sonnenaufgang die Helligkeit zunehmen würde. Hinter ihnen hörten sie die schweren Motoren der Bundeswehrfahrzeuge auf der Hauptstraße, die sich auf den Weg zum Ende des Dorfes machten, um den Forstweg zu kontrollieren.

Als sie das Ende des Weges erreicht hatten, der auf den bewaldeten Fuß des Berges zuführte, drehte sich Katja um und stellte überrascht fest, dass die Einsatzkräfte ihnen bereits dicht auf den Fersen waren.

„Bei allem Verständnis, aber wir warten jetzt hier links und lassen die Suchtrupps vorbei. Wir können ihnen dann folgen“, forderte Claudia. Beim Anblick der vielen Menschen, die sich stetig auf sie zubewegten, nickten auch Hannah und Holger nur stumm. Sie bogen nach links ab und blieben nach einigen Metern stehen.

„Konntest du ein bisschen schlafen?", fragte Katja Hannah und legte ihren Arm um sie. Hannah nickte.

„Aber ich habe ein schlechtes Gewissen. Leah konnte bestimmt nicht schlafen. Aber die Tablette. Ich konnte irgendwann einfach die Augen nicht mehr aufhalten."

„Mach dir keine Vorwürfe. Du hättest deiner Schwester auch nicht geholfen, wenn du die ganze Nacht wach geblieben wärst."

„Nein, wahrscheinlich nicht. Meine Mutter hat mit mir gestern Abend noch gebetet. Das tut sie sonst nicht. Sie war auch ganz schön am Ende. Ich glaube, sie ist vorhin erst eingeschlafen. Als ich zwischendurch wach geworden bin, habe ich die beiden leise reden gehört."

Katja fragte sich, worüber Eltern wohl in einer solchen Situation sprachen. Hatte Stefanie Koch ihrem Exmann Vorwürfe gemacht, nicht auf seine Töchter aufgepasst zu haben? Machte er sich selbst Vorwürfe, dass er Claudia und ihr geholfen hatte, einen Mörder zu fassen, anstatt seine Töchter zu schützen?

Sie schwiegen und beobachteten die Einsatzkräfte. Sie bildeten entlang des schmalen Weges, den der Beamte Schmitz gestern mit ihnen gegangen war, eine lange Schlange, deren Ende Katja nicht erkennen konnte. Helfer für Helfer blieb stehen, bis die Kette aus Menschen vollständig war. Sie wandten ihre Gesichter in Richtung Berg. Auf Kommando bewegten sich die Frauen und Männer nun in den Wald hinein. Viele von ihnen hatten Stöcke unterschiedlichster Art bei sich: Sondierungsstäbe, Skistöcke, starke Äste. Schritt für Schritt bahnten sie sich einen Weg zwischen den Bäumen und stiegen immer höher. Ein mühsames Unterfangen in dem dichten Buschwerk des mit Felsensteinen durchzogenen Waldbodens. Als auch der letzte Mann vom Weg verschwunden war, folgten sie.

Katja kam sich unnütz vor. Sie kletterten im Zeitlupentempo

hinter den Einsatzkräften den Berg hoch. Was sollten sie finden, was einer von den über hundert Helfern nicht längst entdeckt hätte. Plötzlich hörten sie Rufe. Mittels Funkgeräten verständigten sich die Rettungskräfte an den Außenseiten. Ein Teil der Menschenkette drängte sich dichter zusammen, und einige der Helfer liefen nun nicht mehr neben-, sondern hintereinander.

„Lasst uns auch dorthin. Ich glaube, da ist ein richtiger Weg", rief Claudia. Sie hatte recht. Der Weg war schmal. Aber hatte man ihn erst einmal in dem weißen Boden ausgemacht, konnte man seinen Verlauf deutlich erkennen. Auch an der Festigkeit des Untergrundes unter ihren Füßen erkannten sie, dass sie nicht mehr über Unterholz liefen. Hannahs gerötetes Gesicht zeigte deutlich ihre Aufregung, und Holger lächelte zaghaft. Wieder hallten Rufe durch den Wald, und die Helfer vor ihnen blieben stehen. Jemand hielt etwas am ausgestreckten Arm hoch über den Köpfen, aber Katja konnte nicht erkennen, um was es sich handelte. Ein Mann in Polizeiuniform bahnte sich den Weg herunter zu ihnen und hielt Holger und Hannah rote Handschuhe entgegen.

„Das sind Leahs Handschuhe", schrie Hannah und griff nach ihnen. Augenblicklich füllten sich ihre Augen mit Tränen. „Papa", rief sie und verbarg ihr Gesicht an der Jacke ihres Vaters, der dicht neben ihr stand. „Sie ist hier entlanggelaufen. Mein Gott. Hoffentlich finden wir sie bald. Es ist so kalt. Die ganze Nacht. Meinst du, sie hat irgendwo Schutz gefunden? Glaubst du, es geht ihr gut? Warum hat sie ihre Handschuhe verloren?"

„Das ist der Grund, warum wir Angehörige nicht gerne dabeihaben. Stell dir doch mal vor, sie finden das Mädchen hier irgendwo. Tot. Erfroren oder was weiß ich", flüsterte Claudia ganz dicht an Katjas Ohr.

Katja zuckte mit den Achseln. Was sollte sie tun? Holger und Hannah überreden, umzukehren? Das wäre vergeblich. Und sie verstand die beiden auch. Ein Wunder, dass Leahs Mutter im Hotel geblieben war. Aber jeder ging mit einer Extremsituation anders um. Der eine neigte zu blindem Aktionismus, bei dem anderen legte sich ein lähmender Grauschleier über Körper und Seele.

Katjas Gedanken wurden durch eine erneute Unruhe der Helfer unterbrochen. Claudia schien eher als sie verstanden zu haben, um was es ging, denn sie löste sich von ihrer kleinen Gruppe und stieg, von mehreren Helferhänden gestützt, den steilen Pfad weiter hoch, bis sie auf einen Kollegen mit einem Funkgerät traf. Die beiden sprachen miteinander. Als sie zurückkehrte, hingen Katjas, Holgers und Hannahs Blicke gebannt auf ihrem Gesicht. Holger griff mit beiden Händen nach Claudias Hand und sah sie flehend an. Hannah lehnte sich an ihren Vater. Auch ihr war die Angst vor einer schlechten Nachricht ins Gesicht geschrieben.

„Die Hütte wurde gefunden. Und dort waren Thomas Bach und Alfred Menzel, dem jemand ins Bein geschossen hat. Von Leah und Rupert Geissler fehlt jede Spur."

Hannah schluchzte laut auf, und Holger presste die Lippen aufeinander.

„Aber es gibt auch gute Nachrichten. Alfred Menzel soll ausgesagt haben, dass Rupert und Leah irgendwann in der Nacht die Hütte verlassen haben. Das ist eine außerordentlich gute Nachricht." Claudia lächelte Holger und Hannah aufmunternd an, und Holger ließ ihre Hand los.

„Wenn Rupert Leah nichts angetan hat, dann hat er das auch jetzt nicht vor. Wahrscheinlich benutzt er sie wirklich nur als Geisel. Vorsorglich sozusagen, bis seine Flucht, wohin auch immer, geglückt ist. Aber sein Ziel werden wir auch noch herausfinden. Jedenfalls lebt Leah, und das ist erst einmal das Wichtigste, oder?"

Holger zog Hannahs Kopf mit beiden Händen zu sich und bedeckte ihre Mütze mit Küssen. Gedankenverloren starrte er dabei in den Wald hinein. Dann nickte er stumm. Er ließ seine Tochter los und sah ratlos in die Runde.

„Wir kehren jetzt besser um“, sagte Katja leise zu ihm. Sie griff seine Hand und drückte sie sanft.

Als sie wieder ebenen Boden erreichten, griff Holger zum Telefon. „Ich sag Mama kurz Bescheid.“

Hannah nickte und wandte sich an Claudia „Was meinen Sie, wohin dieser Rupert mit ihr will?“

„Ich weiß es nicht. Aber ich glaube inzwischen ganz fest daran, dass er deiner Schwester nichts tun wird.“

Dankbar nickte Hannah und lief ihrem Vater hinterher, der bereits mehrere Meter Vorsprung hatte.

„Ein tapferes Mädchen“, stellte Claudia fest. „Sie erinnert mich vom Wesen her an meine Tochter Lena. Frech wie Oskar, aber im Ernstfall vernünftig, klug und verständnisvoll. Ich freue mich auf Lena. Spätestens morgen Abend werde ich wieder zu Hause sein und ein paar Tage Urlaub dafür nutzen, möglichst viel Zeit mit ihr zu verbringen.“

„Ich gönn es dir. Von ganzem Herzen.“

Über ihnen hörten sie die Helikopter in das Tal einfliegen. Katja sah zum Himmel. Der Nebel hatte sich wie vorhergesagt verzogen. Ein weiterer Grund zur Hoffnung. Wenn die beiden noch irgendwo in der Gegend waren, dann würden sie Leah bald finden, das war gewiss.

Sie hatten den Gasthof erreicht. Vor ihnen stürzte sich Hannah in die Arme ihrer Mutter, die an der Rezeption bereits auf ihre Rückkehr gewartet hatte. Für einen kurzen Moment legte Holger seine Arme um beide, und Katja verspürte fast Neid. Es wäre schön, irgendwann ebenfalls eine eigene kleine Familie zu haben, mit einem Mann wie Holger eine verlockende Vorstellung. Auf einen so schrecklichen Anlass für den familiären Zusammenhalt der drei würde Katja allerdings sehr gerne verzichten. Künftig würde sie sich wieder mit Kriminalfilmen und -büchern begnügen und die Realität getrost in so kompetente Hände wie die Claudias und Mehringers legen. Die letzten 41 Stunden in Grahmried hatten ihr als Realityshow vollauf gereicht.

Sie setzten sich an den großen runden Tisch im Restaurant. Irgendwie hatten die anwesenden Presseleute mitbekommen, wer Holger, Stefanie und Hannah waren, und ließen nichts unversucht, einen der drei anzusprechen und um ein Interview zu bitten. Jedes Mal verwies Bernd Huber die Journalisten resolut in ihre Schranken und schien froh, etwas für die Familie Koch tun zu können.

Wenige Minuten später kam Mehringer zu ihnen und informierte Hannah und ihre Eltern über den letzten Ermittlungsstand. Claudia und Katja hörten zu. Alfred Menzel war mit einem Beindurchschuss in ein Krankenhaus gebracht worden. Er verweigerte die Aussage. Auch Thomas Bach war mit Verletzungen und hohem Fieber abtransportiert worden. Er schien verwirrt zu sein, aber er hatte eine Aussage gemacht. „Inwieweit er die Wahrheit über seinen Verbleib nach dem Lawinenunglück sagt, wissen wir natürlich noch nicht, aber eines betonte er mehrfach und nachdrücklich: Nämlich, dass Rupert Geissler ihn die gesamte Zeit gut versorgt und auch Leah in der Hütte vor einem körperlichen Angriff Alfred Menzels beschützt habe. Und er behauptet, dass Rupert nach Bad Tölz unterwegs sei, weil er dort zu einer Zeitungsredaktion will. Wenn das stimmt, haben wir ihn bald. Die Zufahrtsstraße und die B11 sind bereits gestern in beiden Richtungen mit Straßensperren versehen worden. Er kann zu Fuß nicht weit kommen. Außerdem sind jede Menge Beamte oben bei der Hütte und kontrollieren von dort jeden möglichen Weg, den die beiden genommen haben könnten."

„Wer ist dieser Alfred Menzel? Und wieso wollte er Leah angreifen?“, fragte Hannah, nachdem Mehringer das Restaurant verlassen hatte. Claudia und Katja schwiegen betreten. Drei fragende Augenpaare erwarteten eine Antwort.

„Ich weiß es nicht“, log Claudia, die nur Katja von den Ergebnissen der Vernehmungen erzählt hatte.

„Vielleicht wollte er ihr eine Ohrfeige geben?“, sagte Katja. Es musste schließlich niemand am Tisch wissen, dass dieser Menzel ein Vergewaltiger war. Sie hoffte inständig, dass Bachs Aussage zutraf und Rupert die arme Leah vor diesem Mistkerl beschützt hatte, und zwang sich zu einem Lächeln. Nur Holgers durchdringender Blick zeigte, dass er ihr kein Wort glaubte.

+++ *7:38 UHR, IM WALD* +++

Leahs klamme Finger fanden mehrere Bonbons im tiefsten Zipfel ihrer Jackentasche. Sie zog die bunten Minidrops hervor, die sie bei ihrer Ankunft aus dem offenen Glas auf dem Tresen der Rezeption eingesteckt und dann vergessen hatte. Sie mochte diese Bonbons nicht und steckte sie doch jedes Mal wieder ein. Vielleicht, weil sie umsonst waren, vielleicht, weil sie so stark an unbeschwerte Kindertage erinnerten. Hannah lachte sie jedes Mal aus. Jetzt würde ihre Schwester nicht lachen, denn die Bonbons waren wie die Wasserflasche für den in der Wüste Gestrandeten. Ihr Körper war am Ende. Leah spürte die Unterzuckerung und die psychischen Folgen der entsetzlichen Stunden in der Hütte. Als der Knall zu hören gewesen war, hatte sogar sie als Stadtkind gewusst, dass dies ein Schuss gewesen war. Ein Schuss aus Ruperts Gewehr. Sie hatte nicht warten wollen, ob womöglich Alfred als Sieger aus dem Kampf hervorgegangen war und nichts anderes im Kopf hatte, als ihr zu folgen. Also hatte sie den breiten Weg verlassen und war sofort in den dichten Wald talwärts vorgestoßen. Sie konnte nicht mehr zählen, wie oft sie seither gestürzt war. An beiden Händen blutete sie, weil sie sich von Baumstamm zu Baumstamm tastete und sich an ihnen bei jedem nächsten Schritt festhielt. Sie spürte die Wunden nicht mehr. Die Kälte hatte jede Empfindung aus Händen und Füßen verbannt. Der Untergrund war steil, uneben, und jedes Mal, wenn sie durch die Schneedecke in die Hohlräume der darunterliegenden losen Äste und umgefallenen Baumstämme einbrach, stieß sie einen Schreckensschrei aus und hoffte, dass niemand in der Nähe war, der ihn hörte. Sie musste ins Dorf, ehe sie auf Retter hoffen durfte, die auch bei Dunkelheit nach ihr suchten. Warum hatte sie ihre Handschuhe fortgeworfen?

Niemand hatte sie gefunden, sonst wäre Hilfe gekommen. Sie hielt inne und lutschte begierig das Bonbon. Die weiteren auszuwickeln, gelang ihr nicht und so steckte sie einen nach dem anderen in den Mund, wo die Wärme die Plastikfolie löste, die sie anschließend ausspuckte. Die Süße durchdrang ihre Mundschleimhaut, und allein dieser Geschmack stärkte sie, noch bevor der Zucker ihr Blut wirklich erreicht hatte. Unter sich erkannte sie vereinzelte Lichtpunkte zwischen den Bäumen. Woher sollten sie stammen, wenn nicht von den Häusern und Straßen des Dorfes? Doch Rupert hatte gesagt, sie solle auf dem Weg bleiben. Weil der Wald hier zu steil abfiel oder weil er Zeit brauchte, um zu verschwinden, bevor sie dort unten ankam? Was, wenn er recht hatte, wenn hier irgendwo vor ihr ein Felsvorsprung lauerte, der viele Meter senkrecht in die Tiefe ging? Bei jedem Schritt versuchte sie, einen festen Stand unter ihrem Schuh zu spüren, bevor sie ihr Gewicht auf ihn verlagerte. Doch die hohe Schneedecke war trügerisch. Das unkontrollierte Zittern ihres verkühlten Körpers machte es nicht leichter, und sie sollte besser bis zum Sonnenaufgang warten. Doch ohne

Bewegung würde sie erfrieren. Sie legte den Kopf weit in den Nacken, bildete sich ein, dass der Himmel heller geworden war. Aber vielleicht nur, weil sie es sich so sehr wünschte. Sie hatte nicht die geringste Ahnung, wie lange die Nacht noch andauern würde, und sie besaß keine Armbanduhr. Die brauchte man nicht, wenn ein Smartphone das Leben von morgens bis abends begleitete. Nur dass ihr Telefon sie verlassen hatte. So, wie Stefan, Tom und Hannah. Warum waren sie nicht wieder zurückgekehrt? Zu viert hätten sie eine Chance gegen Rupert gehabt. Das erste Mal, seit sie die Hütte verlassen hatte, weinte sie wieder und wusste nicht, ob es Tränen der Enttäuschung, der Angst oder der Erschöpfung waren.

Sie durfte nicht einschlafen. „Bewegen, ich muss mich bewegen", brachte sie mühsam durch ihre tauben Lippen hervor. Dass sie ihre eigene Stimme noch hören konnte, beruhigte sie. Sie war so oft hingefallen, dass die eisige Nässe auf ihrer Haut angelangt war. Die Jeans und die Thermounterwäsche hatten dem Schnee längst nichts mehr entgegenzusetzen, und die Feuchtigkeit zog in T-Shirt und Pullover hoch. Selbst die teure Skijacke hielt nicht mehr warm. Seit zwei Stunden saß und lag sie mehr, als dass sie sich vorwärtsbewegte. Mehrere Male hatte sie einen Umweg nehmen müssen, weil der Berg vor ihr steil in die Tiefe fiel, und war nun schon wieder an einer unüberwindbaren Stelle gelandet. Die Bäume hatten einfach aufgehört und sie damit gewarnt, nicht weiterzugehen. Die Morgendämmerung begann, und sie erkannte, dass sie um ein Haar in den sicheren Tod gestürzt wäre. Sie legte sich auf dem Felsvorsprung flach auf den Rücken und sah in den Himmel. Versuchte, regelmäßig ein- und auszuatmen, um den Schrecken zu überwinden und um Kraft zu tanken, sich wieder aufzurappeln, und einen anderen, besseren Weg zu suchen. Immer wieder fielen ihre Augen zu und sperrten damit die Realität um sie herum aus.

Ein Brummen aus weiter Ferne weckte sie. Das Geräusch schwoll an, und dann erkannte sie erst die Lichter und dann den Körper eines Hubschraubers über ihr. Sie hob die Arme und winkte. Das kostete so viel Kraft, dass sie bei der nächsten Runde, die der Hubschrauber am Himmel drehte, die Arme kaum mehr hochbekam. War das die Rettung? Sie war so müde; es wäre schön, endlich zu schlafen. Das Geräusch schwoll zu einem ohrenbetäubenden Krach an, der wie Musik in Leahs Ohren klang. Doch dann entfernte sich der Hubschrauber. Hatte er sie nicht gesehen? Panik erfasste sie. Sie versuchte zu schreien, aber ihre Schreie kamen ihr vor wie das Krächzen einer altersschwachen Möwe. Das war es. Nicht einmal mehr aufrichten konnte sie sich, geschweige denn weiterlaufen. Wieder fiel sie in einen Halbschlaf und hielt das nächste Rotorengeräusch für einen schönen Traum. Auch dieser endete in der Stille.

„Leah? Leah Koch? Bleiben Sie ruhig liegen. Wir sind gleich bei Ihnen. Die Retter sind schon beim Abstieg. Keine Sorge", rief plötzlich eine blecherne Stimme über ihr.

Ihre Retter trugen rote und orange Jacken. Sie wurde hochgehoben und auf eine Trage gelegt. Festgeschnallt und zugedeckt, schloss Leah die Augen. Endlich. Endlich durfte sie schlafen.

+++ *8:39 UHR, GASTHOF HUBER* +++

„Holger! Holger!" Katja rannte durch den Vorraum der Rezeption. Wartende Journalisten drehten sich erschrocken um. Sie sprangen aus ihren Stühlen und vom Fußboden auf und griffen hastig zu ihrem Equipment. Es war Katja egal. Sie rannte weiter durch die Tür auf den Parkplatz des Gasthofes, wo Holger, wie

Hannah ihr verraten hatte, ein wenig Luft schnappen wollte. Er hatte sie nicht gehört. Deshalb rief sie erneut laut seinen Namen. Er drehte sich zu ihr um und musste an ihrem strahlenden Gesicht gesehen haben, dass es eine gute Nachricht war, die sie ihm brachte. Denn mit leuchtenden Augen sah er sie an und hörte ihren atemlosen Bericht, den Claudia ihr soeben erzählt hatte. Dass Leah von der Bergwacht gerettet und mit dem Helikopter nach Bad Tölz ins Krankenhaus gebracht worden war. Sie achteten beide nicht auf die Fotografen, die sie umringten und ein Foto nach dem anderen schossen, als Holger sie in den Arm nahm, sich mit ihr einmal um die eigene Achse drehte und sie spontan auf den Mund küsste.

„Los, fahrt schnell zu ihr“, forderte sie lachend und Holger stürzte ins Hotel, wehrte auf seinem Weg die Journalisten mit beiden Händen ab und nahm je zwei Stufen der Treppe auf einmal.

Eine Stunde später hatte Katja ihre Tasche gepackt.

„Wenn Leah statt Rupert diesem Alfred in die Hände gefallen wäre … Ich mag es mir gar nicht vorstellen. Was für ein ekliger Typ“, sagte Claudia, die ebenfalls ihre wenigen Habseligkeiten zusammensuchte.

„Weißt du, was ich nicht verstehe?“, fragte Katja. „Jeder im Dorf sprach gut über den verstorbenen Joseph Riedel. In Wirklichkeit hat er zugelassen, dass seine Tochter jahrelang von seinem Freund missbraucht wurde. Wie konnten die Leute sich so irren?“

„Sie haben den möglichen Grund dafür bei der Hausdurchsuchung gefunden. Es wurde ein Originaldokument entdeckt: ein offizielles Protokoll, gefertigt und gesiegelt von einem Kapitän auf hoher See. Danach wurde Joseph Riedel während einer Rückfahrt von Südamerika nach Hamburg auf dem Schiff festgesetzt. Er hatte zugegeben, einen anderen Seemann aus Eifersucht heimtückisch getötet und über Bord geworfen zu haben. Anschließend hat er all dessen Habseligkeiten gestohlen. Doch es gab einen Zeugen. Rate mal wen?“

„Alfred Menzel?“, flüsterte Katja, die sich auf das Bett gesetzt hatte, um fasziniert zuzuhören. „Aber die beiden waren doch Freunde? Sie stammten aus dem gleichen Dorf. Wieso hat Menzel ihn verraten und als Zeuge ausgesagt?“

Claudia zuckte die Achseln. „Das kann uns nur Menzel selbst erzählen. Vielleicht war er beteiligt und hat sich so selbst gerettet? Oder er wollte von Anfang an Joseph schaden? Keine Ahnung. Auf jeden Fall wäre Joseph nach Ankunft im Hafen aufgrund dieses Protokolls sofort ins Gefängnis gesteckt und sehr wahrscheinlich auch verurteilt worden. Denn dem Protokoll eines Kapitäns auf internationalen Gewässern kommt die gleiche Bedeutung zu wie einer Aussage vor Gericht. Es ist, als hätte Joseph vor einem Gericht ein Geständnis abgelegt. Also muss dieses Protokoll dem Kapitän rechtzeitig entwendet worden sein, und zwar von Alfred. Ich fürchte, der Kapitän hat diesen Diebstahl mit dem Leben bezahlt, denn sonst wäre er wohl zur Polizei gegangen. Wir konnten jedenfalls ermitteln, dass es niemals einen Prozess gegen einen Joseph Riedel gab“, schloss Claudia.

„Und du denkst, erst hat er seinen ‚Freund‘ gerettet und ihn dann, als er ins Dorf zurückkehrte, mit diesem Papier erpresst?“

„Da bin ich mir sicher. Mord verjährt nicht. Er hätte Joseph damit auf jeden Fall hinter Gitter gebracht, und der hatte zwei Dinge, die interessant waren: die Wertpapiere und eine hübsche junge Tochter.“

„Und Joseph hat das Geld behalten und lieber seine Tochter geopfert.“

„Es kann sein, dass Alfred von dem Wert, den die Papiere inzwischen erreicht haben, nichts wusste, so wenig wie anfangs der Joseph selbst. Wir haben inzwischen einen Brief an den Pfarrer gelesen, kurz vor seinem Tod geschrieben und mit einem Testament versehen. Josephs Reue kam leider ziemlich spät."

„Und all das, was seit der Rückkehr Menzels ins Dorf geschehen war, hätte vermieden werden können. Das finde ich das Schlimmste. Man mordet eben mal kurz, man vergewaltigt jahrelang, beichtet beim Pfarrer und dann ist alles wieder gut."

Claudia nickte kräftig. „Beichtgeheimnis hin oder her. Aber damit Kriminelle schützen, ihr Gewissen erleichtern und ihnen so auch noch helfen? Irgendwo hört's da auf mit meinem Verständnis."

Sie packten schweigend weiter.

„Wirst du direkt nach Hause geflogen?", fragte Katja, als sie abreisebereit war.

„Nein, zu meiner Dienststelle. Da ist heute eine Trauerfeier für Marco", antwortete Claudia bedrückt. „Und du? Willst du nicht auf Holgers Rückkehr warten?"

„Er wird mich anrufen, sobald er kann."

„Bist du sicher?"

Katja lachte. „Noch nie war ich mir sicherer." Sie griff ihre Jacke und umarmte Claudia. „Wir bleiben in Kontakt, ja?"

„Hau bloß ab, du Nervensäge", antwortete Claudia und grinste breit.

– ENDE –

DANKSAGUNG

Ich danke von Herzen meiner jüngsten Testleserin Celine Wegert, die die Szenen meiner jugendlichen Figuren auf Authentizität abgeklopft hat, und meiner Autorenkollegin Linda Cuir für ihre unermüdliche Rosinenpickerei.

„In Touch“ mit MIRA!
IMPRESSUM
DATENSCHUTZ
AGB
KONTAKT
MIRA TASCHENBUCH
BESTSELLERLISTE
WIR ÜBER UNS
AUTOREN
HANDEL
PRESSE
NEWSLETTER
SERVICE
NEU IM FEBRUAR 2014
PROGRAMM FRÜHJAHR/SOMMER 2014
PROGRAMM HERBST/WINTER 2013/2014
GESAMTPROGRAMM
NEUE E-BOOKS FEBRUAR 2014
E-BOOKS
SONDEREDITION
EROTIK-SONDEREDITION
Das MIRA VIDEO ARCHIV
Neues aus Virgin River!
Robyn Carr: Hand in Hand in Virgin River
Werden Sie Fan auf Facebook
MIRA Taschenbuch
14.377 „Gefällt mir“-Angaben · 270 sprechen darüber
✓ Gefällt dir
Nachricht senden
Produkt/Dienstleistung
Die neue Lust am Lesen! | www.mira-taschenbuch.de /impressum/
Info
Beitrag verfassen
Tweets
Das Verlagsprogramm elektronisch abrufbar
Interaktiv dabei sein: Buchbesprechungen, Gewinnspiele, Aktionen, Leseproben und vieles mehr.
Folgen Sie uns auf Twitter, Facebook, Instagram, Pinterest und google+
www.mira-taschenbuch.de
MIRA TASCHENBUCH

Der 3. Fall für die Zuckers!

Band-Nr. 25814
9,99 € (D)
ISBN: 978-3-95649-108-5
eBook: 978-3-95649-400-0
432 Seiten

Laura Wulff
Töte und lebe!

Die Leiche eines Mannes mit Down-Syndrom wird gefunden. Kurz darauf eine Zweite. Beide sind vor ihrem Tod schwer misshandelt worden. Für Daniel Zucker, Kölns einzigen Kriminalkommissar im Rollstuhl, ist klar: Hier hat es jemand auf Menschen mit Behinderung abgesehen! Dies macht den Fall für ihn zu einer persönlichen Angelegenheit. Einer Angelegenheit, der er sich allein stellen muss, da er gezwungen ist auf die Hilfe seiner Frau Marie und deren Cousin Ben zu verzichten, denn sie haben gerade mit eigenen Problemen zu kämpfen. Doch durch seine beherzte Ermittlungsarbeit schafft er es sich an die Spur des Killers zu heften – und in dessen Visier zu geraten …

Tanja Noy
Todesruhe

Band-Nr. 25802
9,99 € (D)
ISBN: 978-3-95649-092-7
eBook: 978-3-95649-350-8
416 Seiten

„Schalldämpfer."

„Wie zum Teufel sollten die Herrschaften hier an einen Schalldämpfer gelangen?"

„Gegenfrage: Wie zum Teufel sind die Herrschaften hier an eine Pistole gelangt?"

Wer hat den Patienten der Nervenheilanstalt „Mönchshof" erschossen und ihm die Augen herausgerissen? Julia Wagner und Zander, ihr ehemaliger Partner aus Polizeitagen, sind auf der Suche nach einem Mörder in der geschlossenen Psychiatrie. Während die beiden drinnen dunklen Geheimnissen auf die Spur kommen, rüstet sich außerhalb der Mauern ein mächtiger Feind aus Julias Vergangenheit für seinen nächsten Schlag – denn die Jagd auf Julia ist nun eröffnet ...